U0651838

MICHAEL ROBOTHAM

# SHATTER

# 碎裂

［澳］迈克尔·罗伯森————————著

车家嫒 鲁锡华————————译

湖南文艺出版社
HUNAN LITERATURE AND ART PUBLISHING HOUSE

博集天卷
CS-BOOKY

SHATTER by Michael Robotham
Copyright © Bookwrite Pty 2008
Published in agreement with Bookwrite Pty Ltd c/o Lucas Alexander Whitley Ltd acting in conjunction with Intercontinental Literary Agency Ltd, through The Grayhawk Agency.
First published in Great Britain in 2008 by Sphere.

© 中南博集天卷文化传媒有限公司。本书版权受法律保护。未经权利人许可，任何人不得以任何方式使用本书包括正文、插图、封面、版式等任何部分内容，违者将受到法律制裁。

著作权合同登记号：图字 18-2019-158

**图书在版编目（CIP）数据**

碎裂 /（澳）迈克尔·罗伯森（Michael Robotham）著；车家媛，鲁锡华译 . — 长沙：湖南文艺出版社，2019.10
书名原文：Shatter
ISBN 978-7-5404-9408-7

Ⅰ.①碎… Ⅱ.①迈… ②车… ③鲁… Ⅲ.①推理小说—澳大利亚—现代 Ⅳ.① I611.45

中国版本图书馆 CIP 数据核字（2019）第 181823 号

上架建议：畅销·外国文学

SUILIE
碎裂

作　　者：［澳］迈克尔·罗伯森
译　　者：车家媛　鲁锡华
出 版 人：曾赛丰
责任编辑：薛　健　刘诗哲
监　　制：吴文娟
策划编辑：许韩茹
特约编辑：包　玥
版权支持：辛　艳
营销编辑：程奕龙
封面设计：李　洁
版式设计：潘雪琴
出　　版：湖南文艺出版社
　　　　　（长沙市雨花区东二环一段 508 号　邮编：410014）
网　　址：www.hnwy.net
印　　刷：北京天宇万达印刷有限公司
经　　销：新华书店
开　　本：875mm×1270mm　1/32
字　　数：425 千字
印　　张：16
版　　次：2019 年 10 月第 1 版
印　　次：2019 年 10 月第 1 次印刷
书　　号：ISBN 978-7-5404-9408-7
定　　价：58.00 元

若有质量问题，请致电质量监督电话：010-59096394
团购电话：010-59320018

献 给 马 克 · 卢 卡 斯 ， 我 的 朋 友

“理智的沉睡造就怪物。”

　　　戈雅（《随想集》）


“他的口如奶油光滑，他的心却怀着争战；他的话比油

柔和，其实是拔出来的刀。”

　　　　　《诗篇》55：21

有那么一刻，当所有希望都破灭，所有自尊都不在了，所有期望，所有信念，所有渴望。我拥有那一刻。它属于我。在那一刻，我听到了那个声音，理智碎裂的声音。

　　它并不像骨头断裂、脊椎折断或是头骨破裂时那样响亮，也没有心碎声那般柔软湿润。它让你不禁想知道一个人能承受多大的痛苦；它击碎记忆，让往事渗入当下；它频率奇高，只有地狱之犬才能听到。

　　你能听到吗？有人蜷缩成小小的一团，在无尽的黑夜里柔声哭泣。

# 第一章

巴斯大学

现在是九月下旬，上午十一点整，外面大雨滂沱，母牛漂浮在河面上，顺流而下，鸟儿站在它们肿胀的尸体上休憩。

阶梯教室里坐满了人。在观众席两侧的台阶之间，分层的座位缓缓升高，消失在黑暗中。我的观众们顶着一张张苍白的面孔，年轻而热切，宿醉未醒。现在正值新生周，他们中的很多人能坐在这里，都是进行了心理斗争——权衡是去上课还是回床上睡觉。一年前，他们还在看青春片，吃爆米花。此刻，他们都远离家乡，喝着廉价酒水，等着学点东西。

我走到讲台中央，双手紧紧地抓着讲桌，仿佛害怕摔倒。

"我是约瑟夫·奥洛克林教授。我是一名临床心理学家，将带着大家学习行为心理学的入门课程。"

我顿了顿，抬头看了看灯光。我之前没想到再次讲课会紧张，可现在我突然怀疑自己是否有什么值得传授的知识。我依然能听到布鲁诺·考夫曼的建议。（布鲁诺是巴斯大学心理学院的院长，他那日耳曼姓氏倒很适合这个角色。）他告诉我："我们教给他们的东西，在现实世界中对他们没有任何用处，老伙计。我们的任务是为他们提供一个屁话仪。"

"一个什么？"

"如果他们好好努力且学到了点东西，当有人满口屁话的时候，他们就能侦测出来。"

说完，布鲁诺大笑起来，我也跟着笑了。

"对他们宽容点，"他补充说，"他们纯净，活泼快乐，还没吃过什么苦呢。一年之后，他们就会直呼你的大名，觉得自己什么都懂了。"

我们怎么对他们宽容点呢，我此刻就想问他。我在这方面也是个新手。我深吸一口气，继续说道：

"一名著名大学的城市维护专业毕业生为什么会驾驶一架客机撞上摩天大楼，杀死数千人？一个十来岁的男孩为什么会用枪扫射校园？一个少女妈妈为什么会在洗手间里分娩，然后把孩子丢弃在废纸篓里？"

沉默。

"一种没有毛发的灵长类动物是如何进化成一个能够制造核武器、观看《名人老大哥》并且提出各种问题的物种的？作为人类意味着什么？我们是怎么来的？我们为什么会哭泣？有些笑话为什么好笑？我们为什么会相信或者不相信上帝？为什么我们很难记住一些东西，而布兰妮·斯皮尔斯那首讨厌的歌曲却在我们脑海里挥之不去？是什么使我们去爱或者恨？为什么我们每个人都如此不同？"

我看着前排的面孔。我已经抓住了他们的注意力，至少暂时如此。

"我们人类已经研究自己几千年了，产生了无数的理论和哲学思想，令人惊叹的艺术、工程和创见，但在这么长的时间里，我们只了解了这么多。"我举起手，大拇指和食指略微分开。

"你们来这里是为了学习心理学——心灵的科学，一门关于认知、信仰、情绪和欲望的科学，一门最不为人所理解的科学。"

我的左臂在身体一侧发抖。

"你们看到了吗？"我抬起那条令人不快的手臂，问道，"它偶尔会这样。有时我觉得它有自己的思想，但这当然不可能。一个人的思想并不存在于手臂或者腿上。"

"我问你们所有人一个问题。一个女人走进一间诊所。她人到中年，受过良好的教育，口齿伶俐，衣着考究。突然，她的左手抬到喉咙处，掐住了气管。她的脸涨得通红，眼珠凸出。她快要窒息了。这时，她的右手来救她了。它掰开了左手的手指，把左手拽到身体一侧。我该怎么办？"

沉默。

一个坐在第一排的女孩小心翼翼地举起了手。她留着淡红色的短发，成缕的头发沿着后颈的凹陷处像羽毛一样分散开来。"详细查看她的病史？"

"已经看过了。她没有精神疾病患病史。"

另一人举起了手。"这是一种自我伤害行为。"

"很显然是，不过她并没有选择扼死自己。这不是她想要的，也令人感到不安。她想要得到帮助。"

一个眼妆厚重的女孩把头发抚到耳后。"她可能有自杀倾向。"

"她的左手有。但右手显然并不同意这一点。就像巨蟒组①的短剧一样。有时候她不得不坐在左手上才能控制住它。"

"她抑郁吗？"一个打着吉卜赛人耳钉、头上涂着发胶的年轻人问。

"不。她很害怕，但也能看到她窘迫但有趣的那面。她觉得很可笑。但最糟糕的时候，她也考虑过截肢。万一她的左手在夜里趁右手睡着扼死了她呢？"

"是大脑损伤？"

"没有明显的神经功能缺陷——没有麻痹或是过度反射。"

沉默扩散开来，充满了他们头顶上方，像网一样飘荡在温暖的空气中。

从暗处传来的一句话填补了真空。"她中风了。"

_____

① 英国的一个超现实幽默表演团体。

我听出了这个声音。布鲁诺来看我第一天上课的情况了。我看不到他在阴影里的面孔，但我知道他在微笑。

"给这个人一支雪茄。"我大声说。

第一排那个热心的女孩嘟着嘴说："可是您说没有大脑损伤。"

"我说的是没有明显的神经功能缺陷。这个女人的右脑中负责情绪的区域发生了轻微的中风。正常情况下，我们大脑的两个半脑会进行交流并达成一致，但在这个案例中没有发生，所以她的大脑用两侧的身体打了一架。"

"这个案例已经发生五十年了，是大脑研究领域的著名案例之一。它帮助一位名叫库尔特·戈尔茨坦的神经学家创立了大脑分区的早期理论之一。"

我的左臂又颤抖起来，但这次却让我很安心。

"忘掉别人告诉你的关于心理学的一切。它不会让你打牌打得更好，也不会帮你泡妞或者更好地理解她们。我家里有三个女人，她们对我来说完全是个谜。

"这无关梦的解释、超感官知觉、多重人格、读心术、罗夏墨迹测验、恐怖症、恢复记忆或压抑。最重要的是——它无关对自己内心世界的探讨。如果这是你的目标，我建议你买本色情杂志，然后找个安静的角落。"

下面传来阵阵笑声。

"我还不认识你们，但我了解你们。你们有些人想脱颖而出，其他人则想融入。你可能看着妈妈给你打包的衣服，却盘算着明天去H&M①买点用机器故意磨损的衣服。这些衣服通过让你看上去跟校园里的其他人一模一样来表达你的个性。

_____

① 海恩斯–莫里斯，著名时尚品牌。

"其他人可能会想喝一晚上的酒会不会伤肝，今天凌晨三点是谁拉响了宿舍里的火灾警报。你们想知道我是不是给分很低，会不会让你们延期交作业，或者你们是不是应该去学政治学而不是心理学。继续留在这个课上，你们会得到一些答案——但不是今天。"

我走回到讲台的中央，脚步稍微有些蹒跚。

"我给你们讲一个概念。一粒沙子大小的大脑中含有十万个神经元，两百万个神经轴突，十亿个突触，且互相连通。我们每个人的头脑中可能存在的活动，其排列和组合理论上超过宇宙中基本粒子的数量。"

我顿了顿，让他们接受这些数字的冲击。"欢迎来到伟大的未知世界。"


"真是令人眼花缭乱，老伙计，你在他们心里植入了对上帝的敬畏，"我收拾文件的时候，布鲁诺说道，"挖苦讽刺，热情激昂，又引人发笑。你鼓舞了他们。"

"可比不上奇普斯先生①。"

"别这么谦虚。这些年轻的门外汉没人听说过奇普斯先生。他们是读着《哈利·波特与魔法师》长大的。"

"我觉得是《哈利·波特与魔法石》。"

"管它呢。加上一点装模作样的神态，约瑟夫，你一定会被他们爱死的。"

"装模作样？"

"你的帕金森症。"

我难以置信地盯着他，他的眼睛连眨都不眨。我把破旧的公文包夹到

---

① 出自1939年上映的电影《万世师表》，讲述了一个叫奇普斯的年轻人入校成为老师后虽默默无闻但桃李满天下的一生，塑造了一个经典的教师形象。

腋下，朝教室的侧门走去。

"至少我很高兴你觉得他们在听。"我说。

"哦，他们从不会听，"布鲁诺说，"这是一个渗透过程。偶尔会有东西从酒精的迷雾中渗出来。但你确保了他们会回来。"

"怎么说？"

"他们不知道该怎么对你撒谎。"

布鲁诺的眼睛眯成一条缝。他穿的裤子没有口袋。出于某种原因，我从不相信一个不需要口袋的人。他该把手放在哪里？

过道和走廊里都是学生。一个女孩走过来，我认出她是我班上的学生。光洁无瑕的皮肤，沙漠靴，黑色牛仔，厚重的眼影让她看上去有点熊猫眼，同时透着一股不可名状的悲伤。

"您相信魔鬼吗，教授？"

"什么？"

她又问了一遍，胸前抱着一个笔记本。

"我觉得'魔鬼'这个词用得太频繁了，已经贬值了。"

"人是天生邪恶，还是社会造就了他们？"

"他们是被造就的。"

"所以，没有天生的精神病患者？"

"他们数量极少，无法量化。"

"这算哪门子回答？"

"是正确回答。"

她还想问其他问题，但很难鼓起勇气。"您愿意接受采访吗？"她突然问。

"为了什么？"

"校报。考夫曼教授说您是个名人。"

"我不认为……"

"他说您曾被指控谋杀一名以前的病人并逃过了刑罚。"

"我是无辜的。"

身份的差别似乎对她不起作用，她还在等我答复。

"我不接受采访。抱歉。"

她耸了耸肩，转过身去，准备离开，突然又想到了什么。"我很喜欢您的演讲。"

"谢谢。"

她消失在走廊尽头。布鲁诺胆怯地看着我。"我不知道她在说什么，老伙计。她肯定搞错了。"

"你都跟人说了些什么？"

"只说好话。她叫南希·尤尔斯。年纪轻轻却很聪明。她学俄语和政治学。"

"她为什么为校报供稿？"

"'知识是宝贵的，无论它对人类的贡献是多么微薄。'"

"谁说的？"

"A. E. 豪斯曼。"

"他不是个共产主义者吗？"

"是同性恋。"

雨还在下。大雨倾盆。这样的天气已经持续几周了。一定有快四十个日夜了。裹挟着泥浆、杂物和污泥的洪水扫荡过西南各郡，道路堵塞，地下室变游泳池。广播报道称，马拉戈山谷、哈特克里夫路和贝德明斯特都被淹了。埃文河在伊夫舍姆决堤了，相关部门发布了针对埃文河的警告。水闸和防洪堤都受到了威胁。居民正在疏散。动物们即将溺水而亡。

方形的院子被雨水冲刷着，大雨从侧面倾泻而下。有些学生在雨衣和雨伞下面挤作一团，跑着赶去听下一场讲座或是去图书馆。其他人则逗留在原处，混杂在大厅里。布鲁诺观察着那些长相姣好的女学生，尽量不引人注目。

　　是他建议我来上课的——每周四节课，每节半小时，一共两小时，讲授行为心理学。这能有多难呢？

　　"你带伞了吗？"他问。

　　"带了。"

　　"我们一块儿吧。"

　　很快，我的鞋里就灌满了水。布鲁诺撑着伞，跑的时候肩膀老是撞到我。快到心理学院时，我注意到应急停车处停着一辆警车，一名年轻的黑人警察正穿着雨衣从车上下来。他身材高大，一头短发，微弓着腰，仿佛被雨水浇弯了。

　　"是考夫曼博士吗？"

　　布鲁诺朝他微微点了点头。

　　"我们在克里夫顿桥上遇到点情况。"

　　布鲁诺呻吟道："不，不，现在不行。"

　　警察没想到会遭到拒绝。布鲁诺从他身边经过，朝心理学院大楼的玻璃门走去，手里还撑着我的雨伞。

　　"我们给您打了电话，"警察喊道，"我奉命过来接您。"

　　布鲁诺停下脚步，回过身来，低声咒骂着。

　　"肯定能找到其他什么人。我没有时间。"

　　雨水顺着我的脖子往下流。我问布鲁诺这是怎么回事。

　　他突然改变了策略，跳过一个小水洼，像传递奥运火炬一样把伞还给了我。

　　"这就是你要找的人，"他对那位警察说，"约瑟夫·奥洛克林教授，我受人尊敬的同事，著名的临床心理学家。他是个老手，处理这类问题非常有经验。"

　　"什么问题？"

"跳桥自杀。"

"什么？"

"在克里夫顿悬索桥上，"布鲁诺补充道，"一个蠢到不知道躲雨的笨蛋。"

警察为我打开车门。"女性，四十岁出头。"他说。

我还是不明就里。

布鲁诺补充道："快点，老伙计。这可是公益服务。"

"那你为什么不去？"

"有要事要忙。和校长开会，还有各学院院长会议，"他在撒谎，"不用假谦虚，老伙计。你不是在伦敦救过一个小伙子吗？当之无愧得到喝彩。你比我有资格得多。别担心。她很可能在你到之前就跳下去了。"

有时，我在想他有没有听到自己在说什么。

"你们得快点。祝你好运。"他推开玻璃门，消失在了大楼里。

那位警察依然开着车门。"他们已经封锁了大桥，"他解释道，"我们真的要抓紧了，先生。"


雨刷不停地摆动着，警笛叫个没完。从车里听上去，警笛声出奇地小，我不停地回头，希望看到一辆驶近的警车，过了好一阵才发现，这警笛声是从近处发出的，在发动机罩下面。

天际线上出现了石塔，那是布鲁奈尔的杰作。克里夫顿悬索桥，蒸汽时代的一项工程奇迹。

汽车尾灯发着红光。前方的车流绵延了一英里①多。我们贴着路肩，驶过停止不前的车辆，在一个路障边停下车，穿着荧光背心的警察正控制着围观者和郁闷的驾驶员。

---

① 1英里合1.6093公里。

那位警察替我打开车门，并把雨伞递给我。大雨从侧面浇过来，差点把伞从我手里冲掉。面前的大桥看上去空无一人。石塔支撑着的大量钢缆彼此相连，从一端优雅地弯向桥面，然后又缓缓升起，一直延伸到河对岸。

桥梁的属性之一就是为有人上桥而不过桥提供了可能。对这个人来说，桥是虚拟的，是一扇打开的窗，可供他们不断地经过或者爬过。

克里夫顿悬索桥是一个地标性建筑，一个旅游景点，同时也是个一跳式自杀场所。好用，常被选用，也许"受欢迎"并不是最合适的词。有人说这座桥上有之前自杀者的鬼魂出没。有人看到过怪异的影子飘过桥面。

今天并没有影子。桥上唯一的鬼魂是一个有血有肉的人。一个女人，全身赤裸，站在安全护栏外面，背靠着金属格栅和钢缆。她那双红鞋的鞋跟在桥面的边缘摇摆不定。

就像一幅超现实主义画作中的人物，她的赤裸并不特别令人震惊，或不合时宜。她直直地站在那里，透着一丝僵硬的优雅，眼睛盯着河水，一副超脱尘世的模样。

负责该案的警官自报家门——阿伯内西警长，身着制服。我没有听清他的名字。一名下级警员为他撑着伞。雨水从黑色的尼龙伞顶流下来，浇到了我的鞋上。

"你需要些什么？"阿伯内西问道。

"她的名字。"

"我们不知道她叫什么。她不跟我们交谈。"

"她说过什么话吗？"

"没有。"

"她可能处于极度震惊的状态。她的衣服在哪儿？"

"没有找到。"

我沿着人行道看去，道路被围栏隔离起来了，围栏上有五道铁丝网，人很难翻越。雨势很大，我几乎看不到桥的另一端。

"她在这里多久了？"

"大半个钟头了。"

"你们找到汽车了吗？"

"我们还在找。"

她很可能是从东侧上的桥，那里林木茂盛。如果她是在人行道上脱的衣服，一定有几十个人看到她。为什么没人拦下她？

一个身材高大的女人打断了我们，她留着一头染成了黑色的短发，肩膀浑圆，双手从她及膝的防雨夹克口袋里凸出来。她人高马大，虎背熊腰，还穿着一双男鞋。

阿伯内西绷直了身体。"您怎么来了，长官①？"

"回家的路上顺便来看看，警长。另外，不要叫我'夫人'。我可不是那位女王。"

她瞥了一眼聚集在草地上的电视台摄制组和报社摄影师，他们正忙着竖起三脚架和灯光。最后，她转向我。

"你在抖什么，亲爱的？我没那么可怕。"

"抱歉，我患有帕金森症。"

"运气不佳。这意味着你有个贴纸吗？"

"贴纸？"

"残疾人停车处。能让你在几乎任何地方停车。待遇跟警察差不多，只不过我们还可以朝人开枪和超速。"

显然，她的警衔比阿伯内西高。

她朝大桥看去。"你可以的，博士，别紧张。"

"我是个教授，不是博士。"

---

① 在英语里，女性高级警官的称呼 ma'am（madam），亦有"夫人"之意。

"太遗憾了。你本可以是神秘博士，这样我就可以当你的女助手。跟我说说，那些戴立克人①连台阶都上不了，他们是如何征服宇宙那么多区域的？"

"我猜这是生活的一大未解之谜。"

"我这里的谜可多着呢。"

我的外套下面缠上了一个对讲机，一根发射线束从我的肩膀上绕过，别在衣服前襟上。女警察点着一支烟，然后从舌尖上将一缕烟丝捏起。尽管不负责这次行动，但她自带强大气场，穿着制服的警察们都更愿意听命于她。

"你想让我跟你一起去吗？"她问道。

"不用。"

"好吧，你去告诉'消瘦的明妮'，如果她走到护栏这一侧，我就给她买一份低脂松饼。"

"我会跟她说的。"

临时路障阻断了大桥两个方向的车流，桥上只有两辆救护车和待命的医护人员。驾驶员和围观者，或撑着雨伞，或穿着雨衣，聚在一起。还有些人爬到了长满青草的河岸上，以占据更为有利的观察位置。

雨滴落在柏油路面上，爆成一朵朵微型蘑菇云，然后顺着排水沟从桥沿上泼下去，像瀑布一样。

我弯腰穿过路障，朝桥对面走去。我把手从口袋里抽出来。我的左臂拒绝摆动。它偶尔会这样——关键时刻掉链子。

我能看到前方的女人了。从远处看去，她的皮肤完美无瑕，但现在我注意到，她的大腿上布满了擦伤的痕迹，还沾着泥污。她的阴毛呈三角

---

① 电视剧《神秘博士》中极具侵略性的强大种族之一，将基因改造后的身体置于由特殊金属制造的外壳中。

形，黑色，比她头发的颜色更深。头发被编成了一根松松的发辫，从后颈上垂下。不仅如此，她的肚子上还有字母。一个词。当她转向我时，我就能看到。

*荡妇。*

为什么要自虐？为什么一丝不挂？这是当众羞辱。也许她搞婚外情，失去了自己的爱人。现在她想通过自我惩罚以示忏悔。或者这是一种威胁——边缘策略的最后通牒——"离开我，我就自杀。"

不，这太极端了。太危险了。小年轻们有时会在恋情告吹的时候以自我伤害互相威胁。这是一种情绪欠成熟的表现。这个女人已经三四十岁了，大腿丰满，臀部已经有脂肪团形成的浅坑。我注意到了一道伤疤。剖宫产。她有孩子。

现在我离她很近。咫尺之遥。

她的臀部和背部紧靠着护栏。左臂揽住上方的一根钢缆。另一只手在耳边举着一部手机。

"你好，我叫乔。你叫什么？"

她没有回答。一阵强风吹来，她仿佛失去了平衡，身体前倾。钢缆勒进她的臂弯。她把自己拽了回来。

她的嘴唇在动。她在跟谁打电话。我需要她把注意力转移到我身上。

"告诉我你叫什么。这没那么难。你可以叫我乔，那我该叫你……"

风吹得头发遮住了她的右眼。我只能看到她的左眼。

折磨人的疑问阵阵袭来。为什么要穿高跟鞋？她去了夜店吗？这个点才出来可太晚了。她喝醉了？嗑药了？致幻药可能引发精神错乱。LSD。也可能是冰毒。

我断断续续听到她说的话。

"不……不……求求你……不要……"

"电话那头是谁？"我问。

"我会的……我保证……我什么都做了……求你不要让我……"

"听我说。你不会想这样的。"

我往下看去。下面两百多英尺①的地方，有一艘大肚子的轮船，在引擎的驱动下逆流而上。水位高涨的河水吞噬着河岸低处的金雀花和山楂树。颜色各异的垃圾在水面上打转：书、树枝和塑料瓶。

"你一定冻坏了。我有毯子。"

她依然没有回应。我需要确认她听到了我说的话。只需要一个点头或是一个表示确认的词。我需要知道她在听我说话。

"也许我可以把毯子给你裹上——只是为了帮你保暖。"

她突然朝我扭过头来，身体前倾，仿佛要跳下去。我停下了步子。

"好的，我不会再靠近了。我就待在这里。告诉我你的名字。"

她仰脸看向天空，像一个站在活动场地上的囚犯，在雨中眨着眼睛，享受着片刻的自由。

"无论有什么问题，无论你经历了什么或是有什么伤心事，我们都可以谈谈。我不会强迫你。我只想知道其中的缘由。"

她的脚趾在往下滑，她不得不把重心移到脚跟上才能保持平衡。她肌肉中的乳酸正慢慢积聚。她的小腿一定非常痛苦。

"我见过人们从高处跳下，"我告诉她，"你不应该觉得这是一种没有痛苦的死亡方式。我来告诉你会发生什么。不到三秒你就会触到河水。那时，你降落的时速将接近七十五英里。你的肋骨会折断，锯齿状的边缘会刺入内脏。有时，心脏被撞击的力量压扁，从主动脉上脱落，然后你的胸腔里会充满血液。"

她死死地盯着河水。我知道她在听。

"你的手臂和腿能免受损伤，但你的颈椎间盘或腰椎间盘很可能会断

---

① 1英尺合0.3048米。

裂。死相不会好看，也并不是毫无痛苦。有人会把你捞起来。有人会鉴定你的尸体。亲人会被你抛弃在人世。"

高空中传来隆隆声。惊雷滚滚，空气为之震动，大地仿佛都在颤抖。有事要发生。

她的视线转向了我。

"你不明白。"她放下手机，低声对我说。有那么一刻，手机在她指尖摇晃，仿佛在努力抓住她，然后翻落下去，消失在空中。

天色暗下来，一个尚未完全成形的画面跳上心头——一个目瞪口呆的伤心人绝望地尖叫着。她的臀部不再靠着金属护栏。她的手臂不再揽着钢缆。

她没有对抗重力，手臂和双腿没有在空中乱抓乱蹬。她走了，悄无声息地，从我的视野中掉落。

仿佛一切都静止了，仿佛世界失去了心跳或没有了脉搏。然后一切又恢复了移动。医护人员和警察从我身边冲了过去。人们在尖叫，哭泣。我转过身朝路障走去，疑惑这是不是一个梦。

他们盯着她掉落的地方，问着同一个问题，或在心底思考着：为什么我没有救下她？他们的眼神中透露出对我的轻视。我无法直视他们。

我的左腿僵住了，我双手双膝着地，注视着一个黑色的水洼。我站起来，从人群中挤过，弯腰穿过路障。

我沿着路边蹒跚前行，蹚过一道浅浅的排水沟，驱赶着雨滴。光秃秃的树木伸向天空，责难地朝我伸过来。沟渠里的水哗啦啦作响，泛着白沫。汽车排成了长龙，一动不动。我听到司机们的交谈。一个人对我大喊：

"她跳下去了吗？发生了什么？他们什么时候开放道路？"

我继续往前走，眼睛凝视前方，左臂不再摆动。血液在我耳朵里嗡嗡作响。也许是我这张脸让她跳下去的。帕金森症面具，就像正在冷却的青铜。她看到了什么或是没看到什么吗？

我蹒跚着朝排水沟走去，身体探过安全护栏，一直吐到胃里空空如也。

桥上有个家伙正跪在那里大吐特吐，还对着一摊水说话，仿佛它在听。早餐。午餐。晚餐。全吐了出来。如果有个毛茸茸的棕色圆东西呕上来了，我希望他能使劲往下咽。

人们拥过桥面，从桥边往下看。他们看着我的天使掉落。她像一个被剪断了提线的木偶，在空中翻滚着，松散的四肢和身体，像她出生时一样一丝不挂。

我为他们献上了一场表演；一场高空钢索表演；一个女人从桥沿上跨到空中。你听到了她理智碎裂的声音吗？你看到了树木在她身后虚化成的绿色瀑布吗？时间仿佛都停止了。

我把手伸到牛仔裤的后兜里，掏出一把钢梳。梳子从头发中掠过，留下了从前到后间隙均匀的轨迹。我的眼睛没有离开大桥。我额头贴着窗户，看着那些陡斜的钢缆在闪光灯的照射下变成了蓝色。

雨滴在阵风的吹拂下敲击着玻璃，窗框格格作响。天色渐暗。我希望能从这里看到水面。她是浮着呢，还是直接沉入了河底？断了多少根骨头？她咽气之前失禁了吗？

这个角楼房间在一栋乔治王朝风格的房子里，房子的主人是个阿拉伯人，他外出过冬去了。一个浸在油里的有钱下流坏子。这房子曾经是一间寄宿旅馆，直到他把它重新装饰一番。埃文河谷就在两条街之外，我能从这个房间越过房顶看到河谷。

我疑惑那是谁——桥上的那个男人？他跟那名高个子警察一块儿来的，走路的样子有些奇怪，一条胳膊摆动，另一条却不动。可能是个谈判专家。一名心理学家。看起来有点恐高。

他试图劝阻她，但她没有听。她在听我说话。这就是专业人士和他妈的外行之间的差别。我知道如何撬开一个人的理智。我可以让它屈服或者折断。我可以让它进入冬眠模式。我可以用一千种方法折磨它。

我曾经跟一个叫霍珀的家伙共事，一个来自亚拉巴马州的乡巴佬，一见到血就呕吐。他曾是一名海军陆战队队员，老是跟我们说世界上最致命的武器就是海军陆战队队员和他的步枪。当然，他呕吐的时候除外。

霍珀对电影很着迷，总是引用《全金属外壳》里枪炮军士哈特曼的台词，朝新兵大吼大叫，骂他们是蛆虫、浑蛋和两栖动物的粪便。

霍珀不善于观察，做不了审问者。他就爱欺凌弱小，但这不够。你必须机敏过人。你得了解他们——他们恐惧什么，他们如何思考，困境中他们会对什么紧握不放。你要眼观耳听。人们显露内心的方式千差万别。他们穿的衣服、鞋子，他们的双手、说话的声音、停顿和迟疑、下意识的动作和手势。用心听，仔细看。

我的视线移到大桥上方珠灰色的云层上，云层依然在为我的天使哭泣。她落下时看上去的确很美丽，就像一只折翼的白鸽或是被气枪射伤了的丰满鸽子。

我小时候常用枪射鸽子玩。我们的邻居休伊特老头有一个鸽舍，常常带它们出去飞。它们都是正统的信鸽，他外出时就带上它们，然后放飞。我就坐在卧室的窗户边，等着它飞回家。那个愚蠢的老浑蛋一直搞不明白为什么这么多鸽子没有飞回家。

我今晚能睡个安稳觉了。我已经摆平了一个荡妇，并给其他的发出了讯息。

还有那一个……

她会像信鸽一样飞回来的。我会等她。

# 第二章

一辆沾满泥污的路虎打着滑停在了路边松散的碎石上。我在桥上见过的那个女警察探身打开了副驾驶一侧的车门。铰链嘎吱作响以示抗议。我全身都湿透了。鞋子上都是呕吐物。她告诉我不用担心。

她重新开上马路，用力扳动僵硬的变速器，费力地开着这辆路虎在街道上穿梭。在之后的几英里中，我们都一言未发。"我是探长韦罗妮卡·克雷（Cray）。朋友们都叫我罗妮。"

她顿了顿，看我是否明白这名字所暗含的讽刺意味。罗尼和雷吉·克雷（Kray）是二十世纪六十年代伦敦东区的悍匪。

"我的姓是C开头，不是K，"她补充说，"我的祖父改变了姓氏的拼写方式，因为他不想让人觉得我们跟一个暴力精神病家族有什么关系。"

"所以你们两家是有关系的？"我问。

"远房堂兄弟之类的关系。"

雨刷狠狠地抽打着风挡玻璃的底部边缘。车里有股淡淡的马粪和湿干草的味道。

"我见过罗尼一次，"我对她说，"在他死前不久。我当时在为英国内政部做一项研究。"

"那时他在哪里？"

"布罗德莫尔。"

"那所精神病院监狱。"

"是那个地方。"

"他人怎么样？"

"保守派，彬彬有礼。"

"是，我知道这种人——对他的母亲非常好。"她笑了。

我们又沉默地走了一英里。

"我听过一个故事，说罗尼死后，病理学家取出了他的大脑，因为他们打算做实验。他的家人发现了，要求病理学家把脑子还回来。他们为他的脑子单独举行了一场葬礼。我一直不知道一场脑子的葬礼是什么情形。"

"小小的棺木。"

"鞋盒大小。"

她用手指敲打着方向盘。

"那不是你的错，你知道，在桥上的时候。"

我没有回答。

"瘦小的明妮在你上桥之前就打定主意要跳下去了。她不想被人救下。"

我的视线转向左侧。车窗外面，夜色渐浓，什么都看不到了。

她在大学把我放下，伸出手跟我握手。指甲很短。握手很有力。我们松开时，我的手里有张名片。

"背面是我家里的电话，"她说，"有机会去喝一杯。"


我之前把手机关机了。语音信箱里有三条朱莉安娜发来的信息。她从伦敦乘坐的火车一个多小时前就到了。她的声音从愤怒转为担心，继而又变成催促。

我已经三天没见她了。她和她的上司——一个美国风险投资人——

去罗马出差了。我那杰出的妻子能说四种语言，而且成了一名成功的商业人士。

我开车进入停车场时，她正坐在行李箱上拿着掌上电脑忙活。

"要搭顺风车吗？"我问。

"我在等我丈夫，"她回答，"他一小时前就该来，但他没有现身。电话也没打。他没有一个好借口这会儿是不会现身的。"

"对不起。"

"这是道歉，不是借口。"

"我应该打电话的。"

"这话等于没说。可这依然不是借口。"

"那我跟你解释，低声下气地道歉，外加一次脚部按摩。"

"你想做爱的时候才会给我做脚部按摩。"

我想反对，但她说得没错。我下了车，透过袜子感受到了冰凉的地面。

"你的鞋去哪儿了？"

我低头看看双脚。

"鞋上有呕吐物。"

"有人吐你身上了？"

"我自己吐的。"

"你湿透了。怎么回事？"我们的手在行李箱的提手上碰到一起。

"一起自杀事件。我没能阻止她。她跳下去了。"

她抱住我。她身上有股味道。一股不同的味道。木头燃烧的烟味。丰盛的食物。酒。

"我很抱歉，乔，一定糟透了。你知道她的什么信息吗？"

我摇了摇头。

"你是怎么牵涉进去的？"

"他们去了学校。我真希望自己救下了她。"

"你不能责备自己。你并不了解她。你不知道她的问题。"

我避开油腻的水洼，把她的箱子放进后备厢，然后帮她打开驾驶室车门。她坐到方向盘后面，整理好裙子。最近她已经能不假思索地接过驾驶的任务了。从侧面看，当她眨眼时，睫毛从她的脸颊上轻轻掠过，她那粉色的外耳郭从头发里透了出来。天哪，她真美。

我还记得在特拉法尔加广场附近的一个酒吧里第一次看到她时的情形。她当时在伦敦大学一年级学语言，而我是个研究生。她刚目睹了我的高光时刻之一，那是在南非大使馆外面的一场关于"种族隔离之恶"的街头演说。我确定，在军情五处内部的某个地方，一定有那个演讲的稿子，还有一张你穿着高腰牛仔裤、玩弄着八字胡的照片。

集会结束后，我们去了一家酒吧，朱莉安娜走过来自报家门。我提出请她喝一杯，努力不让自己盯着她看。她的下唇上有颗迷人的黑色雀斑……现在还在。跟她说话时我的眼睛会不由自主地往那儿看，我们接吻时，我的嘴唇也会不由自主地往那儿移。

我不用靠烛光晚餐或鲜花向朱莉安娜求爱。是她选择了我。到了第二天上午，我发誓，千真万确，我们就一边吃着烤面包、喝着茶，一边规划我们共同的生活了。我爱她的理由有千百个，但主要还是因为她支持我、陪伴我，因为她的心大到足以容纳我们俩。她让我变得更好、更勇敢、更坚强；她允许我去梦想；她支撑着我。

我们沿着A37街，经过两侧的灌木墙、栅栏和围墙，朝弗罗姆驶去。

"课上得怎么样？"

"布鲁诺·考夫曼觉得很鼓舞人心。"

"你会是个好老师。"

"按照布鲁诺的说法，帕金森症为我加分不少。因为它造就了一副真诚的模样。"

"别这么说，"她生气地说，"你是我认识的最真诚的人。"

"是玩笑。"

"好吧，并不好笑。这个布鲁诺听起来冷嘲热讽的。我不太喜欢他。"

"他也可以很有魅力。等着瞧吧。"

她并不相信。我改变了话题。"出差怎么样？"

"忙坏了。"

她开始讲述她的公司如何代表一家德国公司去洽谈有关收购一系列意大利电台的事。其中一定有很有趣的部分，但不等她讲到那里我就失去了兴趣。九个月了，我依然记不住她同事或是上司的名字。更糟的是，我甚至没法想象自己会记住。

汽车在韦洛一栋房子外面的停车位上停下。我决定穿上鞋。

"我给洛根太太打了电话，告诉她我们会迟点到。"朱莉安娜说。

"她听上去语气如何？"

"还是那样。"

"我敢肯定她一定觉得我们是世界上最差劲的父母。你是一个事业型女人，而我是一个……我是一个……"

"男人？"

"可以这么说。"

我们都大笑起来。

洛根太太每周二和周五照看我们三岁的女儿，埃玛。现在我要在大学教书，我们需要一名全职保姆。我周一会面试人选。

埃玛冲到门口，一把抱住了我的腿。洛根太太站在门廊里。她那特大号的T恤从胸部垂下，盖住了下面的大肚子。我始终搞不清楚她是有了身孕还是太胖了，所以我对此避而不谈。

"抱歉我们迟到了，"我解释道，"临时有点状况。以后不会了。"

她从钩子上取下埃玛的外套，把她的背包塞到我怀里。这种沉默对待很正常。我抱起埃玛，她手里抓着一幅蜡笔画——由线条和斑点构成的涂鸦。

"送给你，爸爸。"

"真漂亮。这是什么？"

"一幅画。"

"我知道。一幅什么画？"

"就是一幅画。"

她会陈述显而易见的事实让我出丑，这点像她妈妈。

朱莉安娜把她从我怀里接过去，紧紧地抱住了她。"四天不见你就长大了。"

"我三岁了。"

"一点没错。"

"查莉呢？"

"她在家里，亲爱的。"

查莉是我们的大女儿。她十二岁了，马上就二十一了。

朱莉安娜让埃玛坐到她的安全座椅上，我放上她最爱的CD，上面有四个穿着天线宝宝颜色上衣的澳大利亚中年男人。她在后排胡言乱语，扯掉了袜子，因为她喜欢入乡随俗。

我想，自从搬出伦敦以后，我们都有点入乡随俗了。这是朱莉安娜提出来的点子。她说搬出来我就没那么大压力了，这倒是真的。房子更便宜，学校也很好。孩子们能有更大的活动空间。都是些惯常的理由。

朋友们都觉得我们疯了。萨默塞特？你一定不是当真的。那里到处是傻将军和穿着绿色长筒靴的队伍，他们会参加小马俱乐部的集会，驾着四驱车，后面拖着热闹的马拉花车。

查莉不想离开她的朋友，但是一想到可能拥有一匹马就想通了，不过养马一事还在谈判阶段。所以，现在我们住在荒芜的西南部，被当地人以闯入者对待，直到四代奥洛克林家的人葬在村子的教堂墓地里，他们才会完全信任我们。

　　房子里亮着灯，看着像大学宿舍。查莉还没有拯救地球的愿望，所以不会在离开房间时随手关灯。此刻，她正叉着腰站在门口。

　　"我看到爸爸上电视了。就是刚刚……在新闻里。"

　　"你从来都不看新闻。"朱莉安娜说。

　　"有时候我也看。一个女的从桥上跳下去了。"

　　"你爸爸不想再提……"

　　我把埃玛从车里抱出来，她立刻像考拉抱树一样抱住了我的脖子。

　　查莉继续向朱莉安娜讲新闻上的事。小孩子为什么会对死亡这么着迷？死了的鸟。死了的动物。死了的昆虫。

　　"今天在学校怎么样？"我试图转移话题。

　　"很好。"

　　"学了什么？"

　　查莉翻了个白眼。自她上幼儿园起，每个上课日的下午我都会问这个问题。她早就放弃回答了。

　　房子里突然热闹起来。朱莉安娜开始做饭，我给埃玛洗了澡，然后花了十分钟找她的睡衣，而她光着身子在查莉的房间里跑进跑出。

　　我朝楼下大喊："我找不到埃玛的睡衣！"

　　"在最上面的抽屉里。"

　　"我找过了。"

　　"枕头下面。"

　　"没有。"

　　我知道接下来会发生什么。朱莉安娜会一路跑上楼来，却发现睡衣就在我面前放着。这叫"寻物眼盲症"。她大声喊查莉："帮你爸爸找找埃玛的睡衣。"

埃玛想听睡前故事。我只好现编了一个，里面有一个公主，一个仙女，还有一头会说话的驴。当你对一个三岁的孩子进行创意控制的时候，就会这样做。我跟她吻安，然后半掩房门。

晚饭。一杯酒。我刷盘子。朱莉安娜在沙发上睡着了，我哄她上楼，给她放洗澡水，她迷迷糊糊地跟我道歉。

几天不见，再见时就是我们最好的夜晚。触摸，互相摩擦，几乎等不及查莉上床睡觉了。

"你知道她为什么跳下去吗？"朱莉安娜边问边坐到水里。我坐在浴缸沿上，一直盯着她的眼睛。我的视线想往下滑，她的乳头从泡泡里露了出来。

"她不跟我说话。"

"她一定很伤心。"

"是的，一定是这样。"

# 第三章

午夜。又下雨了。雨水在我们卧室窗外的下水管里汩汩作响，然后顺着山坡汇成一股，此刻已经变成一条河，淹没了堤道和石桥。

我曾经很喜欢在孩子们睡着的时候保持清醒，这让我觉得自己像个守护者，照看着她们，守护着她们。但今晚不同。每次我闭上眼睛，就会看到一具歪歪斜斜的尸体，而我脚下的地面分裂开来。

朱莉安娜醒过一次，把手放到我胸口上，仿佛是要平复我的心跳。

"没关系，"她低声说，"我在这儿呢。"

她没有睁开眼睛，又把手抽走了。

早上六点钟，我吞下一个白色小药片。我的腿抽搐得像一只在睡梦里追逐野兔的狗。慢慢地，这条腿恢复了平静。按照帕金森症的说法，我现在"用药"了。药起作用了。

四年前，我的左手就向我传达了这个信息。这信息不是手写的，也不是打印在漂亮的纸张上的。它是手指不自主地胡乱颤动，一次抽搐，一个神不知鬼不觉的动作，一个变为现实的预兆。那时，我并不知道，大脑已经在秘密地准备跟心离婚。这是一起旷日持久、不涉及财产分割之类的法律纠纷的离婚案——没有"CD光盘归谁"或是"格雷丝姨妈的古董餐具柜归谁"之类的问题。

这场分离始于我的左手，进而传到右臂、腿和脑袋。现在，仿佛我的身体由另一个人掌握和操控着，他长着我的模样，却很陌生。

看着以前的家庭录像，我发现确诊前两年身体就有了变化。我在球场边看查莉踢足球，肩膀前倾，像有寒风迎面吹来。驼背是从那时开始的吗？

我经过了悲伤和哀恸的五个阶段。从开始的不肯承认，到痛骂上天不公，再到和上帝订立条约，然后钻进一个黑洞，最终接受了自己的命运。我得了逐渐加重的神经障碍。我不会使用"不可治愈"一词。肯定有治愈方法，只是还没有被人发现而已。与此同时，分离仍将继续。

我希望我能告诉你们我现在已经妥协了。我比以前更快乐。我已经开始拥抱生活，结交新朋友，并感到很满足。

我们有一栋日渐破败的乡下小屋，一只猫，一只鸭子，还有两只仓鼠，名叫比尔和本，虽然它们是母的（宠物店老板看上去并不是很确定）。

"这很重要。"我告诉他。

"为什么？"

"我家里的女人已经够多了。"

据我们的邻居努特奥太太说，我们的房子里还住着一个女鬼，显然是一位过世的女主人，她听说自己的丈夫在"伟大的战争"①中牺牲后，从楼梯上摔了下去。

我一直对这个词感到惊奇：伟大的战争。一战有什么伟大的？八百万士兵在战争中丧生，还有大致相同数量的平民死亡。相似的还有"伟大的萧条"②。我们就不能换个叫法吗？

我们住在一个名叫韦洛的村子里，距离巴斯大学五英里半。它是那种精巧、雅致、明信片大小的一簇建筑物，看上去都不足以容纳自己那厚重的历史。村子里的酒吧——狐狸和獾酒吧——都两百岁了，里面还住着个

---

① Great War，即第一次世界大战。

② Great Depression，即经济大萧条。

矮人。乡土气息多么浓厚啊。

再也没有新手司机把车倒上我们的车道，没有狗在人行道上大便，大街上也没有了刺耳的汽车警报声。现在，我们有邻居了。在伦敦，我们也有邻居，但我们装作他们不存在。在这里，他们会过来借园艺工具和面粉。他们甚至会分享自己的政治观点，这对生活在伦敦的人来说简直是离经叛道，除非你是个出租车司机或政客。

我不知道自己曾对萨默塞特有何期许，但这些足够了。如果我听上去太多愁善感了，请原谅我。要怪帕金森先生。有些人觉得多愁善感是一种不劳而获的情感。但我不一样。我每天都在为之付出代价。


雨势减弱，变成了蒙蒙细雨。周遭已经够湿了。我把一件夹克举到头顶，打开后门，沿着人行道往前走。努特奥太太在清理花园里的排水沟。她头上戴着卷发夹，脚上穿着长筒雨靴。

"早上好。"我说。

"去你的。"

"雨可能要停了。"

"去死吧。"

据狐狸和獾酒吧老板赫克托说，努特奥太太对我本人并没有成见。显然，我们房子的一位前主人曾经承诺会娶她为妻，结果却跟邮局局长的妻子跑路了。事情过去了四十五年，努特奥太太依然无法释怀。所以，谁拥有了这栋房子，谁就要背负这个骂名。

我绕过水洼，沿着人行道走到村子里的商店，尽量不把水滴到门里面成摞的报纸上。我一页页地浏览报纸，先从大报开始，寻找对昨天发生的事件的报道。报上有图片，但文字报道只有几段话。自杀事件不适合做头条，因为编辑们担心会被竞相模仿。

"你如果想在这里看，我去给你找把舒服的椅子，倒一杯茶。"商店老板埃里克·韦尔抬眼说道，他正在看一份摊在他带文身的前臂下方的《每日镜报》。

"我在找东西。"我带着歉意解释道。

"是你的钱包吧。"

埃里克看上去开的是一家码头酒吧，而不是一间乡村商店。他的妻子吉娜从储藏室里出来了。她天生有些神经质，埃里克一有突然的动作，她就畏缩不前。她用托盘端着碳酸饮料，身体几乎要被压弯了。埃里克后退一步，让她过去，然后又把胳膊肘放到柜台上。

"在电视上看到你了，"他低声说，"我该早点告诉你她会跳的。我看出来了。"

我没有回答。说不说都一样，他还没打算停下。

"你跟我说说，如果有人非要自杀，为什么不能去个私密的地方，非要堵塞交通，浪费纳税人的血汗钱？"

"她看上去显然很不安。"我含糊地说。

"你的意思是，怯懦。"

"需要很大的勇气才能从桥上跳下去。"

"勇气。"他嘲弄地说道。

我看了一眼吉娜。"向人求助则需要更大的勇气。"

她别过脸去。


十点钟左右，我给布里斯托尔警察局打电话，找阿伯内西警长。雨终于停了。在树梢上方，我看到一片湛蓝中有一道淡淡的彩虹。

电话那头一阵嘈杂声："找我干吗，教授？"

"我为昨天的事道歉——我离开得太突然了。我当时感觉不太舒服。"

"一定是有急事。"

阿伯内西并不喜欢我。他觉得我不够专业或者不称职。我之前见过他这样的警察——勇士类型，觉得自己与众不同，且在大众之上。

"我们需要录口供，"他说，"会有一场讯问。"

"你们已经确定她的身份了？"

"还没有。"

接着是一阵沉默。我的沉默激怒了他。

"可能你没有注意到，教授，她当时没有穿任何衣服，这意味着她没有携带任何身份证明。"

"当然，我理解。只是——"

"什么？"

"我原以为现在该有人报告她失踪了。她精心打扮过：头发、眉毛、比基尼线。指甲修剪得整整齐齐。她舍得为自己花费时间和金钱。她可能有朋友，有工作，有在乎她的人。"

阿伯内西一定在记录，我听到了他写字的声音。"你还有什么要跟我说的？"

"她有妊娠纹，这意味着她有孩子。按照她的年龄，孩子很可能都上学了，小学或者初中。"

"她跟你说什么了吗？"

"她在用手机跟一个人通话——恳求他。"

"恳求什么？"

"我不知道。"

"她就说了这么多？"

"她说我不明白。"

"好吧，这点她倒说对了。"

这个案子让阿伯内西恼火，因为它并不一目了然。除非他查到了她的名字，否则他就无法出具必要的口供，然后将其交给法医。

"你想让我什么时候过去？"

"今天。"

"不能等等吗？"

"如果我周六要上班，那你也可以。"

埃文和萨默塞特警察局总部位于塞汶河口的波蒂斯黑德，在布里斯托尔以西九英里处。总部大楼的建筑师和规划师可能错误地认为，如果他们把大楼建在远离犯罪猖獗的布里斯托尔市中心，行凶者也许会离开市中心，来找他们。只要我们建了大楼——他们就会来。

天空放晴了，但田野依然被淹没在水下，栅栏像沉船的桅杆一样，从令人作呕的水里伸出来。在索尔特福德郊区的巴斯路上，我看到十来头牛挤在一块被洪水围困的草地上。它们的蹄子下面散落着一捆散开了的干草。

在其他地方，裹挟着烂泥、碎屑的洪水被栏杆、树木和桥梁困住了。成千上万只牲畜溺水而亡，被人丢弃的机械设备散落在低洼处，上面盖满了泥污，仿佛生锈了的青铜雕塑。

阿伯内西有一个文职秘书，一个身材瘦小、头发花白的女人，衣服的颜色比她的个性还要丰富。她不情愿地从椅子上站起身来，把我领进他的办公室。

这位身材壮硕、一脸雀斑的警长正坐在一张办公桌边。他的衣袖扣得整整齐齐，浆得很硬挺，一道明显的折痕从手腕一直延伸到肩部。

他用低沉的声音说："我想你可以自己写声明吧。"他说着把一个大号书写簿推向我。

我低头看着他的桌子，注意到一打文件夹和一捆照片。在这么短的时间内已经做了这么多文书工作，真了不起。其中一个文件夹上写着"死后"。

"我可以看一下吗？"

阿伯内西看了我一眼，仿佛我鼻子出血了，然后把它滑了过来。

埃文和萨默塞特警察总部法医室

尸检报告　编号：DX-56 312

死亡时间：2007/09/28 17:07

姓名：未知

出生日期：未知

性别：女

体重：58.52 kg

身高：168 cm

眼睛颜色：棕色

这是一具发育良好、营养充分的白人女性尸体。虹膜为棕色。角膜清澈。瞳孔静止，扩大。

尸体触感冰凉，背部呈青黑色，局部僵硬。身上没有文身、畸形，尸身完整。受害者下腹部的比基尼线上有一长五英寸[①]的线状伤疤，意味着死者生前接受过剖宫产手术。

双耳均被穿刺。头发长约十六英寸，棕色，烫过。牙齿为自然状态，完好无损。指甲短而圆滑，上有指甲油。趾甲上也留有粉色指甲油。

下腹部和背部有钝力损伤所致的严重的软组织擦伤和淤斑。以上伤痕符合高处坠落的撞击效果。

外部及内部生殖器均无遭受性侵的痕迹。

这些资料透着赤裸裸的残酷。一个有着一生经历的人竟然像商品目录中的一件家具一样，被贴上了种种标签。病理学家称了她器官的重量，检

---

① 1英寸合2.54厘米。

查了她的胃内容物，获取了组织样本，并且检验了她的血液。人死了，便没有任何隐私可言。

"那毒理学报告呢？"我问。

"报告周一才能出来，"他说，"你觉得她吸毒了？"

"有这个可能。"

阿伯内西正要说什么，然后改变了主意。他从一个硬纸筒中取出一张卫星地图，摊开在桌面上。地图中央是克里夫顿悬索桥，从平面图上看，它仿佛就躺在水面之上，而不是在上方七十五米的地方。

"这是利伍兹公园，"他指着埃文峡谷西侧的一片深绿色区域说，"周五下午一点四十分，一名在阿什顿自然保护区里遛狗的男子看到过一个穿着黄色雨衣、几近赤裸的女人。当他靠近她时，她跑开了。她在用手机打电话，他以为是什么电视节目的噱头。

"第二次目击发生在下午三点四十五分。一名干洗公司的送货司机看到一个完全赤裸的女人走在圣玛丽路附近的罗恩汉姆山路上。

"大桥西端的一个监控探头在下午四点零二分拍到了她。她一定是一路从利伍兹公园沿着大桥路走过去的。"

这些细节就像时间线上的标记点，把那个下午分成了几个无法解释的片段。第一次和第二次目击之间相差两小时，距离相隔半英里。

警长快速地翻动视频画面，那个女人仿佛在以颤动的慢动作前进。雨水模糊了镜片，每张照片的边缘都有些模糊不清，但她全身赤裸这一点却再清楚不过。

最后几张照片显示，她躺在一条平底船的甲板上，像白化病人一样白。臀部和扁平的乳房周围泛着铁青色。唯一可辨别的颜色是她红色的口红和肚子上涂着的字母。

"你们找到她的手机了吗？"

"手机掉在河里不见了。"

"那她的鞋呢？"

"周仰杰牌的，鞋子很贵，但换过鞋跟。"

照片被扔到一旁。警长几乎毫不同情这个女人。她是个待解决的问题，他想要一个解释——不是为了内心的平静，也不是出于职业好奇心，而是因为此案的某个方面困扰着他。

"我不理解的是，"他说，眼睛并没有看我，"她为什么走进森林里？如果她想自杀，为什么不直接去桥上，然后跳下去？"

"她可能在做思想斗争。"

"全身赤裸着？"

他说得对。确实匪夷所思。她的人体艺术也同样令人不解。自杀是终极的自我厌恶，但通常，没有进行公开自虐和自我羞辱的特征。

我的眼睛还在浏览照片。我的视线停在了一张照片上。我看到自己站在桥上。从拍摄的角度看去，我好像能触碰到她，能在她跳下去之前伸手抓住她。

阿伯内西也注意到了这张照片。他从椅子上站起身来，走到门口打开门，我也站了起来。

"这真是糟糕的一天，教授。我们都会有这样的经历。做个声明，然后你就能回家了。"

他桌子上的电话响了。他接电话的时候我还在门口。我只能听到他这边的对话。

"你确定？她最后一次见她是什么时候……好的……那她之后再没有她的消息？对……她现在在家吗……

"派人去那所房子，把她接过来。别忘了让他们带上照片。我可不想让一个十六岁的孩子去辨认尸体，除非我们完全确定那是她妈。"

我的心头一沉。女儿。十六岁。自杀不是一个自我决定或者自由意志的问题。身后总有人被抛弃。

# 第四章

　　从伊斯特维尔公园的船库走到斯泰普尔顿路，需要十分钟。我避开了工业区和被烂泥覆盖的运河，走水泥浇筑的M32立交桥。

　　塑料购物袋勒进我的手指。我把它们放在人行道上，休息一下。现在离家不远了。我有补给了：塑料盘装的饭菜、一提六罐装啤酒、一块装在三角形塑料盒里的芝士蛋糕——周六晚上犒劳自己一下——都是从一个巴基斯坦食品商那里买的，他在柜台下面藏了一把枪，柜台旁边是用塑料包装袋装着的色情杂志。

　　狭窄的街道纵横交错，两侧是露台和门面平整的店铺。一家酒行。一家博彩公司。在兜售二手衣服的救世军。禁止沿街召妓、随地小便以及——我超爱这个——张贴海报的海报。没有人注意这些。这就是布里斯托尔——谎言、贪婪和腐败政客之城。右手总是知道左手在做什么：抢掠。我爸会这么说。他一直在控诉别人偷窃他的东西。

　　风雨剥落了鱼塘路两旁树上的叶子，落叶填满了排水沟。一台装着旋转轮的清扫机在停着的汽车之间来回穿梭。真遗憾它不能捡起人类的垃圾——吸毒成瘾的贫民区孩子，不是想让我上她们，就是想让我从她们那儿买毒品。

　　其中一个娼妓站在街角。一辆车停了下来。她讲了价钱，头往后一仰，像匹马一样笑了。吸了毒的马。不要骑她，伙计，你不知道她去过哪里。

在格伦公园和鱼塘路街角的一间咖啡厅里，我把雨衣挂在门口的钩子上，帽子挂在旁边，还有我的橙色围巾。里面很温暖，有股煮沸的牛奶和烤面包的味道。我挑了一张靠窗的桌子，然后花点时间梳梳头，让金属梳齿紧贴着头皮，从额头一直梳到后颈。

女服务员身材魁梧，几乎算得上好看，再过几年才会发胖。她在桌子之间走动的时候，带褶的裙子摩擦着我的大腿。她的一根手指上贴着膏药。

我拿出笔记本，还有一根尖得足以使人致残的铅笔。我开始写起来。先是日期，然后列出要做的事。

角落里的桌子边坐着一个顾客。一个女人。她在用手机发信息。如果她看向我，我就对她报以微笑。

她不会看的，我想。是的，她会。我给她十秒钟。九……八……七……六……五……

我想这个干吗？傲慢的婊子。我可以擦掉她脸上的冷笑，在她脸上涂上睫毛膏，可以让她质疑自己的姓氏。

我并不期望每个女人都跟我打招呼。但是如果我跟她们问好，微笑，或是寒暄，她们至少应该礼貌地报以回应。

图书馆里的那个印度女人，红褐色的手，眼睛里透着失望，她就总是微笑。其他的图书管理员又老又疲惫，把所有人都当偷书贼看待。

那个印度女人有一双细长的腿。她应该穿短裙，好好利用它们，而不是把它们捂起来。当她在桌子边交叉双腿时，我只能看到她的脚踝。她经常交叉腿。我觉得她知道我在看她。

我的咖啡到了。牛奶应该再热点。我不会拿去换。那个几乎算得上好看的女服务员会沮丧的。我下次再跟她说。

清单差不多列好了。左侧一栏是人名、联系人、利益相关者。找到她们后我就把她们挨个划去。

我把硬币放在桌子上，穿上外套，戴上帽子，围上围巾。那个女服务员没看到我离开。我应该把钱递给她的，那样，她就得看我了。

提着购物袋，我没法走快。雨水流入眼眶，在排水管里哗啦啦作响。我到了伯恩巷的尽头，一个带大门的前院外面。院子用栅栏围着，栅栏顶上绕着带刺的铁丝网。这曾是一个附带房子的钣金工厂之类的车间。

门上有三把锁——一把丘博保险锁，一把五销韦泽锁，还有一把是利普斯8362C型锁。我从底部开始，仔细听钢制锁销在锁芯里伸缩。

我从早上送来的邮件上跨过去。门厅里没有灯。我把灯泡摘了下来。这栋房子有两层，空荡荡的，被封起来了。暖气片冷冰冰的。我签署租约的时候，房东斯温格勒先生还问我是不是家里人口很多。

"不。"

"那你为什么需要这么大的房子？"

"我的心很大。"我说。

斯温格勒先生是犹太人，但看着像个暴戾的光头党。他在特鲁罗还有家旅馆，在圣保罗斯有栋公寓楼，都离这儿不远。他跟我要推荐信。我没有。

"你有工作吗？"

"有。"

"不准带毒品。不准开派对。不准纵欲（orgies）。"

他可能说的是"养狗"（corgis），我听不懂他的口音，但我还是预付了三个月的租金，这才堵住他的嘴。

我从冰箱顶上拿起一个手电筒，回到门厅里，把邮件捡起来：一张煤气账单、一份比萨菜单，还有一个左上角印着校徽的白色大信封。

我把信封拿到厨房，放到桌子上，然后把买的东西放好，打开一罐啤酒。我坐了下来，一根手指伸到信封口下面，撕出一条歪歪斜斜的线。

信封里装着一本光面纸印刷的杂志，以及一封巴斯的奥德菲尔德女子学校招生秘书写来的信。

> 亲爱的泰勒夫人：
>
> 　　对于您要求提供的地址，很抱歉，我们并不持续记录往届学生的信息，但有一个校友网站。您需要联系召集人黛安娜·吉莱斯皮获取用户名、个人识别码和密码，才能登录包含校友联系方式的网站安全站点。
>
> 　　我这里附上一份一九八八年的学校年鉴，希望能给您带回一些美好的回忆。
>
> 　　祝您好运
> 　　谨启
>
> 贝琳达·卡森

年鉴的封面上有一张三个女孩的照片，她们面带微笑，身穿校服，正穿过学校的大门。校徽上印有拉丁文"Lux et veritas"（光明与真理）。

里面有更多照片。我一页页翻着，手指抚摸着照片。有些是在阶梯上拍的班级合照。前排的女生双腿并拢坐着，手放在膝盖上，中间一排站着，后排一定是站在长椅上。我仔细看着标注：姓名、班级和年份。

她在那儿，我的爱人，荡妇中的荡妇。第二排，右边第四个。她留着棕色的短发，圆脸，带着一丝笑意。那时你才十八岁，十年后才遇到我。十年，其中有多少个日夜啊？

我把年鉴夹在腋窝下，又拿了一罐啤酒。楼上，一台电脑在桌子上嗡嗡作响。我输入密码，打开一个在线电话目录。屏幕刷新了。一九八八届有四十八位毕业生。四十八个名字。我今天是找不到她了。今天不行，但很快会找到。

也许我会再看一遍视频。我喜欢看她们中的一个人从高处坠落。

## 第五章

查莉穿着牛仔裤和运动衫，正跟埃玛在客厅里跳舞。音乐声音很大，她把埃玛抱到腰间，旋转，埃玛的上身向后仰又向上抬，咯咯地大笑个不停。

"小心点。你会让她吐出来的。"

"看看我们的新动作。"

查莉把埃玛抱到肩膀上，然后上身前倾，让埃玛顺着她的背爬下去。

"真聪明。你们真应该参加马戏团。"

查莉在过去几个月里长大了很多，很高兴看到她像个孩子一样，跟她妹妹玩耍。我不想让她这么快长大。我不希望她成为一个肚子上打着脐环、穿着"我睡了你男友"的T恤在巴斯闲逛的女孩。

朱莉安娜自有一套理论。性在别处都更为直率，唯独在现实生活中不是。她说十几岁的女孩可能穿成帕里斯·希尔顿的模样，或者像碧昂丝一样跳舞，但这并不意味着她们会拍业余色情视频或是在汽车引擎盖上做爱。求你了，上帝，我希望她说得没错。

我已经能看到查莉身上的变化了。她正经历一个单音节阶段，不在父母身上多浪费一个字。她省下来的话都给了朋友，然后一小时接一小时地用手机发信息和在网上聊天。

从伦敦搬出来的时候，我和朱莉安娜讨论过把她送到寄宿学校，但我想晚上跟她吻安，早上唤她醒来。朱莉安娜说我在尽力弥补我跟我父亲之间缺失的时光，他是上帝的私人待命医生，八岁就把我送到了寄宿学校。

也许她说得对。

朱莉安娜下楼去看楼下什么事这么热闹。她在办公室里上班，翻译文件，发送邮件。我揽住她的腰，跟随音乐翩然起舞。

"我觉得我们应该为舞蹈课练习练习。"我说。

"什么意思？"

"舞蹈课周四开始。拉丁舞初级班——桑巴和伦巴！"

她突然沉下脸。

"怎么了？"

"我去不了。"

"为什么？"

"我明天下午得赶回伦敦。我们周一一早就要飞莫斯科。"

"我们？"

"德克。"

"哦，浑蛋德克。"

她面带愠色地看着我。"你甚至都不认识他。"

"他就不能再找一个译员吗？"

"我们已经为这次交易工作三个月了。他不想再换个新人。我也不想把它交给其他人。对不起，我应该提前跟你说的。"

"没事。你忘了。"

我的挖苦激怒了她。

"没错，乔，我就是忘了。不要这么小题大做。"

接下来是一阵尴尬的沉默。两首歌之间的空白。查莉和埃玛也不再跳舞。

朱莉安娜先开口了："很抱歉。我周四回来。"

"我会取消舞蹈课。"

"你去吧。你会玩得很开心的。"

"但我从来没有去过。"

"那是初级班。没人希望你能跳得像弗雷德·阿斯泰尔一样好。"

舞蹈课是我的主意。其实，是我的好朋友乔克向我建议的，他是个神经学家。他给我寄来的一些文献上说，练习协调能力对帕金森症患者有好处。练瑜伽或者上舞蹈课。可能的话两者都做。

我跟朱莉安娜说了。她觉得这主意挺浪漫的。我倒觉得是个挑战。

我会向帕金森症先生下战书。一场生死决斗，充满了快速旋转和快速移动的脚步。狭路相逢勇者胜。

埃玛和查莉又开始跳舞了。朱莉安娜加入她们，毫不费力就找到了节奏。她朝我伸出手，我摇了摇头。

"来嘛，爸爸。"查莉说。

埃玛扭了扭屁股。这是她的拿手动作。我没有什么拿手动作。

我们跳啊，唱啊，笑得瘫坐到沙发上。朱莉安娜很久没有这样开怀大笑了。我的左臂颤抖起来，埃玛抓着不让它动。这是她的游戏。先是两手抓着，然后松开手，看它还抖不抖，之后再抓住。

晚上，孩子们都睡了。我们结束了床上的华尔兹之后，我抱着朱莉安娜，变得忧伤起来。

"查莉跟你说她看到家里的鬼了吗？"

"没有。在哪儿？"

"在楼梯上。"

"我希望努特奥太太别再往她脑袋里装鬼故事了。"

"她就是个疯老太太。"

"这是个专业诊断吗？"

"当然。"我说。

朱莉安娜眼睛呆呆地凝视上方，思绪飘到了别处……也许在罗马，或者莫斯科。

“你知道吗，你不在的时候我总是给她们吃冰激凌。”我对她说。

“那是因为你在收买她们的爱。”她回答。

“你说对了。她们的爱上市了，而我想要。”

她笑了。

“你幸福吗？”我问。

她转过来看着我。“这是个奇怪的问题。”

“我不停地想起桥上的那个女人。肯定有什么事让她不幸福。”

“然后你觉得我也不幸福？”

“今天听到你大笑，真好。”

“在家真好。”

“世上最好的地方。”

# 第六章

周一上午，天空灰暗，空气干燥。中介会派三个应试者过来让我面试。我觉得她们不再被称作保姆了。她们是看护或者保育员。

朱莉安娜在去莫斯科的路上，查莉在去学校的巴士上，埃玛在餐厅里玩洋娃娃的衣服，试图给嗅嗅戴上一顶帽子。嗅嗅是我们家的猫，有点神经质。嗅嗅全名叫嗅嗅·厕所·卷纸。如果你给一个三岁孩子为家里的宠物起名的权利，就会出现这种情况。

第一场面试开局很糟。她叫杰姬，有点紧张，不停地咬手指甲、碰头发，好像要确定它们还在一样。

朱莉安娜的指示很明确。我要确保保姆不吸毒，不喝酒或者超速驾驶。但具体要怎么发现这些，我却不知道。

"我应该查明你打不打你奶奶。"我告诉杰姬。

她疑惑地看着我。"我奶奶去世了。"

"你以前没打过她，对吗？"

"没有。"

"好的。"

我把她的名字划掉。

下一个应试者二十四岁，来自纽卡斯尔，尖尖的下巴，棕色的眼睛，深色的头发扎得很紧，把眉毛都拉高了。她上下打量着房子，仿佛打算晚点跟她做贼的男友一起来偷窃。

"我会开什么样的车？"她问道。

"雅特。"

她不太满意。"我开不了手动挡。我觉得我不应该开手动挡的车。我房间里会有电视吗？"

"可以有。"

"多大？"

"我不确定。"

她问这个是要看还是要偷，我在想。我擦掉了她的名字。两振①。

十一点，我面试了一个长相漂亮的牙买加人，她头发向后编成了辫子，用一个大号的龟甲发卡夹在脑后。她叫玛尼，有很好的推荐信，可爱的低沉嗓音。我喜欢她。她的笑容也好看。

面试进行到一半时，餐厅里突然传出一阵哭声。埃玛弄疼自己了。我努力想站起身来，但左腿不听使唤。这种情况叫作运动迟缓，是帕金森症的一种症状，这意味着玛尼先到了埃玛身边。她的手指被玩具箱夹到了。埃玛看了一眼这个黑皮肤的陌生人，哭得更大声了。

"她还没有被多少黑人抱过，"我尽力解围，却把情况弄得更糟了，"并不是你的肤色。我们在伦敦有很多黑人朋友。有几十个。"

上帝，我在暗示我的三岁女儿是个种族主义者！

埃玛停止了哭泣。"是我的错。我抱得太突然了。"玛尼伤心地看着我说。

"她还不认识你。"我解释道。

"是的。"

玛尼在收拾东西。

---

① 棒球比赛中，攻方的击球手挥棒而没有击中球被称为一振。连续三次击打不中则出局。

"我会给中介打电话，"我说，"他们会通知你结果。"

但我们都知道会发生什么。她会在别处找个工作。真遗憾。一次误解。

她走了以后，我给埃玛做了一个三明治，让她睡午觉。我还有家务要做——洗衣服，熨衣服。我知道自己不该这么说，但待在家里真的很无聊。埃玛很好，让人着迷，我爱她爱得要死。我挽着袜子玩偶，或是看着她单腿站立，或是听着她从攀登架顶端大声宣称自己是城堡的国王，而我，依然是肮脏的流氓，这样的事发生了太多次。

照顾小孩子是世界上最重要的工作。相信我——确实如此。然而，那悲哀且不言而喻的隐含事实是，照顾小孩很无聊。那些坐在导弹发射井里，等待不可思议的事情发生的人的工作也很重要，但你肯定不会跟我说他们从木感觉无聊透顶，没完没了地在五角大楼的电脑上玩着纸牌游戏和海军棋。

门铃响了。一个十几岁的小姑娘站在门前，她有着栗色头发，穿着低腰黑牛仔、T恤和格子上衣。耳钉像汞珠一样在耳垂上闪闪发光。

她紧紧地抱着一个单肩包，身体略微前倾。一阵十月的寒风卷起她脚边的一簇落叶。

"我没想到还有人来。"我告诉她。

她把头歪向一侧，皱着眉头。

"您是奥洛克林教授吗？"

"我是。"

"我叫达茜·惠勒。"

"进来，达茜。我们得小点声，埃玛睡了。"

她跟着我穿过门廊走进厨房。"你看起来很年轻。我本希望年龄大些的。"

她又疑惑地看了看我。她的眼睛被风吹得又红又肿。

“你做保育员多久了？”

“什么？”

“你照顾孩子多久了？”

现在她有些不安了。“我还在上学。”

“我不明白。”

她站直身子，把单肩包抱得更紧了。“你跟我妈说过话。她跳下去的时候你在场。”

她的话像一盘跌落的玻璃杯般打破了沉寂。我看到她们的相似之处，脸形，深色的眉毛。桥上的那个女人。

“你是怎么找到我的？”

“我看了警方的报告。”

“你是怎么来的？”

“坐巴士。”

她的语气让这件事听上去平淡无奇，但这件事本不该发生。悲伤的女儿不该出现在我家门前。警方应该回答达茜的问题，并为她提供心理辅导。他们应该找一个家庭成员来照顾她。

“警方说是自杀，但这不可能。我妈不会……她不能，不会那样做。”绝望在她喉咙里颤抖。

“你妈妈叫什么？”我问。

“克里斯蒂娜。”

“你想喝杯茶吗，达茜？”

她点点头。我把水壶装满水，摆好杯子，让自己有时间思考该说什么。

“你之前住在哪里？”我问。

“我住校。”

“学校知道你在这儿吗？”

达茜没有回答。她肩膀弯曲，身体缩得更紧了。我在她对面坐下，确保跟她眼神接触。

"我想确切地知道你是怎么来到这里的。"

她一股脑儿把经过说了出来。周六下午警方询问了她。一名社工给她做了心理辅导。之后她被送回汉普顿宫，一所位于加的夫的私立女子学校。周日晚上，她等到熄灯后，便拧掉房间窗户上的木板，溜了出来。躲过保安之后，她走到加的夫中央车站，等待第一趟火车。她坐上八点零四分的火车去了巴斯大学，然后坐巴士去了诺顿圣菲利普。最后三英里，她一路走到了韦洛。这一路花了大半个上午。

我注意到她头发上的草屑和鞋上的泥巴。"你昨晚在哪儿睡的？"

"在一个公园里。"

我的上帝，她一定冻得要死。达茜双手捧着把茶杯端到嘴边。我看着她清澈的棕色眼睛，她裸露的脖颈，她瘦小的上衣，还有T恤下面隐约可见的深色胸罩。她如一朵含苞未放的花骨朵，虽然现在不甚好看，但几年后注定会出落得无限美丽，给一大批男人带去永无止境的痛苦。

"你爸爸呢？"

她耸耸肩。

"他在哪儿？"

"不知道。他在我出生之前就抛弃了我妈。之后我们再也没有他的消息。"

"一点都没有？"

"从来没有。"

"我需要给你的学校打电话。"

"我不回去。"她的声音突然变得强硬起来，让我大吃一惊。

"我们必须告诉他们你在哪里。"

"为什么？他们不在乎。我十六岁了。我可以做自己想做的事。"

她的反抗带着一个童年在寄宿学校度过的孩子的所有印记。它让她坚强、自立、愤怒。她为什么来这里？她想让我做什么？

"不是自杀，"她又一次说道，"我妈恐高。我是说真的恐高。"

"你最后一次跟她说话是什么时候？"

"周五上午。"

"她看上去怎么样？"

"正常。很开心。"

"你们聊了什么？"

她盯着茶杯，仿佛要读懂里面的内容。"我们吵了一架。"

"为了什么？"

"这个不重要。"

"那也告诉我。"

她犹豫了，摇摇头。她眼神中的悲伤透露了故事的一半。她跟她妈妈说的最后的话语充满了愤怒。她想把话收回或是重新来过。

她尽力转变话题，打开冰箱门，开始闻特百惠瓶瓶罐罐里的东西。"有什么吃的吗？"

"我可以给你做个三明治。"

"有可乐吗？"

"我们家没有汽水。"

"真的？"

"真的。"

她在食品柜里找到了一包饼干，然后用指甲撕开塑料包装。

"周五下午我妈本该给学校打电话。我想回家过周末，但是需要她的同意。我给她打了一天的电话——她的手机，还有家里的电话。我给她发信息——有几十条。可就是联系不上她。

"我跟女舍监说一定是出了什么事，但她说我妈可能只是在忙，叫我不要担心，可是我就是担心，周五晚上和周六上午我都在担心。女舍监说我妈很可能去外地过周末了，忘了告诉我，但我知道这不是真的。

"我请求准许我回家，但他们就是不让我走。所以我周六下午逃了出来，回了趟家。妈妈不在家。她的车也不见了。家里东西很乱。然后我就报警了。"

她全身上下一动不动。

"警察给我看了一张照片。我告诉他们那不是我妈。我妈连伦敦眼都不敢上。去年夏天，我们去了巴黎，上埃菲尔铁塔时她紧张得不行。她讨厌高处。"

达茜僵住了。那包饼干在她手里破开了，碎屑从她的指尖撒落下来。她盯着那片狼藉，身体前倾，把膝盖收到胸口，发出一阵长久而连续的啜泣声。

我的专业性告诉我应该避免身体接触，但内心的父性更加强大。我抱住她，让她的头靠着我的胸口。

"你在那里。"她低声说。

"是的。"

"那不是自杀。她不会抛下我的。"

"我很抱歉。"

"求你帮帮我。"

"我不知道自己能不能帮你，达茜。"

"求你了。"

我真希望能带走她的痛苦。我希望能告诉她，不会一直这样心痛，或许有一天她会忘记这种感受。我曾听育儿专家讲过孩子原谅和忘却得有多么迅速。真是胡扯！孩子会记得。孩子会耿耿于怀。孩子有自己的小秘密。孩子有时可能看上去很坚强，因为他们的防御还未被悲剧突破或侵蚀，但它们其实就像玻璃丝一样轻薄易碎。

　　埃玛醒了，在大声喊我。我上楼来到她的房间，把她床的一侧放低，抱起她。她柔软的头发因为睡觉而乱蓬蓬的。

　　我听到楼下冲马桶的声音。达茜洗了脸，梳了头发，头发扎成了一个圆髻，显得脖子更加修长。

　　"这是埃玛。"她回到厨房后，我对她说。

　　"你好，小美女。"达茜挤出一丝微笑说。

　　埃玛故作难以接近的样子，别过脸去。突然，她看到了饼干，伸手想要。我把她放下，令我惊讶的是，她径直走向达茜，爬到她的腿上。

　　"她一定是喜欢你。"我说。

　　埃玛玩弄着达茜的上衣扣子。

　　"我需要再问你几个问题。"

　　达茜点点头。

　　"你妈妈最近有什么伤心事吗？心情沮丧吗？"

　　"没有。"

　　"她晚上失眠吗？"

　　"她有安眠药。"

　　"她会定期服用吗？"

　　"是的。"

　　"你妈妈在做什么工作？"

　　"她是个婚礼策划师。她有自己的公司——有福婚庆公司。公司是她和她朋友西尔维娅一起创立的。亚历山德拉·菲利普斯的婚礼就是她们策划的。"

　　"她是谁？"

　　"一个名人。你没看过那个讲一名兽医去非洲照顾动物的节目吗？"

　　我摇摇头。

　　"好吧，她结婚了，婚礼全是我妈和西尔维娅策划的。所有杂志都报道了。"

达茜仍未用过去时来描述她妈妈。这并不鲜见，而且跟拒绝承认无关。两天的时间不足以让事实生根，并渗入她的思想。

我依然不清楚她来这里做什么。我没能救下她妈妈，我能对她说的也并不比警方多。克里斯蒂娜·惠勒临终的话是对我说的，但她并没有给我任何线索。

"你想让我做什么？"我问。

"去我家。然后你就明白了。"

"明白什么？"

"她并没有自杀。"

"我亲眼看着她跳下去的，达茜。"

"好吧，那一定是有什么事逼她做的，"她吻了一下埃玛的头顶，"她不会那么做的。她不会抛下我的。"

# 第七章

这是栋建于十八世纪的小屋，前门上方弯弯曲曲爬着多瘤的紫藤，都要够到屋檐了。跟房子紧邻的车库曾是个马厩，现在已经与正房连为一体。

达茜打开前门，步入昏暗的门厅。她犹豫了，种种情绪互相推撞，让她僵在了那里。

"有什么问题吗？"

她勉强地摇了摇头。

"如果愿意的话，你可以待在外面照顾埃玛。"

她点点头。

埃玛在小路上踢落叶玩。

我穿过门厅的石板地面，经过一个空荡荡的衣架，注意到衣架下面放着一把雨伞。厨房在右首边。透过窗户，我看到一个后花园，一道木栅栏把修剪整齐的玫瑰丛跟相邻的花园隔开。滴水架上放着一个杯子和一个麦片碗。洗碗池是干的，擦得很干净。厨房垃圾桶里有蔬菜残渣，卷曲的橙皮，以及狗屎色的泡过的茶包。餐桌上空无一物，只有一小沓账单和打开的信件。

我扭过头大喊："你们在这里住了多久？"

达茜透过打开的门回答："八年了。成立公司的时候，她不得不第二次申请抵押贷款。"

客厅的摆设很有品位，但家具都有些老旧，一个上了年头的沙发，几把扶手椅，以及一个巨大的餐具柜，柜子角上还有猫的抓痕。壁炉架上放着镶框的照片。大部分是达茜穿着不同的芭蕾舞服照的，不是在后台，就是在表演中。一个展示柜里摆放着芭蕾舞奖杯和奖牌，以及更多的照片。

"你会跳舞。"

"是的。"

这本是显而易见的。她有着典型的舞者身材：修长且四肢柔软灵活，双脚略微向外撇。

因为我的提问，达茜进来了。

"你上次回家时就是这样吗？"

"是的。"

"你什么都没移动过？"

"没有。"

"也没碰过什么东西？"

她想了想。

"我用过电话……报警。"

"哪部电话？"

"楼上那部。"

"为什么不用这部？"我指着靠墙的桌子上那部立在基座里的无绳电话。

"那部电话当时在地上。电池没电了。"

桌脚边散落着一小堆女性的衣服——一条洗得有些破损的牛仔裤、一件上衣，还有一件羊毛衫。我蹲下来。沙发下面露出一抹颜色——并不是故意藏起来的，而是匆忙中扔到下面的。我摸了下，是内衣，一副胸罩和一条同色的内裤。

"你妈妈在跟谁约会吗？有男友吗？"

达茜努力不让自己笑出来。"没有。"

"有什么可笑的吗？"

"我妈将成为一个养了一群猫、衣柜里满是羊毛衫的老女人。"她脸上露出微笑，然后又想到她妈妈已经没有将来了。

"她如果在跟人约会，会跟你说吗？"

达茜并不确定。

我举起内衣。"这些是你妈妈的吗？"

她皱着眉，点点头。

"怎么了？"

"她好像很迷恋这种事——把东西捡起来。我都不能借她的衣服，除非我之后把它们挂起来或是放到洗衣机里。她说：'地板又不是衣柜。'"

我顺着楼梯走进主卧。床没有动过，羽绒被一丝褶皱都没有。梳妆台上摆放着各式瓶子。毛巾叠得整整齐齐，依次放在毛巾架上。

我打开那个巨大的步入式衣橱，走进去。我能闻到克里斯蒂娜·惠勒的味道。我摸着她的长裙、短裙和衬衫。我把手伸进她上衣的口袋里，找到了一张出租车票、一个干洗标签、一枚一英镑硬币，还有一盒饭后薄荷糖。有些衣服她已经多年未穿。陪她一路跋山涉水的衣服。这是一个曾经富有、突然间钱不够花的女人。

一条晚礼服从衣撑上滑下，落到了我的脚边。我把衣服捡起来，感受着织物在我指间滑动。还有满满几个鞋架的鞋子，至少有几十双，整齐地摆成几排。

达茜坐在床上。"我妈喜欢鞋子。她说那是她唯一的奢侈。"

我记得克里斯蒂娜在桥上穿着的那双大红色的周仰杰皮鞋。宴会鞋。下层鞋架的一端有一双鞋子拿走后留下的空当。

"你妈习惯裸睡吗？"

"不。"

"她曾经裸身在家里徘徊吗？"

"没有。"

"她脱衣服之前会拉上窗帘吗？"

"我没太注意过。"

我从卧室的窗户望出去，外面是一块地，上面有菜园，还有一个温室，温室门口种着一棵榆树。蜘蛛网像细纱布一样交错着缠在树枝上。人们能轻而易举地观察房子里的情况而不被发现。

"如果有人来到门口，她会打开门，还是插上防盗链？"

"我不知道。"

我的思绪不停地回到电话旁边的衣服上。克里斯蒂娜赤身裸体，却并未尝试拉上窗帘。她没有把衣服叠好或是放到椅子上。无绳电话掉到了地上。

达茜说她妈妈没有男友或情人，她可能说错了，但床上也没有睡过的痕迹。没有避孕套，没有纸巾，并且没有闯入者的痕迹。看上去没有东西被弄乱或是丢失。没有翻找或是挣扎的迹象。房间里干净、整洁。这不是一个放弃了希望或是不想活下去的人的房间。

"前门是锁着的吗？"

"我不记得了。"达茜说。

"这很重要。回家的时候，你把钥匙插进锁孔。你当时用了两把钥匙吗？"

"没有。应该没有。"

"你妈有雨衣吗？"

"是的。"

"什么样的雨衣？"

"就是一件便宜的塑料雨衣。"

"什么颜色？"

"黄色。"

"雨衣现在在哪儿？"

她带着我走进门厅——衣架上空无一物。周五那天在下雨。大雨倾盆。她选择穿雨衣，而不是带伞。

埃玛正坐在厨房桌子边，拿着彩色铅笔向一张纸发起进攻。我从她身边经过，走到客厅里，努力描绘周五当天的情形。那是平凡的一天，一个女人正在做家务，洗杯子，擦拭洗碗池，然后电话响了。她接了电话。

她脱下衣服，而且没有拉窗帘。她全身赤裸，只穿了一件塑料雨衣出门。她没有锁门。她走得很匆忙，手提包还放在门厅里的桌子上。

厚厚的玻璃咖啡桌面由两只陶瓷大象支撑着，象牙向上扬起，顶部被磨平。我在桌子边蹲下来，低下头，顺着光滑的玻璃表面观察，注意到上面有彩笔或是口红的小碎屑。她就是在这儿往肚子上写了"荡妇"两个字的。

桌面上还有东西，一些不透明的圆点和用口红画的短线。那些圆点是泪痕。她当时在哭。那些线可能是圆形字母的边缘，只不过写到了纸外面。克里斯蒂娜用口红写了什么东西。不可能是电话号码，她本可以用笔。更可能是一条信息或一个符号。

四十八小时前，我亲眼看着这个女人纵身跳下，结束了自己的生命。这是自杀无疑，但从心理层面上看，这说不通。她的所有举动都暗示着这是有意为之，但并非自愿。

克里斯蒂娜·惠勒对我说的最后一句话是我不明白。她说得没错。

# 第八章

西尔维娅·弗内斯住在位于普尔特尼大街的一栋公寓的二楼。这是一排乔治王朝时期的房子，可能从最初的《福赛特世家》开始，BBC拍摄的每部历史剧里都有它的身影。我原以为会在外面看到马车和戴着帽子招摇过市的女人。

西尔维娅·弗内斯并没有戴帽子，金色短发被发箍箍起，她穿着黑色的弹力短裤，白色的运动文胸，以及一件浅蓝色圆领T恤。一张健身馆会员卡挂在一大串钥匙上，光是带着这串钥匙就可以帮助燃烧卡路里。

"打扰一下，弗内斯太太。您有空吗？"

"不管你要卖什么，我都不会买。"

"是关于克里斯蒂娜·惠勒的。"

"我的动感单车课程要迟到了。我没时间接受采访。"

"我不是记者。"

她的视线越过我，看到了站在门口的达茜。

她发出一声痛苦的尖叫，从我身边走过，抱住了孩子，同时使劲挤出几滴眼泪。达茜看着我，仿佛在说，我早跟你说过。

她本来不想上楼，因为她知道她妈妈的合伙人一定会小题大做一番。

"怎么小题大做？"

"就是小题大做。"

前门又被打开了，我们被领进去。西尔维娅仍抓着达茜的手。埃玛跟在后面，突然安静下来，含住了一只手的大拇指。

公寓里铺着锃亮的木质地板，家具很有品位，天花板仿佛比外面的云还要高。房子里到处透着女性气息——从随意放置的印着非洲图案的靠垫，到摆放的干花束。

我扫视整个房间，视线落在了电话机旁一张生日派对邀请函上。"爱丽丝"受邀参加一场比萨睡衣派对。她的朋友安杰拉马上就要十二岁了。

西尔维娅还握着达茜的手，问这问那，对她表示同情。小女孩设法挣脱了她的手，然后告诉埃玛街角的博物馆后面有个公园。那里有秋千，还有滑梯。

"我能带她去吗？"达茜问道。

"她会让你一直推她的。"我提醒她。

"没关系。"

"等你回来我们再聊。"西尔维娅说，然后把健身包扔到沙发上。她看了看手表——一个不锈钢运动手表。她赶不上动感单车课程了，于是一屁股坐到椅子上，满脸怒气。她的胸脯没有晃动，我在想它们是不是真的。她仿佛猜到了我的心思，挺直了肩膀。

"你为什么对克里斯蒂娜这么感兴趣？"

"达茜觉得不是自杀。"

"这跟你又有什么关系？"

"我只是想搞清楚。"

当我给她解释自己是如何被牵扯进克里斯蒂娜一案以及达茜是如何找上我的时候，她的眼睛里透露出一丝淡淡的好奇。西尔维娅把她那健壮的双腿跷到咖啡桌上，在单车上骑行数英里对一个女人的影响显露无遗。

"你们曾是商业合作伙伴。"

"我们不只是合作伙伴，"她回答，"我们还一块儿上学。"

"你最后一次见克里斯蒂娜是什么时候？"

"周五上午，她来了公司。她跟一对年轻夫妇约好了见面，他们准备举行一场圣诞婚礼。"

"她看上去状态如何？"

"很好。"

"她没有在忧虑或烦心什么事？"

"没有。克丽丝①不是那种人。"

"她是什么样的人？"

"非常亲切。跟别人完全不同。我有时觉得她人太好了。"

"在哪方面？"

"干这行，她心太软了。人家给她讲一个悲伤的故事，她就会延长他们的支付期限或给他们打折。克丽丝是个不可救药的浪漫派。她相信童话。童话般的婚礼，童话般的婚姻。想到她自己的婚姻只维持了不到两年，你会觉得很可笑。上学的时候，她有个妆奁。我的意思是，如今谁还会有妆奁？她还说我们每个人都有一个特别的灵魂伴侣，我们的真命天子。"

"显然你并不同意。"

她朝我扭过头来。"你是个心理学家。你真的相信，在这个广阔的世界里，只有一个人注定属于自己吗？"

"这想法很好。"

"不，不好！多无聊啊，"她笑了，"如果真是那样，我的灵魂伴侣最好有六块腹肌，还有六位数的工资。"

"你丈夫怎么样？"

"他一身肥膘，但他知道怎么挣钱，"她两手抚摸着双腿，"为什么

___
① 克里斯蒂娜的昵称。

结了婚的男人就放纵自我，而他们的妻子却要花费大把时间让自己看起来美丽呢？"

"你不知道？"

她笑了。"也许我们改天可以聊聊这个。"

西尔维娅起身朝卧室走去。"我去换身衣服，你不介意吧？"

"不介意。"

她让卧室门开着，脱掉T恤和胸衣。她的背部皮肤下面有石板一般结实的肌肉。她的黑色运动短裤从腿上滑下，但我看不到她穿上了什么。床挡住了我的视线，角度也不合适。

她换上了奶油色的宽松长裤和羊绒衫，回到客厅，把短裤和胸衣扔到健身包上面。

"我们刚刚说到哪儿了？"

"婚姻。你说克里斯蒂娜相信真命天子。"

"她就像个啦啦队队长。她在我们策划的所有婚礼上都哭了。素不相识的陌生人结婚，她却在口袋里塞满了湿透的纸巾。"

"这就是她创立有福公司的缘由吗？"

"那是她的孩子。"

"生意如何？"

西尔维娅露出一丝苦笑。

"就像我说的，克丽丝耳根子软。人家想要梦幻般的婚礼——有各种花哨的装饰——然后又拒绝付款或者延迟寄送支票。克里斯蒂娜不够强硬。"

"有资金问题吗？"

她把双臂伸到头顶上方。"下雨。取消。打官司。效益不好。我们一个月要有五万英镑的营业额才能平衡收支。一场婚礼均价为一万五千英镑。大型婚礼则少之又少。"

"你们亏了多少钱？"

"开公司的时候克丽丝做了第二次抵押贷款。现在我们透支了两万英镑，还欠了二十多万英镑的债。"

西尔维娅面无表情地把这些数字一股脑说了出来。

"你提到了官司。"

"春天的一场婚礼非常失败。海鲜自助餐上的蛋黄酱有问题，导致客人食物中毒。新娘的父亲是个律师和彻头彻尾的浑蛋。克里斯蒂娜提出不收他们的钱，他却想让我们支付赔偿金。"

"你们一定有保险吧。"

"保险公司一直试图钻空子。我们可能要上法庭。"

她从健身包里拿出一个塑料水瓶，喝了一口，然后用大拇指和食指擦了擦嘴。

"如果你不介意我这么说，我觉得你看上去并不担心。"

她放下杯子，直直地盯着我的眼睛。

"大部分钱都是克丽丝出的。我的风险是最低限度的，而且我丈夫非常理解我。"

"溺爱。"

"你可以这么说。"

资金问题以及官司可以解释周五发生的事。也许给克里斯蒂娜·惠勒打电话的那个人是债主。要么是她失去希望，看不到出路了。

"克里斯蒂娜是那种会自杀的人吗？"我问。

西尔维娅耸耸肩。"你知道，人家都说，嘴上喊着要自杀的人更不可能自杀——克丽丝从来没说过。她是我见过的最积极向上、最乐观的人。我是认真的。而且她爱达茜就像没有明天一样。所以我的回答是'不'——我不知道她为什么要那么做。我猜她是垮掉了。"

"公司以后会怎么样？"

她又看了看表。"一小时前，它就属于破产受益人了。"

"你不干了？"

"我还能怎么办？"

她用那种所有女人都会的方式，轻松随意地把双腿交叉到身体一侧。我看不到一点懊悔或是失望的痕迹。身强体壮的西尔维娅·弗内斯表里如一。

达茜和埃玛在楼下和我碰头。我抱起埃玛。"我们现在去哪儿？"达茜问道。

"去见警察。"

"你相信我？"

"我相信你。"

# 第九章

　　探长韦罗妮卡·克雷从牲畜棚里走出来，穿着一条宽松的牛仔裤和一件男式衬衫，裤腿塞在雨靴里，两个扣上扣子的衬衫口袋几乎跟她的胸脯持平。

　　"我刚好在铲粪。"她说完倚到那扇沉重的门上，生锈的铰链向内缠绕着门。她把一块木板放到支架上。我听到马匹在牲畜栏里移动的声音。还闻到了马的气味。

　　"谢谢你能见我。"

　　"所以你是真想喝酒，"她边说边在屁股上擦着手，"今天再合适不过了。我今天休息。"

　　她看到了副驾驶座上的达茜以及在玩方向盘的埃玛。

　　"你还带了家人。"

　　"那个小姑娘是我女儿。"

　　"另一个呢？"

　　"是克里斯蒂娜·惠勒的女儿。"

　　探长转身看着我。

　　"你去找她女儿了？"

　　"是她找到的我。"

　　疑虑取代了她一部分的热情和亲切。

　　"你到底在干什么，教授？"

"克里斯蒂娜·惠勒不是自杀。"

"恕我直言，我觉得我们应该把这个问题留给法医。"

"你看到她了——她很害怕。"

"害怕死？"

"害怕掉下去。"

"看在上帝的分上，她可是站在一座桥的边缘上。"

"不，你不明白。"

我看了一眼达茜，她看上去疲倦而不安。她应该回学校或由家人照顾。她还有家人吗？

探长深吸一口气。她的整个胸腔都膨胀了，然后叹了口气。她朝汽车走去，然后蹲在打开的驾驶室车门旁边，和埃玛说话。

"你是个小仙子吗？"

埃玛摇了摇头。

"一个公主？"

又摇了摇头。

"那你一定是个天使。很高兴见到你。在我这行，不经常见到天使。"

"你是男的，还是女的？"埃玛问道。

探长大笑起来。

"我可是个纯粹的女人，亲爱的，百分之百。"

她看了一眼达茜。"关于你妈妈的事，我很抱歉。有什么我可以帮你的吗？"

"相信我。"她轻声说。

"通常情况下，我是大多数事物的忠实信徒，但也许这次你得说服我。我们去个暖和点的地方吧。"

进门的时候我不得不低下头。克雷探长脱掉雨靴，方形的泥块从她鞋底上掉了下来。

她转过身去，背向我，沿着门厅向前走。

"我要去冲个澡，教授。你让孩子们坐到火堆前。我这里有六种不同的热巧克力，而且很愿意分享。"

下了车以后，达茜和埃玛还一句话都没说。韦罗妮卡·克雷能让人无言以对。你躲不开她，也无法动摇她，就像十级大风中的岩石。

我能听到淋浴的声音。我把水壶放到炉灶上，开始在食品储藏室里翻找。达茜在电视上给埃玛找了一个动画片。早饭之后，除了一些饼干和一根香蕉，我还什么都没给她吃呢。

我注意到一份钉在软木板上的日历，上面散布着潦草的提示语，有饲料供应商、蹄铁匠和马匹拍卖会，还有待付的账单和催款单。我走进餐厅，寻找伴侣的踪迹。壁炉架上有一些照片，冰箱上还贴着几张一个深色头发的年轻人的照片，可能是她儿子。

我通常不会这么主动且明目张胆地搜寻一个人的线索，但韦罗妮卡·克雷让我着迷。她仿佛是斗争了一辈子才为人接受。而现在她对自己的身体、性别和生活感到很舒适。

浴室门开了，她从里面走出来，身上围着一条巨大的浴巾，浴巾在她胸脯中间打了个结。她不得不从我身边绕着走。我们都往一侧走，然后又同时往另一侧走。我向她道歉，然后让身体贴着墙。

"别担心，教授，我是可充气式的。通常情况下，我是十号码。"

她笑了。我倒成了窘迫的那个人。

卧室门关上了。十分钟后，她穿着熨过的衬衫和裤子出现在厨房里。她钉子般的头发还在滴水。

"你养马。"

"我从屠宰场收留上了年纪的障碍赛赛马。"

"你会怎么处理它们？"

"给它们找个家。"

"我女儿查莉想要一匹马。"

"她多大了？"

"十二岁。"

"我可以给她弄一匹。"

孩子们在喝热巧克力。克雷探长要给我来点更烈的饮品，但我不能再喝酒了，因为这会影响药效。我要了咖啡。

"你知道自己在做什么吗？"她说着，担忧而不是生气，"那个可怜女孩的妈妈死了，你却拉着她在乡下干一件徒劳无功的差事。"

"她找到了我。她从学校里跑了出来。"

"那你应该直接把她送回去。"

"如果她说得对呢？"

"她说得不对。"

"我去过克里斯蒂娜·惠勒的房子。我还跟她的合伙人谈过了。"

"然后呢？"

"她有资金问题，但没有任何其他迹象暗示她处于崩溃边缘。"

"自杀是一种冲动行为。"

"是的，但人们还是会选择一种适合自己的方式自杀，通常是他们所认为的快速而没有痛苦的方式。"

"你想说什么？"

"如果恐高，他们就不会跳桥。"

"但我们都看到她跳了。"

"是的。"

"所以，你的论据说不通。没人推她。你离她最近。你还看到什么人了吗？或者你觉得她是被遥控杀害了？催眠术？精神控制？"

"她不想跳。她只能顺从。她脱下衣服，穿上一件雨衣。她走出了家门，却没有把门锁死。她没有留下自杀遗书。她没有处理好自己的事务，也没有赠送遗产。她的任何行为都不像一个打算自杀的女人。如果一个女人恐高，那她就不会选择从桥上跳下去。她也不会赤裸着身子。她不会在身上写上侮辱性文字。她这个年龄的女人都很在乎自己的身体。她们会穿时髦的衣服。她们会在乎自己的外貌。"

"你在找借口，教授。那个女人自己跳下去的。"

"她在用手机给一个人打电话。他们可能跟她说了什么。"

"也许他们告诉了她一条坏消息：家里有人去世了，或是确认患上了绝症。男朋友跟她吵了一架，然后把她甩了也未可知。"

"她没有男朋友。"

"是她女儿告诉你的？"

"为什么电话里的那个人没有挺身而出？如果一个女人威胁要跳桥自杀，你肯定会报警或者叫救护车。"

"他可能结婚了，并不想牵涉其中。"

我没法说服她。我有个推测，却没有坚实的证据作为支撑。通过坚持和获取增量意义，推测才能获得同事实一样的持久性。谬论也是，但这并不能让它们成为事实。

韦罗妮卡·克雷在盯着我的左臂，它已经开始抽搐，我的肩膀都在跟着发抖。我用手握住了它。

"是什么让你觉得惠勒太太恐高？"

"达茜告诉我的。"

"而你相信她的话——一个处于极度震惊之中的小女孩。她很悲痛，不能理解她生命中最重要的人怎么会抛下她……"

"警方找到她的车了吗？"

"找到了。"

这不是一回事。她知道。

"车现在在哪儿？"我问。

"在看守所里。"

"我能看看吗？"

"不能。"

她不知道我的意图何在，但无论发生什么，我都在给警方添麻烦。我在质疑官方的调查行动。

"这案子不归我管，教授，我有真正的罪案要办。这就是一个自杀案件。死因是高空坠落。我们都看到了。自杀不需要讲得通，因为它们本身毫无意义。我来告诉你吧，大部分人不会留下遗书。他们就这样一命呜呼，然后让所有人陷入疑惑。"

"没有迹象显示她……"

"让我说完，教授。你得病了。你会不会每天醒来，想着，哇哦，活着多好啊？或者有时看着那些颤抖的四肢，想到前路艰难，然后有那么一瞬，顷刻之间，想逃离一切？"

她向后靠在椅子里，眼睛盯着天花板。"我们都会这样。过往与我们如影随形——那些错误，那些悲伤。你说克里斯蒂娜·惠勒是个乐天派。她爱自己的女儿，爱她的工作，但你并不了解她。可能是关于婚礼的什么事让她烦心。那些童话——白裙子和鲜花，交换誓言，也许让她想起了自己的婚姻，想到它并没有幻想中的美好。丈夫抛弃了她。她独自把孩子养大。我不知道。也没人知道。"

探长把头从一侧歪向另一侧，以拉伸颈部肌肉。她还没说完。

"你觉得自责，我能理解。你觉得你应该救下她，但桥上发生的事并不是你的错。你已经尽力了。大家都感激你。但现在你是在火上浇油。把达茜送回学校。回家去。这个案子跟你没什么关系了。"

"如果我告诉你我听到了什么呢。"我说。

她顿了顿，狐疑地打量着我。

"我在桥上跟克里斯蒂娜·惠勒沟通的时候，我觉得听到有人在电话里对她说了什么。”

“你听到了什么？”

“一个词。”

“什么词？”

“跳！”

我仔细观察探长身上细微的变化，一个字引起的轻微畏缩。她看了看自己宽大的双手，然后又看着我，毫不慌张地看着我的眼睛。这不是一个她想继续下去的案子。

“你觉得你听到了？”

“是的。”

她的疑虑稍纵即逝。她已经分析了几种可能的结果，并且只掂量了负面影响。

“好吧，我觉得你应该把这个告诉法医。我确定他听到这个一定会非常兴奋。谁知道呢——也许你能说服他，但我对此严重怀疑。我不在乎上帝本人是不是在电话那头，但你没法逼一个人跳下去——不可能。”

对面汽车的灯光从车里一扫而过，继而消失在了黑暗中。

达茜抬眼看着风挡玻璃。

“那个警察不会帮我们，是吗？”

“对。”

“所以你要放弃了。”

“你觉得我能怎么办，达茜？我不是警察。我不能强迫他们进行调查。”

她别过脸去。她的肩膀耸起来，仿佛要堵住耳朵，不想再听。我们默默地行驶了一英里。

“我们去哪儿？”

“我送你回学校。”

“不要！”

　　她声音里的敌对让我大吃一惊。埃玛被吓得一缩，坐在汽车后排座位上看着我们。

　　"我不回去。"

　　"听着，达茜，我知道你很相信自己，但我觉得你还没有充分认识所发生的事。你妈妈回不来了。你并不会因为她不在了而突然之间变成大人。"

　　"我已经够大了，可以自己做决定。"

　　"你不能回家——一个人不行。"

　　"我住旅馆。"

　　"你拿什么付钱？"

　　"我有钱。"

　　"你一定还有其他家人。"

　　她摇了摇头。

　　"那祖父母呢？"

　　"数量不足。"

　　"什么意思？"

　　"我还有外祖父，但他流口水。他住在一个养老院里。"

　　"还有其他人吗？"

　　"还有个姨妈，住在西班牙，是我妈的姐姐。她经营一家毛驴收容所。我觉得它们是毛驴。我猜它们也可能是野驴。我不知道有什么区别。我妈说她是一个可怜男人的碧姬·芭杜，我也不知道是谁。"

　　"一个电影明星。"

　　"管他呢。"

　　"我们给你姨妈打电话。"

　　"我不要跟毛驴住在一起。"

　　一定还有其他可能……其他名字。她妈妈有朋友。肯定有人能照顾达茜几天。达茜没有他们的电话。她甚至不愿意帮忙。

"我可以跟你住一起。"说完，她把舌头抵住脸颊内侧，仿佛在吮吸一块糖。

"我觉得这不是一个好主意。"

"为什么不是？你家的房子够大。你在找保姆。我可以帮忙照顾埃玛。她喜欢我……"

"我不能让你住在家里。"

"为什么？"

"因为你才十六岁，应该在学校里上学。"

她伸手去拿座位上的书包。"停车。让我下去。"

"我不能这样。"

电动车窗打开了。

"你要干吗？"

"我要喊有人强奸、绑架，或者别的什么，只要能让你停车让我下去。我不回学校。"

埃玛从后排打断了我们。"不许吵架。"

"什么？"

"不许吵架。"

她一脸严厉地看着我们。

"我们没有吵架，亲爱的，"我解释道，"我们只是在进行一次严肃的谈话。"

"我不喜欢吵架，"她大声说，"那样不好。"

达茜大笑起来，挑衅地看着我。她哪儿来的自信？她怎么会变得这么厚脸皮？

在下一个环形交叉口，我掉转车头往回走。

"我们现在要去哪儿？"她问。

"回家。"

# 第十章

如果达茜是个伤心的丈夫或朋友，我们就去酒吧，喝个大醉。然后，我们会跌跌撞撞地回家，打开天空体育台，看一场加拿大复杂难懂的冰球比赛，或那个怪异的比赛——人们在野地里滑雪，然后对着靶标射击。男人都干这种事。酒精不是眼泪的替代品。它在你心底为眼泪提供给养，那里更为私密，纸巾不会湿透。

十几岁的女孩更为棘手，这是我从自己的诊疗室里得知的。她们更有可能会烦躁、绝食，变得抑郁或是淫乱。达茜不同于常人。她不会像查莉和埃玛一样说个没完。她表现得那么成熟，口齿伶俐又调皮无礼，但在虚张声势的表面之下是一个受伤的孩子。她对世界的了解还不如一个画廊里的盲女多。

盘子刚被收走，她就去那个闲置的房间里睡觉了。几分钟后，我在她的房门外停下来，耳朵贴在上了漆的木板上，仿佛听到她在哭。也可能是我想象出来的。

我该怎么办？我不能调查她妈妈的死因。也许克雷探长说得没错，谁也不会知道真相。

我坐在书房里，把双手摊在桌子上，看着它们。我的左手在不由自主地颤抖，但我今天不想再吃药了。我的服药量已经很大了，随着时间的推移，药效会逐渐降低。文森特·鲁伊斯的电话号码就在桌上的记事簿里。

鲁伊斯曾是伦敦大都会警察局的探长。五年前，我的一名前患者被发现在伦敦大联盟运河边遇刺身亡，他以涉嫌谋杀为名逮捕了我，因为我的名字出现在了她的日记里。说来话长，往事如烟。

从那以后，鲁伊斯就成了在我的生活中进进出出的边缘人物之一，给我枯燥乏味的生活增加了一抹亮色。退休之前，他常常不请自来，到家里蹭饭，跟朱莉安娜打情骂俏，向我请教对他最近的凶杀案调查情况的看法。他总是胳肢两个孩子，喝很多酒，然后在我们的沙发上过夜。

朱莉安娜对他的好感比他的肝脏都大，这也多少说明了他的酗酒问题，以及她对迷失男人的吸引力。

我花了三次才拨完鲁伊斯的电话号码。我听到电话那头嘟嘟作响。

"嘿，文森特。"

"嘿，嘿，如果不是我最喜欢的心理医生。"

他有一副跟身体相配的嗓音，内里刚硬，外表柔软——就像一块裹着痰液的石头。

"我那天晚上看到了你的真人秀，"他说，"我记得他们叫它'十点新闻'。你把一个女人从桥上扔下去了。"

"她自己跳的。"

"不是吧，"他笑了，"怪不得你是知名心理医生。你美丽的妻子怎么样？"

"她在莫斯科。"

"一个人？"

"和她上司。"

"我为什么不能当她上司？"

"因为你对巨额融资一窍不通，而且你脑子里的扩大规模就是去买一条大点的裤子。"

"这话难听，但是所言不虚。"

我听到冰块在玻璃杯里发出的叮当声。

"想去西南部玩几天吗？"

"不了。我对绵羊过敏。"

"我需要你的帮助。"

"如果是真心的，那就认真点，宝贝。"

我把克里斯蒂娜·惠勒和达茜的事告诉他，讲述了过去十二小时里发生的一系列重要节点，这对退休的警察来说几乎就像第二语言。鲁伊斯知道如何填补中间的空白。我还没提克雷探长，他就已经准确地预测出她会对我的要求做何反应了。

"你确定吗？"

"到目前为止非常确定。"

"你需要什么？"

"克里斯蒂娜·惠勒跳桥之前在用手机跟一个人打电话。能追踪到那个电话吗？"

"他们找到她的手机了？"

"还在埃文峡谷底部呢。"

"你知道那个女人的电话吗？"

"达茜知道。"

他沉默了片刻。"我认识一个家伙，他在英国电信工作。他是个安全顾问。以前我们监听或是追踪电话的时候都会找他——当然，光明正大地。"

"当然。"

我听到他在做笔记。我甚至能想象出他那本到哪里都随身携带的大理石纹路的笔记本，里面塞满了名片和字条，用一个橡皮筋箍着。

又是一阵冰块的叮当声。

"所以，如果我真的去了萨默塞特，能跟你妻子睡觉吗？"

"不能。"

"我以为乡下人都很热情好客。"

"家里住满了。你可以睡在酒吧里。"

"好吧，这样也不错。"

我挂了电话，把鲁伊斯的号码塞进抽屉。有人敲了敲门，查莉走了进来，侧身坐在一把椅子上，双腿搭在扶手上。

"嘿，老爸。"

"嘿。"

"怎么了？"

"没什么，你怎么样？"

"我明天有个历史考试。"

"你在复习吗？"

"是的。你知道在古埃及时期，给法老进行防腐处理的时候，他们会用钩子把脑子从左边的鼻孔里钩出来吗？"

"不知道。"

"然后他们就把尸体放在一个盐床上，好让它变干。"

"是吗？"

"是的。"

查莉有个问题想问，但需要一点时间斟酌。她就是这样，清晰明了，不会夹杂迟疑或停顿。

"她为什么在这儿？"

她是指达茜。

"她需要一个住的地方。"

"妈妈知道吗？"

"还不知道。"

"如果她打电话我该怎么说？"

"让我来说。"

查莉盯着自己的膝盖。她思考问题的深度比我记忆中的要深得多。有时她会一连几天思考一个问题，以求明确地表达一个理论或是观点，然后突然间说出来，那时其他人已经不再考虑这个问题，或者早就忘记最初的讨论了。

"那天晚上新闻里的女人，跳桥的那个。"

"怎么了？"

"那是达茜的妈妈。"

"是的。"

"我应该跟她说点什么吗？我的意思是，我不知道是应该避开这个话题，还是应该装作什么事都没有。"

"如果达茜不想谈论这个，她会告诉你的。"

查莉点头表示同意。"会有葬礼之类的仪式吗？"

"几天之后。"

"所以她妈妈现在在哪儿？"

"在停尸间——他们在那里……"

"我知道。"她回答，语气听上去非常成熟。又是一阵长久的沉默。"你看到达茜的运动鞋了吗？"

"她的鞋怎么了？"

"我也想要一双那样的鞋。"

"好的。还要什么吗？"

"没了。"

查莉把马尾辫搭到肩膀上，兴高采烈地走了出去。

我又自己一个人了。有一沓家庭开支的账单需要整理、支付或存档。朱莉安娜已经把工作上的收据分出来，捆在一起，放进一个信封里。

当我合上抽屉的时候，我注意到地上有一张有些皱的收据。我捡起来，在记事簿上摊平。收据上方是酒店精美的手写体名称。这是一张早餐单据，包括香槟、熏肉、鸡蛋、水果和甜点。朱莉安娜是真的进城了。她通常只吃牛奶什锦或水果沙拉。

我把单据揉成一团，打算扔掉。但我不知道是什么阻止了我——一个问号：一丝不安。这种感觉仓促袭来，然后又快速消失了。外面太安静了。我不想听到自己的想法。

# 第十一章


　　撬锁需要用上所有的感官。视觉用来确定锁的型号。嗅觉用来确定锁最近是否上过油。味觉用来确定润滑油类型。触觉和听觉则用来发现锁的秘密。

　　每一把锁都各有特点。时间和天气会改变它的特性。气温、湿度、水蒸气凝结。撬棍伸入锁芯以后，我就闭上眼睛。仔细听，用心感受。随着撬棍在锁销里上下弹跳，我必须根据它们的阻力，均衡地施加压力。这需要敏感、灵巧、专注和分析思维。它像液体般不固定，但也有规律可循。

　　这是一把437级高级别安全锁，有六个锁销，其中几个还是蘑菇形的。锁眼是旁中心式，就像一道变形的闪电。承保人认为由于难度较大，需要二十分钟才能撬开这把锁，但我能在二十三秒内撬开它。这需要数小时，数天乃至数周的反复练习。

　　我还记得第一次进入一所房子时的情形。那时在德国的奥斯纳布吕克，多特蒙德向北五十英里的地方。房子的主人是一名随军牧师，我不在家的时候他会到家里劝导我妻子。我把他的狗分尸了，放到了冰箱、浴缸和洗衣机里。

　　我进入的第二个地方是位于骑士桥的特种部队俱乐部，距哈罗德百货的后门只有几步远。这栋建筑的门上没有招牌。这是一个面向情报机构以及英国特种空勤团现役成员和退役成员的私人俱乐部。但是我无法成为会员，因为我太过优秀，都没人听说过我。我是无法触及且不可命名的。

我可以穿墙走壁。锁在我手里崩溃。锁销，就像各种音乐的按键，随着撬棍从其间穿过，奏出有着不同音色和音调的乐曲。听，这是最后一个音符。门开了。

我走进公寓，小心翼翼地踏在锃亮的木地板上。我把工具包起来放好。现在我需要一把手电筒。

这个婊子很有品位，而这并不是钱能买来的。她的家具没有一件是拆装家具或是接榫组装而成的。咖啡桌由铸铜打造，陶瓷碗上的图案则是手绘的。

我寻找电话连接处。厨房里有个无绳控制台，客厅里有个电话底座，主卧里也有一个。

我从一个房间走到另一个房间，打开橱柜和抽屉，在脑海里绘制房子的布局。还需要阅读信件，细读账单，研究电话号码和照片。电话旁边放着一份生日聚会邀请函。

还能找到什么？这儿有一个颜色鲜艳的信封，里面装着精美的信纸——诚邀您参加女子单身派对。信纸下方还写了一行字。带上你的舞鞋。

公寓里有三间卧室。最小的那间是一个孩子的，墙上挂着酷玩乐队的海报，旁边有一个哈利·波特主题的日历，还有一张马匹俱乐部玫瑰勋章的照片。她的睡衣在枕头下面。窗台上有一个钩子，上面挂着一颗水晶。房间的一角放着一个箱子，里面放满了毛绒玩具。

主卧里有个独立卫生间。浴室柜抽屉里放满了口红、身体乳、指甲油，以及带去酒店和飞机上的试用装。最下面一层的抽屉里放着一个人造毛皮的化妆包，里面装着一个粉色的小型振动器和一副手铐。

窗户随着气压的变化咯咯作响。楼下的大门开了，在楼梯井里形成了一个微型真空。接着传来了脚步声。我在卧室里竖起耳朵站了片刻。钥匙哗啦作响。一把钥匙插进了锁眼，转动。

　　门开了又关上。我感到脚下的轻微颤动，听着她们说话的声音。外套被脱下来挂到了钩子上。水壶里装了水。楼下传来一阵轻柔的笑声，还有食物的香味——外卖——某种放了香菜和椰奶的亚洲食物。我听到食物被用勺子舀到盘子里，然后在电视机前被吃掉。

　　之后盘子被收走了。有人上来了。我迅速退到阴影里，走进衣橱，用衣服遮住自己。我闻着这个婊子的气味，她陈腐的香水味和汗臭味。

　　小时候，我经常和哥哥玩捉迷藏。那种胆战心惊的兴奋感和对被发现的恐惧。有时我把自己蜷缩起来，尽力屏住呼吸，但哥哥总能找到我。他说他能听到我的声音，因为我为了不发出声音而有些用力过度了。

　　一个黑影从门前经过。我从倾斜的镜子里看到了那个婊子的镜像。她去上洗手间。她拉下裙子，脱下内裤。她的大腿像蜡一样白。她站起来，冲了水，转身面向镜子，身体探到洗手池上方查看自己的脸，拉了拉眼角的皮肤。她自言自语。我听不到她说什么。她的内裤被扔到一边。她抬起双臂，一件睡裙从肩上滑下，裙摆垂到膝边。

　　她的女儿回房间了。我听到她的书包被扔到角落里，然后是淋浴的声音。过了一会儿，她过来道晚安。飞吻。凌乱的头发。美梦。

　　又剩我跟这个婊子了。没有男主人。他被驱逐出去了，被赶走了，被忽略了，被剥夺了权利。国王死了，女王万岁！

　　她打开了电视，坐在床上看，不停地换着频道，眼睛里有个明亮的方块。她并没有真的在看。她转而拿起一本书。她感觉到我的存在了吗？因恐惧而颤抖或不安了吗？鬼魂正在她的坟头留下足迹。

　　她死去时听到的将是我的声音。我说的话。我将会问她是否害怕了。我将撬开她的理智。我将停止她的心跳。我将把她打倒在地，饱餐她那满是血污的嘴。

　　什么时候？

　　很快。

# 第十二章


今天早上，我的双腿不想挪动。我说着狠话，靠着强大的意志力才把它们从床上放下来。我站起来，穿上晨衣。已经七点多了，查莉本应该叫醒我，她上学要迟到了。我大声喊她，但没人回应。

卧室里都空了。我下了楼。餐桌上放着两碗水泡的麦片。牛奶也没有放回冰箱里。

电话响了，是朱莉安娜。

"嘿。"

一阵短暂的沉默。"嘿。"

"你怎么样？"

"很好。罗马之行怎么样？"

"我在莫斯科。上周在罗马。"

"哦，对。"

"你没事吧？"

"没事。刚睡醒。"

"我美丽的姑娘们怎么样？"

"再好不过了。"

"为什么我在家的时候她们就非常恐怖，而在你身边就变得再好不过了呢？"

"我贿赂她们了。"

"我记得有这回事。你找到保姆了吗？"

"还没有。"

"怎么回事？"

"我还在面试。我在寻找修女特蕾莎。"

"你知道她死了。"

"那斯嘉丽·约翰逊呢？"①

"我们才不要让斯嘉丽·约翰逊照顾我们的孩子。"

"现在知道谁在挑剔了吧？"

她笑了。"我能跟埃玛说说话吗？"

"她现在不在。"

"她在哪儿？"

我看着开着的门，听到自己在话筒里的呼吸声。"在花园里。"

"雨一定是停了。"

"嗯。出差顺利吗？"

"很痛苦。俄罗斯人在拖延时间。他们想要一笔更好的交易。"

我站在洗碗池边，看着窗外。下面的窗格上沾着凝结的水珠。上面的窗格里则是一块蓝天。

"你确定没什么问题吗？"她问道，"你听上去非常奇怪。"

"我没事。我想你了。"

"我也想你。我得挂了。拜拜。"

"拜拜。"

我听到电话里咔嚓一声。恰巧在这个时候，埃玛蹦蹦跳跳地从后门进来了，后面跟着达茜。达茜抓住了埃玛，紧紧地抱住她。两个人都在

---

① 斯嘉丽·约翰逊曾主演2007年上映的电影《保姆日记》。

大笑。

达茜穿着一条裙子，是朱莉安娜的，她一定是在熨衣篮里找到的。门口射进来的阳光勾勒出她裙子下的身体轮廓。十几岁的小姑娘从来都不怕冷。

"你们去哪儿了？"

"我们去散步了。"她辩护道。埃玛朝我伸出双臂，我把她抱了起来。

"查莉呢？"

"在去学校的路上——我把她送到了巴士站。"

"你应该告诉我的。"

"你在睡觉。"她用髋部一侧轻轻地推了我一下，然后端起麦片碗。

"你应该写个字条。"

她在洗碗池里放满热水和泡沫。她第一次注意到我的手臂在抽搐，一条腿似乎也在跟着痉挛。我早上还没有吃药。

"所以，发抖是怎么回事？"

"我得了帕金森症。"

"那是什么？"

"一种退化性神经障碍。"

达茜把一侧的胸衣肩带推到肩上。"会传染吗？"

"不。我只是会发抖。我在吃药。"

"就这些？"

"差不多。"

"我朋友贾丝明得了癌症，不得不接受骨髓移植。她没头发的时候看上去很淡定。我肯定不行，我宁愿去死。"

最后一句话里透着年轻人的直率和夸张。只有十几岁的孩子能把青春痘看成大灾难，或把白血病变成时尚的两难局面。

"今天下午我会去见你们学校的校长……"

达茜张大了嘴巴以示抗议。我打断了她。"我会告诉她你要在校外住几天——直到葬礼结束或者我们来决定你想做什么。她会问一些问题，会想知道我是谁。"

达茜没有回答。相反，她走回到洗碗池边，继续洗盘子。

我的手臂颤抖了一下。我需要冲个澡，换上衣服。我上楼梯时听到她最后说道："别忘了吃药。"

鲁伊斯刚过十一点就到了。他还开那辆早期型号的深绿色奔驰车，挡泥板和车门下面溅满了泥巴。这是那种当排放规定生效时就要被列为非法车辆的汽车，因为他每加一次油，整个太平洋环礁都要消失一些。

退休以后他胖了些，头发也长长了点，刚好遮住眼睛。我说不上来他是否感到心满意足。我不会把幸福跟鲁伊斯联系在一起。他如同一个相扑选手，拍打着大腿，甩动着身上的肉，对抗这个世界。

他还是像以往一样满脸皱纹，饱经沧桑。他用力地握了握我的手。他的手丝毫不会颤抖。我嫉妒他。

"多谢你能来。"我说。

"朋友是干吗用的？"

他的语气里没有一点讽刺的意味。

达茜正站在门口，穿着那条裙子，就像一个小精灵。我还没来得及介绍，鲁伊斯就错把她当成了查莉，抱住她的腰转起圈来。

她打着他的手臂。"放我下来，你这个变态！"

鲁伊斯突然把她放下了，看向我。

"你说查莉长大了。"

"没这么大。"

　　我不知道他有没有感到难为情。你怎么能知道呢？达茜整理好裙子，拨开眼睛上的头发。

　　鲁伊斯露出笑容，微微欠了欠身。"我无意冒犯，小姐。我错把你当成了一位公主。我认识一对住在附近的夫妇。他们空闲的时候会把青蛙变成公主。"

　　达茜困惑地看着我，但她还是能明白这是恭维话。她脸上的红晕跟寒冷的天气毫无关系。这时，埃玛沿着小路飞奔过来，扑进他的怀抱。鲁伊斯把她高高地举到空中，仿佛在估摸能把她扔多远。埃玛叫他"嘟嘟"。我不知道为什么。她会说话以后，每次鲁伊斯来家里她都这么叫他。她在生人面前会害羞，但在他身边从不害羞。

　　"我们得走了，"他说，"我可能找到了能帮我们的人。"

　　达茜看着我。"我能去吗？"

　　"我需要你照顾埃玛。我们几小时后就回来。"

　　鲁伊斯已经走到了车边。我停在副驾驶车门边，回头看着达茜。我对这个女孩几乎一无所知，却留下她单独跟我最小的女儿在一起。朱莉安娜一定有话要说。也许我不会告诉她这部分。


　　我们一路向西，朝布里斯托尔驶去，沿着塞汶河口的滨海公路去波蒂斯黑德。海鸥迎着呼啸的大风在屋顶上盘旋。

　　"她是个美人坏子，"鲁伊斯说，手指垂在方向盘上，"她现在跟你住吗？"

　　"就几天。"

　　"朱莉安娜怎么说？"

　　"我还没跟她说。"

　　他脸上看不出丝毫波动。"关于她妈妈，你觉得达茜对你和盘托出了吗？"

"我觉得她没有撒谎。"我们都知道这不是一码事。

我跟他描述了周五那天的细节，描述了克里斯蒂娜·惠勒在桥上的最后时刻，她的衣服在家里电话旁的地板上，以及她靠在咖啡桌上用口红写下的某种记号。

"她有男友吗？"

"没有。"

"有什么金钱方面的问题吗？"

"是的，但她看上去并不太担心。"

"所以你觉得有人威胁她？"

"是的。"

"怎么威胁？"

"我不知道。勒索、恐吓……她吓坏了。"

"她为什么不报警？"

"也许是她没法报警。"

我们拐入一个满是金属和玻璃办公大楼的商业区。沥青路面在新栽种过的花坛的映衬下呈现出深灰色。

鲁伊斯把车开进一个停车场。大楼上唯一的标志是一个牌匾，上面写着：飞士通电信。旁边有个蜂鸣器。前台接待还不到二十岁，穿着一条铅笔裙，白衬衫，一口牙比衬衫还白。连看到了鲁伊斯，她迷人的微笑都丝毫不受影响。

"我们是来见奥利弗·拉布的。"他说。

"请先坐一下。"

鲁伊斯更愿意站着。墙壁上挂着海报，上面是一些用手机聊天的漂亮年轻人，显然，手机给他们带来了幸福、财富和火辣的约会。

"想象一下，如果手机再早点被发明出来，"鲁伊斯说，"卡斯特[①]就能呼叫骑兵部队了。"

"保罗·列维尔[②]也可以不用跑那么远的路了。"

"纳尔逊[③]就能从特拉法尔加发来信息了。"

"信息里说什么呢？"

"'我不回家吃晚饭了。'"

前台接待回来了。我们被带进一个房间，里面放着成排的屏幕和摆满软件手册的架子。房间里一股混杂着模压塑料、溶剂和黏合剂的气味，新电脑常有的那种气味。

"这个奥利弗·拉布是干吗的？"我问。

"他是个电信工程师——按我在英国电信工作的伙计的说法，他是最好的。有些人修手机，他修的是卫星。"

"他能追踪克里斯蒂娜·惠勒的最后一通电话吗？"

"这就是我们要问他的问题。"

几乎是神不知鬼不觉地，奥利弗·拉布从另一个门里出现了。他身材高大，秃顶，一双大手，稍微有些驼背。他弯腰跟我们握手的时候，好似是要献上自己的头顶。他是那种有怪异癖好的人，他觉得领结和吊带裤是一种实用的选择，而不是一种时尚宣言。

"随便问，随便问。"他说。

"我们要找一个手机号码的通话记录。"鲁伊斯回答。

"这是官方调查吗？"

"我们在协助警方调查。"

---

① 美国骑兵军官，在与印第安人的战斗中被围困并最终丧命。

② 美国独立战争时期的爱国者，在列古星敦和康科德战役前夜快马出勤，警告殖民地的民兵英军即将来袭。

③ 英国著名海军将领，在1805年的特拉法尔加海战中中弹殉职。

我在想，鲁伊斯这么善于撒谎，是不是因为他见过太多骗子了。

奥利弗在电脑上登录，并通过一系列密码协议。他输入克里斯蒂娜·惠勒的手机号码。"通过一个人的通话记录，你能知道他很多信息，这真的很神奇，"他一边浏览屏幕，一边说，"几年前，一个麻省理工学院的家伙做了个博士研究项目，他为学生和公司雇员免费提供了一百部手机。为期九个月的研究里，他监控这些手机，记录了长达三十五万小时的数据。他并没有监听具体的通话内容。他只想要电话号码、通话时长、时间和地点。

"等他完成项目的时候，他所知道的远比这些多得多。他知道每个人睡多久，什么时候醒来，去哪里上班，在哪里购物，他们最好的朋友是谁，最喜欢的餐馆、夜店，常去的地方，以及度假目的地。他可以说出他们中谁是同事，谁是恋人。他还能预测人们在接下来会做什么，准确率高达百分之八十五。"

鲁伊斯扭过头看着我。"这听上去更像是你的研究领域，教授。你确诊的准确率有多少？"

"我处理的是偏差，而不是平均值。"

"说得好。"

屏幕刷新了一下，出现了克里斯蒂娜·惠勒的账号和手机使用的详细信息。

"这是她过去一个月里的通话记录。"

"那周五下午的呢？"

"她当时在哪儿？"

"克里夫顿悬索桥上。时间大概是五点。"

奥利弗又重新开始搜索。屏幕上出现了大量的数字。跳动的光标仿佛在阅读它们。这次搜索没有任何结果。

"这说不通，"我说，"她跳下去的时候的确在跟一个人打电话。"

"也许她在自言自语。"奥利弗回答。

"不。当时有另一个人的声音。"

"那她一定还有另一部手机。"

我思索着种种可能。她从哪儿得到了第二部手机？为什么要换手机？

"数据可能出错吗？"鲁伊斯问道。

奥利弗对这个问题有些恼怒。"根据我的经验，计算机比人可靠多了。"他用手指敲打着显示器，仿佛担心它会伤心似的。

"再给我解释一下这个系统的原理吧。"我说。

这个问题倒让他挺高兴的。

"一部手机就是一台复杂的无线电设备，跟对讲机没多大区别，不同的是，对讲机的信号只能传播一英里，民用波段无线电的信号范围将近五英里，而一部手机的信号范围则非常大，因为它可以在信号塔之间跳跃而没有信号损失。"

他伸手一只手。"把你的手机给我。"

我把手机递给他。

"每部手机都通过两种方式进行身份识别。移动识别码由服务商分配，类似固定电话，由三位数的区域代码加七位数的手机编码组成。电子序列号则是一串三十二位的二进制号码，由手机制造商分配，不可更改。

"当手机接到电话时，信息就通过电话网络传输，最终到达你手机附近的基站。"

"基站？"

"手机信号塔。你可能在大楼顶部或是山顶上看到过。信号塔发出无线电波，然后被你的手机探测到。它会分配一个传输通道，这样你就不会突然和别人合用一条线。"

奥利弗的手指继续敲击着键盘。"每个拨出或接听的电话都会留下一个数字记录，就像一串面包屑。"

他指着屏幕上一个闪烁的红色三角。

"根据通话记录，惠勒太太的手机接到的最后一个电话是周五下午十二点二十六分。电话信号是布里斯托尔路上段的一个信号塔传输的，在阿尔比恩大厦上。"

"那儿离她家不足一英里。"我说。

"很可能是最近的信号塔。"

鲁伊斯扭过头来。"我们能看到是谁给她打的电话吗？"

"另一部手机。"

"手机主人是谁？"

"你需要有调查令才能获得这种信息。"

"我不会告诉别人的。"鲁伊斯回答，口吻就像一个想要在自行车棚后面偷偷亲嘴的男学生。

"电话什么时候结束的？"我问。

奥利弗看回屏幕，重新调出一个布满数字的地图。"有意思。信号强度出现了变化。她一定是在移动。"

"你怎么知道？"

"这些红色的三角是手机信号塔的位置。在城区，它们通常相距两英里，但是在乡下，它们可能相隔二十英里。

"随着与一个信号塔的距离增大，信号强度也逐渐降低。下一个基站——你移动方向前方的信号塔——则探测到信号在逐渐增强。两个基站互相协调，把电话转到一个新的信号塔上。这个过程很快，我们几乎注意不到。"

"所以克里斯蒂娜·惠勒离开家时还在打电话？"

"看上去是这样。"

"你能判断她去了哪里吗？"

"可以，但需要时间。面包屑，还记得吗？可能需要几天时间。"

鲁伊斯突然对这个技术产生了兴趣，拉过来一把椅子，盯着屏幕。

"中间有三小时的空白。也许我们能找到克里斯蒂娜·惠勒去了哪里。"

"只要她一直带着手机，"奥利弗回答，"手机只要开机，它就会发射信号——一个脉冲——来寻找附近的基站。它可能找到不止一个基站，但会抓住那个信号最强的。这个脉冲实际上是一个非常短暂的信息，持续时间不足四分之一秒，但包含了手机的移动识别码和电子序列号：也就是手机的电子指纹。基站会储存这些信息。"

"所以你可以追踪任何一部手机？"我问。

"只要它是开机状态。"

"能有多准？你能定位到具体位置吗？"

"不。这不像GPS。最近的信号塔可能在几英里之外。有时可以通过对三个及以上的信号塔的信号进行三角测量，来缩小范围。"

"能有多精确？"

"精确到街道，但肯定到不了某一栋建筑，"他对我的怀疑低声一笑，"你那友好的服务商可不愿宣传这一点。"

"警察也不愿意。"鲁伊斯补充道。他已经开始做笔记，用笔圈出一些细节。

我们知道克里斯蒂娜·惠勒周五下午在克里夫顿悬索桥上结束了自己的生命。出于某种原因，她停止使用自己的手机，而拿起了另一部。这发生在什么时候？为什么会这样？

奥利弗把椅子从桌子边推开，穿过房间，来到另一台电脑旁。他的手指快速地敲击着键盘。

"我在搜索那个区域的基站。如果我们从五点钟往回查，也许能找到惠勒太太的手机。"

他指着屏幕。"附近有三个基站。最近的一个在维多利亚女王大道尽头的锡安山上。稍远的一个在两百码①之外，克里夫顿图书馆的屋顶上。"

他在搜索引擎里输入克里斯蒂娜·惠勒的电话号码，屏幕刷新了一下。

"找到了！"他指着屏幕上的一个三角，"她下午三点二十分时在这个区域。"

"还在跟同一个人通话？"

"看上去是。电话在三点二十六分结束了。"

鲁伊斯和我互相看了一眼。"她怎么会有第二部手机？"他问。

"要么是别人给她的，要么是她自己带的。达茜没说过她还有另外一部手机。"

奥利弗在听我们的对话。他慢慢被卷入这次调查中了。"你们为什么对这个女人这么感兴趣？"

"她从克里夫顿悬索桥上跳下去了。"

他缓缓呼出一口气，使他的脸更像一个骷髅了。

"一定有什么办法能追踪到桥上的对话。"鲁伊斯说。

"没有电话号码不行，"奥利弗回答，"每十五分钟就有八千个电话通过最近的基站传输。除非我们能把搜索范围缩小……"

"那通话时长呢？克里斯蒂娜·惠勒在桥边站了一小时。整个过程中她都在打电话。"

"电话不是根据通话时长被记录下来的，"他解释道，"我可能要花好几天才能将它们区别开。"

我有个主意。"有多少通话是在五点零七分结束的？"

"怎么了？"

"那是她跳下去的时间。"

---

① 1码合0.9144米。

奥利弗又开始敲击键盘，输入一些参数重新搜索。屏幕变成了数字组成的水流，快速流过，模糊成了一道黑白色的瀑布。

"太神奇了，"他指着屏幕说，"真有一个电话刚好在五点零七分结束。通话持续了九十多分钟。"

他的手指顺着这条信息移动，突然停住了。

"怎么了？"我问。

"奇怪，"他回答，"跟惠勒太太通话的手机经由同一个基站。"

"这意味什么？"

"意味着跟她通话的人，要么也在桥上，要么就在不远处看着她。"

# 第十三章

　　球场上，几个女孩在打曲棍球。蓝褶子短裙旋转、拍打着满是泥泞的膝盖，发辫蹦跳，球棍彼此碰撞噼啪作响。含苞待放这个词浮现在我的脑海中。我一直很喜欢这个词。它让我想起自己的童年以及那些我想上的女孩。

　　女体育老师在当裁判，她的声音尖细，如同一个哨子。她朝她们大喊，让她们不要挤到一起，要传球、跑动。

　　"跟上，爱丽丝，参与进来。"

　　我知道其中几个女孩的名字。路易丝有一头棕色的长发，谢莉有阳光般的笑容，可怜的爱丽丝自比赛开始还没碰到过球呢。

　　一群青春期的男孩在一棵紫杉树下看她们比赛。他们一边打量着那群女孩，一边嘲笑她们。

　　每次看着这些女孩，我就会想起我的克罗艾。她年龄要小一点。现在六岁了，还不到七岁。我错过了她上次的生日。她很擅长球类运动。她四岁就能接住球了。

　　我给她做了一个篮球筐。它比规定高度低，好让她够得着。我们经常进行一对一对抗训练，我总是让她赢。刚开始她几乎投不进筐，但随着她变得更加强壮，她的准度提高了，差不多能三投两中。

　　曲棍球比赛结束了。女孩们跑回室内换衣服。笑容灿烂的谢莉跑过去跟那些男孩调情，但被体育老师赶跑了。

我捏着一块粉笔，开始在墙上的压顶石上刻字。粉末落入裂缝深处。我又描了一遍。

克罗艾

我在名字外面画了一个心，一只丘比特之箭从中穿过，箭头呈三角状，带一个八字形箭尾。然后我闭上眼睛，许了个愿，希望能心想事成。

我猛地睁开眼睛，眨了两次。那个体育老师站在那里，肩上扛着一个曲棍球杆，手上紧握着彩色的毛巾布握柄。

她张开嘴唇："走开，变态——不然我要报警了！"

# 第十四章

我非常清楚，有时候帕金森先生会拒绝躺下，然后像个男人一样把药吃下去。他残忍地捉弄我，让我公开出丑。

人体内有数千个非自主过程是我们没法控制的。我们不能停止心脏跳动，或让皮肤不出汗，也不能阻止瞳孔扩大。其他的运动都是自主的，但这些也在逐渐抛弃我。我的四肢、下巴、面部有时会颤抖、抽搐或是僵住。我的脸会毫无征兆地僵成一个面具，让我没法露出欢迎的微笑或是表现出悲伤、忧虑。如果我自己都失去了表达情绪的能力，我还怎么做临床心理医生？

"你又在用那种眼神盯着我看了。"鲁伊斯说。

"抱歉。"我扭过脸去。

"我们该回家了。"他柔声说道。

"还不急。"

我们正冒着严寒坐在一家星巴克外面，因为鲁伊斯拒绝被人看到坐在那种地方里，他觉得我们应该去个酒吧。

"我想要一杯浓咖啡而不是啤酒。"我对他说。

他回应说："你是故意让自己听起来像个理发师的吗？"

"喝你的咖啡吧。"

他两手插在外套口袋里，那外套还是我第一次见他时他穿的那件——

那可是五年前了。我当时在伦敦给一些妓女做演讲，他打断了我。我试图教她们在街道上保证安全。鲁伊斯则在调查一起谋杀案。

我喜欢他。过分关心自己和衣着的男人会表现得自负且野心勃勃，但鲁伊斯早就不关心别人对他的看法了。他就像一件轮廓模糊的黑色大家具，散发着烟草和酒精的味道。

另一件让我吃惊的事是，他即使坐在室内，也能看到远处的东西。他仿佛能看穿墙壁，洞察到一件事更加清晰、美好或简单的地方。

"你知道我不理解这个案子的什么地方吗？"他说。

"是什么？"

"为什么没人阻止她？一个赤身裸体的女人从家里走出来，坐进汽车，开了十五英里，然后越过桥上的安全护栏，这过程中竟然没人拦住她。你能解释这点吗？"

"这被称作'旁观者效应'。"

"这被称作冷漠无情。"他咕哝道。

"不。"

我给他讲了姬蒂·吉诺维斯的故事。她是纽约的服务生，二十世纪六十年代中期在自己居住的公寓大楼外遇刺身亡。四十个邻居听到了她的呼救声或看到了她被刺伤，但没人报警或尝试帮助她。整个遇刺过程持续了三十二分钟。她两次跑开，但每次都被袭击者抓到并再次被刺伤。

最后拿起电话报警的人还先给他的朋友打了个电话问他该怎么办。然后，他去了邻居家，让他们打电话报警，因为"他不想牵涉其中"。警察赶到，两分钟后姬蒂·吉诺维斯就死了。

这场凶杀案在美国内外引起了潮水般的愤怒和质疑。人们认为过度拥挤、城镇化和贫穷造就了这一代城市居民，他们的道德观念和行为如同笼子中的老鼠。

热度消退，心理学家经充分研究后发现了旁观者效应。如果一群人目击了一个突发事件，他们会面面相觑，等着其他人带头行动。他们被多数人的无知诱骗到了无所作为的境地。

周五下午一定有很多人看到了克里斯蒂娜·惠勒——汽车司机、乘客、行人、收费站的工作人员、利伍兹公园里遛狗的人——而他们都指望别人介入，向她伸出援手。

鲁伊斯用怀疑的口气咕哝道："你不是挺喜欢人类的吗？"

他闭上眼睛，缓缓呼出一口气，仿佛要温暖这个世界。"现在去哪儿？"他问。

"我想去看看利伍兹公园。"

"为什么？"

"可能有助于我理解案情。"

我们驶出十九号交叉口，沿着一条支路朝克里夫顿驶去，从运动场、农场和溪流之间穿梭而过。洪水退去后，这些地方无一不是阴沉沉的，泛着咸水。一小部分柏油路面数周以来第一次变干燥了。

皮尔路变成了阿伯茨利路，我们左侧的树林后面，峡谷变得陡峭无比。按照当地的传说，这个峡谷是由两个巨人兄弟文森特和格拉姆用鹤嘴锄掘成的。巨人兄弟死后，他们的尸体沿着埃文河顺流而下，变成了布里斯托尔海峡中大大小小的岛屿。

鲁伊斯很喜欢这个传说（以及其中的人名）。也许这很对他荒诞不经的口味。

一道砂岩拱门便是利伍兹公园的入口。在树木的掩映下，一条狭窄的小路通向了一个小停车场。他们就是在这里找到克里斯蒂娜·惠勒停在落叶里的汽车的。如果没有别人的提示或之前没有来过，她是不太可能知道这个地方的。

距离停车场三十码的地方有个路标，指向了数条步行道。那条红色的步行道耗时一小时，全长两英里，一直延伸到"天堂之底"的边缘，可以俯瞰峡谷。紫色的步行道要短一些，但会通到斯托克利营，一座铁器时代的山中堡垒。

鲁伊斯走在我前面，时不时停下让我追上去。我穿的鞋不合适。克里斯蒂娜·惠勒穿的鞋也不合适。她该觉得多么赤裸和暴露啊，多么寒冷和恐惧啊。她穿着高跟鞋走在这条路上。她一个趔趄跌倒了。她被荆棘划伤了皮肤。有人在给她下指示，引导她离开停车场。

落叶像雪一样堆在排水沟里，微风从树枝上摇下水滴。这是一片古树林，我能从湿润的土壤、腐烂的树干和霉菌中闻出来：这儿不停地冒着臭气。时不时地，在树木之间，我瞥见了树林边缘的栅栏。栅栏之上和之外都是屋顶。

在北爱尔兰动乱时期，爱尔兰共和军常常把武器弹药埋在野外，利用三个地标之间的瞄准线，把武器藏在荒郊野地里，而地面上没有任何标志。搜查这些武器的英国巡逻队学会了如何研究地形，找出引人注目的特征。它可能是一棵颜色不同的树、一堆石头，或是一根倾斜的栏杆。

从某种意义上来说，我也在做同样的事——寻找能够为克里斯蒂娜·惠勒最后一次散步时的情形提供线索的参考点或心理指标。我拿出手机，查看了一下信号强度。三条杠，信号够强。

"她走了这条路。"

"你怎么这么肯定？"鲁伊斯问。

"这里遮挡更少。他想看到她。他也想让她被看到。"

"为什么？"

"我还不确定。"

大部分犯罪活动都是巧合——一连串的情况。相差几分钟或是几码远，犯罪活动也许就不会发生了。这个案子不同。凶手知道克里斯蒂娜·惠勒的电话号码和住处。他让她来这儿。他还选定了她穿的鞋。

"怎么做到的？你是怎么了解她的？"我默默地问自己。

你一定曾在哪儿见过她。也许她当时正穿着一双红鞋。

为什么带她来这里？

你想让她被看到，但是这里太开阔，太显眼了。可能会有人拦下她或报警。即使是周五那样令人痛苦的天气，步行道上依然有人。如果你真的想把她隔离开，你本可以选择任何其他地方。某个私密的地方。在那里，你有更充裕的时间。

你没有秘密地杀死她，而是将它公之于众。你让她走到桥上，翻过护栏。这种控制令人惊异，难以置信。

克里斯蒂娜没有反抗。她的指甲盖下没有皮肤组织或反抗造成的淤伤。你不需要用绳索制伏她，不需要用蛮力。没有人见过你出现在克里斯蒂娜·惠勒的汽车里。没有证人提到见过她跟其他人在一起。你一定在等她，在一个你觉得安全的地方——一个藏身之所。

鲁伊斯又停下来等我。我从他身边走过，离开小路，爬上一个小斜坡。坡顶上有个三棵树形成的小圆丘。从这里看去，埃文河谷尽收眼底。我跪在草地上，感受着湿润的泥土浸透了我的裤子以及手肘。小路前后一百码的地方都能看到。这是个很好的藏身之处，无论是无辜的求爱还是违法的跟踪。

一束阳光突然穿过快速移动的云层射下来。鲁伊斯跟着我来到了斜坡。

"有人在这里观察别人，"我解释道，"你看，草被压弯了。有人趴在地上，两肘在这儿。"

说话的工夫，我就被十几码外卡在一簇荆棘里的黄色塑料吸引住了视线。我起身走过去，身子探进带刺的树枝间，直到手指抓住那件塑料雨衣。

鲁伊斯长长地吹了一声口哨。"你真是个怪人，你知道的。"

汽车引擎还未熄火，空调暖风吹得正起劲。我努力把裤子吹干。

"我们应该报警。"我说。

"然后说什么？"鲁伊斯回击。

"跟他们说雨衣的事。"

"这改变不了什么。他们知道她在树林里出现过。有人看到她了。他们看到她跳下去了。"

"可是他们可以把树林封锁起来搜查。"

我想象着一群便衣警察在寻找指纹，警犬在追踪气味。

"你知道周五以来下了多久的雨。什么都找不到了。"

他从上衣口袋里拿出一罐糖果，递给我一块。他吮吸的时候，石块一般的糖果在他的牙齿间咯咯作响。

"她的手机呢？"

"还在河里。"

"第一部手机——她从家里拿出来的那部。"

"它已经不能再提供任何信息了。"

我知道鲁伊斯觉得是我想得太多了，或者觉得我在寻找某种解脱。这不是真的。只有一种自然而令人信服的解脱方式——谁都无法回避的方式。克里斯蒂娜·惠勒以七十五英里的时速撞上水面的方式。我只是想帮达茜找到真相。

"你说她有金钱方面的问题。我知道高利贷会压得人喘不过气来。"

"那也好过撞断腿。"

"也许他们给了她太大压力，她就崩溃了。"

我盯着自己的左手，我的大拇指和食指搓个不停。颤抖要开始了，两个手指以每秒三次的频率有节奏地前后移动。我努力用意志控制大拇指让它停下，让颤抖短暂停止。

我笨拙地把左手藏进口袋里。我知道鲁伊斯要说什么。

"最后一站，"我争辩道，"然后我们就回家。"

# 第十五章

警方在布里斯托尔的车辆扣留点在贝德明斯特火车站附近，藏在被煤烟熏黑的墙壁和倒刺铁丝围栏里。火车每次经过，或在站台刹车时，地面都为之颤抖。

这地方弥漫着一股油脂、变速箱油和机油的味道。一名机械师从办公室一扇脏兮兮的窗户里往外瞥了一眼，把茶杯放到茶托上。他穿着条橙色的工装裤和一件格子衬衫。他来到门口，一只手扶着门框，好像在等着听暗号。

"打扰了。"鲁伊斯说。

"你们想干吗？"

机械师在一块破布上缓慢地擦着手。

"几天前有辆从克里夫顿拖过来的汽车。是辆蓝色的雷诺拉古娜。车主从悬索桥上跳下去了。"

"你们是来开走它的？"

"我们来看一眼。"

这个回答似乎不太顺耳。他舌头在嘴里转了一圈，然后朝破布里啐了一口。他斜眼看着我，在考虑我会不会是警察。

"你想看一下我们的警徽吗，孩子？"鲁伊斯说。

他心不在焉地点点头，看上去没那么自信了。

"我退休了，"鲁伊斯继续说，"我之前在伦敦大都会警察局当探长。你今天应该答应我的要求，知道为什么吗？因为我只想看一眼汽车的里面，这辆车不牵涉刑事调查，只是等着死者的家属来取走。"

"我觉得应该没问题。"

"那就认真点，孩子。"

"好的，可以，车在那里。"

那辆蓝色的雷诺拉古娜停放在工作间的北墙边，旁边是一堆皱巴巴的汽车残骸，一定是很多年前弄过来的。我打开驾驶室车门，让眼睛适应里面的黑暗。汽车内部的灯光不足以驱散阴影。我不知道自己在寻找什么。

储物箱里什么都没有，座位底下也是。我搜查了车门处的储物槽。里面有纸巾、护肤霜、化妆品和零钱。座位下面有一块擦风挡玻璃的布，跟一个除冰工具绑在一起。

鲁伊斯打开后备厢，里面很空，只有一个备用轮胎、一个工具箱和一个灭火器。

我又回到驾驶室车门旁，坐到座位上，闭上眼睛，努力想象一个潮湿的周五下午，大雨击打着风挡玻璃。克里斯蒂娜·惠勒从家里驱车十五英里，雨衣下面一丝不挂。除雾器已经超时工作，加热器也是。她开窗户求救了吗？

我的眼睛移向右侧，车窗玻璃被指纹和某种其他的东西弄脏了。我还需要点灯光。

我朝鲁伊斯大喊。"我需要一把手电筒。"

"你发现了什么？"

我指着那些痕迹。

机械师拿来了一个电灯，灯泡罩在一个金属笼子里。电线从他肩膀上垂下。随着灯光的移动，巨大的阴影在砖墙上滑动，然后消失了。

我把电灯放到玻璃另一侧，只能模糊地看到那些线条，就好像雨停之后看一个孩子用手指在沾满了水雾的窗户玻璃上画的画。这些线条不是一个孩子画的。它们是由压在玻璃上的什么东西画出来的。

鲁伊斯看着机械师。"你抽烟吗？"

"抽。"

"我需要一支烟。"

"你们不能在这里抽烟。"

"听我的。"

我看着鲁伊斯，一脸困惑。我已经见他戒烟至少两次了，但从不会一时冲动再次抽烟。

我跟着他们去了办公室。鲁伊斯点着一支烟，深吸一口，然后边呼气边盯着天花板。

"给，你也抽一支。"他说着递给我一支。

"我不抽烟。"

"抽吧。"

机械师点着了烟。与此同时，鲁伊斯从金属烟灰盒里捡起掐灭的烟头，把灰色的烟灰碾成粉末。

"你有蜡烛吗？"

机械师在抽屉里翻来倒去找到了一支。鲁伊斯点着蜡烛，把蜡油滴到一个托盘上，然后把蜡烛底部按到熔化的蜡油上，直到蜡烛立住。接着，他拿起一个咖啡杯，在火焰上方转着烤，把杯子表面都烤黑了。

"这是个老把戏，"他解释道，"是一个叫乔治·努南的家伙教我的，他能跟死人对话。他是个病理学家。"

鲁伊斯开始把杯子上的黑灰刮到烟灰里，然后用铅笔尖轻轻地混合。

"现在我们需要一把刷子。柔软纤巧的。"

克里斯蒂娜·惠勒在汽车的储物槽里放了一包化妆品。我把里面的东西倒到桌子上——口红、睫毛膏、眼线笔，还有一个抛光的金属盒子，里面装着腮红和一把刷子。

鲁伊斯小心地拿起刷子，仿佛担心它会被他的拇指和食指捏断一样。"这个应该可以。把灯拿过来。"

他回到车旁，坐在驾驶座上，没关车门。电灯在车窗另一侧。他尽力放缓呼吸，开始把黑灰和烟灰的混合物涂到玻璃内侧。大部分都从刷子上落下掉到了他的鞋上，但已有足够的烟灰粘在了玻璃内侧模糊的痕迹上。就像被施了魔法一样，那些符号开始浮现，变成了文字。

# 救救我

雷声震颤着我们上方的空气，滚滚而来，不绝于耳，直到有个东西在我内心深处作响。克里斯蒂娜·惠勒用口红做了一个标记，然后按到车窗玻璃内侧，希望会有人注意到。但没人注意到。

车库中央的三脚架上立着一盏弧光灯，方形的灯头朝里，刺眼的白光让人看不到后面的阴影。罪案现场勘查人员走进亮处。他们的白色工作服看上去似乎也在发光。

汽车正在被拆解。座位、地毯、车窗、仪表盘和内饰都被拆除，像一具金属怪兽的尸体，被除尘、筛选、刮擦，以及仔细检查。每一张糖纸、每一根纤维、每一个线头和每一个污迹都被拍照、取样和记录下来。

指纹刷在坚硬的表面上跳舞，留下一层黑色或银色的粉末。这粉末比鲁伊斯自制的还要纤细。磁力棒在空气中掠过，辨认出人眼无法识别的细节。

罪案现场勘查队的负责人有着一口浓重的伯明翰口音，穿着白色工作服，活像一颗豆形糖果。他看上去像在给普通的实习生上培训课，说着"瞬时物证"和"犯罪现场完整性的维护"。

"我们到底在搜寻什么，先生？"一个实习生问道。

"证据，孩子，我们在找证据。"

"什么的证据？"

"历史的证据，"他把乳胶手套在手掌里摊平，"虽然可能只过去了五天，但也是历史。"

室外，光线渐暗，温度也在降低。韦罗妮卡·克雷探长正站在车库的大门口。车库在高架铁路下面，是用熏黑了的砖块砌成的拱状建筑。一列火车轰隆隆地从她头上驶过。

"我想知道这辆车自从被找到以后有多少人碰过。我要提取他们中每个人的指纹，并进行嫌疑调查。"

那个戴着金丝眼镜的平头警长问："我们到底在调查什么，老大？"

"一起可疑的死亡。惠勒的家也是犯罪现场。我需要把那儿封锁起来，并派人加以保护。你也可以再找个像样的咖喱餐厅。"

"你饿了，老大？"

"不是我，警长，你要整晚都待在这里。"


鲁伊斯正在他的奔驰车里，车门开着，他闭着眼睛。我怀疑他会不会觉得很难从这样一个案子里抽身，毕竟他已经退休了。古老的本能肯定会起作用，那是一种破获凶案、恢复秩序的愿望。他曾经告诉我，调查暴力犯罪的关键在于把焦点放在嫌疑人身上而不是受害者身上。而我正好相反。我通过了解受害者来了解嫌疑人。

凶手的行动并不会始终如一。环境和突发事件会改变他的言行。受害者也是。她在压力之下会做何反应呢？她都说了什么呢？

在我看来，克里斯蒂娜·惠勒并不是那种性感撩人或是希望通过外貌和举止来引人注目的女人。她衣着保守，很少外出，不爱出风头。不同的女人会呈现出不同水平的脆弱和冒险精神。我需要知道这些。通过了解克里斯蒂娜，我离杀害她的凶手也更近了一步。

克雷探长现在就在我身边，盯着那个痕迹。

"告诉我，教授，你总是像这样跑到警方的扣留点去污染重要的证据吗？"

"不，探长。"

她吐出一口烟，打了两个喷嚏，然后越过前院看向鲁伊斯正在打盹的地方。

"你的舞伴是谁？"

"文森特·鲁伊斯。"

她朝我眨眨眼。"你在开玩笑。"

"我不骗你。"

"你怎么会认识文森特·鲁伊斯？"

"他逮捕过我。"

"我能看出其中诱惑有多大。"

她的视线没有离开鲁伊斯。

"你不会善罢甘休。"

"这不是自杀。"

"我们都看到她跳下去了。"

"她不是自愿跳下去的。"

"我没看到有人拿把枪指着她的头。我也没看到有人伸出手推她。"

"一个像克里斯蒂娜·惠勒这样的女人不会突然决定脱光衣服，走出家门，手里举着个'救救我'的标志。"

探长压下一个嗝，仿佛我说了什么她不喜欢的话。"好吧。那我们暂时假定你是对的。就算惠勒夫人当时受到了恐吓，那她为什么没有给人打电话或是开车去最近的警察局？"

"也许她没有办法。"

"你觉得他当时在她的车里？"

"如果她能举着个标志，那他肯定不在车里。"

"所以他一定在听。"

"是的。"

"我猜是他用话把她逼死的。"

我没有回答。鲁伊斯从车里下来了，懒洋洋地伸懒腰，活动肩膀。他慢悠悠地走过来。他们像鸡舍里的两只公鸡一样相互打量着对方。

"克雷探长，这是文森特·鲁伊斯。"

"我对你早有耳闻。"她握着他的手说。

"一半的话都不要信。"

"我不信。"

他看了一眼她的双脚。"那是男人的鞋吗？"

"没错。你对这个有意见？"

"一点都没有。你穿多大码？"

"怎么了？"

"我可能跟你穿一个码。"

"你的还不够大。"

"我们是在说鞋还是在说别的？"

她露出了微笑。"你可真是像灯笼裤一样可爱。"

然后她转身面向我。"我要你明天一早到我办公室来。"

"我已经录过口供了。"

"那只是个开头。你要帮我解释一下这个案子，因为眼下我他妈一头雾水。"

# 第十六章

"你怎么了？"

"我跪在泥里了。"

"哦。"

达茜站在门口，疑虑地瞥了我一眼。我脱下鞋子，放在后面的台阶上。空气里弥漫着糖和肉桂的香味。埃玛正站在厨房里的一张椅子上，手里握着一把勺子，下巴上沾满了巧克力。

"不要在泥里玩，爸爸，你会把自己弄脏的，"她一脸严肃地说，然后宣布，"我在做饼干。"

"我看到了。"

她系着一条超大号的围裙，裙摆都到了她的脚踝。洗碗池里摞着一堆未洗的盘子。

达茜从我身边经过，走到埃玛旁边。她们之间有某种纽带。我几乎觉得自己像个外人。

"查莉呢？"

"在楼上做作业。"

"很抱歉这么久才回来。你们都吃过了吗？"

"我做了意大利面。"

埃玛点点头，把意大利面说成"意大意面"。

"有几个电话找你，"达茜说，"我让他们留言了。厨房装配工汉密尔顿先生说他下周二可以再来。他们周一会把柴火送过来。"

我在餐桌边坐下，像煞有介事地尝了一块埃玛做的饼干，并宣称这是史上最好的饼干。房子里本应该一团糟，但没有。除了厨房，家里一尘不染。达茜打扫过。她甚至整理了办公室，还把杂物间那个自我们搬进来就一直不能用的灯泡换好了。

我让她坐下。

"警方将调查你妈妈的死因。"

她的眼睛立刻湿润了。

"他们相信我的话。"

"是的。我需要再问你几个关于你妈妈的问题。她人怎么样？她的日常生活是什么样的？她的性格是外向且乐于相信人，还是谨小慎微、对人冷淡？如果被人威胁，她会剧烈反抗还是会陷入沉默？"

"你为什么要知道这个？"

"我了解了她，就能更了解他了。"

"他？"

"她生前最后一个跟她通电话的人。"

"那个杀害她的凶手。"

她仿佛被自己的话吓到了。她右边眉毛的上方沾了一点面粉。

"你说你跟妈妈吵过一架，那是怎么回事？"

达茜耸了耸肩。"我想去国家芭蕾舞学校。我不该去试演的，但我在申请表上伪造了我妈的签名，然后独自坐火车去了伦敦。我以为如果我被选中了，她就会改变主意。"

"然后发生了什么？"

"每年只有二十五位舞者会被选中。有几百人申请。当那封确认我被选中的信寄到时，妈妈读完就扔进了垃圾桶。她回到了卧室，锁上了门。"

"为什么？"

"学费是一年一万两千英镑。我们付不起。"

"可她已经在付学费了……"

"我是用的学术奖学金。如果我离开学校，就没钱了，"达茜抠着指甲，剥去角质层上的面粉，"妈妈的公司状况也不太好。她借了很多钱，又无力偿还。我本不该知道的，但我听到了她跟西尔维娅的争吵。所以我想离开学校，去找个工作，存钱。我原以为可以明年再去芭蕾舞学校的。"她放低了声音，"我们就是为了这个吵架的。当妈妈给我寄来足尖鞋的时候，我以为她已经改变主意了。"

"足尖鞋？我不明白。"

"就是芭蕾舞鞋。"

"我知道是什么。"

"有人给我寄了一双。来了一个包裹，周六晚上看门人在学校门口发现的，是寄给我的。里面是一双足尖鞋——盖纳·明登牌的，非常昂贵。"

"有多贵？"

"八十英镑一双。"

她的手缩在围裙口袋里。"我以为是妈妈寄来的。我就给她打电话，但一直打不通。"

她闭上眼睛，深吸一口气。

"我真希望她在这儿。"

"我知道。"

"我恨她。"

"不要这样。"

她转过脸去，站起身从我身边走过。我听到她上了楼梯，关上卧室门，躺到了床上。余下的只能想象了。

# 第十七章

　　超市的通道里空无一人。她晚上才有时间采购，因为白天太忙了，周末要去健身馆，而不是做家务。她在买一支羊腿。还买了抱子甘蓝、土豆、酸奶油。也许是要准备一场晚宴，或是一顿浪漫的晚餐。

　　我的视线越过收银台，落到报摊上。爱丽丝正一边看音乐杂志一边吮吸棒棒糖。她穿着校服：蓝色的短裙，白色的衬衫，深蓝色的无袖套衫。

　　她妈妈喊了她一声。爱丽丝把杂志放回架子上，开始帮她把东西装进袋子里。我在另一个收银通道跟着她们，直到走到外面的停车场，她把买的东西放进一辆时髦的大众高尔夫敞篷车的后备厢里。

　　爱丽丝被要求坐在车里等着。她妈妈快步走过停车场，昂着头，摇摆着臀部。她在一个路口停下，等红灯变色。我站在街对面，看着她穿过人行道，路过灯光明亮的店铺和咖啡馆，最后到了一家干洗店，然后她推开门。

　　一个年轻的亚洲女孩站在柜台后面微笑。另一个顾客也跟着她进去了。一个男人。她认识他。他们互相亲吻了脸颊，左边一下，右边一下。他的手还放在她的腰上。她有了一位爱慕者。我看不到他的脸，但他身材高挑，衣着很得体。

　　他们站得很近。她大笑起来，肩膀后仰。她在跟他打情骂俏。我应该警告他。我应该告诉他要跳过前戏，不要把婚姻和麻烦的离婚放在心上。

给这个婊子买栋房子，把钥匙给她——长远来看，这样做更经济实惠。

我在路的另一边观察她，站在一幅供游客浏览的地图边。旁边一家餐厅的灯光照着我的下半身，我的脸则在阴影里。一个厨房帮工走出来抽烟。她从围裙口袋里掏出烟，视线越过手掌捧着的火苗。

"你迷路了吗？"她问我，然后转过头去往外呼气。

"没有。"

"在等人？"

"也许吧。"

她金色的短发别在耳后。她的眉毛颜色更深，那是她头发的真正颜色。

她顺着我的视线，看到了我在看的人。

"你对她感兴趣？"

"我觉得我认识她。"

"她看上去已经很惬意了。你可能太迟了。"

她又转过脸去，把烟呼出去。

"你叫什么名字？"

"吉迪恩。"

"我叫谢里尔。要喝杯咖啡吗？"

"不了。"

"我可以给你倒一杯。"

"不用了。"

"随你吧。"她用脚把烟踩灭。

我又看向干洗店。那个女人还在调情。他们在告别。她踮起脚尖吻了他的脸颊，这次更靠近他的嘴。慢吞吞地。然后她朝门口走去，略微摇摆臀部。她的左肩上搭着一摞用塑料袋套着的衣服。

她重新穿过马路，朝我走来，还差六步就到我身边了。她没有抬眼，径直从我身边走了过去，仿佛我根本不存在或者我是个透明人。也许真是这样——我正在慢慢消失。

　　有时我会在半夜醒来，担心自己会在睡眠中消失。当没有人关心你的时候，就会发生这样的事。一点一点地，你开始消失，直到人们能看透你的胸膛和脑袋，就好像你是玻璃做的。

　　这无关乎爱，而关乎被遗忘。只有当别人想起我们时，我们才存在。就像森林里那棵倒下的树，周围没人听到它倒下。除了小鸟，谁他妈会关心它呢？

# 第十八章

我曾经有位病人，他坚信自己脑袋里装满了海水，里面住着一只螃蟹。我就问他，他的脑子去哪儿了，他跟我说被外星人用吸管吸光了。

"这样更好，"他还强调道，"现在螃蟹有更大的活动空间了。"

我把这个故事告诉我的学生，他们都哈哈大笑。新生周结束了。他们看上去更健康了。有三十二个学生来到这个设计得无比现代却无比丑陋的教室里上课。低矮的天花板下面是纤维板组成的墙壁，板子还被螺钉固定在了涂了漆的桁架之间。

我面前的桌子上放着一个硕大的广口玻璃瓶，一块白布盖在上面。这是我给他们的惊喜。我知道他们都在琢磨我要给他们看什么。我已经让他们等得够久了。

我抓着白布的两个角，手腕一抖。布翻滚着落下，露出了一个悬浮在福尔马林中的人脑。

"这是布伦达，"我解释道，"我不知道这是不是她的真名，但我知道她死亡时四十八岁。"

我戴上橡胶手套，双手把那个有弹性的灰色器官捧了起来。上面的液体滴到了桌子上。"有人想上来捧着她吗？"

没一个人动弹。

"我这儿还有手套。"

还是没人接受。

"历史上的每种宗教和信仰体系都声称，我们每个人都有一种内在力量——灵魂、良心、圣灵。没人知道这个内在力量住在哪里。它可能在大脚趾里，在耳垂里，或在乳头里。"

阵阵笑声表明他们都在听。

"大部分人可能都认为心脏或者头脑是符合逻辑的位置。你们猜得跟我差不多。科学家们已经用X光、超声波、核磁共振和断层扫描绘制了人体每个部位的图像。人体被切片、切块、称重、解剖、针刺和探测了四百年，但到目前为止，没人发现我们体内有什么秘密隔间、神秘的黑点、神奇的内在力量或耀眼的光芒。瓶子里没有妖怪，机器里没有鬼，也没有疯狂蹬自行车的小人。

"所以我们能从中得出什么结论？我们只是血肉之躯，由神经元和神经组成的一台完美的机器吗？我们身体里有没有一个我们看不到或无法理解的灵魂呢？"

一只手举了起来。竟然有人提问！是南希·尤尔斯——校报的记者。

"那我们的自我意识呢？"她问道，"这肯定表明我们不只是机器吧。"

"也许吧。你觉得我们与生俱来就有这种自我意识、自我感觉，以及独一无二的个性吗？"

"是的。"

"你可能是对的。我想让你们考虑另一种可能。如果我们的意识，或自我意识源自我们的经历——我们的思想、情感和记忆呢？我们是自己生活的产物，是别人对我们的看法的映射，我们出生时并没有人提前为我们绘好蓝图。我们被从外部照亮，而不是内部。"

南希噘着嘴坐到座位上。她身边的人都在奋笔疾书。我一点也不知道为什么。考试不考这个。

我离开教室时，布鲁诺·考夫曼截住了我。

"听着，老伙计，想跟你一起吃个午饭。"

"我要去见个人。"

"她漂亮吗？"

我想象着鲁伊斯的模样，告诉他不漂亮。布鲁诺跟我并肩走着。"上周桥上发生的事太糟糕了。太可怕了。"

"是的。"

"一个多好的女人啊。"

"你认识她？"

"我前妻以前跟克里斯蒂娜是同学。"

"我都不知道你结过婚。"

"是的。莫琳很受打击，可怜的老女人。她都吓坏了。"

"我很抱歉。她最后一次见到克里斯蒂娜是什么时候？"

"我想我可以问问她。"他犹豫地说。

"这很难办吗？"

"这意味着要给她打电话。"

"你们不联系了？"

"我们的婚姻，老伙计，就像一部品特①的戏剧：充满了深刻的沉默。"

我们走下站满人的台阶，穿过广场。

"当然，现在一切都变了，"布鲁诺说，"她每天都给我打电话，想跟我聊天。"

"她很伤心。"

"应该是吧，"他谨慎地说，"奇怪的是，我挺喜欢她打电话的。我八年前跟她离婚了，但发现我还是很在乎她对我的看法。你觉得这是怎么

_____

① 哈罗德·品特，英国剧作家、导演。

回事？”

“听上去是爱情。”

“哦，老天，不！可能是友情吧。”

“所以你是说你更愿意依偎在一个比你年轻一半的研究生的怀里吗？”

“这是浪漫。我尽量不把这二者混为一谈。”

我在心理学院外面的台阶下跟布鲁诺分开。鲁伊斯正在他车里边看报边等我。

“这个世界发生了什么大事吗？”我问。

“死亡和破坏，再平常不过了。一个美国孩子在高中校园里拿枪乱射。你在学校餐厅里卖自动步枪，就会发生这种事。”

鲁伊斯从座位上的托盘里拿起一杯外卖咖啡递给我。

“你在‘狐狸和獾’的房间怎么样？”

“离酒吧太近了。”

“太吵了，是吧？”

“太诱惑了。我见了几个当地人。有个侏儒。”

“奈杰尔。”

“他说自己叫奈杰尔的时候，我还以为他在开玩笑。他想把我拉出去，跟我打一架。”

“他一直那样。”

“有人打过他吗？”

“他是个侏儒！”

“那也是个讨人厌的小浑蛋。”

我跟韦罗妮卡·克雷约好了在布里斯托尔的三一路警察局见面。

“你确定想让我去？”鲁伊斯问。

“为什么不呢？”

"我的工作完成了。你得到了自己想要的东西。"

"你不能回伦敦——现在还不行。你才刚到。你还没在巴斯逛逛呢。来了西南部，就不能不逛逛巴斯。就像去了洛杉矶却不跟帕丽斯·希尔顿睡觉一样。"

"这两个我都可以不要。"

"那朱莉安娜呢？她今天下午就到家了。她会想见见你的。"

"这个更有诱惑一些。她还好吗？"

"很好。"

"她走多久了？"

"周一走的。只不过感觉上比这更久。"

"都是这样。"


三一路警察局是一栋封闭的建筑，低楼层一个窗户都没有，就像一座为防止围攻而建造的碉堡。它完美地展示了当代执法机关的模样，每个角落都安着监控探头，墙上还带着尖刺。

有人在砖墙上画了涂鸦：阻止警察杀人如麻。结束国家恐怖主义。

警察局对面，圣三一教堂被木板围了起来，里面空无一人。一个老太太在门廊下躲雨。她穿着一身黑衣服，弓着身子，像一根烧过的火柴。

我们在楼下等人来。金属安全门打开了。一个高个子黑人几乎要低下头才能走过。我的第一个设想就错了。他并不是获释人员。他在这里当差。

"我是探员阿博特，"他说，"不过你们可以叫我和尚。其他的浑蛋都这么叫我。"

他的手足有拳击手套那么大。我感觉自己一下变回了十岁。

"这里每个人都有外号吗？"鲁伊斯问。

"大多数人都有。"

"那探长呢？"

"我们叫她老大。"

"仅此而已？"

"我们很珍爱自己的工作。"

韦罗妮卡·克雷的办公室位于这个大盒子里的一个小盒子里，里面只有一张简单的松木桌和几个文件柜。墙上贴满了未破的案子和未逮捕的嫌疑人照片。其他人都把未完的事塞进抽屉或写成日记，探长却把它变成墙纸。

她穿着黑衣服，正在吃早饭。文件上放着一个甜面包和一杯咖啡。

她吃了最后一大口，然后收拾笔记。

"我有个案情通报会。你可以去听听。"

案件调查室里干净、现代、敞亮，中间只有可移动隔板和白板。一面白板上贴着一张照片。旁边是克里斯蒂娜·惠勒的名字。

那群警察大多是男的，克雷探长进去的时候，大家都站了起来。十几个警员被派来参与调查，虽然这件事还没有被列为谋杀案。除非这支特遣部队能在五天之内找出动机或嫌疑人，否则掌权者就要把此案交给法医来决定了。

克雷探长舔了舔手指上的糖霜，然后开口说道：

"上周五下午五点零七分，这个女人从克里夫顿悬索桥上跳桥自杀了。我们的首要任务是拼合出她生命的最后几小时。我想知道她去了哪里，跟谁说过话，以及看到过什么。

"还要询问她的邻居、朋友和生意伙伴。她生前是个婚礼策划师。她的公司有资金上的问题。去问问那些常见的嫌疑人——高利贷者和放款人——看他们认不认识她。"

她大致说出了从周五上午开始各个事件的时间轴。克里斯蒂娜·惠勒在有福婚庆公司的办公室待了两小时，然后就回家了。十一点五十四分，她的固定电话接到一通来电，是从西野购物广场和锡安巷拐角处的公共电话亭打来的，那里刚好能够俯瞰克里夫顿悬索桥。

"这个电话持续了三十四分钟。可能是她认识的人打来的。也许她安排好了跟他们见面。

"她的手机一响，固定电话就挂了。两个电话可能是同一个人打的。"

克雷探长朝一个操纵投影仪的警员做了个手势。一幅包括了布里斯托尔和巴斯的地图被投射在她身后的白板上。"电信工程师正在定位克里斯蒂娜·惠勒的手机信号，绘制她周五开车从家去利伍兹公园可能的行驶路线。

"我们有两个目击证人。这些证人需要重新询问。我还要周五下午去过利伍兹公园的所有人的名字。我需要知道他们去那里的原因以及他们的家庭住址。"

"当时在下雨，长官。"一名警员说道。

"这里可是布里斯托尔——一直都在他妈的下雨。还有，不要叫我长官。"

她看着人群中唯一的女警员。"阿尔菲。"

"是，老大。"

"我要你仔细检查性犯罪人员的档案，给我一份住在利伍兹公园方圆五英里之内的所有变态的名单。我要你把他们按犯罪的严重程度进行分类，以及他们最近一次被指控和释放的时间。"

"好的，老大。"

探长移动视线。"琼斯和麦卡沃伊，你们俩去查看监控录像。桥上有四个摄像头。"

"哪个时段？"其中一个问。

"从中午到下午六点。六小时，四个摄像头，自己算一下。"

"我们到底在找什么，老大？"

"记下每一辆汽车的车牌号，然后在车牌自动识别软件里查一下，看有没有车是被偷的。和阿尔菲交叉核对名单。我们说不定能撞大运。"

"你说的可是一千多辆汽车。"

"那你们最好马上开始。"她转身面向一个穿着短袖上衣和牛仔裤的警员。她叫他"猎人罗伊"——又是外号。名字很适合他。

"去查一下她的合伙人,西尔维娅·弗内斯,还有她们公司的银行账户,看看主要的债权人都是谁,有没有人追得比较紧。"

她提到了食物中毒事件。一个新娘的父亲想要赔偿,威胁要起诉。猎人罗伊将其记了下来。

克雷探长把一沓文件扔到另一名警员的腿上。"这是过去两年间发生在利伍兹公园的所有性侵或不雅行为投诉,其中还包括裸身太阳浴和露点。我要你把他们全部找到。问他们周五下午都在做什么。让D. J.和卷毛跟你一起去。"

"你觉得是性犯罪,老大?"卷毛问。

"那个女人赤身裸体,肚子上写着'荡妇'。"

"那她的手机呢?"阿尔菲问。

"还没有找到。和尚负责搜查利伍兹公园。没有任务的都跟着他。你们要敲门,走访当地人。我要知道有没有人举止怪异,过去几周里有没有发生什么不寻常的事。麻雀放屁了?熊在树林里大便了?你们懂我的意思。"

一张新面孔出现在通报会上。他身着纽扣锃亮的制服,警帽夹在左臂下。一个高级警官。

警员们迅速站起身来。

"继续,继续。"他用"假装我不在"的口吻说道。克雷探长做了介绍。副局长福勒个子不高,肩膀宽阔,握手有力,神气得像一个在战场上督战的将军。他的注意力集中到了我身上。

"一位什么教授?"他问。

"心理学,长官。"

"你是一位心理学家,"他的语气听起来像是在说一种疾病,"你是哪里人?"

"我出生在威尔士。我母亲是威尔士人。"

"听说过威尔士兔子①的定义吗，教授？"

"没有，长官。"

"加的夫处女。"

他环顾四周，等着大家的笑声。笑声如期而至。他这才心满意足地在一个座位上坐下，把帽子放在桌子上。帽子里面放着他的皮手套。

克雷探长继续做指示，但马上就被打断了。

"这为什么不是自杀？"福勒问。

她转身面向他。"我们正在重新审视此案，长官。受害人写了一个求救标志。"

"我还以为大部分自杀本身就是一种呼救行为。"

探长犹豫了一下。"我们认为是跟惠勒女士通电话的人让她跳下去的。"

"有人让她跳，她就跳下去了——就是这样？"

"我们认为她可能受到了威胁或恐吓。"

福勒微笑着点了点头，但举止间透着一种暧昧的屈尊俯就。他转身看着我。"这是你的观点，对吗，教授？这个女人到底是怎么被威胁或恐吓到自杀的？"

"我不知道。"

"你不知道？"

我能感觉到自己下巴发紧，面部僵硬。碰上恃强凌弱的人，我就会这样。我在他们身边完全变成了另一个人。

"所以你觉得有一个神经病让这女人跳桥自杀？"

"不，不是神经病。我没有看到证据显示他有精神疾病。"

"什么？"

———————

① 即威尔士干酪吐司。将含有素酒、牛乳等的酪乳汁涂到面包上后烤制而成的一种传统食品。

　　"我觉得贴上'神经病'或'疯子'之类的标签没有什么帮助，反倒会给凶手提供一个为自己辩解的借口，或让他以精神错乱为由要求减轻罪责。"

　　福勒的脸比衬衫纸板还要僵硬。他的眼睛死死地盯着我。

　　"我们这里有些礼节，奥洛克林教授，其中之一就是要用'长官'或正确的头衔来称呼高级警官。这关乎尊重。我觉得我理应得到尊重。"

　　"是的，长官，是我的错。"

　　有那么短暂的一瞬，他几乎要控制不住自己了，但此刻又恢复了自制。他站起身，拿起帽子和手套，离开了案情分析室。没有一个人动弹。

　　我看着韦罗妮卡·克雷，她低着头。我让她失望了。

　　简报会结束了。警员们解散了。

　　往楼梯走的时候，我对探长表达了歉意。

　　"别担心。"

　　"我希望自己没有树敌。"

　　"那个家伙每天早上都会吃混账话药片。"

　　"他以前参过军。"我说。

　　"你怎么知道？"

　　"他把帽子夹在左臂下面，这样他的手臂好用来敬礼。"

　　探长摇摇头。"你怎么会知道这种事情？"

　　"因为他是个怪人。"鲁伊斯回答。

　　我跟着他走出去。一辆没有警方标识的警车停在卸货区。司机是一位女警察，她打开副驾驶车门。韦罗妮卡·克雷和和尚要去利伍兹公园。

　　我祝他们好运。

　　"你相信运气吗，教授？"

　　"不相信。"

　　"那就好。我也不信。"

# 第十九章


朱莉安娜坐的是下午三点四十分从帕丁顿发出的大西部铁路公司的火车。这个时候开车去车站，路上很顺畅，大部分车辆都在对面的车道上。

埃玛坐在后排的安全座椅上，达茜坐在我身旁，双膝抬起，用双臂抱着。她这样折叠身体的时候，占据的空间是那么小。

"你的妻子人怎么样？"她问。

"她很棒。"

"你爱她吗？"

"这算什么问题？"

"就是一个问题。"

"好吧，答案是肯定的。"

"我猜你不得不这样回答吧，"她说，语气有些厌世，"你们结婚多久了？"

"十六年。"

"你有过外遇吗？"

"我觉得这跟你没什么关系吧。"

她耸耸肩，眼睛盯着车窗外。"我觉得一辈子只忠于一个人是不正常的。谁能说你不会再爱上某个人或者遇到一个你更爱的人？"

"你听上去很渊博。你爱过一个人吗？"

她轻蔑地转过头去。"我不会恋爱。我已经看到它的结局了。"

"有时我们别无选择。"

"我们总有选择。"

她的下巴搁在膝盖上，我注意到她涂着紫色指甲油。

"你妻子是做什么工作的？"

"叫她朱莉安娜就好。她是一名译员。"

"她经常出差吗？"

"最近更频繁些。"

"你是家庭妇男？"

"我在大学里兼职教书。"

"是手臂发抖的缘故吗？"

"我猜是吧。"

"你看上去不像有病的样子——如果这能让你好受一点的话——我的意思是，除了发抖。你看上去挺好的。"

我哈哈大笑。"好吧，非常感谢。"


朱莉安娜走下火车，看到鲜花以后，她的眼睛像看见魔法一般睁得老大。

"哪个女孩这么幸运？"

"我在为上次发生的事弥补自己的过失。"

"这个理由很糟糕。"

我吻了她。她只轻触了我的嘴唇，但我的嘴唇不愿离开。她挽住了我的手臂。我在身后拉着她的行李箱。

"孩子们还好吗？"她问。

"好极了。"

"保姆的事怎么样了？上次打电话你支支吾吾的。你找到人了吗？"

"没有。"

"这是什么意思？"

"我面试了几个人。"

"然后呢？"

"然后出了点状况。"

她停下脚步，转过身来，面露担忧之色。

"埃玛在哪儿？"

"在车里。"

"谁跟她在一起？"

"达茜。"

我尽力边走边说。她的行李箱轮子在鹅卵石上嗒嗒作响。我已经在脑海里演练过，这些话应该听上去很自然才对，但从我嘴里说出来后，却变得越来越没有逻辑。

"你完全疯了吗？"她问。

"嘘。"

"别嘘我，乔。"

"你不明白。"

"不，我觉得我明白。你跟我说的是，我们的宝贝女儿正在被一个妈妈刚被人谋杀了的小女孩照顾着。"

"这很复杂。"

"她还在住在我们家。"

"她是个好孩子。她跟埃玛很合得来。"

"我不管。她没有接受过培训，没有推荐信。她应该去上学。"

"嘘。"

"我说了不要嘘我。"

"她就在这儿。"

她猛地抬眼看去。达茜正站在汽车旁，有节奏地嚼着口香糖。埃玛站在保险杠上，被她用双臂托着。

"达茜，这是朱莉安娜。朱莉安娜，这是达茜。"

朱莉安娜朝她露出夸张的笑容。"你好。"

达茜拘谨地微微挥了挥手。"路上顺利吗？"

"是的。谢谢，"朱莉安娜把埃玛从她怀里抱过来，"你妈妈的事，我很难过，达茜。真是太糟糕了。"

"是什么事？"埃玛问道。

"跟你没关系，甜心。"

我们默默地开车。只有埃玛在说个没完，她不停地自问自答。达茜退进了一个沉默且难以捉摸的气泡里。我不知道朱莉安娜怎么了。她不是这样一个冷淡、难相处的人。

到了家，查莉从房子里跑出来迎接我们。她有一大堆话想跟朱莉安娜说，大部分是关于达茜的，但她不能说，因为达茜就站在她身边。

我把行李拿进去，朱莉安娜则从一个房间走到另一个房间，仿佛在做什么检查。也许她预想房子会一团糟，衣服没洗，床没铺，水池里堆满脏兮兮的盘子。相反，房子里一尘不染。出于某种原因，这反倒加深了她的恐惧。晚饭时她喝了两杯酒——晚饭是达茜做的砂锅菜——但她非但没有放松下来，反而嘴唇绷成了一条线，说出的话也变得尖刻，有意非难。

"我去给埃玛洗个澡。"朱莉安娜说着朝楼梯转过身去。达茜疑问着朝我的眼睛看过来。

把碗碟放进洗碗机后，我上楼，发现朱莉安娜正坐在床上。她的行李箱打开着，在整理衣服。她为什么这么排斥达茜住在这儿？这几乎是个所有权问题：标记领地或是维护业已存在的领地所有权。但这太荒唐了，达茜不是威胁。

我注意到她的行李箱里有一包黑色蕾丝内衣。是女性内衣，一件吊带背心，一条内裤。

"你什么时候买了这些衣服？"

"上周在罗马买的。"

"你没有给我看过呀。"

"我忘了。"

我用两根食指挑着背心的吊带。"我打赌你穿上时，它们会更好看。也许你等一会儿可以穿上给我看看。"

她抓起我手上的内衣，扔到洗衣篮里。她穿给谁看了？我感觉胸口被戳了一下——跟我发现那张酒店的香槟早餐收据时一样。

朱莉安娜从不穿性感内衣。她说那玩意既不舒服也不实用。每当情人节我给她买了什么纤薄的小衣服，她总是只穿那一次。她更喜欢玛莎百货的三角裤，高腰，十二码，黑色或者白色。是什么让她改变了想法？

她在罗马买了内衣，然后带去了莫斯科。我想问她为什么，但我不知道该怎么问才能听上去不带着醋意或更糟。

时机错过了。朱莉安娜转过身去。她的动作里透着疲惫，步幅小，垂着肩。

我不接受"无风不起浪"的假设前提，也不相信预兆，但我却无法动摇这种不安的感觉：我们之间出现了裂痕。我想把它归咎于疲倦。我告诉自己朱莉安娜经常出差，需要分心的事务有很多，肩上的担子太重了。

一个月前，她生日的时候，我打算给她做一顿特别的晚餐。我开车去了布里斯托尔，在鱼鲜市场买了海鲜。六点刚过她就打电话说要去伦敦，说出现了紧急事故，一笔转账找不到了。她回不了家了。

"那你要住哪儿？"

"酒店，公司报销。"

"你衣服都没带。"

"我会想办法的。"

"今天是你的生日。"

"很抱歉。我会补偿你的。"

我吃了一些牡蛎，把其他的都扔进了垃圾桶。然后我走到山上的狐狸和獾酒吧，和奈杰尔以及一个比酒吧里任何人都更了解此地的荷兰游客一起喝了三品脱①酒。

还有其他时刻。（我不会把它们称作"征兆"。）朱莉安娜本该周五从马德里乘机返回，我给她打电话，但就是打不通。我就又给她的办公室打电话。秘书告诉我奥洛克林太太头一天晚上就飞回来了，一整天都在伦敦。

等我最后找到朱莉安娜时，她向我道歉，说她本想给我打电话来着。我问她航班的事，她说一定是我记错了。我没有理由怀疑她。我们已经结婚十六年了，我想不起哪怕一个瞬间或事件让我质疑她的忠诚。与此同时，她又依然是个谜。当人们问我为什么要做心理学家时，我说："因为朱莉安娜。我想知道她到底在想什么。" 这不管用。我依然不明白。

我看着她整理衣服，气冲冲地打开抽屉，从横杆上扯下衣架。

"你为什么这么生气？"

她摇了摇头。

"跟我说说。"

行李箱被咣当一下合上了。"你知道自己在干什么吗，乔？就因为你没能救下桥上的那个女人，而我们要照顾她的女儿。"

"不是。"

"好吧，那她为什么在这儿？"

"她没其他地方可去。她的家是个犯罪现场。她妈妈死了……"

"被谋杀了？"

---

① 英制1品脱合0.5683升。

"是的。"

"警方还没抓住凶手？"

"还没有。"

"你对这个女孩或者她的家庭一无所知。她意识到她妈妈死了吗？她看上去并没有很伤心。"

"你说这话不公平。"

"好吧，告诉我，她心理状态稳定吗？你是专家。她会突然失控，伤害我的孩子吗？"

"她永远不会伤害埃玛。"

"你的根据是？"

"做心理学家二十年的经验。"

我最后这句话说得异常笃定。朱莉安娜停了下来。在性格解读方面，我很少出错，而她知道这一点。

她坐在床上，把一个枕头塞到背后，倚着墙，手里玩弄着睡裙上的流苏。我从床上爬向她。

"停，"她像个指挥交通的警察，举起手说，"别再靠近我。"

我坐回床的那一边。我们透过镜子盯着对方，就像在看一出情景喜剧。

"我不在家的时候，我不希望家里有什么变化，乔。我想回到家后发现一切如初。我知道这听起来很自私，但我不想错过任何东西。"

"什么意思？"

"还记得你教埃玛学骑三轮车吗？"

"记得。"

"她当时那么兴奋，一个劲地说个不停。你跟她分享了那个时刻。而我却错过了。"

"有时会发生这样的事。"

"我知道，但我不喜欢这样，"她侧身过来，头靠在我肩上，"万一我错过了埃玛掉第一颗牙或查莉第一次约会呢？我不希望在我离开的时候事情有什么变化，乔。我知道这很不讲理、很自私，也不太现实。我希望你能让她们保持原样，这样我也能在现场。"

朱莉安娜用一根手指沿着我大腿的一侧滑过。"我知道你的工作就是帮助别人。我也知道有精神疾病的人常常背负着莫须有的污名，但我不想让查莉和埃玛接触到有问题的人以及他们受伤的心灵。"

"我永远不会……"

"我知道，我知道，但是想想上次。"

"上次？"

"你明白我的意思。"

她说的是我之前的一个患者，他试图夺走我所爱的一切——朱莉安娜、查莉、我的事业和生命，来摧毁我。

"这完全不是一码事。"我说。

"我就是提醒你一下。我不希望你把工作带到家里。"

"达茜没有威胁。她是个好孩子。"

"她看上去可不像个孩子。"她面向我说。她的嘴角下垂。这既不是微笑，也不是索吻。"你觉得她漂亮吗？"

"从你走下火车的那一刻她就不漂亮了。"


凌晨三点，她们都睡着了。我溜下床，关上办公室的门，打开台灯。我可以怪吃的药，但我脑子里有太多想法在互相纠缠。

这次，我不是在想克里斯蒂娜·惠勒或达茜，也不是在回想桥上的情景。我想的是更为私密的事情。我不断地想起那套内衣和那张酒店收据。一个想法接着一个想法。朱莉安娜半夜关上办公室的门接的电话。在伦敦过的夜。日程突然变换让她没法回家……

我讨厌那些婚姻会有起伏、时间久了会变味的陈词滥调。朱莉安娜比我更优秀。她更坚强，对家庭的投入也更多。还有一个陈词滥调——我们的婚姻里有第三者。他的名字叫帕金森，四年前插足进来的。

那张酒店收据被夹在书页里。怡东酒店。朱莉安娜说酒店离西班牙阶梯和特莱维喷泉不远，走路很快就到。我拨通了酒店的电话，是一个女人接的，夜班经理。她听上去年纪轻轻，带着疲惫。罗马现在是凌晨四点。

"我想询问一张收据的情况。"我用手捂着话筒低声说道。

"好的，先生。您是什么时候住的酒店，先生？"

"不，不是我住的。是一名雇员。"

我编了个故事。我是一名伦敦的会计师，在做审计。我告诉她朱莉安娜的名字和住店日期。

"奥洛克林太太已经结清账目了。她是用信用卡支付的。"

"她是和一位同事同行的。"

"姓名是？"

德克。他姓什么来着？我想不起来了。

"我就是想询问一项客房服务的收费情况，是早餐……配香槟。"

"是奥洛克林太太要询问她的账单吗？"她问道。

"这有可能弄错了吗？"

"客房服务的收费单在奥洛克林太太结账的时候给她看过了。"

"这些对一个人来说可不算少，我的意思是，你看一下订单：熏肉和蛋、熏鲑鱼、煎饼、甜点、草莓，还有香槟。"

"是的，先生，我这里有详细的订单。"

"一个人可吃不了这么多。"

"是的，先生。"

她好像并不明白我的意思。

"是谁签的单？"

"早餐送到客房之后，有人签了订单。"

"所以你不能告诉我是不是奥洛克林太太签的单？"

"她对账单有异议吗，先生？"

我撒谎了。"她不记得点了这么多吃的。"

对方顿了顿。"您想让我传真一份签名过去吗，先生？"

"字迹容易辨认吗？"

"我不清楚，先生。"

那头另一部电话响了，服务台旁就她一个人。她建议我明早再打过去，跟酒店经理沟通。

"我相信他会非常乐意赔偿奥洛克林太太。费用会返还到她的信用卡上。"

我意识到这其中的危险。朱莉安娜会在账单上看到退款。

"不，不用了。不用麻烦。"

"但是如果奥洛克林太太感觉收费过高——"

"她可能搞错了。抱歉给你添麻烦了。"

# 第二十章

十几个女人占据了酒吧的一角，把椅子和桌子推到一起，围在舞池的边缘。那个荡妇在跳舞，像个钢管舞者一样扭动臀部，脸因为大笑和大量的饮酒而泛着红晕。我知道她在想什么。她在想这里的每个男人都在看她，渴望得到她，但她的脸太僵硬了，身体则更僵硬。

谢天谢地，我寻找的并不是年少的天真。并非纯洁。我想在污秽之中跋涉。我想看她妆容上的裂缝，她肚子上的妊娠纹。我想看她的身体摇摆。

有人尖声笑了起来。已至中年的准新娘喝得太多，几乎站不住了。我想她叫凯茜，要么是结婚晚，要么就是二婚。她撞进了桌子边上一个男人的怀里，撞洒了他的酒，然后毫无诚意地向他道歉。我真同情这个可怜的浑蛋，要把阴茎插进这样的身体！

爱丽丝走到自动点唱机旁，研究起玻璃屏幕下的歌名。一个什么样的母亲会把她十来岁的女儿带去参加婚前单身派对？她应该在家里睡觉。相反，她在生闷气，胖乎乎的，坐在那里，吃着薯片，喝着柠檬水。

"你不喜欢跳舞吗？"我问。

爱丽丝摇了摇头。

"如果不跳舞，一定很无聊。"

她耸了耸肩。

"你叫爱丽丝，对吗？"

"你怎么知道？"

"我听到你妈妈叫你了。很美丽的名字。'你能走快点吗？'一条鳕鱼对一只蜗牛说道，'你不能走快点吗？一只海豚正跟在我们后面，它老是踩到我的尾巴。你瞧龙虾和乌龟多么匆忙，海滩舞会马上就要开始啦！你愿意参加跳舞吗？你愿去，你不愿去；你愿去，你不愿去，你愿意参加跳舞吗？'"

"这是《爱丽丝漫游奇境》里的。"她说。

"没错。"

"我爸爸以前给我读过。"

"'越奇越怪，越奇越怪。'①你爸爸呢？"

"不在这儿。"

"他出差了吗？"

"他经常出差。"

她妈妈正在舞池中旋转，裙摆转动，下面的内裤时隐时现。

"你妈妈玩得很开心呀。"

爱丽丝翻了个白眼。"她真让人难堪。"

"所有的父母都让人难堪。"

她更加仔细地观察我。"你为什么戴着墨镜？"

"这样就不会被人认出来了。"

"你在躲谁？"

"你为什么觉得我在躲？我可能有点名气。"

"那你出名吗？"

"我隐姓埋名了。"

---

① 《爱丽丝漫游奇境》中的名言。

“这是什么意思？”

“伪装起来。”

“这伪装可不太好。”

“非常感谢。”

她耸了耸肩。

“你喜欢哪种音乐，爱丽丝？等等！先不要告诉我。我猜你喜欢酷玩乐队吧？”

她睁大了眼睛。“你怎么知道？”

“一看就知道你是个有品位的女孩。”

这次她露出了微笑。

“克里斯·马汀是我的朋友。”我说。

“不可能。”

“真的。”

“酷玩乐队的主唱，你认识他？”

“没错。”

“他人怎么样？”

“人很好，一点也不自负。”

“什么意思？”

“骄傲。自大。”

“行吧，她就是个婊子。”

“格温妮斯还行。”

“我朋友谢莉说格温妮斯·帕特洛①想成为麦当娜。谢莉不该瞎说八道，她之前告诉丹尼·格林说我觉得他很正，可我从来没说过。结果就好

---

① 美国演员，曾出演《莎翁情史》《钢铁侠》等作品，2002年与酷玩乐队主唱克里斯·马汀结婚，后于2014年宣布离婚。

像我这么说过一样！我一点都不喜欢他。"

　　有个人站在打开的门边点着了一支烟。她皱起鼻子。"人不应该抽烟。它会引起坏疽。我爸抽烟，我两个叔叔也抽。我自己也抽过一次，然后吐在了我妈妈的皮革座椅上。"

　　"她一定印象极为深刻。"

　　"谢莉逼我干的。"

　　"我可不会这么听她的话。"

　　"她是我最好的朋友。她还比我漂亮。"

　　"我不觉得。"

　　"你怎么知道？你都没见过她。"

　　"我只是觉得很难相信会有人比你还漂亮。"

　　爱丽丝怀疑地皱了皱眉，换了个话题。

　　"男友和丈夫有什么区别？"她问道。

　　"怎么了？"

　　"是个玩笑。我听别人说的。"

　　"我没听过。男友和丈夫有什么区别？"

　　"四十五分钟。"

　　我露出了微笑。

　　"知道了吧，那你给我解释一下。"她说。

　　"这就是一场婚礼的用时。所以男友和丈夫的区别就是四十五分钟。"

　　"哦。我还以为是什么不可描述的事。你给我讲个笑话吧？"

　　"我不太擅长讲笑话。"

　　她有些失望。

　　"你真的认识克里斯·马汀吗？"

　　"当然。他在伦敦有栋房子。"

　　"你去过那里？"

"没错。"

"你真幸运。"

她右耳下方的颈部有个杏仁状的小胎记。再往下是一条金项链，挂着一个马蹄铁形的吊坠。随着她身体的晃动，吊坠也跟着前后晃动。

"你喜欢马？"

"我有一匹马，一匹栗色的母马，叫萨莉。"

"她有多高？"

"五英尺。"

"大小很合适。你多久骑一次？"

"每周末骑一次。我周一放学后有马术课。"

"马术课。你在哪儿上课？"

"在磨坊马厩。勒汉太太是我的马术教练。"

"你喜欢她。"

"当然。"

又一声尖锐的笑声在酒吧里回响。两个男人加入了单身派对。其中一个一手搂着她妈妈的腰，另一手端着酒。他在她耳边低声耳语了一句。她点了点头。

"我真希望能回家。"爱丽丝一脸痛苦地说。

"如果可以的话我愿意送你回去，"我说，"但你妈妈不会允许的。"

爱丽丝点点头。"我不该跟陌生人说话。"

"我不是陌生人。我了解你的一切。我知道你喜欢酷玩乐队，有一匹名叫萨利的马，还有你住在巴斯。"

她笑了。"你怎么知道我住在哪里？我没有告诉你呀。"

"你说过。"

她固执地摇了摇头。

"好了，一定是你妈妈说过。"

"你认识她吗？"

"也许吧。"

她的柠檬水喝完了。我提出再给她买一杯，但她拒绝了。大敞的门外吹来湿冷的风，吹得她发抖。

"我得走了，爱丽丝，很高兴见到你。"

她点点头。

我脸上带着笑容，但眼睛盯着舞池，她妈妈正黏着她的新男友，他让她身体后仰，还拿鼻子蹭她的脖子。我猜她闻上去一定像熟透了的水果。她很容易擦伤。她很快就会崩溃。我已经能尝到果汁的味道了。

# 第二十一章

电话铃响时我在睡觉。朱莉安娜伸手越过我拿起电话。

"你知道现在几点吗？"她生气地说道，"还不到五点。你把我们一家人都吵醒了。"

我把电话从她手里夺过来。电话那头是韦罗妮卡·克雷。

"快起来，教授，我现在派车过去接你。"

"出什么事了？"

"案情有进展了。"

朱莉安娜翻过身去，坚定地把被子拉到下巴下方。她假装睡着了。我开始穿衣服，挣扎着扣好衬衫扣子，系好鞋带。最后，她坐起来，拉着我的衬衫前襟，把我拉了过去。我能闻到她呼吸中淡淡的酸味。

"不要穿你的灯芯绒裤子。"

"灯芯绒怎么啦？"

"我没时间告诉你为什么不能穿灯芯绒。相信我。"

她拧开我的药瓶，给我倒了一杯水。这让我感觉到自己的衰老，但我对她心存感激。心中有些悲伤。

"我原以为会不一样了。"她低声对我说，更像是在自言自语。

"什么意思？"

"我们搬出伦敦的时候，我以为情况会不一样。不会再有探员、警察，你也不用再操心那些可怕的罪案。"

"他们需要我的帮助。"

"是你想帮助他们。"

"我们晚点再谈。"我说着弯腰去吻她。她别过脸去，用被子裹住了身子。

和尚和猎人罗伊正在外面等我。和尚为我打开车门，罗伊加大油门，在教堂外掉头，把石子和泥水溅到了草坪上。天知道邻居们会做何感想。

和尚个子太高了，他的膝盖都快要被仪表板顶变形了。广播里的播音员说个没完。两个探员都不打算告诉我要去哪里。

半小时后，我们把车停在布里斯托尔城足球场的阴影里，这里耸立着三座异常丑陋的摩天大楼，下面是维多利亚式的排屋、活动板房组成的工厂和一个停车场。街角停着一辆警用巴士，里面坐着十几个警察，有的穿着防弹背心。韦罗妮卡·克雷从铺在引擎盖上的地图上抬起头来。奥利弗·拉布就在她身边，弯着腰，仿佛被自己个子太高或她不够高弄得难为情了。

"如果引起了你们夫妻不睦，我道歉。"探长毫无诚意地说。

"没事。"

"奥利弗可没少忙活，"她指着地图上的一个参考点，"昨天晚上七点，克里斯蒂娜·惠勒的手机开始向一座距此处四百英尺的信号塔发送信号。就是她周五下午离家时带着的那部手机。但信号在利伍兹公园消失后，她开始使用第二部手机，这之后手机再也没有发送过信号。"

"有人用它打电话了？"我问道。

"订了个比萨。比萨被送到帕特里克·富勒的公寓——他曾在军队服役，由于'气质不符'被开除了。"

"什么意思？"

她耸耸肩。"这属于你的领域，不是我的。大约一年前，富勒在阿富汗南部被路边炸弹炸伤了。他的两名战友牺牲了。一名德国军事医院里的护士指控他猥亵。军队把他赶走了。"

天逐渐亮了起来，我看着那些灰色的混凝土高楼，就像天空中的小岛。

探长还在说。

"四个月前，富勒因为可卡因检测呈阳性，而被以毒驾罪名吊销驾照。他妻子差不多在那个时候离开了他，还带走了他们的两个孩子。"

"他多大年龄？"

"三十二岁。"

"他认识克里斯蒂娜·惠勒吗？"

"还不知道。"

"所以接下来怎么办？"

"逮捕他。"

大楼内部有楼梯，还有一个通往所有楼层的电梯。入口处有一股被掏空的垃圾袋、猫尿和湿报纸的味道。帕特里克·富勒住在五楼。

我看着十几个穿着防弹背心的警员走上楼梯。另外四个用电梯。他们的动作经过了数月的训练，但考虑到嫌疑人没有暴力犯罪的记录，看上去依然夸张而且不必要。

也许这就是未来的常态，"9·11"恐怖袭击和伦敦地铁爆炸案留下的遗产。警察不再敲门，然后让嫌疑人跟他们回警局。相反，他们穿上防弹背心，用破拆锤破门而入。隐私和人身自由远没有公共安全重要。我理解这一点，但还是怀念以前的时光。

领头的警员到达了公寓外面，把耳朵贴在门上。他转过身来，点点头。韦罗妮卡·克雷也朝他点点头。一个破拆锤快速挥动了一下。门不见了。拘捕小组突然不动了。一只比特犬冲向离它最近的警察，后者一个趔趄向后倒去。那只狗张牙舞爪，朝他的喉咙咬去，但被拉住了。

　　一个穿着宽松裤子和运动衫的男人拉住了狗项圈。他看上去年龄在二十八岁以上，灰色的眼睛，纤细的金发梳向脑后。他朝警察破口大骂，让他们滚开，别来烦他。那狗只有后腿着地，挣扎着想逃脱束缚。警察拔出了枪。有人或东西要挨枪子。

　　我站在楼梯井里看着。警察们退到了走廊的中间。另一队警察则在门另一侧十二码处。

　　富勒跑不掉的。大家都应该冷静。

　　"不要让他们开枪。"我说。

　　韦罗妮卡·克雷嘲弄地看着我。"如果要开枪，我会亲自开枪的。"

　　"让我跟他谈谈。"

　　"这个就交给我们了。"

　　我毫不理会她的话，从警员中挤过去。富勒离我十二码远，还在嚷嚷个不停，声音比狗的咆哮声还大。

　　"听我说，帕特里克。"我大喊。他迟疑了一下，打量着我。他的脸显得残酷无情，由于愤怒和谩骂而扭曲。"我叫乔。"

　　"滚开，乔先生。"

　　"有什么问题吗？"

　　"没问题，只要他们别来烦我。"

　　我又往前迈了一步，那狗往前扑来。

　　"我要放狗了。"

　　"我就站在这里。"

　　我靠着墙，看着水泥地，上面有个黏糊糊的黑色圆片，是被踩扁的口香糖。我拿出手机，滑开界面，浏览菜单，翻看之前的短信。当我不跟那条狗做眼神接触时，它感觉到的威胁也减少了。大家都松了一口气。

　　我从眼角瞥见大家还举着枪。

　　"他们会开枪打你的，帕特里克，或者你的狗。"

"我什么事都没干。让他们走开。"

他的口音比我预料的更有教养。"他们不会走的。这个要求太过分了。"

"他们弄坏了我那该死的门。"

"好吧,也许他们应该先敲门。我们可以晚点再谈这个。"

那条比特犬又往前扑了一下。富勒把它拉了回去。那条狗咳嗽了起来。

"你看过那些美国的真实犯罪的节目吗,帕特里克?电视台直升机和新闻记者拍摄到的警察飞车追逐并逮捕嫌疑人的画面。"

"我不怎么看电视。"

"好吧,但你知道我说的是什么节目。还记得O. J. 辛普森和福特·布龙科吗?我们都看到了:电视台的直升机向全世界放送O. J. 沿高速路行驶的画面。

"你知道这种画面总让我感觉很愚蠢。很多逃跑行为都是这样。有人不停地逃跑,后面跟着一队警车,一架直升机在空中呼啸,新闻记者用镜头记录下这个过程。甚至在撞了车后,他们选择跳出来,翻过路障、铁丝网和花园围墙。这很荒唐,因为他们根本跑不掉——后面有那么多人在追。他们的所作所为只是让他们看上去像是畏罪潜逃。"

"O. J. 被判无罪。"

"你说得对。十几个陪审团成员无法判定他是否有罪,但其他人能。O. J. 看起来有罪。他听上去也有罪。大部分人都觉得他有罪。"

现在,帕特里克正仔细地盯着我看。他的面部不再扭曲。那条狗也安静了下来。

"你像个相当聪明的人,帕特里克。我觉得像你这样的聪明人不会犯那种错误。你可以说:'嘿,各位警官,怎么这么小题大做?我会回答你们的问题。但让我先给我的律师打个电话。'"

他脸上露出一丝微笑。"我不认识什么律师。"

"我可以帮你找一个。"

"你可以帮我找约翰尼·科克伦吗？"

"我会帮你找他的远房堂兄弟，弗兰克。"

他露出了会心的微笑。我把手机放回口袋。

"我为这个国家战斗过，"帕特里克说，"我曾目睹战友牺牲。你了解那种感受吗？"

"不。"

"那你告诉我，我为什么要忍受这种待遇。"

"制度就是这样的，帕特里克。"

"去你的制度。"

"大部分时间这套制度还是管用的。"

"对我来说不管用。"

我站直身子，举起双手以示屈服。

"这取决于你。如果我沿着走廊往回走，他们就会朝你的狗开枪，或者朝你开枪。或者，你回到公寓里，把狗锁在一个卧室里，然后走出来，双手上举。没人会受伤。"

他考虑了片刻，然后用力拉着狗项圈，把狗的头扭转过来，拉着它走了进去。过了一会儿，他出来了，警察围了上去。

片刻间，帕特里克被迫双膝着地，然后趴到地上，双手被拽到背后。一名驯犬员拿着一根长竿和一个绳套进了公寓。他把狗带出来时，它正在空中乱蹬。

"跟那条狗无关，"帕特里克低声说，"不要伤害我的狗。"

# 第二十二章

警方的讯问就是一场三幕剧演出。第一幕介绍人物，第二幕讲矛盾冲突，第三幕则为结局。

这次的讯问非比寻常。过去的一小时里，韦罗妮卡·克雷都在努力弄明白帕特里克·富勒散漫的回答和奇怪的借口。他否认去过利伍兹公园，否认见过克里斯蒂娜·惠勒。他还否认被军队开除，似乎想否认自己的历史。与此同时，他又会突然莫名其妙地专注于某个事实，毫不理会其他的任何事物。

我站在单向玻璃后面看着，像个偷窥狂。讯问室很新，翻新的椅子，色彩柔和，椅子腿上有衬垫，墙上挂着海边的风景画。帕特里克低着头，双手贴在身体两侧，沿着四个墙角转圈，好像丢了巴士票钱。克雷探长让他坐下。他只坐了片刻。每问一个问题，他就又开始走动起来。

他把手伸进后兜，要找什么东西——也许是梳子。兜里没有。然后，他把手插进头发，往后梳。他左手上有个伤疤，两道分别起自大拇指和小拇指根部的伤疤交叉之后，延伸到手腕两侧成"×"形。

一名法律服务中心的律师被召来为他提供建议。她人到中午，做事一板一眼。她把公文包塞到两膝之间，两手紧握，放在一个大号记录本上。帕特里克看起来不大满意。他想要一个男律师。

"请让你的客户坐下。"韦罗妮卡·克雷要求道。

"我在努力。"她说。

"另外让他不要再胡闹了。"

"他在跟你们合作。"

"你对合作的理解真有趣。"

这两个女人并不喜欢对方。也许其中有故事。探长拿出一个密封的塑料证据袋。

"我再问你一次，富勒先生，你见过这部手机吗？"

"没有。"

"手机是从你的公寓里找到的。"

"那一定是我的手机。"

"手机哪儿来的？"

"谁捡到就是谁的。"

"你是说这是你捡到的？"

"我记不清了。"

"你周五下午在哪里？"

"我去了海滩。"

"当时可是在下雨。"

他摇了摇头。

"有人跟你一起吗？"

"我的孩子们。"

"你在照顾你的孩子。"

"杰茜卡用桶收集贝壳，乔治建了一个沙堡。乔治不会游泳，杰茜卡在学。他们玩水了。"

"你两个孩子多大了？"

"杰茜卡六岁了，我想乔治有四岁了。"

"你不大确定？"

"我当然确定。"

探长努力让他讲细节，问他什么时候到的海滩，什么时候离开的，他们都见了谁。富勒讲述了一次典型的夏日外出活动，买冰激凌，坐在海滨的卵石上，以及排队骑驴①。

他的表演很有说服力，但毫不可信。周五十几个郡都发布了洪水警告。大西洋沿岸和塞文河上都狂风大作。

韦罗妮卡·克雷有些泄气了。如果富勒什么都没说，事情反倒容易点——至少她能有条理地出示证据，建一堵事实之墙把他困住。相反，他的借口不停地变化，逼得她只好放弃。

这种现象对我来说并不陌生。我在我的诊疗室里亲眼见到过——有的病人为了不受束缚，故意编造一些幻象和谎话。

讯问中止了。休息室里一片寂静。和尚和罗伊交换着眼神，面带笑容但咬着嘴唇，反倒窃喜于老大的失败。我在想这种情况是不是经常发生。

克雷探长把一个写字板一把扔到墙上。纸张哗啦啦地散落到地上。

"我觉得他并不是在有意说谎，"我说，"他在努力提供帮助。"

"这家伙比小丑的鸡巴还疯狂。"

"他可能是记不清了。"

"真是胡说八道！"

我尴尬地站在她面前。和尚盯着他那擦得锃亮的鞋头。猎人罗伊则在研究自己的拇指指甲。富勒被带到楼下的拘留室了。

他的行为可能是大脑损伤引起的。他在阿富汗负了伤。路边炸弹。要想确认，唯一的方法是拿到他的医疗记录或者对他进行一次心理评估。

"让我跟他谈谈。"

一阵沉默。"这对我们有什么好处？"

---

① 英国海滨度假胜地的传统项目。

"我能判断出他是不是犯罪嫌疑人。"

"他已经是犯罪嫌疑人了。他手里有克里斯蒂娜·惠勒的手机。"

"我想把富勒当成一个病人。没有录音，不要录像，做一次非正式谈话。"

韦罗妮卡·克雷气得肩膀发抖。和尚和罗伊同情地看着我，仿佛我是个有罪之人。探长开始罗列我不能进入讯问室的种种理由。如果帕特里克·富勒被指控谋杀，他就可以利用我跟他的谈话作为漏洞，来逃避指控，因为没有走正常的诉讼程序。

"如果我们把它称作'心理评估'呢？"

"这要富勒同意才行。"

"我会跟他的律师谈。"

富勒的援助律师听了我的陈述，我们就接触的规则达成了一致。除非她的客户同意将讯问内容记录在案，否则他的任何陈述都不能作为指控他的证据。

帕特里克被重新带到楼上。我在黑暗的观察室里看着他小心地走过讯问室，然后转过身来往回走，尽力踩在地毯同样的位置上。他犹豫了一下。他忘了要走多少步才能走回开始的地方。他闭上眼睛，努力回想之前的脚步。之后，他又走动起来。

我打开门，吓了他一跳。他一时之间没认出我来。然后，他想起来了。他脸上的担忧变成了一连串不易察觉的鬼脸，仿佛是在调试脸上的肌肉，直到满意自己向世界展示的表情为止。

援助律师跟着我走进房间，然后在角落的座位上坐下。

"你好，帕特里克。"

"我的狗。"

"你的狗有人照料。"

"一分钟之前你在地上看到了什么？"

"没什么。"

"你不想踩在什么东西上面。"

"捕鼠器。"

"是谁在地上放的捕鼠器？"

他满怀期待地看着我。"你能看到？"

"你能看到多少个？"

他边指边数。"十二，十三……"

"我是一名心理医生，帕特里克。你之前跟我这样的人谈过吗？"

他点点头。

"在你负伤之后吗？"

"是的。"

"你会做噩梦吗？"

"有时会。"

"你都梦到了些什么？"

"血。"他坐下来，然后几乎立刻又站了起来。

"血？"

"一开始，我看到了利昂的尸体躺在我身上。他的眼睛往上翻着。到处都是血。我知道他死了。我不得不把他推开。运兵车的底盘压住了斯派克的双腿。我没法把车从他身上抬走。子弹像雨点一样从金属车体上弹开，我们赶忙趴下寻找掩体。

"斯派克叫个不停，因为他的腿被压断了，而运兵车着火了。我们都知道当火蔓延到弹药室的时候，整辆车都会爆炸。"

帕特里克呼吸急促，额头渗出汗珠。

"这是现实中真实发生过的吗，帕特里克？"

他没有回答。

"斯派克现在在哪儿？"

"他死了。"

"他是在交战中牺牲的吗？"

帕特里克点点头。

"他是怎么死的？"

"他中弹了。"

"是谁开的枪？"

他低声说道："是我。"

他的律师想干涉。我略微抬抬手，想让她再给我一点时间。

"你为什么开枪杀了斯派克？"

"一颗子弹击中了他的胸部，但他还在喊叫。火烧到了他的腿。我们不能把他救出来。他朝我大喊。他在祈求……一死。"

帕特里克的脸部肌肉痛苦地抽动着。他用手捂着脸，透过指缝看着我。

"没事的，"我告诉他，"放松。"我给他倒了一杯水。

他伸出手，用两只手才把杯子送到嘴边。他喝水的时候眼睛一直看着我。然后，他注意到了我的左手。我的大拇指和食指又在揉搓了。他似乎特别记下了这个细节。

"我会问你一些问题，帕特里克。这并不是一项测试，不过我需要你集中注意力。"

他点点头。

"今天周几？"

"周五。"

"今天几号？"

"十六号。"

"实际上是五号。哪个月？"

"八月。"

"你为什么这么说？"

"外面很热。"

"你穿的可不像天热时穿的衣服。"

他看了看自己的衣服，几近惊讶。然后我注意到他抬起眼，稍微动了动，盯着我身后的什么东西。我不停地跟他谈论天气，然后扭头看向我背后的墙壁。一幅带框的画挂在镜子边的墙壁上——一幅海滩边的画，画里孩子们在小路和水里玩耍。背景里有一个摩天轮和一个冰激凌商店。

帕特里克用一个画面编造出了整个不在场证明。这幅画帮他填补了周五无法记起的细节，所以他才这么确定那天很热，他带孩子去了海滩。

帕特里克在场景记忆方面有问题。他能记住关于自己的片段信息，但无法确定具体的时间或地点。这些记忆慢慢飘散了。各种画面相互碰撞，所以他的话才会杂乱无章，还极力避免眼神接触。他还在地板上看到了捕鼠器。

他在头脑中不断地检视现实。当出现一个他觉得自己应该能够回答的问题时，他就寻找线索，然后创造一个与之相符的新剧本。墙上那幅画给了他一个框架，他就围绕它编了一个故事，毫不理会诸如下雨或时节之类的反常现象。

如果帕特里克是个病人，我就会做一个会面日程表，并要求查看他的医疗记录。我甚至可以安排一次脑部扫描，它可能揭示右脑的损伤——某种出血状况。至少，他患有创伤后遗症，所以才会不断地虚构、编造古怪的故事来解释自己无法记起的事物。他这么做是不经意的，不假思索的。

"帕特里克，"我轻声说道，"如果你不记得上周五发生的事，只管告诉我就行。我不会觉得你傻。谁都会忘事。在你家里发现了一部手机，而手机的主人曾在利伍兹公园出现过。"

他茫然地看着我。我知道记忆就在那里，但他就是无法获取信息。

"她当时赤身裸体，"我说，"穿一件黄色的雨衣和高跟鞋。"

他的眼睛不再乱转，盯住了我。"她的鞋子是红色的。"

"对。"

他的脑袋中仿佛有台老虎机出现了同样的图案。本来分散的记忆片段和情绪逐渐清晰起来。

"你见过她？"

他迟疑了。这次是个真正的谎话，但我不给他这个机会。

"她当时在路上。"

他点点头。

"有人跟她一起吗？"

他摇摇头。

"她当时在干什么？"

"走路。"

"你跟她说话了吗？"

"没有。"

"你跟踪她了吗？"

他点点头。"我就干了这么多。"

"你怎么会有她的手机？"

"我捡到的。"

"在哪儿？"

"她把手机放在了汽车里。"

"所以你就拿走了？"

"车没锁，"因为找不到借口，他嘟囔道，"我当时很担心她。我以为她遇到了什么麻烦。"

"那你为什么没有报警？"

"我——我——我没有手机。"

"你有她的手机呀。"

他的脸上混杂着抽搐和痛苦。他站了起来，走来走去，这次不再躲避捕鼠器了。他说了什么，我没有听清。我让他再说一遍。

"电池没电了。我不得不又买了一个充电器。花了我十英镑。"

他满怀期待地看着我。"你觉得他们会退钱给我吗？"

"我不知道。"

"我就用了几次。"

"听我说，帕特里克，集中注意力。在公园里的那个女人，你跟她说话了吗？"

他的脸又扭曲了。

"她说了什么，帕特里克？这很重要。"

"什么都没说。"

"不要摇头，帕特里克。她说了什么？"

他耸了耸肩，环顾四周，试图找另一幅画来帮助自己。

"我不希望你瞎编，帕特里克。如果你不记得了，那就告诉我。但这很重要。努力回想一下。"

"她问了她女儿的情况。她想知道我有没有见过她。"

"她说为什么了吗？"

他摇摇头。

"她就说了这个吗？"

"是的。"

"然后呢？"

他耸了耸肩。"然后她就跑了。"

"你跟上她了吗？"

"没有。"

"她手里有手机吗，帕特里克？她在跟谁打电话吗？"

"也许吧。我不知道。我听不到。"

我继续询问他，试图建立一个事实框架。突然，帕特里克毫无征兆地停住了，眼睛盯着地面。他抬起一只脚，跨过一个"捕鼠器"。我又失去了他。他的思绪跑到别处去了。

"也许我们应该让他休息一下了。"律师说道。

我走出讯问室，和探员们一起坐下来，向他们解释我为什么觉得帕特里克在虚构和编故事。

"所以，他的大脑受伤了。"猎人罗伊尽力重述我的临床表述。

"这并不能证明他是无辜的。"和尚补充道。

"这是一种永久性的状况吗？"韦罗妮卡·克雷问道。

"我不知道。帕特里克还拥有核心信息，但无法确定它们的具体时间或地点。他的记忆都渐渐松散。如果你给他看一张照片，证明他去过利伍兹公园，那他就会接受。但这并不意味着他记得曾去过那里。"

"意味着他依然可能是我们要找的人。"

"可能性很小。你听到他说的话了。他的头脑里充满了对话片段、图像、他的妻子和孩子，以及他负伤之前发生的事情。这些事物在他脑袋里毫无意义和章法地横冲直撞。他能工作，能做一份简单的工作。但一旦有什么想不起来了，他就会编造。"

"所以，我们没法录口供了，"探长轻蔑地说道，"我们也不需要。他承认去过现场，手上还有她的手机。"

"但他没有逼她跳下去。"

克雷探长打断了我。"恕我直言，教授，我知道你在自己的专业方面很擅长，但你不知道这个人能做什么。"

"你可以认为我错了，但没理由停止思考。我已经说了自己的观点。你搞错了。"

探长以一种结束对话的姿态，整理好一沓文件，开始下命令。她要求把手机商店的老板和助手带到警察局。

"帕特里克把她的车锁住了。"我说。

韦罗妮卡·克雷停下来。"这有什么关系吗？"

"就是觉得凶手这么做会很奇怪。"

"你问他原因了吗？"

"他说他不想让人把车偷走。"

# 第二十三章

小爱丽丝正骑着她的栗色马，一直在围栏里缓慢地转圈。她的头发梳成了一条辫子。随着她在马鞍上一起一伏，辫子也在她的颈部上下跳动。

又有三个学生跨上马，加入骑术课，他们全都穿着骑马裤、马靴，戴着头盔。教练勒汉太太有一个大屁股，一头凌乱的金发。她让我想起了我在德国遇到的一名指挥官的妻子，她比她丈夫还要令人生畏。

我可以闻到马匹的气味。永远不要信任比你高大的动物，这是我的信条。在照片上，马可能看上去聪明、温和，但是在现实生活中，靠近了，它们会发出轻微声响，并大声喘气。那些柔软而湿润的大眼睛里藏着一个秘密。一旦爆发革命，四条腿动物将统治世界。

一对父母留下来看他们的孩子骑马。其他的则在停车区聊天。没有人看爱丽丝，除了我。别担心，小雪花，我看着你呢。坐直了。嘚嘚，嘚嘚，嘚嘚……

我在手机上输入号码，然后点击绿色按键。一个女人接了电话。

"是西尔维娅·弗内斯吗？"

"我是。"

"爱丽丝的妈妈？"

"是的。你是谁？"

"我是在照顾你女儿的好心人。"

"什么意思？"

"她从马背上摔下来了，严重扭伤了膝盖。但现在没事了，我亲了她，她已经好些了。"

电话里传来一阵急促的吸气声。"你是谁？我女儿在哪儿？"

"她就在这儿，西尔维娅，在床上躺着呢。"

"什么意思？"

"她摔下来之后身上沾满了泥污。她的马裤弄脏了。我把裤子扔进了洗衣机，然后给爱丽丝洗了个澡。她的皮肤可真讨人喜欢。你给她用的什么护发素？她的头发很柔软。"

"我——我——我不知道是哪种。"

"她脖子上的胎记也很漂亮，形状像个杏仁。我也要亲一下那里。"

"不！别碰她！"

她的话里充满了痛苦和惶惑。恐惧。慌乱。她此刻百感交集，情绪过载。

"勒汉太太在哪儿？"她问道。

"和班上的其他人在一起。"

"让我跟爱丽丝说话。"

"她说不了话。"

"为什么？"

"她的嘴上贴着胶带。但是别担心，西尔维娅，她能听到你说话。我把手机放到她耳边。你可以告诉她你是多么爱她。"

一阵呻吟。"求你，放了她。"

"但是我们在一起玩得很开心。她是多么可爱的一个小女孩啊。我在照顾她。小女孩都需要人照顾。爱丽丝的爸爸呢？"

"他不在这儿。"

"小女孩都需要父亲。"

"他出差了。"

"他不在的时候你为什么如此放荡？"

"我没有。"

"爱丽丝觉得你有。"

"不。"

"她在慢慢长大。含苞待放。"

"求求你，别碰她。"

"她很勇敢。当我把她的衣服割开时，她一点都没哭。现在她为自己赤裸着身子而感到有点难为情，但我告诉她不要担心。我不能再给她穿上那些沾着泥污的衣服。你真的应该给她买个胸罩了。我觉得她准备好了……我的意思是，到五月她就十二岁了。"

现在她在祈求我，对着电话抽泣。

"我了解爱丽丝的一切。她喜欢酷玩乐队。她的马叫萨利。她的床头柜上有一张她爸爸的照片。她最好的朋友叫谢莉。她喜欢学校里一个叫丹尼·格林的男孩。她还太小，不该有男朋友，但过不了多久，她就会在电影院后排给人口交、向全世界叉开双腿。我打算霸王硬上弓。"

"不要，求求你。她还是个——"

"处女，我知道，我检查过了。"

西尔维娅歇斯底里起来。

"冷静，"我告诉她，"深呼吸。爱丽丝需要你听我说话。"

"你想要什么？"

"我想让你帮我让她成为一个女人。"

"不要。不要。"

"听我说，西尔维娅，不要打断我。"

"求求你，放了她。"

"我刚跟你说过什么？"

"求求你。"

我拿手机拍了一下拳头。"你听到了吧，西尔维娅，这是我的拳头击打爱丽丝的脸的声音。你每打断我一次，我就打她一次。"

"不要。求求你。对不起。"

她安静了。"很好，西尔维娅。我现在让你跟爱丽丝问个好。她能听到你说话。你想对她说什么？"

她抽泣着说："宝贝，是妈妈。没事的。别害怕。我会来救你的。我……我……"

"跟她说让她放轻松。"

"放轻松。"

"跟她说让她合作。"

"照这个人说的做。"

"很好，西尔维娅，她冷静多了。现在我可以开始了。你可以帮助我。我应该从哪儿开始呢？"

她在电话那头恸哭起来。"求求你，别碰她。求求你不要。带她出去。把她放到街上。我不会报警的。"

"我为什么要那么做？"

"她还是个孩子。"

"在有些国家，女孩到她这个年龄就嫁人了。他们还会割去她们的阴蒂，然后把阴部缝起来。"

她发出一声低沉的呻吟。

"换我吧。你可以拥有我。"

"我有了小爱丽丝，为什么要你？她年轻。你年老。她干净无瑕。你是个荡妇。"

"请换我吧。"

"你能听到她的呼吸吗？我的头正伏在她的胸口。她的心脏在跳动，

'啪嗒，啪嗒'。"

"换我吧，求求你。你让我做什么都可以。"

"哦，说话要小心，西尔维娅，你真的愿意替她吗？"

"是的。"

"你可以……你愿意？"

"是的。"

"我怎么知道可不可以相信你？"

"你可以相信我。求求你。放她走。"

我手里拿着另一部手机，拨通了另一个号码。我能听到电话那头的铃声。西尔维娅捂住话筒，接听了手机，急切地低声说道："救救我！拜托！快报警。他抓走了我女儿。"

我一字一顿地说："西，尔，维，娅。你猜我是谁？"

她绝望地发出一声呻吟。

"爱丽丝给了我你的手机号码。这是个测试，你没通过。我不能相信你了西尔维娅，我现在要挂电话了。你再也见不到爱丽丝了。"

她号啕大哭起来。"不！不！不！对不起。求求你。是我的错。再也不会发生了。"

"我又把手机放到爱丽丝耳边了。跟她说对不起。我本打算把她强奸后送她回家。现在，你再也见不到她了。"

"求求你不要伤害她。"

"哦，快看呀！你把她惹哭了。"

"任何事情。我愿意做任何事情。"

"我正趴在她身上，西尔维娅。放松，小可爱，别害怕。这都是妈妈的错。她不值得信任。"

"不，不要，不要，求求你……"

"张开双腿，小可爱，这会有点疼。完事以后，我会把你深深地埋起来，这样妈妈就永远也找不到你了。那些虫子会找到你。对那些虫子来说，你的身体是如此美味。"

"换我！换我！"西尔维娅尖叫道，"别碰她！不要伤害我的孩子！"

"说对不起，西尔维娅，然后说再见。"

"不。听我说。我愿意做任何事。不要伤害她。让我替她。"

"你配吗，西尔维娅？你得向我证明你配得上替她。"

"怎么证明？"

"脱下你的衣服。"

"什么？"

"爱丽丝可是全身赤裸。我想让你也一丝不挂。脱掉衣服。哦，看啊！爱丽丝在点头呢。她想让你救她。"

"我能再跟她说句话吗？"

"可以。她在听。"

"宝贝，你能听到我说话吗？没事的，别害怕。妈妈就要来救你了。我保证。我爱你。"

"真感人，西尔维娅。你脱光了吗？"

"是的。"

"走到窗户边，拉开窗帘。"

"什么？"

"我什么都能看到，西尔维娅。我对你的卧室、衣橱、衣架上的衣服，以及鞋子都了如指掌。"

"你是谁？"

"我是那个要把你女儿搞死的男人，如果你不按我说的话做。"

"我就是想知道你的名字。"

"不，你不是。你想建立一种联系。你想在我们之间建立一条纽带，因为你觉得这样我就不太可能伤害爱丽丝了。不要跟我玩心理游戏，西尔维娅，我是个专业人士。我是个操纵思想的专家。我就是靠这个谋生的。我曾为了国家做这个。"

"什么意思？"

"意思就是我知道你在想什么。我对你了如指掌。我知道你住在哪里。我知道你有哪些朋友。我会再测试你一次，西尔维娅。记住上次发生的事。我认识你的一个朋友：她叫海伦·钱伯斯。"

"海伦怎么了？"

"我要你告诉我她在哪里。"

"我不知道。我很多年没见过她了。"

"骗子！"

"不，是真的。几周前她给我发了一封邮件。"

"上面说什么？"

"她……她……她说她要回家了。她想聚一下。"

"西，尔，维，娅，不要骗我。"

"我没有骗你。"

"你他妈就是个骗子。"

"不。"

"你脱光了吗？"

她流着泪。"是的。"

"你拉开窗帘了吗？"

"是的，拉开了。"

"很好。现在走到衣橱边。我要你找到你的黑靴子，尖头高跟的那双。你知道的。我要你穿上。"

我听到她在找鞋。我想象着她跪在地板上乱找的样子。

"我找不到。"

"你找得到。"

"我得把手机放下。"

"不。如果你放下手机，爱丽丝就没命了。很简单。"

"我在找。"

"你太慢了。我要把爱丽丝的蒙眼布拿下来。你知道这意味着什么吗？她就能认出我来了。我不得不杀了她。我在解开绳结。当她睁开眼睛，她就没命了。"

"找到了！在这儿！"

"穿上。"

"我得把手机放下，好拉上拉链。"

"不，不用。"

"这不可——"

"你觉得我傻吗，西尔维娅？你觉得我之前没干过这个吗？这个国家各地都有死去的女孩。你在报纸上读到过，也在电视上看到过她们的照片。失踪的女孩。她们的尸体从未被找到。就是我干的！是我！别跟我要花样，西尔维娅。"

"不会的。你会放爱丽丝走。我的意思是，如果我按你说的做，你会放她走吗？"

"是的。"

我指示她走进浴室。化妆台的第二个抽屉里有支口红。粉色的。

"看着镜子里的自己，西尔维娅。你看到了什么？"

"我不知道。"

"哦，拜托。你看到了什么？"

"我自己。"

"一个荡妇。为我涂上口红，把自己打扮得漂亮点。"

"我做不到。"

"要么你做，要么她做。"

"好吧。"

"最下面的抽屉里有一个粉色的包，带上它。"

"我没看到粉色的包。不在这儿。"

"它在。不要再骗我了。"

"不会了。"

"你准备好了吗？"

"是的。"

我让她走出公寓的前门，带上车钥匙和那个粉色的包。

"打开门，西尔维娅。一步一个台阶。"

"你会放爱丽丝走。"

"如果你按我说的话做。"

"你不会伤害她。"

"我会确保她的安全。快看——爱丽丝在点头。她很高兴。她在等你。"

西尔维娅到楼下了。她打开大门。我告诉她不要看任何人，也不要向任何人打信号。她说街上没人。

"现在，走到你的车旁边。上车。插上免提耳机。你要边说边开车。"

"我没有。"

"别骗我，西尔维娅。贮物箱里就有一个。"

"我要去哪儿？"

"你要来找我。我会给你指路。不要转错了方向。不要打闪光灯，也不要按喇叭。我会知道的。别让我失望。一直往前开，经过环形交叉口，然后右转进入悉尼路。"

"你为什么要这么做？我们做了什么对不起你的事？"

"不要逼我。"

"我什么都没做过。爱丽丝也什么都没做过。"

"你们都一样。"

"不，我们不一样。我不是你说的那样——"

"我观察过你，西尔维娅。我见过你的模样。告诉我你到哪儿了。"

"到博物馆了。"

"转入沃明斯特路。一直往前走，等我通知。"

西尔维娅改变了策略，试图跟我套近乎。"我可以好好服侍你，"她支支吾吾地说道，"我的床上功夫相当了得。我什么都能做。只要你喜欢。"

"我知道你可以。你背着你丈夫劈过多少次腿了？"

"我没有劈——"

"骗子！"

"我说的是实话。"

"我要你打自己一耳光，西尔维娅。"

她没听明白。

"在脸上抽一耳光……算作惩罚。"

我给她一点时间照做。我什么都没听到。我把手机摔到拳头上。"听到了吧，西尔维娅。爱丽丝又替你接受惩罚了。她的嘴唇流血了。别怪我，小可爱，这是妈妈的错。"

西尔维娅尖叫着让我住手，但我听够了她的哭泣，还有那些漏洞百出的可怜借口。我一次次地用手机拍打拳头。

她抽泣着说。"求求你不要伤害她。求求你。我正在过去。"

"爱丽丝是个多么可爱的孩子啊。我已经尝过她的泪水，像糖水一样甜蜜。她有经期了吗？"

"她才十一岁。"

"我能让她流血。我能让她从你想都想不到的地方流血。"

"不要。我就要过去了。爱丽丝在哪儿？"

"她在等你。"

"我能跟她说话吗？"

"她能听到。"

"我爱你，宝贝。"

"你有多爱她？你愿意代替她吗？"

"愿意。"

"来找我，西尔维娅。她在等你。来带她回家。"

# 第二十四章

那棵树是一个手臂向外伸着的巨形食人魔。树杈上挂着一具尸体，一动不动的，全身苍白。但又不是白色。全身赤裸。头被蒙着。

在树枝后面，山谷对面，一片色调单一的原野正慢慢地从黑暗中显现。田地被树篱和成块的常青灌木丛分割开来。曲折的山毛榉小道沿着溪流往前延伸。天空中，太阳躲在乌云后面。地上散布着成束的报春花和水仙花，颜色暗淡。

那扇宽大的金属大门已被蓝白相间的封条封住了。紧邻的谷仓周围已经放好了聚光灯。那饱经风雨的木头仿佛被明亮的灯光洗白了。

警方封锁了农场的道路。人们正在给车辆的轮胎印记拍照和制作石膏模。道路的尽头是一条狭窄的小路，两头都被警车堵住了。

警方已经放置了临时路障，并建立了一个检查点。我不得不向一个手持记录板的警员报上姓名。我沿着小路往前走，尽量避开水洼，最后到了谷仓，视线越过一块犁好了的田地，看向悬挂尸体的地方。

接下来的路上铺着白色的塑料垫脚石，一直延伸到五十英尺外的树下。犁片在树身周围犁出了一个泪滴形图案。田垄上落了一层霜。

韦罗妮卡·克雷站在尸体旁边，像一个行刑者。一个全身赤裸的女人用手铐吊着一只手，悬挂在一个树杈上。她的左腕血肉模糊，血从手铐下面流出来。罩着头的白色枕头套拍打着她的肩膀。她的脚趾刚刚能碰到地面。

她脚边有部手机，电量已耗尽。她穿着及膝的皮靴，一只脚的鞋跟掉了，另一只上面沾满了泥污。闪光灯快速闪烁，造成一种尸体在移动的错觉，像定格动画的木偶。

那位名叫乔迪的病理学家又来了，他曾在扣留所检查克里斯蒂娜·惠勒的汽车，这会儿正在给摄影师分配任务。至少在接下来的几小时里，现场都属于这些证据收集者。

鲁伊斯已经冒着严寒赶到了这里。我叫醒了酒吧里的他，告诉他在这里碰头。

"你打断了一个美梦，"他说，"我正在跟你妻子睡觉。"

"我在现场吗？"

"我要是真做了这个梦，我们就做不成朋友了。"

病理学家向韦罗妮卡·克雷汇报情况的时候，我们俩都听着。死因暂时推断为低温。

"尸斑表明这里就是她死亡的地点。身体竖直。没有明显的性侵或防卫伤。但把她运到实验室后我会知道更多。"

"那死亡时间呢？"她问道。

"尸体已经僵直。尸体的温度通常每小时降低一摄氏度，但昨天夜里它就降到了零摄氏度以下。她可能已经死亡二十四小时，也许更久。"

病理学家在记录板上签上名字，回到他的同事身边。探长示意我跟着她。踩着垫脚石，我们来到树旁边。

今天，我带了手杖——这说明药效正在降低。这是一根不错的手杖，用光滑的胡桃木做成，下端是金属。最近我已经不那么介意用它了。也可以说我是更加害怕一条腿僵住时摔倒在地。

摄影师在拍这个女人手指的特写。她的指甲细长，涂着指甲油。她赤裸的身体泛着铁青色，我能闻到她身上香水的芳香和尿液的酸味。

"你知道她是谁吗？"

我摇了摇头。

探长轻轻地卷起头套，织物在她紧握的手里起了褶。西尔维娅·弗内斯直勾勾地盯着我，头向前耷拉着，因为身体的重量而偏向一侧。她浅褐色的头发纠缠成一团，颜色比她的太阳穴还要深。

"她女儿爱丽丝上周一下午报警说她失踪了。爱丽丝上完马术课后被送到家，发现前门开着，家里却没有她妈妈的影子。衣服被丢在了地上。周二早上，一份失踪人员报告就被归档了。"

"是谁发现了她的尸体？"我问道。

她指向我身后的一个坐在一辆农用汽车前排座位上的农民。"昨天晚上他以为听到了狐狸叫声，今天一早就出来查看。他发现了西尔维娅·弗内斯停在谷仓里的车，然后他就看到了尸体。"

韦罗妮卡·克雷松开头罩，重新盖住西尔维娅的脸。死亡现场透着一种超现实、抽象且极其夸张的感觉；一点点锯屑和面漆，好像是特意摆出来让人找到的。

"爱丽丝现在在哪儿？"

"由她的外祖父母照顾着。"

"她爸爸呢？"

"正从瑞士飞回来。他出差了。"

克雷探长双手插进外套口袋里。

"你知道这意味着什么吗？"

"还不知道。"

"没有反抗或自卫伤。她没有遭到强奸或折磨。她是被活活冻死的，看在上帝的分上。"

我知道她在想克里斯蒂娜·惠勒。其中的相似令人无法忽视，但在她们的身上，我又能找到同样显而易见的不同。有时，在数学中，随机本身就是一种模式。

她还在思考帕特里克·富勒是否牵涉其中。他被控偷窃克里斯蒂娜·惠勒的手机，已于周日上午被释放了。

一群身穿制服的警察聚集在谷仓旁边，等待在田地上寻找指纹。韦罗妮卡·克雷朝他们走去，留我独自站在尸体旁边。

九天前，在她公寓里，我透过一扇开着的门瞥见了西尔维娅·弗内斯脱衣服。在体育馆里的时光雕刻出了她身上的肌肉。

我走过垫脚石，来到被围起来的区域的边缘，开始顺着斜坡朝那个橡树岭走去。我圆滑的手杖在软泥里毫无用处，于是我把它夹在胳膊下面。

太阳正奋力从高空中的白云后面探出头来，天空带有一种陶瓷的质感。最后的一丝雾气也消失殆尽，山谷完全显现了出来，弓着背的桥梁，母牛星星点点地缀在草地上。

我走到栅栏边，试图翻越过去。我的腿突然僵住了，整个人摔倒在一个满是齐膝深的青草和泥水的水沟里。至少是个软着陆。

我转过身去，仔细观察着现场，看着罪案现场的执法人员把西尔维娅的尸体从树上吊下来，放到一块塑料布上。大自然是个残酷无情的看客，无论发生多么可怕的人祸或天灾，这些树木、岩石和云朵都不为所动。也许这就是人类注定要砍倒最后一棵树、捕获最后一条鱼和射杀最后一只鸟的原因吧。既然大自然对我们的命运如此冷漠，我们又何苦在乎大自然的呢？

西尔维娅·弗内斯是被活活冻死的。她有手机，但并没有打电话求救。他一直跟她打电话，直到电量耗光。要不然就是他也在场，一直刺激她。

这是一幕扭曲的虐待剧，但是艺术家对此想要说什么呢？他从她的痛苦中获得愉悦，他陶醉在对西尔维娅的控制中。但他为什么要这么堂而皇之地展示她的尸体呢？是在传达某种信息还是警告？

又是他，那个认识约翰尼·科克伦的远方堂兄弟的家伙。他还试图说服我那坠落的天使。他是个惯常的尸体猎人，不是吗？狰狞的收割者。

我看着他穿过田地，弄脏了鞋子，然后在翻越栅栏的时候摔到了水沟里。真够蠢的！

我了解精神病学家，那种使用心理灌肠剂的少校军医，努力让士兵们把他们的噩梦像一坨冒着热气的大便一样拉到日光之下。他们中的大部分都是狗屁艺术家，让我感觉向他们倾诉倒像是在帮他们一样。他们不问问题，只是坐在那里听——或者只是假装在听。

就像那个老笑话里讲的，两个精神病学家在大学同学聚会时见面，一个看起来苍老憔悴，另一个却是热情而充满朝气。那个面容苍老的问道："你是怎么做到的？我整天听别人倒苦水，日复一日，年复一年，已经把自己变成了一个老人家。你的秘密是什么？"

那个面容年轻的回答："谁听啊？"

我认识一个叫费利尼的家伙，是我在阿富汗的第一任指挥官，他经常做噩梦。我们叫他费利尼，是因为他说他的家族来自西西里岛，他的一个叔叔还是意大利黑手党。我不知道他的真实姓名。我们也不该知道。

费利尼在阿富汗已经待了十二年。起初，他和奥萨马·本·拉登并肩对抗苏联人，然后又反过来对抗他。在此期间，他向中情局以及监控鸦片生产的缉毒局汇报。

他是一九九八年塔利班占领马扎里沙里夫后第一个进入该城市的西方人。他跟我说了他的见闻。塔利班走街过巷，用机枪扫射一切会动的东西。之后，他们挨家挨户地围捕哈扎拉人，然后把他们关在集装箱里放到烈日下暴晒。他们要么被活活烤死，要么窒息而亡。其他人则被活着扔进水井里，然后用推土机把井口推平。难怪费利尼会做噩梦。

奇怪的是，这些丝毫没有改变他对塔利班武装分子的看法。他尊重他们。

"塔利班分子知道他们永远不可能争取到当地人的支持，"他对我说，"所以他们就教训当地人。每次他们夺回失去的村子，就会变得比之前更加凶残。血债血还，恶毒至极，但你必须这么做，"他说，"忘记赢取人心那套。你挖出他们的心脏，击碎他们的理智。"

费利尼是我见过的最好的审问者。没有什么身体部位是他无法弄疼的。没有他查不出的事。他的另一个理论是关于伊斯兰教的。他说四千年来，拿着最大棒子的人一直在统治中东并受人尊敬。这是阿拉伯人唯一能理解的语言，逊尼派、什叶派、库尔德人、瓦哈比派、伊斯玛仪派、库非帽派，根本没什么区别。

怀旧得够多了。他们正把那个婊子的尸体放下来。

一只鸟扑打着翅膀从树林里飞出来，吓了我一跳。我两手紧握着栅栏最上层的铁丝，感受着寒冷透过金属向外辐射。

在田地的远处，几十个警察并肩排成一长排，缓慢地向前移动。一团团白雾从他们脸上翻腾而上。看着这个奇怪的队伍，我突然明白过来，意识到自己并不孤单。我往树林里看，搜索深处的阴影。在视野的边缘，我注意到有动静。一个男人正蹲在一棵倒下的树后面，尽力不让自己被人看到。他戴着一顶毛线帽，一个深色的东西挡住了他的脸。

我不自觉地朝他走去。

他听到了声音，转过身去，把什么东西塞进了一个包里，然后迅速站起身，开始逃跑。我朝他大喊，让他站住。他冲过灌木丛，继续往前跑。他身材高大，动作缓慢，满头大汗，跑不过我。我逐渐缩小了距离，他突然停住了脚步，我因为停不下来，撞上了他，把他撞倒了。

我挣扎着跪起来，举起手杖，像举斧子一样举过头顶。

"别动！"

"上帝，伙计，放松。"

"你是谁？"

"我是个摄影师。我为一家新闻机构工作。"

他坐起来。我看着他的包，包里的东西散落在被水淋透的树叶上：一台带闪光灯的相机、长焦镜头、滤镜、一个笔记本……

"如果有东西坏了，你他妈要赔。"他边说边检查相机。

我的喊声招来了和尚，他翻过栅栏，动作比我娴熟得多。

"该死！"他说，"库珀。"

"早上好，和尚。"

"对你来说是阿博特探员，"和尚把他拽起来，"这是个罪案现场，又是私人财产。你是在非法入侵。"

"滚开。"

"出言不逊——罪加一等。"

"饶了我吧。"

"胶卷。"

"我没有胶卷，这是数码相机。"

"那就把该死的存储卡给我。"

"人们有权看到这些照片，"库珀说，"这符合公众利益。"

"是，没错，一个女人吊死在一棵树上。真是符合公众利益的大新闻。"

我留他们两个继续争吵。和尚会占上风。他有六英尺四英寸高，大自然又赢了。

我翻过一扇门，沿着道路走到警车封锁的小路。克雷探长正站在一辆移动餐车旁，边搅拌边往茶里加糖。她盯着我的裤子。

"我摔倒了。"

她摇了摇头，然后停下来看着那个白色的裹尸袋被放到担架上，从我们身边经过，然后被装进一辆等候着的英国内政部的厢式货车。

"什么能让西尔维娅·弗内斯这样的人脱光衣服，走出公寓，来到这里呢？”

“我认为他利用了她的女儿。”

“但她当时在马术学校。”

“还记得富勒说的话吗？当他上周五在路上见到克里斯蒂娜·惠勒的时候，她问起了她女儿。”

“达茜也在学校。”

“没错。但万一克里斯蒂娜不知道这一点呢？如果他让她相信了另一种情况呢？”

克雷探长深吸了一口气，一只手抚过头顶。她的短发被压平继而又弹起来。我看到她盯着我，仿佛我是个她偶然发现但叫不上来名字的手工制品。

我听到右侧有动静，几个人齐声喊了起来。记者和新闻工作者越过了警方的封锁带，正沿着农场上的道路冲过来。至少十几个身着制服和便衣的警察向他们靠拢，形成一道屏障。

一名记者一个转身，从封锁带下钻了过来。一个警察从身后抱住了他，两个人一起摔到了泥地里。

韦罗妮卡·克雷会意地叹了口气，把茶倒掉。

“喂食的时间到了。”

片刻之后，她消失在了人群中。我几乎都看不到她的头顶。她命令他们后退……再后退。现在我能看到她了。电视台的灯光把她的脸照得比满月还白。

“我是探长韦罗妮卡·克雷。今天早上七点五十五分，一具女尸在这里被发现。初步的迹象显示，死因存在可疑之处。在她的亲属接到通知之前，我们不会公布她的姓名。”

她每次停顿，十几台闪光灯都会闪起来，一个个问题也立刻涌来。

“是谁发现的尸体？”

"据说她没穿衣服，情况属实吗？"

"她遭到了性侵吗？"

有些问题得到了回答，其他的则被回避了。探长直视镜头，始终保持着镇定、一板一眼的风范，回答简短且切中要害。

当她结束这场即兴的新闻发布会时，有人愤怒地表示反对。她已经挤过人群，来到我身边，拉着我朝一辆等候着的汽车走去。

"我对自己的工作不抱任何幻想，教授。大部分时间，我的工作都相当直接。你通常遇到的谋杀犯都是醉醺醺的，愤怒且愚蠢。他是白人，二十多岁，智商偏低，有暴力前科。他卷入了一场酒吧的斗殴，或是受够了他妻子的喋喋不休，用羊角锤敲烂了她的脑袋。我可以理解这种凶杀。"

据此推断，她的意思是这个案子非比寻常。

"我听说过你的故事。他们说你可以了解别人，理解他们，像读茶杯里的茶叶一样读懂他们。"

"我只是做出临床诊断罢了。"

"不管你怎么称呼它，你看上去很擅长这种事。细枝末节对你来说很重要。你喜欢找到其中的模式。我想让你帮我找到一个模式。我想知道这是谁干的。我想知道他为什么这么干以及是如何做到的。我还想阻止这个变态的兽行。"

# 第二十五章

房子里静悄悄的。阵阵古典音乐的乐声传进门廊。餐桌被推到了靠墙的位置。房间中央只留一把孤零零的椅子。

达茜穿着运动裤，裤腿卷到膝盖上方，和一件绿色的露腰上衣，露出了她白色的肩膀和肚子。栗色的头发被扎成了一个结实的圆髻。

她把一条腿搭在椅背上，脚尖向前，然后上身前倾，直到额头触到膝盖。她的两片肩胛骨就像皮肤下一对发育不良的翅膀。

她保持了一分钟这个姿势，然后才起身，手臂从头顶上收回，仿佛在为空气上色。每一个动作都干脆利落，一垂肩，一伸手，丝毫不勉强或多余。她还未成年，举手投足间却显露出这般优雅和自信。

她坐在地板上，两腿分开，然后身体前倾，直到下巴触到地板。她那伸展到极致的少女身体，看上去健美而非低俗。

她睁开了眼睛。

"你不冷吗？"我问。

"不冷。"

"你多久练一次？"

"我应该一天练两次的。"

"你水平很高。"

她笑了。"你懂芭蕾吗？"

　　"不懂。"

　　"他们都说我有舞者的身材，"她说，"腿长，躯干短。"她站起来，侧过身去，"即使当腿伸直的时候，膝盖也略微向后弯曲，看到了吗？当我跐起脚尖时，线条会更好看。"她说着立在了脚尖上，"我还能让双脚向前弯曲，让脚趾与膝盖垂直。看到了吗？"

　　"是的。你非常优雅。"

　　她笑了起来。"我是弓形腿，脚是外八字。"

　　"我曾有个病人是芭蕾舞者。"

　　"她为什么来见你？"

　　"她得了厌食症。"

　　达茜伤心地点点头。"有些女孩不得不忍饥挨饿。我一直到十五岁才来例假。我还患有脊柱弯曲、椎骨局部脱位和脊椎疲劳性骨折。"

　　"你为什么要跳芭蕾？"

　　她摇了摇头。"你不会明白的。"

　　她把脚趾向外弯。

　　"这是猫跳。我左腿先屈膝然后跳起，右腿抬起上抽。在空中，我抬高左腿，也做一个上抽，这样，两条腿在空中形成一个菱形。明白了吗？这就是《天鹅湖》里那四只小天鹅做的动作。她们彼此交织手臂，做十六次猫跳。"

　　一种持久性的轻盈让她的一次次跳跃仿佛飘浮在空中。

　　"你能帮我练习双人舞吗？"

　　"那是什么？"

　　"过来，我教你。"

　　她抓起我的双手，放到她的腰际。我感觉两手的指尖都能接触到她的后腰。

　　"再低点，"她说，"没错。"

"我不知道自己在干什么。"

"没关系。没人会看双人舞里的男性舞者。他们看女芭蕾舞者还看不过来呢。"

"我要做什么？"

"我跳的时候抱住我。"

她毫不费力地跳起来。我感觉自己不是在托起她，而更像是在拉住她。她裸露的皮肤在我手指下滑动。

她跳了六次。"现在你可以放开我了。"她说着脸上露出了俏皮的笑容。

"你可能不喜欢芭蕾。我可以跳别的。"她抬起手，松开头发，让头发盖住眼睛。然后，她开始缓慢地扭动臀部，两膝分开，身体下蹲，同时，两手沿着大腿往上滑，抚过胯部。

这是无耻的挑逗。我强迫自己别过脸去。

"你不该这样跳舞。"

"为什么？"

"在陌生人面前不该跳这样的舞。"

"可你不是陌生人。"

她在拿我寻开心。在这已知的宇宙中，青春期的女孩是最复杂的生命形式。她们竟然有如此巨大的破坏力，这让我吃惊。只需要一个眼神，一次触碰，或是一个轻视的假笑，就能让男人感觉年老过时，多管闲事或者心旌荡漾。

"我要跟你谈谈。"

"谈什么？"

"你妈妈。"

"我还以为你已经问完问题了。"

"还没有。"

"我能继续拉伸吗？"

"当然可以。"

她重新坐到地板上，把两条腿尽力分开。

"上个月，你跟谁谈起过你妈妈吗？有什么人问起过你妈妈或者你吗？"

她耸耸肩。"没有吧，我不记得了。怎么了？发生什么事了？"

"又有人死了。警方会再次询问你。"

达茜停止了拉伸，和我四目相对。她的眼睛里没有了活力和快乐。

"是谁？"

"西尔维娅·弗内斯。我很抱歉。"

达茜的喉咙里传出轻微的声音。她用两手捂住嘴，仿佛在努力阻止声音逃跑。

"你见过爱丽丝吗？"我问。

"见过。"

"你跟她熟悉吗？"

她摇了摇头。

我没有足够的信息向达茜解释今天或者十天前发生的事。她妈妈和西尔维娅·弗内斯是生意伙伴，但除此之外她们还有什么共同点呢？杀死她们的男人很了解她们。他选择她们是有原因的。

这场搜寻必须往回，而不是向前。通信簿、日记、钱包、邮箱、信件、电话留言。必须追溯两人的移动轨迹——她们去了哪里，跟谁说了话，去了什么商店，在哪里做的头发。她们有哪些共同的朋友？她们是同一个健身房的会员吗？她们有共同的医生、干洗店或者算命师吗？这一点很重要：她们在哪儿买的鞋子？

锁芯里钥匙转动。朱莉安娜、查莉和埃玛拿着发亮的纸质购物袋拥进了门厅，脸都被冻得通红。查莉穿着校服。埃玛穿着一双新靴子，靴子看起来有点大，但冬天结束前鞋子就合适了。

朱莉安娜看着达茜。"你穿成这样，是要跳舞还是得了双侧肺炎？"

"我在练习。"

她转身面向我。"那你在干什么？"

"他在帮我。"达茜说。

朱莉安娜给了我一个令人费解的表情。那脸色能让孩子们立刻承认错误，能让基督复临派教徒你争我抢地往大门外挤。

我让埃玛坐到桌子上，拉开她的靴子拉链。

"你今天一早去哪儿了？"朱莉安娜问我。

"我接到了警方的电话。"

我的话音里有什么异样，使得她转过身来盯着我。什么都不用说，她知道又有人死了。达茜胳肢埃玛的胳肢窝。朱莉安娜看了她一眼，然后又重新看着我。这次依然什么都没说。

也许这就是两个人结婚十六年之后的情形吧：熟悉到能知道对方在想什么。这也是当你娶了一个像朱莉安娜这样敏锐和富有洞察力的妻子之后的情形。我的职业就是研究人的行为，但是就像这行中的大部分人一样，我最不在行的是研究自己的心理。我的妻子可以研究我。她很厉害。比任何一个诊疗师都厉害。也更加可怕。

"你能带我进城吗？"达茜问我，"我需要买点东西。"

"你应该问我要。"朱莉安娜回答。

"我没想到。"

朱莉安娜勉强挤出一丝微笑，掩盖了脸上的不悦。达茜上楼去换衣服了。

朱莉安娜开始往外拿买的东西。"她不能一直待在这里，乔。"

"今天我给她在西班牙的姨妈打了电话，给她留了言。我还打算跟她的校长谈谈。"

朱莉安娜点点头，但并不完全满意。"对了，我明天要继续面试保姆。如果找到了合适的，就需要用那间空房。达茜就得离开。"

她打开冰箱门，把鸡蛋放到一个托盘上。

"告诉我今天早上发生了什么事。"

"又有一个女人死了。"

"是谁？"

"克里斯蒂娜·惠勒的合伙人。"

朱莉安娜沉默了，一脸愕然。她盯着手里的西柚，努力想是该把它放进冰箱里，还是拿出来。她不想再听下去了。细节对我来说重要，但对她来说没有意义。她关上冰箱门，从我身边绕过，带着她沉默的裁决上楼去了。

我真希望能让她明白，我并不是主动牵涉其中的。我没有选择亲眼看着克里斯蒂娜·惠勒跳桥而死，也没有选择让她女儿出现在家门口。朱莉安娜过去喜欢我的正直、同情心和憎恶伪善的个性。现在她对待我的方式，就好像除了养孩子、上几节课以及等着帕金森先生把他还未拿走的全部偷走之外，我再没有其他角色需要扮演了。

甚至昨晚鲁伊斯来吃晚饭时，她也花了好一阵才放松下来。

"你让我感到意外，文森特，"她对他说，"我还以为你会劝乔置身事外。"

"什么事外？"

"这件蠢事，"她越过酒杯看着我，"我还以为你退休了。你为什么不去打高尔夫？"

"实际上，我雇了一个杀手。一旦我穿格子裤出家门，他就会把我干掉。"

"不适合打高尔夫。"

"没错。"

"那打打保龄球，或者开个篷车全国各地旅游呢？"

鲁伊斯紧张地笑了，然后看着我，好像他不再羡慕我的生活了。

"我希望你永远不退休，教授。"

楼上传来吵闹声。朱莉安娜在大声呵斥达茜。

"你在干吗？别动我的东西。"

"噢！你弄疼我了。"

我一步两阶地上了楼，发现她们在我们的卧室里。

朱莉安娜抓着达茜的小臂，很用力，以防她挣脱。达茜则弯着腰，一只手把什么东西捂在小腹上，好像要把它藏起来。

"怎么了？"

"我抓到她在翻我的东西。"朱莉安娜说。我看了看梳妆台。抽屉都被打开了。

"没有，我没有翻。"达茜说。

"你在干吗？"

"没什么。"

"看起来不像没什么，"我说，"你在找什么？"

她脸红了。我之前还没见她脸红过。

她站直，移开了手臂。她的运动裤裆部有一个深红色的小污渍。

"我的经期来了。我在浴室里找了，可是没找到卫生巾。"

朱莉安娜面露窘迫。她松开达茜的手臂，并努力向她道歉。

"真对不起，你该跟我说的。你可以问我的。"

我还没明白过来，她就拉着达茜的手，带她去了浴室。门关上的时候，我们的视线相遇了。平时泰然自若的她，在达茜身边就像变了个人，而她又怪我。

# 第二十六章

我三十一岁的时候，明白了看着一个人死去是什么感受。一个关节上有牛皮癣的普什图族出租车司机在我眼前咽气了。我们让他一直站着，站了五天，他的两只脚肿得像两个足球，脚镣勒进了他的脚踝。他不能睡觉，不能吃喝。

这是一种被认可的"压力和胁迫姿势"。

他叫哈马德·莫胡什，是在阿富汗南部的一个检查点被捕的，在此之前，一颗路边炸弹炸死了两名皇家海军陆战队队员，还炸伤了三个，其中一个是我的战友。

我们用睡袋从头上套住哈马德，并用电线缠住他。然后，我们把他在地上滚来滚去，坐到他的胸口上。就是这个时候，他的心脏停止了跳动。

有些人说拷问并不能有效地获取可靠信息，因为强者无视疼痛，弱者则会为了让拷问停止而口不择言。他们说得没错。大多数时候，拷问毫无意义，但是如果你能迅速行动，并结合受审者被捕时的震惊和对拷问的恐惧，就会惊奇地看到，人的理智之锁常常会随之打开，各种秘密倾泻而出。

我们被禁止用"战俘"称呼被扣押的人。他们是"受控人员"。军队爱用缩略词。还有一个词是"高压逼问"。我就是受训做这个的。

我第一次见到哈马德时，已经有人用沙袋裹住了他，还用绳子绑起来了。费利尼把他交给了我。"先搞一下受控人员，"他笑着说，"我们可以晚点再熏他。"

"搞一下受控人员"的意思就是暴打他一顿。"熏"就是使用压力姿势。费利尼曾让他们站在三十八摄氏度的大太阳下面，张开手臂，举着五加仑[①]容量的油桶。

我们会加入自己的特色。有时，我们把他们浸入水中，让他们在尘土里翻滚，或者用化学发光棒击打他们，直到他们会在黑暗里发光。

我们把哈马德的尸体埋在了石灰里。之后很多天我都睡不着觉。我不停地想象他的尸体慢慢地膨胀，气体从他的胸腔喷出，好像他依然在呼吸。现在我有时还会想起他。半夜醒来，我感觉胸口被重物压着，想象自己躺在地上，石灰烧灼着我的皮肤。

我并不怕死。我知道有比躺在地下、被熏或被用化学发光棒暴揍更糟糕的事情。那件事发生在五月十七日，周四，午夜刚过。那是我最后一次见到克罗艾。她坐在一辆车的副驾驶座上，被人偷走了，身上还穿着睡衣。

那是二十一周前的事了。

关于我女儿，我还记得十件事：

1. 苍白的皮肤。

2. 黄色的短裤。

3. 一张手工制作的父亲节贺卡，上面贴着两个人，一大一小，手拉着手。

4. 给她讲《杰克与魔豆》的故事，但是略过了巨人想要磨碎杰克的骨头来做面包的部分。

5. 那次她摔倒了，一只眼睛的上方磕出了一道口子，缝了两针半。

---

① 英制1加仑合4.546升。

（有半针吗？也许是我为了吓唬她瞎编的。）

6. 看她小学时在《彼得·潘》里扮演一个印度女人。

7. 带她去慕尼黑看一场难分胜负的欧洲杯球赛，尽管我在捡她掉到座位下面的麦丽素巧克豆时错过了全场唯一一个进球。

8. 我们最后一次去度假时，沿着圣莫斯的海滨散步。

9. 教她骑没有辅助轮的自行车。

10. 把她养的小鸭子放下，然后一只狐狸冲进围栏，扯下了它的翅膀。


电话在响。我睁开眼睛。厚重的窗帘和遮光板使房子里几乎跟黑夜一样。我伸手拿起电话。

"喂。"

"是吉迪恩·泰勒吗？"纯正的贝尔法斯特口音。

"你是谁？"

"皇家邮政。"

"你怎么知道这个号码？"

"号码在一个包裹里面。"

"什么包裹？"

"七周前你给一个叫克罗艾·泰勒的人寄了一个包裹。我们无法送达。你提供的地址似乎过期或者错了。"

"你是谁？"

"这里是国家信件退递中心。我们负责处理无法送达的信件。"

"你能试试另一个地址吗？"

"什么地址，先生？"

"你们一定有记录……在电脑上。输入克罗艾·泰勒，看会出现什么。或者你可以试试克罗艾·钱伯斯。"

"我们没有这个权限，先生。我们应该把包裹寄回哪里？"

"我不想你们把它寄回来。我想让你们把它送到。"

"这行不通，先生。你想让我们采取什么措施？"

"我他妈付了该死的邮费。你们得把它送到。"

"请不要骂人，先生。我们有权挂断使用辱骂性语言的顾客的电话。"

"滚开！"

我一把把电话摔下。它在基座上跳了一下，然后不动了。电话又响了。至少没有摔坏。

我爸打来的电话。他想知道我什么时候去看他。

"我明天过去。"

"什么时间？"

"下午。"

"下午什么时候？"

"有必要吗？你又不会去哪儿。"

"我可能去玩宾果游戏。"

"那我就上午去。"

# 第二十七章

爱丽丝·弗内斯有三个姨妈，两个舅舅，一对外祖父母，还有一个曾外祖父，都争着要展示最大的同情心。爱丽丝每走一步，他们就会跳到她身边，问她感觉如何，饿不饿，或者需要他们给她拿什么。

我和鲁伊斯被要求在客厅里等候。这栋半独立别墅属于西尔维娅的姐姐格洛丽亚，似乎是她在支配整个家族。她在厨房里，和其他的家族成员讨论要不要允许我们询问爱丽丝。

曾外祖父没有参与讨论。他正坐在一张扶手椅上，盯着我们。他叫亨利，比玛土撒拉①还老（出自我妈的语录）。

"格洛丽亚。"亨利皱着眉头朝厨房大声喊道。

他女儿出现了。"什么事，爸爸？"

"这两个家伙想询问我们的爱丽丝。"

"我们知道，爸爸，我们正在讨论这件事。"

"那就快点。不要让他们一直等。"

格洛丽亚带着歉意笑了笑，回到了厨房。

西尔维娅·弗内斯一定是家里最小的女儿。比她年长的姐姐都已进入漫长而无常的中年，在这个阶段，年月并不能如实地衡量生活。她们的

---

① 《圣经·创世纪》中的人物，据说活了969岁。

丈夫都话少或兴趣不大——透过落地玻璃门，我能看到他们抽着烟，讨论男人的事务。

厨房里的争论越发激烈。我能听到他们说着符合流行心理学的话和陈词滥调。他们想保护爱丽丝，这我能理解，但是她已经跟警方谈过了。

他们达成了一致。在询问期间，一位姨妈会坐在爱丽丝身边—— 一个瘦削的女人，穿着黑色的短裙和开襟羊毛衫。她叫丹尼丝，像个魔术师一样不停地从羊毛衫袖子里抽出纸巾，怎么抽都抽不完似的。

爱丽丝被从电脑屏幕前哄过来。她是个脸色阴沉的小女孩，嘴角下拉，脸颊红润，这更多要归功于她的饮食，而不是骨骼结构。她穿着牛仔裤，一件无袖针织套衫，两手抱着一个毛茸茸的白色东西—— 一只兔子，两只边缘粉红的长耳朵紧贴着它的身体。

"你好，爱丽丝。"

她没有理会我，而是要了一杯茶和一块饼干。丹尼丝毫不迟疑地照做了。

"你爸爸什么时候到家？"我问。

她耸了耸肩。

"你一定想他了。他经常外出吗？"

"是的。"

"他是做什么的？"

"贩毒的。"

丹尼丝吸了一下鼻子。"这样可不好，亲爱的。"

爱丽丝改口了。"他为一家制药公司工作，"她朝姨妈皱了皱鼻子，"就是开个玩笑，你知道的。"

"很好笑。"鲁伊斯说。

爱丽丝眯着眼睛，不知道该不该相信他。

"跟我说说周一下午的事吧。"我说。

"我回到家发现妈妈不在家。她没有留下便条。我等了一会儿，但之后我饿了。"

"那你做了什么？"

"我给格洛丽亚姨妈打了电话。"

"谁有公寓的钥匙？"

"我和妈妈。"

"还有人有吗？"

"没有。"

鲁伊斯有些坐立不安。"你妈妈曾经邀请男人回家吗？"

她咯咯地笑了。"你是说男朋友？"

"我说的是男性朋友。"

"好吧，她喜欢佩里克斯先生，我的英语老师。我们都叫他鹈鹕①老师，因为他的鼻子很大。然后，有时音像店的埃迪下班后也会来。他会带碟子过来。他们不让我看。他和妈妈用她卧室里的电视看。"

丹尼丝试图让她住口。"我妹妹的婚姻很幸福。我觉得你不该问爱丽丝这样的问题。"

她又从袖子里抽出一张纸巾。

那只兔子爬上爱丽丝的前胸，试图躲到她的下巴下面。她咯咯地笑了起来。微笑让她完全变了一个人。

"它有名字吗？"我问。

"还没有。"

"那一定是新来的。"

"是的。我捡到的。"

"在哪儿？"

---

① 英文为pelican，与佩里克斯（Pelicos）发音相似。

"在我们家门外的一个盒子里。"

"什么时候？"

"周一。"

"你上完马术课回家的时候？"

她点点头。

"跟我具体说说当时的情况。"

她叹了口气。"门没锁。门前的垫子上有个盒子。妈妈不在家。"

"盒子里有字条吗？"

"只是盒子的一边写了我的名字。"

"你知道是谁给你的吗？"

爱丽丝摇摇头。

"你跟谁说过想要一只兔子吗？"

"没有。我还以为是我爸爸送的。他经常说起白兔和《爱丽丝漫游奇境》。"

"但它不是你爸爸送你的。"

她又摇了摇头——她的马尾辫也随之摇摆。

"还有谁可能送你一只兔子？"

她耸耸肩。

"这真的很重要，爱丽丝。你跟谁谈起过你妈妈、兔子或者《爱丽丝漫游奇境》吗？可能是你妈妈认识的某个人，或者陌生人。一个找借口跟你说话的人。"

她变得不耐烦起来。"我怎么记得住？我一直在跟人说话。"

"这个人你必须记得。好好想想。"

她的茶快凉了。她捋着兔子的耳朵，努力让它们竖起来。

"也许真有这么个人。"

"是谁？"

"一个男的。他说他隐姓埋名了。我不知道那是什么意思。"

"你是在哪儿见到他的？"

"我当时跟妈妈在外面。"

爱丽丝说她跟妈妈去参加了一个派对，庆祝妈妈的一个朋友结婚。她当时正站在一台点唱机旁，这时一个男的走了过来。他戴着墨镜。他们聊到了音乐和马，他还提出为她再买一杯柠檬水。他引用了《爱丽丝漫游奇境》中的句子。

"他怎么知道你的名字？"

"我告诉他的。"

"你之前见过他吗？"

"没有。"

"他知道你妈妈的名字吗？"

"我不知道。他知道我们的住处。"

"怎么知道的？"

"我不知道。我没有告诉他，他就是知道。"

我一遍遍地思考她说的话，构建起一层层细节，然后在骨骼上加入肌腱和肌肉。我不希望她改写或是跳过任何一部分。我需要她记得他说过的每一个字。

他身高跟我相仿，稀疏的金发，比她妈妈年长，比我年轻。爱丽丝不记得他当时穿什么衣服，也没有注意到任何文身、戒指或是其他显眼的特征，除了戴着墨镜。

她打了个哈欠。谈话开始让她感到厌倦了。

"他跟你妈妈说话了吗？"鲁伊斯说。

"没有。跟她说话的是另一个人。"

"另一个人？"

"那个开车送我们回家的男的。"

鲁伊斯又引导她描述了一次，这个男的更加年轻，三十出头，鬈发，戴一个耳钉。他跟她妈妈跳了舞，之后提出送她们回家。

她姨妈又插进来。"真的需要这样吗？可怜的爱丽丝已经把一切都告诉警方了。"

爱丽丝突然抱着兔子伸直了手臂。她的牛仔裤上湿了一片。

"哦——哦，它尿在我身上了！真恶心！"

"你抱它抱得太紧了。"她姨妈说。

"我没有。"

"你不该总是摸它。"

"它是我的兔子。"

兔子被扔到了厨房餐桌上。爱丽丝想去换衣服。我丝毫没能让她意识到问题的紧迫性，而她已经厌倦了谈话。她用责备的眼神瞪着我，好像在说都是我的错——她妈妈的死，她裤子上的污渍，她生活中的剧变。

每个人对待悲伤的方式都不尽相同，爱丽丝的伤心之处是我无法想象的。我花了二十多年来研究人的行为，治疗病人，倾听他们的疑问和恐惧，但无论多少经验和心理学知识都无法让我体会其他人的感受。我可以目睹同一个悲剧，或从同一场灾难中幸存下来，但我的感受，就像她的一样，一定是独一无二的。


外面很冷，但并不令人痛苦。树木光秃秃的，电线周围的枝丫被残忍地修剪了，耸立在薰衣草色的天空下。鲁伊斯双手插兜，走出房子。他的右腿略微有点跛，是很久以前的一次枪伤造成的后遗症。

我跟在他后面，尽力跟上他的步伐。有人在达茜的妈妈死后寄给她一双芭蕾舞鞋——没有留下字条或寄件人地址。有可能是同一个人给爱丽丝送了兔子。这算是名片还是慰问礼物？

"你搞明白这个家伙了吗？"鲁伊斯问道。

"还没有。"

"我跟你赌二十英镑，是前男友或是情人。"

"两个女人共同的？"

"也许他觉得是因为其中一个人，他才跟另一个分手的。"

"你这个理论的基础是？"

"我的直觉。"

"你确定不是风？"

"我们可以打赌。"

"我可不是赌徒。"

我们来到了汽车边。鲁伊斯靠在车门上。"我们假设你是对的，他把她们的女儿当靶子——他是怎么做到的？达茜在学校里。爱丽丝在骑马。她们没有任何危险。"

我也不能轻而易举地解释清楚。这需要一次想象力的飞跃：跌入黑暗。

"他怎么能证明这样的谎话？"鲁伊斯问。

"他必须了解她们女儿的情况——不只是她们的名字和年龄，还有私密的细节。他可能去过她们家，找到了跟她们见面的借口，观察她们。"

"当妈妈的肯定会给学校或者马术中心打电话吧。你不会随便相信一个声称抓了你女儿的人的话。"

"在这一点上你错了。你永远都不会挂电话。没错，你想验证，你想打电话报警，你想大声呼救，但你永远都不会做的就是挂电话。你不能冒险，万一他说的是真的呢。你不会想冒这个险。"

"所以你会怎么做？"

"你会一直讲。你会按他说的做。你一直通着电话，不停地要求他拿出证据，同时，你又一遍遍地祈祷，祈祷自己错了。"

鲁伊斯站直了身子，用一种令人厌恶的惊奇的神情看着我。

人行道上的路人从我们身边绕过，投来指责和好奇的目光。

"这就是你的推测？"

"跟细节很吻合。"

我本以为他会跟我争论。我原以为，以任何一种信仰或理性的恐惧为基础，来审视一个跳桥自杀的人，或一个把自己吊在树上的人，跳跃性都太大了。

相反，他清了清嗓子。

"我曾认识一个北爱尔兰人，他开着一辆满载炸药的卡车冲进了一个军队营房，因为爱尔兰共和军把他妻子和两个孩子抓为人质。他们当着他的面割断了小女儿的喉咙。"

"结果呢？"

"十二名士兵在爆炸中丧生……那个丈夫也死了。"

"那他的家人呢？"

"爱尔兰共和军放他们走了。"

我们都陷入了沉默。有些谈话不需要结束语。

# 第二十八章


查莉在房子前面的花园里，对着篱笆踢足球。她穿着足球鞋和卡姆登老虎足球队的条纹衫。

"怎么了？"

"没什么。"

足球更加用力地击打着墙壁。砰。砰。砰。

"你在为试训做准备吗？"

"不是。"

"为什么不？"

她两手抓住球，看着我，用跟她妈妈一样的眼神瞪着我。

"因为试训是今天，你本该带我去的，所以我错过了。真谢谢你，爸爸。你可真用心。"

她扔下球，一脚大力抽射，球从我身边飞过时差点砸掉我的脑袋。

"我会补偿你，"我赶紧道歉，"我会找教练谈谈。他们会再给你一次试训机会。"

"不用。我不想被偏袒。"她说。她还能更像她妈妈吗？

朱莉安娜在厨房里。她刚洗过头，像穆斯林一样头上围着一条毛巾。她走起路来扭动臀部，像个头顶陶罐的非洲女人。

"我惹查莉生气了。"

"是的。"

"你应该给我打电话。"

"我打了。你的手机关机了。"

"你为什么不带她去？"

她厉声说道："因为我要面试保姆——因为你没找到。"

"对不起。"

"不要跟我道歉，"她看着窗外的查莉，"对了——我觉得不只是足球试训的事。"

"什么意思？"

她谨慎地说道："你和查莉干什么都一起，跑腿、散步。但自从达茜来了以后，你总是在忙。我觉得她有点嫉妒。"

"嫉妒达茜？"

"她觉得你把她忘了。"

"可我没忘。"

"她在学校也有些麻烦。有个男孩老是捉弄她。"

"她被人欺负了？"

"我不知道有没有这么严重。"

"我们应该跟学校反映一下。"

"她想自己解决。"

"怎么解决？"

"用她自己的方式。"

我还能听到足球被踢到墙上的声音。查莉感觉被忽视了，我讨厌这个想法。更让我讨厌的是，朱莉安娜趁我不在的时候知道了这些事。我一直都在家。孩子有事都来找我，我是主要看护人，而我却没有注意到这些。

朱莉安娜解开毛巾，让她湿着的鬈发垂到面前，然后两手拿着毛巾把头发拍干。

"我接到了达茜的姨妈打来的电话，"她说，"她要从西班牙飞过来参加葬礼。"

"很好。"

"她想带达茜回西班牙。"

"达茜怎么说？"

"她还不知道。她姨妈想当面告诉她。"

"她不会乐意。"

朱莉安娜眉梢一挑。"这事我们管不着。"

"你对待达茜，就好像她做了什么错事。"我说。

"而你待她，就好像她是你的女儿。"

"这不公平。"

"去跟查莉解释什么是公平。"

"有时候你真的不可理喻。"

这句话所承载的愤怒和含义超出了我们的预期。朱莉安娜的眼睛里透着受伤和无助，但她拒绝让我看到她的悲伤。她带着毛巾和受伤的心上楼去了。我听着她上楼的脚步声，告诉自己是她蛮不讲理。她最后会理解的。


我抬起手，轻轻地敲了敲客房的门。

过了很久，门才打开。达茜光着脚，穿着七分裤和T恤。她把头发放了下来，垂在肩上。

她看都不看我，回到床边，坐在弄皱了的床单上，双臂抱着膝盖。帘子拉上了，房间里黑漆漆的。

我第一次注意到了她的脚。她的脚趾都畸形了，上面遍布茧子、水泡和嫩皮。小脚趾蜷曲在其他脚趾下面，好像要藏起来。大脚趾肿了，趾甲发黑。

"很丑。"她用枕头盖住双脚。

"怎么回事？"

"我是个舞者，还记得吗？我以前的一位芭蕾舞老师说过，芭蕾舞鞋是现存的最后一种合法的刑具。"

我移开一本杂志，在床角坐下。这里也没有其他地方可坐。

"我正想跟你聊聊芭蕾舞鞋的事。"我说。

她笑了。"你有点老，不适合芭蕾舞。"

"那个寄到你学校的包裹——跟我说说。"

她描述了一个用棕色纸包着的鞋盒，上面没有留言，只有大写的她的名字。

"除了你妈妈，还有其他人可能送你这样的鞋子吗？"

她摇了摇头。

"这很重要，达茜。我要你回想一下过去几周发生的事情。你跟什么陌生人说过话或见过面吗？有人问起过你妈妈的情况吗？"

"我一直在学校里。"

"好，但你一定有周末。你去购物了吗？你曾因为什么事离开过学校吗？"

"我去伦敦面试了。"

"跟谁聊过吗？"

"老师和其他的舞者……"

"那在火车上呢？"

她的嘴张开又闭上了，额头上起了皱纹。

"有过这么一个人……他坐在我对面。"

"你跟他说过话吗？"

"没有立刻就说，"她把刘海抚到耳后，"他看上去像是睡着了。我去了餐车，等我回去后，他问我是不是个舞者。他说能从我走路的姿态看出来——外八字脚，你知道的。很奇怪，他对芭蕾舞会这么了解。"

"他长什么样？"

她耸了耸肩。"普通长相。"

"多大年纪？"

"没你老。他戴着太阳镜，像Ｕ２乐队的主唱波诺。我觉得他有点装。"

"装？"

"就是年龄大的人故意装酷。"

"他在跟你调情吗？"

她耸了耸肩。"也许吧。我不知道。"

"你还能认出他来吗？"

"应该可以吧。"

她描述了他的长相。有可能和跟爱丽丝说话的是同一个人，但他的头发颜色更深，也更长，而且穿的衣服也不一样。

"我想试一试，"我告诉她，"躺下，闭上眼睛。"

"为什么？"

"别担心，不会有事的。你只需要闭上眼睛，想着那天的情境。尽量回想。想象着你回到了那里，走进车厢，找到一个座位，把包放到上方的置物架上。"

她闭上眼睛。

"看到了吗？"

她点点头。

"跟我描述一下车厢里的情况。你坐的地方在车门的什么方位？"

"倒数第三排，面朝后。"

我问她当时穿什么衣服，她把包放在了哪里，车厢里还有谁。

"我面前坐着一个小女孩，在座位之间东张西望。我和她玩了躲猫猫。"

"你还记得谁？"

"一个穿着西装的男人。他在大声打电话，"她顿了顿，"还有一个背包客，帆布背包上有个枫叶。"

我让她把注意力集中到坐在她对面的男人身上。他穿的是什么样的衣服？

"我不记得了。我猜是衬衫。"

"什么颜色？"

"蓝色的，带领。"

"上面有什么文字吗？"

"没有。"

然后是他的脸。眼睛、头发、耳朵，从一个部位到另一个部位，她开始详细地描述他的样貌。他的手、他的手指、他的小臂，他戴了一个银色的腕表，但没戴戒指。

"你第一次看到他是什么时候？"

"他坐下的时候。"

"你确定吗？我要你再往前回忆。当你在加的夫等火车的时候，站台上还有谁？"

"还有几个人。有那个背包客。我买了一瓶水。我认识柜台里的那个女孩。自我上次见她后，她给头发脱色了。"

我带她继续往前回忆。"你买票的时候排队了吗？"

"嗯……排了。"

"队伍里还有谁？"

"我不记得了。"

"想象着那些售票窗口。看看那些面孔。你能看到谁？"

她皱起眉头，脑袋在枕头上左右摇晃。突然，她睁开了眼睛。"火车上的那个男人。"

"在哪儿？"

"挨着售票机的台阶顶上。"

"同一个人吗？"

"是的。"

"你确定？"

"确定。"

她坐起来，双手揉搓着前臂，好像突然觉得有点冷。

"我做错了什么事吗？"她问。

"没有。"

"你为什么想知道他的事？"

"可能没什么。"

她用被子裹住肩膀，然后靠在墙上。她的眼神笨拙地在我身上游走。

"你预感到过会有可怕的事情发生吗？"她问道，"一些你无法改变的事情之所以可怕，是因为你对它一无所知。"

"我不知道。也许吧。为什么这么问？"

"我周五时就是这种感觉——当我打不通妈妈的电话时，我知道出事了，"她低下头，看着膝盖，"那天晚上我为她祈祷了，但那太迟了，不是吗？没人听到我的祈祷。"

# 第二十九章

克雷探长派人把六个盒子送来了。明早之前它们必须回到重案调查室。过了午夜会有快递员来取。

盒子里放着证人口供、时间线、电话录音和与两个案子都相关的犯罪现场照片。趁朱莉安娜不注意，我设法把盒子搬到了家里。

我关上书房的门，从里面锁住，然后坐下来，打开第一个盒子。我的嘴里发干，但这不能怪药物。堆在我脚边的盒子里有两个女人生前生后的证据。她们的生命已无法挽回，也不再有任何东西可以伤害到她们，但我觉得自己像个不请自来的宾客，在翻查她们的内衣、照片、证词、时间线、视频录像，那些过去的种种。

他们说发生一次是孤立事件，发生两次是巧合，发生三次就成为一种模式。我只有两起罪案可以考虑。两名受害者，克里斯蒂娜·惠勒和西尔维娅·弗内斯，她们年龄相同，是同学，都有年幼的女儿。我努力想象她们各自的生活，他们常去的地方，遇到的人，以及经历的事。

在四十八小时内，警方已经拼合出西尔维娅·弗内斯（原姓弗格森）的一生。她生于一九七二年，在巴斯长大，就读于奥德菲尔德女子学校。她父亲是一名货运承包商，母亲是护士。西尔维娅在利兹上的大学，但在大二时休学去旅行了。她在加勒比海上的包租船上工作，并在西印度群岛的圣卢西亚遇到了她未来的丈夫，理查德·弗内斯。他已经从大学休学一年了，为富有的欧洲人转运游艇。他们于一九九四年结婚。一年之后爱丽丝出生。理查德·弗内斯从布里斯托尔大学毕业，已在两家制药公司工作过。

西尔维娅是个派对女孩，喜欢社交和跳舞。克里斯蒂娜与她截然相反。她安静，没有冒险精神，勤奋且可靠，她不会总换男友，也没有丰富的社交生活。

有意思的一点是，西尔维娅去上了自卫课程。但在此案中，这并没有帮助她反抗。她的身体上没有自卫伤。她屈服了。罩着她头的枕头套是个受欢迎的大众品牌。手铐是她丈夫的——是在阿姆斯特丹的一家成人用品商店里买的——"为他们的性生活增添趣味"。

凶手是怎么知道手铐的事的？他一定进过西尔维娅的公寓，被邀请的或是不请自来。她没有失窃或非法闯入的报警记录。也许鲁伊斯是对的，是前情人或者前男友。

我大声说出自己的疑惑，开始跟他对话，试图弄懂这样一个凶手的思想和感受。"你对她们了如指掌——她们的房子、她们的活动、她们的女儿、她们的鞋子……是你告诉她们穿什么衣服的吗？"

有人敲了书房的门。我扭动钥匙，把门打开一个缝。

是朱莉安娜。"发生什么事了？"

"没什么。"

"我听到你在跟谁说话。"

"跟我自己。"

她努力从我胳膊下面往办公桌看。我挡住了她的视线。"为什么锁门？"

"有些东西我不想让孩子们看到。"

她突然眯起眼睛。"你在做，是不是。你把那令人厌恶的案子带来了家里。"

"就今天晚上。"

她摇摇头。她的声音很干脆。"我讨厌秘密。我知道大部分人都有秘密，但我讨厌它们。"

她转过身去。我看到她便袍下的赤脚消失在了走廊里。那你的秘密呢，我想说，但她已经走了，我也就没问。我重新关上门，扭动钥匙。

第二个盒子里装着犯罪现场的照片，先是远景照，然后逐渐缩小到身体各个部位的细枝末节。看到一半，我就坐不住了。我站起来，重新检查门有没有锁好，然后站到窗边，透过樱桃树光秃秃的枝条看向教堂墓地。

快递员来之前我还有两小时。我拿出一个笔记本，在桌子上并排放好克里斯蒂娜·惠勒和西尔维娅·弗内斯的照片。不是她们的裸体照，而是正常的半身照。然后我用犯罪现场的照片来制造一个更加强烈的对比。

由于头上的枕头罩，西尔维娅的照片更为显眼。她的双脚刚刚碰着地面，不得不踮起脚尖，过不了几分钟，腿就会开始酸痛。当她疲惫了，脚后跟就会落地，被手铐铐着的手腕随之承担了她身体的全部重量。同时伴随着更多疼痛。

头罩、赤裸和压力姿势都有酷刑或处决的意味。我越看越觉得熟悉。这些照片来自另外一场剧——一场有关冲突和战争的剧。

伊拉克的阿布格莱布监狱成了酷刑和虐待的代名词。戴着头套的囚犯的照片流向世界，他们赤身裸体被绑缚着，正在遭受奚落和羞辱。有些人被迫保持压力姿势，踮着脚尖，双臂外展或被痛苦地拉到身后。不让睡觉、羞辱、极端的高温或低温、饥饿和口渴，这些都是讯问和酷刑的特征。

他用了六小时才击溃克里斯蒂娜·惠勒。对西尔维娅·弗内斯，他用了多久？她在周一下午失踪，周三早上被发现——间隔三十六小时，其中三分之二的时间她已经死亡。通常情况下，要花费数天时间才能给一个人洗脑，击毁他们的防线。凶手能在十二小时内击溃西尔维娅，这简直让人难以置信。

不是杀人狂。他没有用拳头或脚击打她，并没有把她们打致屈服。她们的身体上没有遭受击打或任何身体伤害的痕迹。他用的是言语。一个人能从哪儿获得这种技能？这需要练习、排演、训练。

我翻开笔记本，写下标题"我知道的"，然后开始罗列。

这是两起有预谋的、放松的甚至有些愉快的犯罪，表现了一种堕落的欲望。他选择每个受害人穿什么，不穿什么。他知道她们各自的衣橱里有什么衣服，用什么样的化妆品，什么时候单独在家。鞋子对他来说很重要。

我再次大声说出内心的疑惑："为什么是这两个女人？"她们对你做了什么？她们忽视了你？嘲笑了你？抛弃了你？这两个女人代表了你鄙视的某种东西或某个人。她们既是象征性的，同时也是明确的目标——所以她们才如此不同。

"西尔维娅·弗内斯不会轻易屈服。她可不是笨蛋。你一定是一点点地耗尽她，驱使她来到那棵树下，你的声音始终在她耳边，说的什么？

"我见过你这样的人。我见过性虐者的行径。这两个女人代表着你鄙视的某种东西或某个人。她们既是象征性的，同时也是明确的目标——所以她们才如此不同。她们成为你剧中的演员，因为她们有某种特别的长相，年龄正合适，或者一些其他因素。

"你作品中的要素是什么？公开侮辱是一个特征。你希望她们被人发现。你让这两个女人脱光衣服，当众游行。西尔维娅的尸体像一块肉一样吊着。克里斯蒂娜的肚子上写着'荡妇'。

"第一个犯罪现场说不通。它太公开和暴露了。你为什么没有选择一个更为私密的地方——一栋空房子或是与世隔绝的农用建筑？你想让克里斯蒂娜被人看到。这是这出离经叛道的戏剧的一部分。

"你这么做是为了获得满足感。它可能并非你的初衷，但结果就是如此。在你的幻想中，性欲与愤怒和控制欲混为一谈。你知道如何将痛苦色情化，知道如何拷问。你曾幻想过——在梦中抓住女人，羞辱、惩罚并击溃她们。让她们丧失尊严，屈服，被击垮。

"你极为苛刻。你做记录。你通过观察她们的房子和她们的活动来查明她们的一切。你知道她们何时去上班，何时到家，晚上何时熄灯。

"我不知道你计划中的具体细节，所以无从得知你在多大程度上贯彻策略，但你愿意冒险。万一克里斯蒂娜·惠勒在桥上被人救下来了呢？或者西尔维娅·弗内斯在被冻死之前被人发现了呢？她们可以指认你。

"这说不通……除非……除非她们从未见过你的脸！你在她们耳边低语，你给她们下命令，她们按照你的指示行动，但她们没见过你的脸。"

我把笔记本推到一边，靠在椅子上，闭上眼睛，感觉筋疲力尽，浑身颤抖。

夜深了。房子里静悄悄的。我头顶上方，灯具的毛玻璃灯罩里困住了几只死蛾子。里面有个灯泡和一个易碎的玻璃罩。灯泡里面是一条发光的灯丝。人们经常用灯泡代表点子。但我不是。我的点子开始时是白纸上的铅笔痕迹，一个柔软、抽象的轮廓。慢慢地，线条变得更加清晰，有了光线和阴影，深度和清晰度。

我从未见过那个杀害克里斯蒂娜·惠勒和西尔维娅·弗内斯的男人，但我突然感觉他似乎从我的头脑中跳了出来，有血有肉，一个声音在我耳边回荡。他不再是个虚构的人物，不再神秘，不再只存在于我的想象中。我看到了他的思想。

# 第三十章

门开了一条缝，他脸发灰，凝视着我。

"你迟到了。"

"我有工作要做。"

"今天可是周日。"

"我依然要工作。"

他转过身去，拖着脚往门廊里走了几步，破拖鞋拍打着脚后跟。

"什么样的工作？"

"我不得不换了几把锁。"

"有报酬的那种？"

"没错。"

"我需要点钱。"

"你的退休金呢？"

"没了。"

"你花在哪儿了？"

"香槟和该死的鱼子酱。"

他穿着一件睡衣一样的衬衫，肘部磨破了，衬衫塞在高腰裤里，裤腰被肚子撑开，裆部被兜住，毫无空间。也许到了一定年纪，你的老二就会脱落。

我们在客厅里。这地方有一股臭屁和油脂被烹饪后的味道。两件主要的家具是一把扶手椅和一台电视。

我拿出钱包。他努力越过我的手看我带了多少钱。我给了他四十英镑。

他拉了拉裤腿，坐到椅子里，填满按他的臀形模制而凹陷下去的位子。他低着头，下巴抵着胸口，眼睛盯着电视——他的生命维持系统。

"你要看比赛吗，爸？"我问。

"哪场比赛？"

"埃弗顿对利物浦。"

他摇了摇头。

"我买了有线电视，你可以看德比大战。"

他咕哝着说："人不该花钱看球赛。就像花钱买水喝一样。我不会这么干。"

"钱我付。"

"没有区别。"

房间里唯一的颜色来自电视屏幕，它给他的眼睛涂上了一个明亮的方块。

"你等会儿要出去？"

"不出去。"

"我以为你要去玩宾果。"

"我不玩宾果了。那帮作弊的龟孙子说我不能再去了。"

"为什么？"

"因为我逮到他们作弊了。"

"怎么在宾果中作弊？"

"我他妈每次都少一个该死的号码。一个号码。作弊的龟孙子！"

我手里还拿着一袋杂货。我拿到厨房里，给他弄点吃的。我带了一罐火腿肉、烘豆和鸡蛋。

洗碗池里堆着脏兮兮的盘子。一只蟑螂爬到一个杯子上面，看着我，好像我是个入侵者。我把盘子挖出来扔进垃圾桶，打开水龙头，蟑螂爬走了。煤气热水器隆隆作响，一道蓝色的火焰围着炉子升起。

"你不该离开军队的，"他大声喊道，"军队像家人一样待你。"

没错，像某个家人！

他开始滔滔不绝地讲起战友之间的友谊，而实际上他从未打过仗。因为不会游泳，他错过了马尔维纳斯群岛之战。

我自顾自地笑了。事实也不是这样。他当时体检不合格。他的一只手卡在了155毫米的加农炮的后座上，弄断了好几根手指。这个老浑蛋到现在还愤愤不平。鬼知道为什么。哪个头脑清醒的人会为了南大西洋上的几块石头打仗？

他还在抱怨，嗓门大到盖过了电视的声音。

"这就是当今士兵的问题。他们太软弱了，养尊处优，枕着羽毛枕头，吃着美食……"

我在煎火腿，在成片火腿的空隙里打上鸡蛋。微波炉里的豆子也快好了。

爸爸换了个话题："我孙女怎么样？"

"她很好。"

"你为什么从来不带她来看我？"

"她不跟我住，爸。"

"是，可是那个法官给了你——"

"法官说什么也没用。她不跟我住。"

"但你会去看她，对吗？你会跟她说话。"

"是，当然。"我撒谎了。

"那你为什么不带她过来？我想看看她。"

我环顾厨房。"她不想来。"

"为什么？"

"我不知道。"

他咕哝了一声。

"我猜她现在已经上学了吧。"

"对。"

"什么学校？"

我没有回答。

"可能是某个昂贵的私立学校，就像她妈妈上的那所。她对你这样的人来说总是高攀不起的。我受不了她父亲。还以为他自己拉的屎不臭。每年都开新车。"

"那些是公司的车。"

"是的，好吧，他瞧不起你。"

"不，他没有。"

"他妈的，他就是。我们跟他不是一类人。高尔夫俱乐部、滑雪度假……那场豪华婚礼是他出的钱，"他顿了顿，变得兴奋起来，"也许你应该申请赡养费，把她告上法庭，得到你应得的那份。"

"我不想要她的钱。"

"那就给我。"

"不。"

"为什么不？我理应得到点什么。"

"我给你买了这个房子。"

"是，真是一个该死的豪宅！"

他拖着脚走进厨房，坐下来。我把食物盛到盘子里。他在上面涂满了布朗沙司。连声谢谢都不说。也不等我。

我在想，他照镜子的时候会不会看到别人眼中的他：一个只会吃喝拉撒的老废物。这就是我眼中的他。这个人没有权利对我说教。他是个满嘴脏话、满腹牢骚的逃兵，有时我真希望他干脆死了，或者至少报复他一下。

我不知道自己为什么费事来看他。当我想起他对我所做的事，我唯一能做的是忍住不朝他脸上吐口水。他不会记得的。他会说那些都是我瞎编的。

被他抽打，从来比不上在那之前的漫长序曲。我被叫到楼梯上，脱下裤子，手臂抱着栏杆，攥紧拳头。我要站在那里，等待着，额头紧贴着木头。

我听到的第一个声音是电线落到我身上之前扭曲着从空中划过时发出的嗖嗖声。他用的是一根烤箱上的旧电线，一头还带着插头，被他握在手里。

我告诉你们一件关于被鞭打的怪事。它们教会了我如何一心二用。我直到十六岁才离家。但当我挂在那些栏杆上的时候，我就已经离家了。当那根电线划过空气，陷入我的皮肤时，我就已经离家了。

我以前经常想象等自己长大了，变得足够强大时会怎么报复他。我那时想象力不够丰富。我想着可以用拳头击打他，或用脚踢他的头。现在不一样了。我可以想到一千种让他痛苦的方法。我可以想象他求死不能的情形。他甚至可能会觉得自己已经死了。我以前见到过这种情形。一位阿尔及利亚恐怖分子，在加德兹北部山区为塔利班卖命的时候被捕，他问我自己是不是到了地狱。

"还没呢，"我说，"但是到那儿以后，你会发现那里简直就是个度假营地。"

爸爸把盘子推开，用手擦了下下巴，狡猾且迅速地看了我一眼。他从洗碗池下面的橱柜里拿出一瓶杜松子酒，一副骗过了全世界的那种神气，给自己倒了一杯。

"你要来一杯吗？"

"不了。"

我环顾四周，寻找转移注意力的东西，一个离开的借口。

"你要去哪里吗？"他问道。

"对。"

"可你刚到。"

"有个工作要做。"

"还要修锁。"

"对。"

他厌恶地哼了一声。"你一定是钻钱眼里了。"

然后他又一通说教，抱怨自己的生活，说我没用、自私，让他感到失望。

我看着他的脖子。我可以轻而易举地折断它。两只手，大拇指放在正确的位置上，然后他就停止讲话……和呼吸了。跟杀只兔子没什么区别。

他继续说着，没完没了，他的嘴开开合合，向这个世界上喷粪。也许那个阿尔及利亚人说得没错。这儿就是地狱。

# 第三十一章

一个身影挡住了门上的玻璃窗。门开了。韦罗妮卡·克雷转过身，沿着门厅往里走。

"看报纸了吗，教授？"

"没有。"

"上面全是西尔维娅·弗内斯的照片——第一版、第三版、第五版……和尚刚打来电话，三一路外面聚集了二十多个记者。"

我跟着她走进厨房。她走到炉子边，然后开始把坛坛罐罐推到电炉周围。一束阳光从窗户透进来，使得她发根处的银色更加明显。

"这正是小报编辑梦寐以求的。两个受害人——长相漂亮的中产阶级白人女性，已为人母，都赤身裸体，二人还是生意伙伴。其中一个从桥上跳下，另一个像一大块牛肉一样挂在树上。你真该读读他们提出的种种理论——三角恋，女同婚外情，被抛弃的情人。"

她打开冰箱门，拿出鸡蛋、黄油、熏肉片和番茄。我依然站着。

"请坐。我来给你做早餐。"听上去她是要把我做成早餐。

"真的不用。"

"对你来说可能不用——我五点钟就起来了。你想要咖啡还是茶？"

"咖啡。"

她把鸡蛋打到碗里，然后搅拌成液体泡沫，每个动作都熟练而精确。

我坐下来，听她讲。桌子上摊着十几份不同的报纸，每份报纸上都有西尔维娅·弗内斯微笑的照片。

调查工作集中在目前处于破产管理中的有福婚礼策划公司。两年间，未付的账单和最终需求越积越多，但克里斯蒂娜·惠勒通过定期注入现金来让法警远离公司，其中大部分现金都是她抵押房子的贷款。食物中毒恐吓案的法律诉讼成了最后一根稻草。她的两笔贷款都出现了违约。食腐动物开始盘旋了。

警方的画像师将和达茜与爱丽丝一同坐下来。她们会被单独询问，看她们的回忆是否有助于制作出那个在她们的妈妈遇害前几天跟她们说过话的男人的画像拼图。

在身材方面，她们所描述的身高和体形大体一致，但达茜记得他是深色头发，而爱丽丝却确定他是一头金发。当然，外貌是可以改变的，但目击证人的描述是出了名的易变。很少有人能记住超过五个描述符号：性别、年龄、身高、头发颜色和种族。这不足以绘制一张真正准确的画像拼图，而一张模糊的画像拼图的危害要比它的好处多得多。

探长从煎锅里盛出熏肉，然后把炒蛋一分为二，放到厚厚的烤肉片上。

"你要在鸡蛋里加塔瓦斯科辣酱吗？"

"好的。"

她倒了咖啡，加入牛奶。

调查组正在追踪其他十几条线索。沃明斯特路上的一个交通探头周一下午四点零八分拍到了西尔维娅·弗内斯的车。一辆身份不明的银色厢式货车跟着她通过了红绿灯。一周之前，一辆外观相似的货车在克里斯蒂娜·惠勒翻过防护栏二十分钟前通过了克里夫顿悬索桥。样式相同，车型也相同。两个地方的监控探头都没有拍到完整的车牌号码。

周一下午四点十五分，西尔维娅·弗内斯在家接到了一个电话，从一部两个月前在伦敦南部的商店里购买的手机打来的，购买时用的是假身份证。同一天购买的另一部手机被用来给西尔维娅的手机打电话，时间是下午四点四十二分。这和跟克里斯蒂娜·惠勒打电话时的操作模式一样。两通电话有重叠。打电话的人让西尔维娅从固话转到手机，可能是为了确保不会跟她中断联系。

　　克雷探长吃得很快，又盛了一盘。她用咖啡往下送饭的时候，喉咙一定烫得不轻。她用餐巾纸擦了擦嘴。

　　"法医查出了一件有意思的事。她的床单上发现了两个不同男性的精斑。"

　　"她丈夫知道吗？"

　　"看上去他们有个协议——开放式婚姻。"

　　每次听到这个词，我都会想到一个精致的小筏子漂浮在一片狗屎的海洋上。探长察觉到了我内心的幻灭，咯咯地笑了。

　　"不要告诉我你是个浪漫派，教授。"

　　"我想我是。你呢？"

　　"大部分女人都是——即便是我这样的。"

　　她的口气听上去像是意向声明。我把它当作一个机会。

　　"我注意到了一个年轻人的照片。是你儿子吗？"

　　"对。"

　　"他现在在哪儿？"

　　"长大了。他住在伦敦。他们最终都会去伦敦——就像海龟都会回到同一片海滩。"

　　"你想他吗？"

　　"多莉·帕顿是躺着睡觉的吗？"

　　我想停下来好好研究一下脑海中的这个画面，但还是继续说了下去："他父亲呢？"

"这是要干吗——二十个问题？"

"我就是感兴趣。"

"你是爱管闲事。"

"好奇，仅此而已。"

"是，好吧，我可不是你该死的病人，"她的话里带着出人意料的愤怒，然后又有点难为情，"你想知道的话，我的婚姻持续了八个月。那是我生命中最漫长的岁月。而我儿子是其中唯一的好结果。"

她从桌子上拿起我的盘子，把餐具倒进洗碗池。她打开水龙头，用力地擦洗盘子，好像要洗掉的不只是炒蛋。

"你对心理医生有看法吗？"我问。

"没有。"

"也许是因为我？"

"恕我直言，教授，一个世纪前人们不用精神科医生也能过活。他们不需要治疗、百忧解①、自助手册，或是该死的《秘密》②。他们只是继续生活。"

"一个世纪前，人们只能活到四十五岁。"

"所以你是说寿命更长让我们变得更加不幸福了？"

"它给了我们更多不幸福的时间。我们的期待变了，不仅仅是生存，我们还要自我实现。"

她没有回答，但这并不意味她同意。相反，她的举动暗示了一件往事，一段家庭历史，或者一次去看心理医生的经历。

"是因为你是同性恋吗？"我问道。

"你对这个有意见吗？"

---

① 一种抗抑郁药物。

② 一部英国电视剧。

"没有。"

"格特鲁德·斯泰因曾对海明威说，他之所以难以接受同性恋，是因为男同性恋行为丑陋而令人厌恶，而女同性恋则完全相反。"

"我努力不以人的性取向来判断他人。"

"但你还是会判断，在你的咨询室里，每天都是如此。"

"我已经不做临床实践了，但当我做时，我都会尽力帮助别人。"

"你有过不想做同性恋的病人吗？"

"有过。"

"你尽力治疗他们了吗？"

"没有什么可以治疗的。我无法改变一个人的性取向。我帮他们接受自己。我帮他们应对自己的本真。"

探长擦干手，重新坐下，伸手拿了一根烟，点上。

"你完成心理侧写了吗？"

我点点头。车轮在鹅卵石上发出的咯吱声表示外面有人到了。猎人罗伊来接她去三一路。

"我早上有个案情简报会。你应该一起过去。"

罗伊敲敲门，走了进来。他点点头以示问候。

"准备好了吗，老大？"

"好了。教授也一起过去。"

罗伊看着我。"随时欢迎。"


案件调查室里比之前更加忙碌和嘈杂。更多的警员和后勤人员正忙着输入数据，比对两个案子的细节。现在，这是个正式的谋杀案调查小组。

西尔维娅·弗内斯有她专属的白板，旁边是克里斯蒂娜·惠勒的。黑色的粗线条连接着家庭成员、同事以及共同好友的名字。

调查组被分成了两队。一队已经花费了数百小时追踪每一个在利伍兹公园的人，确定车辆的位置，核验不在场证明以及研究监控探头拍到的画面。

他们还集中力量调查了克里斯蒂娜·惠勒与当地一个名叫托尼·诺顿的高利贷者之间的债务和资金往来，因为后者的名字出现在了她的手机里。诺顿已经被讯问过了，但他有周五的不在场证明。六个酒徒说他在一个酒吧里，从下午一直待到关门。每次他被叫到警局，都是这些人给他做的不在场证明。

我听着韦罗妮卡·克雷叫到每一个人，以快速了解过去二十四小时里的进展。

"杀害西尔维娅·弗内斯的人知道手铐的事，这意味着我们要找的人可能是个前男友、情人，或是能够进入她家的人。商店老板、清洁工、朋友……"

"那她丈夫呢？"和尚问道。

"他当时在日内瓦，跟他二十六岁的秘书住在一起。"

"他可以雇人啊。"

她点点头。"我们正在查看他的通话记录和邮件。"

她分配好任务，然后迅速看了我一眼。"奥洛克林教授起草了一份凶手的心理侧写。下面让他讲讲。"

我的笔记写在了一张纸上，塞在我的上衣口袋里。我不停地拿出来看，好像在准备一场考试。我有意识地抬起脚，以避免拖地，走到人群前面。这是自从帕金森先生来了以后我学会的技巧之一。我站着的时候双脚不会靠得很近，快速转身的时候尽量以身体为轴旋转。

"你们在找的是一个羽翼丰满的性虐狂，"我宣布，同时停下来看看他们的表情，"他不只想杀死这两个女人，他还想从身体和心理上摧毁她们。他想抓住聪明、有活力的女性，然后剥夺她们身上所有的希望、信念和人性。

"你们在找的是一个跟他的受害人年龄相仿或更大的男性。他的计划、自信和自制力都表明他很成熟且有经验。

"他的智力高于常人，拥有很强的语言能力和良好的社交能力。他看上去举止文雅且自信，甚至迷人。正因如此，他的朋友、同事或是酒友很可能对他的施虐本性并不知情。

"他接受的正规教育与他的智力状况不相符。他很容易厌倦，很可能从中学或大学辍学了。

"他的组织能力和做事方法表明他接受过军事训练，已经到了可以违抗命令的程度，除非他尊重下令者。出于这个原因，他很可能是个个体经营者或者独自工作的人。作案时间显示他可能有灵活的工作时间，夜里或是周末。

"他很可能是本地人，熟悉道路、交通距离和街道名称。他通过电话指引两名受害人。他知道她们的住处，她们的电话号码以及她们何时独自在家。这需要周密的计划和调查。

"他一个人住或是跟一个单亲父母一块儿生活。他需要自由来去，不用回答妻子或是伴侣的问题。他也可能结过婚，他对女性的怨恨可能就源自这段婚姻或者另一段失败的感情经历，或是童年跟他的母亲之间的问题。

"这个人具有一定的反侦查能力。除了给克里斯蒂娜·惠勒的那部手机，他没有留下任何线索。他还采用了障眼法——用假身份购买不同的手机，选择不同的电话亭，并且不断移动。

"他的目标是经过挑选的。我们要回答的问题是为什么，以及他怎么做到的。她们是朋友兼生意合伙人，中学同学，有几十个共同好友，也许还有上百个熟人。她们生活在同一个城市，去同一家理发店，使用同一家干洗服务。找到他选择她们的原因，我们就离找到他更近了一步。"

我停下来，低头看了一眼笔记，确保自己没有漏掉什么。我的左手食指已经开始抽搐，但我的声音很有力。我略微踮起脚尖，开始边走边说。他们的视线始终跟着我。

"我认为凶手成功地让受害者相信，除了合作，她们别无选择，否则她们的女儿就会遭殃。这说明他的语言能力极强，但我觉得要在他对身体的自信上打个问号。他没有使用蛮力来制伏她们。他用自己的声音恐吓和控制对方。他可能缺少面对面冲突的勇气。"

"他是个懦夫。"和尚说。

"或者他的身体并不强壮。"

克雷探长想要更为实用的信息。"他有没有可能是前男友或者遭到冷落的情人？"

"我觉得不可能。"

"为什么？"

"如果其中一名受害人逃脱或是被救了，她们就会指认这个前男友或情人。我怀疑他不会冒这个险。还有一个问题。如果她们认识他，还会毫无保留地遵从他的命令吗？一个陌生的声音更可怕，更令人生畏……"

有人咳嗽了一声。我停了下来，在想这是不是一个信号。四下传来窃窃私语声。

"这让我想到另一个问题，"我说，"他可能跟她们没有肢体接触。"

大家都没有什么反应。和尚先开口了："什么意思？"

"受害人可能没看见他。"

"西尔维娅·弗内斯可是被铐在了一棵树上。"

"她可能是自己铐的。"

"那头罩呢？"

"也可能是她自己戴上的。"

我向他们解释证据。"田地里很泥泞。树下只发现了一对足迹。没有性侵或自卫伤的痕迹。也没有其他通往田地的胎痕。

"我不是说他没有提前去过犯罪现场——这是他精心挑选的。我还认为他就在附近，手机信号也说明了这一点，但我认为她没有看到他。我觉得他没有碰过她——肢体上。"

"他搞了她的精神。"猎人罗伊说。

我点点头。

人群中发出了类似口哨的叹息声和质疑的咕哝声。这完全超出了他们的理解范围。

"为什么？动机是什么？"探长问道。

"报复。愤怒。性满足。"

"什么？我们任意挑选？"

"三者都有。这个人是性虐狂。他这么做不是为了杀害女性。目的比这个更私人。他羞辱她们，从精神上摧毁她们，因为他痛恨她们所代表的东西。他可能跟自己的母亲、前妻或前女友有矛盾。你们甚至可能发现他的第一个受害人激起了他的怨恨。"

"你是指克里斯蒂娜·惠勒？"和尚说。

"不。她不是第一个。"

缄默。怀疑。

"还有其他受害人？"探长问。

"几乎可以肯定。"

"什么时候？在哪里？"

"回答了这个问题，就能找到他了。凶手一直为这一刻努力——演练和改善技巧。他是个专家。"

韦罗妮卡·克雷扭过头去，默默地盯着窗外，她盯得那么出神，我想，她是不是想逃到外面去，消失在别人的生活中。我知道这会是最难理解的地方。即使是经验丰富的警员和心理健康工作者也会难以接受这样的事实——一个人竟然能从折磨和杀害另一个人中体验到强烈的快感和愉悦。

突然间，所有人都开口说话了。我受到了各种问题、观点和论点的轮番轰炸。有些警员看上去几乎对这场猎捕有些热切和兴奋。也许是我没调整好心态，但是关于谋杀的任何事情都无法让我感到愉悦或兴奋。

对这些人来说，破案是他们的职业。他们渴望在一个断裂的世界里重建道德秩序：一种探索无罪和有罪、公平和惩罚的手段。对我来说唯一真正重要的人物是那个触发了这一切的受害人。没有他或她，我们都不会出现在这里。

会议结束了，克雷探长陪我下了楼。

"如果你对这个人的描述没错的话，他会再次杀戮，对吗？"

"在某一时刻吧。"

"我们能让他慢下来吗？"

"你们也许能够跟他进行交流。"

"怎么交流？"

"他不会指望跟警方玩猫和老鼠的游戏，但他会看报，听广播，看电视，他就活在当下，这意味着你们可以向他发送一条信息。"

"我们要说什么？"

"说你们想要理解他。媒体给他贴上的标签可不怎么讨人喜欢。让他纠正对他的误读。但不要自我贬低。也不要挑起敌对情绪。他想得到尊重。"

"这又有什么用呢？"

"如果你们能让他打电话过来，那就意味着你们得到了一个成果。尽管只是一小步，但这将是第一步。"

"由谁来传递信息？"

"必须由一个人出面。不能是女人，必须是男的。"

探长略微仰起头，仿佛地平线上有东西引起了她的注意。

"你来怎么样？"

"我不行。"

"为什么不行？"

"我不是警察。"

"没关系。你了解这个人，你也知道他的想法。"

我当时正站在大厅里，她列举了所有的论据，不给我任何反驳的机会。一辆警车从后门加速驶出，尖锐的警笛声淹没了我的抗议声。

"那就这么定了。你起草一份声明，我会安排一场记者会。"

自动门开了。我走出去。警笛声已经变小了，只留下一种一切已经改变和怅然若失之感。我低着头，甩动胳膊和腿，知道她还在看着我。

# 第三十二章

到处都是鲜花——靠在栅栏和树身上。最大的花圈中央有一张克里斯蒂娜·惠勒的照片，被插在一个透明的塑料封套里。

达茜穿着一条朱莉安娜的裙子，一件黑色的冬衣外套，她走路的时候外套几乎能碰到地面。她站在墓穴对面的一圈人中间，旁边是她的姨妈——今天早上刚从西班牙赶来——还有她的外祖父，他坐在轮椅里，腿上盖着一条格子花纹的毛毯。

她的姨妈身材高大，笔直地站在那里，仿佛在定位一个高尔夫球，而不是一个人。微风吹乱了她的头发，把头发都吹拢到了一侧。

我参加过不少葬礼，但这场葬礼有问题。哀悼者都太年轻了。他们是克里斯蒂娜的中学同学和大学好友。有些人衣橱里没有合适的衣服穿，就选了浅灰色而不是黑色的衣服。他们不知道该说些什么，于是就三五成群地站在一起，边低声细语边伤心地看着达茜。

爱丽丝·弗内斯从她姨妈格洛丽亚身后探出头来。他父亲从日内瓦赶了回来，穿着一身黑色的西服，此时正在打电话。我们的目光相遇了，接着他的视线移向右边，伸出一只手放在爱丽丝的肩上。接下来他要埋葬他的妻子了。我无法想象失去朱莉安娜会是什么情形。我甚至不愿想象。

在墓地对面，一块隆起的高地上聚集了一群电视台记者和摄影师，他们已经在交通锥和警戒线后面占好了阵地。身着制服的警察在尽力阻止他们靠近哀悼的人群。

猎人罗伊和和尚并肩站在一起，像两个抬棺人。克雷探长一个人站在旁边。她带了一束花，放在那个覆盖了一块人造草坪的凸起的深棕色土堆上。

灵车沙沙地驶进大门。那条弯曲的道路比周围的草低，所以我看不到轮胎的转动，让人感觉车好像在朝我们漂来。

朱莉安娜的肩蹭到了我的肩膀，她用右手握住了我的左手——那只颤抖的手。她紧紧地握住它，好像在帮我保守秘密。

鲁伊斯走了过来。我昨天之后还没见过他。

"你去哪儿了？"

"去跑了个腿。"

"想说说吗？"

他看着对面的达茜。"我去找他父亲了。"

"真的？"

"对。"

"她让你去的？"

"不是。"

"她从未见过他！"

"我也没见过我父亲，"他耸了耸肩，"我仍认为他想知道。如果发现他是个斧子杀手，我不会把他的地址告诉达茜。"

棺木已经被放在了墓穴上方的支架上。铿亮的棺盖上堆了厚厚一层鲜花。达茜大声哭着。她的姨妈看上去无动于衷。另一个女人揽着达茜的肩膀。她在一条灰色的长裙外面穿了一件黑色的外套，她红着眼睛，一副悲伤的神情。

突然，我认出了她身边的那个男人——布鲁诺·考夫曼。她一定是他前妻，莫琳，也是西尔维娅的同学。我的天，她在一周之内连续失去了两个朋友，难怪她看上去这么忧伤。

布鲁诺朝我抬起一根手指，算是简单的问候。

牧师已准备好开始仪式。他的声音因感冒而有些沙哑，传不了多远。我的思绪飘过那些墓碑和草地，越过树木和存放机械设备的小屋，落到了一个坐在那里观看仪式的挖墓人身上。他剥了一个鸡蛋，把蛋壳放进了一个棕色的纸袋里。

尘归尘，土归土……如果上帝抓不到你，魔鬼也一定会抓到你。你有没有注意到墓地闻上去就像堆肥堆？他们在玫瑰上洒上鲜血和骨头。这味道直冲鼻子而来。

哀悼者都一身黑衣，就像围在被车压死的动物周围的乌鸦。我能感觉到他们的悲伤，但这还不够悲伤。我知道什么是真正的悲伤。真正的悲伤是孩子拆生日礼物时我不在她身边，而她正穿着我买的衣服。这才是悲伤。

那个精神病医生也在。他就像个连拆个信封都要露个脸的二流名人。这次他带来了他妻子，对他这种人来说，她太过性感了。也许他颤抖的手臂会让前戏更有意思。

还有谁？那个女同性恋探长和她的左膀右臂。达茜，那个芭蕾舞者，坚忍、克制、勇敢。在门口和我擦肩而过时，她脸上流露出一丝似曾相识的神情，好像在想自己认不认识我。然后她注意到了独轮车和我的工作服，就忽略了这个可能性。

牧师正在向哀悼者说，死亡只是一段新旅程的开始。这是一个流传了几个世纪的童话故事。胸口颤抖。泪水涟涟。地面已经够湿了。为什么死亡会给人们带来如此大的打击？它无疑是最基本的真理。我们生。我们死。拿这个鸡蛋来说。如果它受过精，并且保持温暖，就可能成为一只小鸡。相反，如果它被丢进沸腾的水里，就变成了吃的。

大家低下头，默默祷告。一阵风吹过，外套拍打着膝盖。树枝如同死灵的肚子，在我头顶呻吟。

我得走了。我有地方要去……有锁要撬……有理智要击溃。

仪式结束了。我们穿过草坪，来到了路上。花圃中升起一股温暖湿润的清香，头顶上，在珠灰色的天空下，南下的候鸟正列队飞行。

布鲁诺·考夫曼拉住我的手臂。我把他介绍给朱莉安娜。他夸张地向她鞠躬致意。

"约瑟夫都把你藏到哪儿了？"他问。

"没什么特别的地方。"她回答道，很乐意让布鲁诺跟自己调情。

哀悼者走在我们周围。达茜跟她妈妈的几个朋友一起，她们看上去很想捏捏她的手，抚摸她的头发。她姨妈用轮椅推着外祖父往前走，嘴里抱怨着路的坡度。

"到处都是警察，老伙计，"布鲁诺看着和尚和猎人罗伊说，"他们就像紫色奶牛一样显眼。"

"我从没见过紫色的奶牛。"

"威斯康星州的麦迪逊有很多色彩斑斓的奶牛，"他说，"但不是真的，是雕塑。那是个观光胜地。"

他开始讲他在威斯康星大学获得终身教职的故事。一阵风吹起他的刘海，头发好像违背了地心引力浮在空中。布鲁诺是在跟朱莉安娜讲故事。我的视线越过他，看到了莫琳。

"我们还没有见过，"我对她说，"对克里斯蒂娜和西尔维娅的事，我非常难过。我知道她们都是你的朋友。"

"是老朋友，也是好朋友。"她说着，呼吸变得越发急促。

"你没事吧？"

"我很好，"她在一张纸巾上擤了擤鼻涕，"就是有点害怕。"

"你害怕什么？"

"我的两个最好的朋友死了，这让我感到害怕。警察已经去过我家，找我问过话，这也让我害怕。大的声响都能吓到我。我把门锁死，开车的时候不停地看后视镜……这也让我害怕。"

她把湿透的纸巾塞进外套口袋里，又从一个小塑料袋里抽出一张新的。她的双手在打战。

"你上次见到她们是什么时候？"

"两周之前。我们搞了一次聚会。"

"什么样的聚会？"

"就只有我们四个——奥德菲尔德四人帮。我们都是同学。"

"布鲁诺提过。"

"我们说好在我们最喜欢的餐馆见面。海伦组织的。"

"海伦？"

"我的另一个朋友：海伦·钱伯斯，"她说着扫视了一圈墓地，"我还以为她会来。真的很奇怪。海伦组织了聚会，聚会也是为她办的。我们很多年没见她了，可是她却没去。"

"为什么？"

"我到现在都不知道。她没打电话，也没发邮件。"

"你们再也没有收到过她的消息？"

她摇了摇头，擤了擤鼻子。"这是海伦一贯的做事风格。她是出了名的爱迟到，还能在自家后院里迷路，"她的视线越过我，"我是说真的。他们不得不派出搜寻队。"

"她住在哪里？"

"她父亲在乡下有栋别墅，后院很大，所以，也许我不应该嘲笑她。"

"你们多久没见过她了？"

"七年。快八年了。"

"她去哪儿了？"

"她结了婚，先是去了北爱尔兰，然后又去了德国。克里斯蒂娜和西尔维娅是她的伴娘。我本来要做首席伴娘，但当时我跟布鲁诺在美国生活，没能回来参加婚礼。我录了一段祝福视频。"

莫琳的眼睛里似乎泛着泪花。"我们说好要保持联络，但海伦看上去在渐渐远离。每年她的生日和圣诞节，我都会寄卡片给她。她有时会突然来信，但话也不多。时间一天天过去，我们失去了联系。这真让人伤心。"

"然后她又联系了你们？"

"六个月前，她给我们所有人——克里斯蒂娜、西尔维娅和我——发了一封邮件说她离开了她丈夫。她要跟女儿去度假，去'理清头绪'，然后就回家。"

"大概一个月之后，她又发了邮件说她回来了，我们应该聚聚。她选的地方：巴斯的加里克海德餐厅。你知道那地方吗？"

我点点头。

"我们以前总去那里——在我们都结婚生子之前。我们会喝上几杯，说说笑笑。有时之后还会再去趟夜店。西尔维娅很喜欢跳舞。"

莫琳的手停止了颤抖，却始终没有镇定下来。她说话的样子，就好像某个被拒绝的生命回来找她索命了。一位失去了的朋友。一个过去的声音。

"当我听说了克里斯蒂娜·惠勒自杀的消息时，我并不相信，完全不能相信。她永远都不会就那样了结自己。她永远都不会抛下达茜。"

"能跟我讲讲西尔维娅吗？"

莫琳朝我挤出一丝伤感的微笑。"她很狂野，但并不坏。有时我都为她担心。她是那种不经许可擅自闯入的女孩，总是爱冒险。谢天谢地，她嫁给了理查德这样包容她的男人。"

她的眼里噙着泪水，但眼影依然完好无损。

"你知道我最爱西尔维娅的哪一点吗？"

我摇摇头。

"她的声音。我怀念她的笑声。"她又扫视了一遍墓地。阳光洒在一块绿莹莹的草地上。"我想她们两个。我想念那种知道还会再见到她们的感觉。我不停地想她们会给我打电话、发信息或者来喝咖啡……"

又一阵沉默，这次更久。她抬起头，皱着眉头。"谁会做这种事呢？"

"我不知道。"

"布鲁诺说你在协助警方破案。"

"只是尽我所能。"

她看向布鲁诺，后者正向朱莉安娜解释最早的玫瑰化石距今三千五百万年，而萨福于公元前六百年创作了《玫瑰颂》，并称之为花中女王。

"他怎么知道这种事情？"我问道。

"谈起你时他也会说同样的话。"

她深情地看着他。"我曾爱过他，然后恨他，现在则被困在二者之间。他人不坏，你知道的。"

"我知道。"

# 第三十三章


惠勒家的车道上和外面的人行道上停满了车。达茜在迎接那些哀悼者，接过她们的外套和手提包。她看我的表情，仿佛我是来救她的。

"我们什么时候能走？"她低声说。

"你做得很好。"

"我觉得自己快坚持不住了。"还有客人要来。客厅和餐厅里都挤满了人。朱莉安娜抓住我的左手，绕过成群的哀悼者，从大家端着的茶杯和盛着三明治、蛋糕的盘子中间迂回穿过。

鲁伊斯找到了一瓶啤酒。

"所以你想听听达茜父亲的情况吗？"他问道。

"你找到他了？"

"快了。他的名字没有出现在她的出生证明上，但我得到了这桩婚姻的证明——教区的记录。真是个好东西。"

朱莉安娜抱了抱他。"我们能谈点别的吗？"

"你是说退休金，"鲁伊斯开玩笑地说，"或者并购。"

"很有意思。"

鲁伊斯喝了一大口啤酒，一副怡然自得的神情。我让他们继续聊，自己去找达茜的姨妈。她正在厨房里指挥交通，让成盘的三明治从一个门里出来，而空盘子从另一个门进去。长桌上摆满了吃的，空气里弥漫着浓郁的蛋糕和茶的味道。

克丽·惠勒是个身材高人的女人，西班牙式的古铜色皮肤，戴着沉重的珠宝首饰。脖子以下皮肤的颜色有些不匀，嘴角的口红也花了。

"叫我克丽就好。"她边说边往一个茶壶里倒开水。水汽使她烫过的头发失去了弹力，她努力用手指轻弹头发，好让它恢复。

"我们能谈谈吗？"我问。

"当然。我快累死了。"

她从手提包里拿出一盒烟，从饼干盒后面的隐蔽处拿出一瓶白葡萄酒。她拿着这些东西走出去，下了三级台阶，来到花园里。

"来一根吗？"

"我不抽烟。"

她点上烟。

"我听说你有点名气。"

"没有。"

她吐出一口烟，看着烟雾渐渐消散。我注意到她脚背上有青筋和被高跟鞋摩擦出的嫩皮。

"当时真希望葬礼早点结束，"她说，"感觉冷到要下雪了。真是糟糕的天气。我已经适应不了了。在太阳下面待太久了。"

"关于达茜。"

"对。我正要说，谢谢你照顾她。往后不需要了。"

"你们要回西班牙。"

"后天。"

"你告诉达茜了吗？"

"我会说的。"

"什么时候？"

"我刚埋葬了我妹妹。这是我优先考虑的事。"

她拉紧胸前的外套，吸了一口烟。"这不是我想要的，你知道的。"

"想要什么？"

"达茜，"酒杯碰在她的牙齿上，发出叮当声，"小孩很难对付。自私。所以我没要孩子。"她看着我，"你有孩子吗？"

"是的。"

"所以你懂我的意思。"

"不见得，"我轻声说道，"达茜想去伦敦的芭蕾舞蹈学校。"

"那她的学费谁来出？"

"我觉得她是想把这个地方卖掉。"

"这个地方！"这个高大的女人笑了起来。她牙齿发黄，齿缝间有牙齿填充物。"'这个地方'归银行所有。就像汽车也归银行所有一样。家具是银行的。这块该死的地也是银行的。"

她对着拳头打了个嗝，把烟头扔到花园里。烟头掉到地上，弹了一下，飞溅出几点火花。"我妹妹——那个了不起的女商人——写了一份遗嘱，可她根本没有东西可供馈赠。即使等我卖掉这个地方还有东西剩下，这位年轻的小姐也太小了，没有继承权。我是她的法定监护人。遗嘱里是这么说的。"

"我觉得你应该跟达茜谈谈去西班牙的事。她不会想去的。"

"这个由不得她。"

她揉了揉脚跟，仿佛试图恢复双脚的血液流动。

"我还是觉得你应该跟她谈谈。"

她思索了片刻，然后叹了口气。"谢谢你的关心，奥洛克林先生。"

"叫我乔就行。"

"好，乔，我们都得做出妥协。达茜需要有人照顾。而我是她唯一的亲人。"

我有些不耐烦了。可以说是愤怒。我摇摇头，手往上衣口袋里插得更深了。

"你觉得我错了。"她说。

"是的。"

"这就是我这个年纪的另一个优势——我什么都不用在乎。"

我一走进房间，朱莉安娜就感觉到了异样。她疑惑地看着我。我的左臂正在不住地发抖。

"可以走了吗？"她问道。

"让我先跟达茜谈谈。"

"去道别。"

这是个陈述句，不是问句。

我在客厅、餐厅和门廊里找，然后又上楼找。达茜在她的卧室里，坐在床边，眼睛盯着花园。

"你躲起来了？"

"没错。"她说。

房间里贴满了音乐海报和毛绒玩具。这是达茜童年的时空舱，看起来无比遥远。我注意到地上撕碎的纸片和床上杂乱堆放的吊唁卡片。有人匆忙打开看过了。

"你在读卡片。"

"没有。我进来的时候就是这样。"

"什么时候？"

"刚刚——我回到家的时候。"

"谁打开的？"

她耸耸肩，但感觉到了我声音的尖锐。我问她房子有没有锁，谁有钥匙，她在哪儿发现的这些卡片和信封……

"就在床上。"

"有什么卡片不见了吗？"

“我说不上来。”

我看着窗外远处的一排白杨树苗。一辆银色的厢式货车正沿着街道缓慢行驶，好像在找某个门牌号码。

“我们能走了吗？”

“这次不行。”

“什么意思？”

“你要跟你姨妈待在这里。”

“可她要回西班牙了。”

“她想让你跟她一块儿走。”

“不！不要！”达茜责难地看着我，“我不能走，也不要走。我的芭蕾舞奖学金呢？我获得了名额。”

“去西班牙权当去度假。”

“度假！我不能突然不跳舞了然后又重新开始跳。我从没去过西班牙。我在那里一个人都不认识。”

“你有你姨妈。”

“她讨厌我。”

“不，她不讨厌你。”

“你去跟她谈谈。”

“谈过了。”

“我做错了什么吗？”

“当然没有。”

她的下嘴唇在发抖。突然，她扑到我怀里，双臂抱住了我的胸膛。

“让我跟你回家吧。”

“我不能这么做，达茜。”

“求求你。求求你。”

“我不能，对不起。”

接下来发生的事情与其说意料之外，不如说是难以想象。有些跳跃只能在理性和感性之间的空隙里发生。达茜仰起脸，把嘴唇贴在了我的嘴上。她的呼吸。她的舌头。缺乏经验，摸索着，她的嘴里有薯条和可乐的味道。我试图抽离。她用一只手抓住我的头发，将髋部顶向我，献上自己的身体。

我的脑子里思绪万千。我握住她的手，慢慢地让她松开手，控制住她。她拼命朝我眨眼。

她的外套没扣扣子，一侧的衬衫掉到了肩膀下面，露出了胸罩的肩带。

"我爱你。"

"不要说这种话。"

"可我真的爱你。比她更爱你。"

她后退一步，垂下双手，让外套从肩上滑落，然后脱掉上衣，露出了胸罩。

"你不想要我吗？我又不是个孩子！"她的声音听上去也不一样了。

"不要这样，达茜。"

"让我跟你在一起。"

"我做不到。"

她摇了摇头，咬着嘴唇，努力不哭出来。她明白了。情况彻底改变了。我不可能把她带回家了——现在不行，在发生刚刚那一幕之后更不行。她的眼泪不能在情感上绑架我，或是让我改变主意。它们就是眼泪而已。

"请你离开，"她说，"我想一个人待着。"

我关上门，靠在上面。我的嘴里还有她的味道，还能感觉到她的颤抖。那是出于恐惧的颤抖：害怕被发现，害怕自己的所作所为以及我在其中的过失。我所谓的专业领域就是人类行为，但有时我又惊讶地发现自己是多么地无知。一个心理医生怎么能对自己的学科如此缺乏了解？人的思想太过复杂，太难以预测，如同一片充满不确定性的汪洋大海。而我除了涉水或者游向远方的海岸，别无选择。

朱莉安娜站在楼梯底。"没事吧？"她问道。她能从我的眼睛里看出异样吗？

"有人闯进来过。我得报警。"

"现在？"

"你先回家。我得留下。"

"那你怎么回去？"

"鲁伊斯还在。"

她踮起脚尖，轻轻吻了下我的嘴唇。然后，她站直身体，看着我的眼睛。

"你确定没事？"

"没事。"


一小时后，哀悼者们都离开了，取而代之的是警察。那些卡片和信封都被装进袋子，带去了实验室。所有的门窗都被检查过，看有没有强行闯入的痕迹。房子里什么都没有丢。

我没有任何理由留下，却有充分的理由离开。我不停地想起达茜的吻和她的难堪，这让我们都感到难为情。但她还处在可能会因为被拒绝而感到挫败的年龄。我每天都与挫败为伴，在一只手的颤抖中，或者一次突然的跌倒中。

我不停地想着莫琳说的那次聚会，以及她失去了两个最好的朋友。也许这两起凶杀案跟商业纠纷或者克里斯蒂娜·惠勒欠高利贷没有任何关系。可能是因为更私人的原因。为什么会有人翻看吊唁卡片呢？他们在找什么？

达茜还在楼上。她的姨妈在厨房里跟警察交谈。我在外面，让眼睛适应黑暗。鲁伊斯在车里等着。空调把暖风吹到风挡玻璃上。

"我还想让你帮个忙。"

"还有吗？"

"就这一个。"

"我一定是数错了。"

"我需要你找一个人。她叫海伦·钱伯斯。"

"你生活中的女人还不够多吗？"

"她和克里斯蒂娜·惠勒和西尔维娅·弗内斯是同学。她们本该在两周前见面的。她没有现身。"

"最后一个为人所知的地址是？"

"她父母住在弗罗姆附近。一栋很大的乡下别墅。"

"应该不难找。"

汽车驶出停车场，对面驶来的汽车车灯刺得我眼睛疼。鲁伊斯打开音乐。辛纳特拉正在吟唱一个从不跟陌生人调情，也不会在别的男人的骰子上吹气的女士的故事。


我到家时已经过了午夜。房子里漆黑一片。在它后面，教堂的尖顶耸立在紫色的天空下。我轻轻地关上门，脱了鞋，走上楼梯。

埃玛四仰八叉地躺在被子上。我把她的腿放进被子里，把被子拉到她下巴下面。她一动没动。查莉房间的门开了几英寸。她的熔岩灯为整个房间笼上了一层粉色。我看到她侧躺着，一只手紧挨着嘴。

朱莉安娜睡着了。我在浴室里脱了衣服，刷了牙，然后在她身边躺下。她翻过身，双臂双腿都抱住我，胸脯紧贴在我背上。

"很晚了。"她低声说。

"对不起。"

"达茜怎么样？"

"跟她姨妈在一起。"

她用一只手找到我的那里，意志坚决，用大拇指和食指做成一个圆圈。她弯下腰，把它含到嘴里。等我准备好了，她翻到上面，跨坐在我腰上，把我困在身下。

她分开两腿，身体向后滑动，让我进入她的身体，同时急促地深吸一口气。她引导我把双手放到她的胸脯上。她的乳头很硬。我不需要动。我看着她一点点地上上下下，接受我的屈服，寻求她的释放，也召唤我的。

这感觉不像补偿性的性爱，或是"重新开始"的性爱。它像用余烬画彩画时安静的叹息。完事之后，朱莉安娜把头靠在我的胸口上，我听着她慢慢睡着了。

一小时过去了。我把她的头放到枕头上，悄悄溜下床，踮着脚走进书房。我关上门，打开灯，开始找那张罗马的酒店单据。我从一本笔记本中拿出单据，撕了个粉碎，然后丢进废纸篓。

# 第三十四章

我能理解一个人为什么宁可把感情挥霍在一台机器上，也不愿把心思花在人身上。机器更加可靠。转动钥匙，扳动开关，踩下油门，只要能用，它们就会把事干成。

我从来不曾拥有跑车——也从不渴望拥有——但现在我有了一辆。它属于一个期货操盘手，他住在一套俯瞰皇后广场的豪华公寓里。你没法直接从街上偷走一辆法拉利F430敞篷跑车——必须关闭警报，报废掉方向盘锁，还要避开引擎防盗装置。直接从那个有钱的浑蛋车主那儿偷走钥匙要省事得多。他把钥匙放在房子前门里面的暖气片上，旁边是安全停车钥匙和他的皮手套。

有一样东西我没法绕开，那就是车辆跟踪系统。一旦他报失，我就得跟我在车里的黄粱美梦说再见。

周一上午，我开着这辆跑车走街过巷，观察着由它引起的种种反应，羡慕、惊叹和嫉妒的神情。它不需要开动都能引来大家的注目。

我在军队里认识了很多痴迷于汽车的家伙。那些可怜的家伙整个生涯都是在时速六十英里的轰鸣的装甲运兵车里，或者六个前进挡、两个倒挡的挑战者主战坦克里度过的。所以在业余时间，他们就喜欢更为灵巧和更快的车辆。跑车。有些人为此负债累累也在所不惜，只要能实现自己的梦想。

我把车停在一条安静的街上。被露水弄得黏滑的人行道开始变干，阳光透过悬铃树的枝丫投射下来。我拿出一张地图，摊在引擎盖上。引擎冷却时在嘀嗒作响。

我等着。他很快就会到。他来了，拖着脚从落叶中走过，穿着一件运动夹克和一条深灰色的裤子。

他看到了这辆法拉利，停下脚步，观察它的线条。他不由得伸出手，想去触碰闪亮的油漆，用手指感受它的曲线。

"轮胎真漂亮。"他说。

"必须的。"

"车是你的？"

"我拿着钥匙呢。"

他缓慢地绕车一周，书包背在一侧的肩上。

"能跑多快？"他问。

我对折地图。"简单说吧，我十二秒内就能跑到离这儿四分之一英里的地方。"

"除非你没有迷路。"他咧嘴笑着说。

"没错，聪明，也许你能帮帮我。"

他弯下身子透过贴了防晒膜的驾驶室车窗往里看。

"你要去哪儿？"

"灯塔山。西摩路。"

"灯塔山离这儿不远。我也往那个方向走。"

"走路？"

"去坐巴士。"

我把地图拿给他看，他指出了自己学校的位置以及路线。我闻到他气息中牙膏的味道，瞥见了年轻时的自己，充满了潜力，准备好去征服世界。

"我能看看里面吗？"他问道。

"当然。"

他打开车门。

"坐到驾驶座上。"

他把书包丢在排水沟里，坐到驾驶座上，双手抓住方向盘，调整姿势坐好。他随时可能发出引擎嗡鸣的转动声。

"太酷了。"

"说得对极了。"

"这车的最高时速是多少？"

"一百九十三英里。它拥有一台4.3升的V型八缸四百八十三马力的发动机，扭矩达到三百四十三磅①。"

"你最快开到多少？"

"你是个警察吧？"

"不。"他笑了。

"时速一百八十英里。"

"不是吧。"

"它当时像猫一样呜呜叫。但最牛的是加速。它能在四点一秒内从零加速到时速六十英里。简直爽得要死。"

他已经被我钓上钩了。不仅仅是好奇，这是血气方刚的男性渴望，就像在品尝到女人的滋味之前，一个男孩做的春梦。是速度。是引擎。是一见钟情。

"这车要多少钱？"他低声问道。

"你妈妈没告诉过你问这样的问题很无礼吗？"

"说过，但她开的是辆雅特。"

———————————

① 1磅合0.4536千克。

我露出了微笑。"她不是个爱车的人，对吧？"

"对。"

"你什么时候拿到的驾照？"

"九个月前。"

"你会有辆车吗？"

"我觉得妈妈买不起。也许我爸能帮忙。"

他抓住变速杆，一只手放在方向盘上，透过风挡玻璃看向前方，想象着驾车穿行在街头巷尾。

"你几点的巴士？"我问。

他看着手表。"该死！"

"别担心！我开车送你。"

"真的吗？"

"对。上来，系上安全带。"

# 第三十五章

九点多了。我躺在床上，盯着天花板。我听到楼下有脚步声、笑声和儿歌的声音，就像调到了我最爱的广播肥皂剧，听奥洛克林家的生活片段。

我慢腾腾地下了楼，刷了牙，洗了脸，吃了药。客厅里有说笑声。我在门边听着。朱莉安娜在面试保姆，似乎是埃玛在问大部分问题。

鲁伊斯在厨房里，边吃烤面包，边读我的晨报。

"早啊。"我说。

"早。"

"旅馆不给你吃的吗？"

"那里可没有这里的氛围。"

我给自己倒了一杯咖啡，在他对面坐下。

"我找到海伦·钱伯斯的家人了。他们住在韦斯特伯里郊外的多布尼庄园，离这儿大约三十英里。我打电话过去，转到了答录机。海伦·钱伯斯的名字没有出现在选民名单或者电话簿上。"

他感觉到我有点心不在焉。

"怎么了？"

"没什么。"

他继续看报。我喝了一口咖啡。

"你做过噩梦吗？"我问，"我的意思是，你接触过一些相当可怕的案子——谋杀、强奸、儿童失踪——你不会再次想起它们吗？"

"不会。"

"那凯瑟琳·麦克布赖德呢？"她曾是我的病人。我就是因为她才遇到鲁伊斯的，他当时在调查她的谋杀案。

"她怎么了？"

"我有时还会梦到她。现在我会在梦里看到克里斯蒂娜·惠勒。"

鲁伊斯合上报纸，对折再对折。"她跟你说话了吗？"

"没有，没有这样的事。"

"可是你梦到了死人？"

"你说得好像这很疯狂。"

他用报纸使劲打了一下我的头。

"干吗打我？"

"打醒你。"

"为什么？"

"你曾经跟我说过，如果一名医生也患病而死，那他对病人来说便毫无用处。可你别变傻了，你应该是清醒的那个人。"


多布尼庄园位于韦斯特伯里北部两英里，在萨默塞特和威尔特郡的交界处。丘陵地形的乡下点缀着小农场以及由于近来的雨水而水位上升的湖泊和大坝。

鲁伊斯开着他的奔驰车。汽车的悬架非常平稳，就像坐在带轮子的水床上。

"我们对这家人了解多少？"我问。

"夫妇俩叫布赖恩·钱伯森和克劳迪娅·钱伯斯。布赖恩拥有一家建筑公司，在海湾地区接了很多大额合同。多布尼庄园曾是英国最大的私人土地，直到二十世纪八十年代庄园分崩离析后被出售。钱伯斯一家拥有住宅，外加十一英亩①土地。"

"那海伦呢？"

"她是家里的独生女。她于一九八八年从巴斯的奥德菲尔德女子学校毕业——与克里斯蒂娜·惠勒和西尔维娅·弗内斯同年毕业。她去了布里斯托尔大学，修经济学，然后于八年前结了婚。之后她就生活在国外了。"

他从方向盘上伸出一根食指。"就是这里。"

我们把车开进一片空地，入口是一扇十英尺高的铁门，用铰链固定在石柱上。大门两侧各有一面围墙延伸到树林里。围墙顶端是打碎的玻璃瓶，像锯齿状的花朵一样绽放在混凝土上。

大门上有一个对讲机。我按下按钮，等待着。

"你是谁？"

"是钱伯斯先生吗？"

"不是。"

"他在家吗？"

"他不在。"

"海伦·钱伯斯在家吗？"

"你在开玩笑吧，伙计？"他操着威尔士口音。

我看了一眼鲁伊斯，他耸了耸肩。

"我是约瑟夫·奥洛克林。我有重要的事要跟这家人谈。"

"我需要更多的信息。"

"是警方的事务。跟他们的女儿有关。"

对方沉默了片刻。也许他在寻求指示。

---

① 1英亩合4046.86平方米。

那头又说话了："你是跟谁一起来的？"

我低下头，透过风挡玻璃往外看。大门上方的一根金属杆上立着一个监控探头。他在观察我们。

鲁伊斯探过身去。"我是一名退休的探员。我之前在伦敦大都会警察局工作。"

"退休了？"

"你听到我说的话了。"

"对不起。钱伯斯先生和太太都不在家。"

"什么时候跟他们谈最合适？"我问。

"写信。"

"我更喜欢留张便条。"

大门依然紧闭着。鲁伊斯从车前面绕过来，伸了个腰。摄像头跟着旋转，追踪着他的一举一动。他攀到一棵倒下的树上，从墙上往里看。

"你能看到房子吗？"我问。

"看不到，"他左右看了看，"倒是发现了一件有趣的事。"

"什么？"

"移动传感器，以及更多的监控探头。我知道人有钱了会变得紧张——万一发生了革命之类的事——但这也太过了。这家伙到底在藏什么？"

有靴子走在鹅卵石上的声音。一个男人出现在大门远端，朝我们走来，像个园丁，穿着牛仔裤、一件格子衬衫和油布外套，手里牵着一只身形硕大的德国牧羊犬，它穿了一件黑褐色的外套。

"离墙远点。"他喝道。

鲁伊斯把自己荡了下去，跟我交换了个眼神。

"今天天不错。"我说。

"是的，确实不错。"牵着狗的男人说。我们都知道自己在说谎。

鲁伊斯已经移动到了我这侧。他一只手垂到背后，按下对讲机按钮，没有松开。

那只德国牧羊犬盯着我，仿佛在决定要先吃哪条腿。它的训练员更关心鲁伊斯以及我可能造成什么威胁。

鲁伊斯的手松开对讲机。

里面传来了一个女人的声音："你好，你是谁？"

"是钱伯斯太太吗？"鲁伊斯回答。

"我是。"

"对不起，但是您的园丁说您不在家。很显然他搞错了。我叫文森特·鲁伊斯。我是伦敦大都会警察局的一名前探员。能占用您一点时间吗？"

"有什么事吗？"

"是关于您女儿的两个朋友——克里斯蒂娜·惠勒和西尔维娅·弗内斯。您记得她们吗？"

"对，记得。"

"您看报纸了吗？"

"没有。怎么了？发生了什么事？"

鲁伊斯看了我一眼。她并不知情。

"她们死了，钱伯斯太太。"

沉默。静止。

"你应该跟斯基珀谈。"她说，声音有些紧张。

她说的是那个园丁还是那条狗？

"我现在就在跟斯基珀谈，"鲁伊斯说，"他正往大门这边走，来见我们。他是个非常迷人的家伙。在种玫瑰方面肯定是一把好手。"

她已经卸下了防备。"他分不清水仙花和山茱萸。"

"我也是，"鲁伊斯说，"我们能进来吗？事情很重要。"

大门咔嗒一声闷响，向内打开。斯基珀不得不向后退去。他并不高兴。

鲁伊斯坐到驾驶座上，开车从他身边经过，一只手举到半空中致意，然后把车开上鹅卵石路。

"他看上去不大像一个园丁。"我说。

"他是个退伍军人，"鲁伊斯说，"你看他的站姿。他不显露自己的优势。他把它们隐藏起来，需要的时候才拿出来。"

树木中间露出了房子的山墙和屋顶。鲁伊斯减速驶入一扇有格栅的大门，然后在主屋前停下。那扇巨大的双扇门起码有四英寸厚。一扇门打开了。克劳迪娅·钱伯斯从里面往外看。她身材苗条，五十好几了，但风韵犹存，穿一件羊绒开襟衫和一条卡其色便裤。

"谢谢您愿意见我们。"自我介绍之后我说道。

她没有伸出手。相反，她领着我们穿过大理石门厅，进入一个巨大的客厅，里面装饰着东方的地毯和一套长靠背沙发。书架占满了大壁炉两侧的凹室，壁炉里有火星，但没有火焰。壁炉架和靠墙的桌子上放着一个女孩从出生到蹒跚学步再到少女时期的照片。掉的第一颗牙，第一天上学，堆的第一个雪人，第一辆自行车——所有一生中的第一次。

"这是您女儿？"我问。

"我们的外孙女。"她回答。

她指着沙发，示意我们坐下。

"要喝点什么吗？茶怎么样？"

"谢谢。"鲁伊斯替我们俩回答。

如同变魔术般，一个身穿制服的丰满女人出现在了门边。克劳迪娅脚边一定有个隐藏的铃铛，在地毯下面或是塞在了沙发旁边。

克劳迪娅做了指示，那个女佣消失了。她回身面向我们，在对面的沙发上坐下，双手插在两膝之间。她所有的举动都呈封闭式，带有防御性。

"可怜的克里斯蒂娜和西尔维娅。出了什么意外吗？"

"不，我们认为并非如此。"

"怎么回事？"

"她们被人谋害了。"

她眨了眨眼睛。悲伤就如同她眼瞳上湿润的光泽。这是她所展现出的所有情绪。

"克里斯蒂娜从克里夫顿悬索桥上跳了下去，"我说，"我们相信她受到了胁迫。"

"受到了胁迫？"

"她是被迫跳下去的。"鲁伊斯解释道。

克劳迪娅猛烈地摇着头，仿佛在努力把这个消息从耳朵里甩出去。

"西尔维娅是冻死的。她被铐在了一棵树上。"

"谁会做出这种事？"克劳迪娅问道，仿佛对这个世界产生了怀疑。

"你没看电视或报纸吗？"

"我不看新闻。看新闻让我感到压抑。"

"你最后一次见到克里斯蒂娜和西尔维娅是什么时候？"

"自从海伦的婚礼后就没再见过。她们是伴娘，"她掰着手指头数，"八年了。天哪，真的有这么久了。"

"你女儿跟她们保持联络吗？"

"我不知道。海伦和她丈夫一起去了国外。她不经常回来。"

女佣端着一个托盘回来了。茶壶和茶杯看起来都太过精美，简直不适合盛开水。克劳迪娅给我们倒茶，近乎是用意志强迫双手不要发抖。

"你们要牛奶还是要糖？"

"牛奶。"

"什么都不要。"鲁伊斯说。

她用茶匙搅动茶水，茶匙丝毫没有碰到杯壁。她的思绪似乎游离了片刻，然后又回过神来。

外面传来了汽车的声音——轮胎碾压鹅卵石的声音。片刻之后，前门砰的一声开了，一阵急促的脚步声穿过门厅。布赖恩·钱伯斯进门的动静很符合他的块头，冲进客厅，仿佛一心要揍某个人。

"你们他妈的是谁？"他大声喝道，"是谁派你们来的？"

"什么？"

"谁派你们来的？这两个女人跟我们没有任何关系。"

很显然他知道克里斯蒂娜和西尔维娅的事。他为什么不告诉他妻子？

"冷静一下，亲爱的。"克劳迪娅说。

"你闭嘴，"他厉声说道，"这事你别管。"

斯基珀跟着他进了客厅，在我们背后走动。他插在上衣里的右手握着什么东西。

鲁伊斯转身对着他。"我们不想打扰任何人。我们只是想了解一下海伦的情况。"

布赖恩·钱伯斯嘲笑道："别跟我玩把戏！是他派你们来的，不是吗？"

我看着鲁伊斯。"我不知道你在说什么。我们在协助警方调查两起谋杀案。两个受害人都是你女儿的朋友。"

钱伯斯先生把注意力转到鲁伊斯身上。"你是个警察？"

"曾经是。"

"什么意思？"

"我退休了。"

"所以你是个私家侦探？"

"不是。"

"所以你们都他妈的不代表官方。"

"我们只想跟你的女儿海伦谈谈。"

他两手一拍，怒极反笑。"好吧，这真是妙不可言。"

鲁伊斯有些不耐烦了。"也许你应该按你太太说的，冷静一下，钱伯斯先生。"

"你是在威胁我吗？"

"不，先生，我们只是想得到一些答案。"

"我女儿海伦跟这个有什么关系？"

"四周前，她给克里斯蒂娜·惠勒、西尔维娅·弗内斯和另一个同学莫琳·布拉肯发了邮件。她组织大家于九月二十一日周五晚上在巴斯的一家餐厅见面。其他人都去了，但海伦没有出现。她们也再没有她的消息。我们希望找出其中的缘由。"

布赖恩·钱伯斯一脸怀疑地瞪着我。他眼神中的狂躁被强烈的半信半疑所取代。

"你说的这件事根本不可能发生，"他说，"我女儿不可能发邮件。"

"为什么？"

"她三个月前就死了。她和我的外孙女一起在希腊溺亡了。"

突然，这个巨大的客厅已经容不下此刻的尴尬。气氛变得令人腻烦而生硬。鲁伊斯看着我，不知道该做何反应。

"很抱歉，"我对他们说，我不知道还能说什么，"我们毫不知情。"

布赖恩·钱伯斯对道歉或解释毫无兴趣。

"她们死于一次渡船事故。"钱伯斯太太说，她依然笔直地坐在沙发沿上。

我记得这个新闻。那是去年夏天，爱琴海遭遇了一场反常的暴风雨。大小船只都遭到了毁坏。有些度假区被迫疏散，还有一艘渡轮在一个小岛边沉没了。有几十名游客获救。也有乘客丧命。

我环顾客厅，看着那些照片。钱伯斯夫妇为他们过世的外孙女打造了一个神龛。

"请你们走吧。"布赖恩·钱伯斯说。

斯基珀开着门，以此来强调这一命令。我还在看他们金色头发、皮肤无瑕的外孙女的照片：掉了一颗门牙的照片、手里抓着一个气球的照片、吹生日蛋糕上的蜡烛的照片……

"很抱歉给你们添麻烦了，"我说，"也对你们的丧亲之痛感到遗憾。"

鲁伊斯低下头。"谢谢您的茶，夫人。"

布赖恩和克劳迪娅都没有回话。

斯基珀护送我们走到外面，站在门口放哨，右手还插在油布上衣里。布赖恩·钱伯斯出现在他身边。

鲁伊斯发动了汽车。副驾驶的门开了。我转过身去。

"钱伯斯先生，你觉得是谁派我们来的？"

"再见。"他说。

"有人在威胁你们吗？"

"小心驾驶。"

# 第三十六章

我们驶出树木掩映的车道，右转，沿原路一直开到特罗布里奇。遇到路面上的凹陷，这辆车也平稳得如悬浮一般。辛纳特拉的歌声被关掉了。

"真是一个疯狂的家庭，"鲁伊斯咕哝道，"轮子在转，但仓鼠死了。你看到钱伯斯的脸了吗？我还以为他要心脏病发作了。"

"他在害怕什么。"

"什么呢？第三次世界大战？"

鲁伊斯开始列举那些安全措施——监控探头、运动传感器，以及警报器。斯基珀可能刚从英国空军特种部队退伍。

"这种家伙在巴格达做保镖，一周能挣五千英镑——他在这儿干吗？"

"威尔特郡更安全。"

"也许钱伯斯在跟歪道上的人做生意。这就是大公司的问题——就像周五晚上的电影院。有人总想摸一把奶子或用手指插小穴。"

"真是生动的类比。"

"真这么想？"

"我女儿永远都不去电影院。"

"你就等着瞧吧。"

我们沿A363公路穿过埃文河畔的布拉德福特，绕过巴斯普顿镇高地的顶端。我们翻过一座山，巴斯泉出现在我们眼前，静静地依偎在山谷之中。一个广告牌上写着：你梦想中的退休生活就在前方。鲁伊斯觉得它很好地总结了巴斯，这里散发着硫黄般的老人味和铜臭味。

我脑子里有个问题挥之不去：一个死了的女人怎么会发邮件组织朋友晚上出去聚会？是其他人发的邮件。发邮件的这个人一定能够使用海伦·钱伯斯的电脑或者知道她的登录信息。要么就是他们盗用她的身份，设立了一个新账户。如果是这样，为什么呢？这说不通。把四个老朋友聚到一起，一个人能从中得到什么呢？

可能是凶手干的。他可能把她们召集到一起，然后尾随她们回家。这能够解释他是如何监视受害人的——了解她们的住处和工作地点，发现她们的生活规律。但这依然无法解释海伦·钱伯斯与此案的关系。

"我们必须跟莫琳·布拉肯谈谈，"我说，"她是唯一一个出现在聚会现场而依然活着的人。"

鲁伊斯什么都没说，但我知道他也是这么想的。要有人提醒她。

奥德菲尔德学校建在树木和泥泞的运动场地之中，俯瞰着埃文山谷。停车场的牌子告知我们，所有访客必须登记。

一个女学生坐在接待室里，两条腿在塑料椅子下面晃悠。她穿着一条蓝色短裙，一件白色的衬衫，还有一件深蓝色的套头针织衫，上面绣着一只天鹅。她略微抬起头，然后继续等待着。

一名教学秘书出现在滑动窗后面。在她身后，一张用不同颜色标记的时间表占据了一整面墙。一项集逻辑性和组织性于一体的壮举，囊括了八百五十名学生、三十四个教室和十五个科目。管理一家学校，就像做一名航空管制员，只是没有雷达显示屏。

秘书用手指滑过时间表，在上面敲了两下。"布拉肯太太在附楼上英语课。2b教室。"她看了一眼钟，"午饭时间快到了。你们可以在走廊或者教员办公室里等她。办公室在楼上——楼梯右转。雅琪会带你们去。"

那个女孩抬起头,如释重负。无论她犯了什么事,对它的判决都被延后了。

"这边。"她说着推门出去,快步走上楼梯,在楼梯平台上等我跟上。布告栏里贴着设计大赛的广告、摄影协会通知,以及奥德菲尔德的反校园霸凌校规。

"所以,你犯了什么事?"鲁伊斯问。

雅琪羞怯地看了他一眼。"被从班里赶出来了。"

"为什么?"

"你不是个学监吧?"

"我像个学监吗?"

"不像,"她说道,"我指责我们的戏剧老师平庸得令人愤怒。"

鲁伊斯笑了。"那就不是一般的平庸了。"

"对。"

铃声响起,学生挤满了走廊,从我们身边涌过。有人发出阵阵笑声,还有人大喊:"不要跑!不要跑!"

雅琪到了教室外。她敲了敲门。"有人找您,老师。"

"谢谢。"

莫琳·布拉肯穿着一条及膝的深绿色长裙,一条棕色的皮腰带,一双浅口高跟鞋,裙子下露出她结实的小腿。她的头发别在脑后,只在嘴唇和眼睑上化了淡妆。

"有什么事吗?"她立刻问道。她的手指上沾着黑色的马克笔墨水。

"也许没什么事。"我说,尽量让她安心。

鲁伊斯从讲台上拿起一个玩具——一支笔的顶端粘着一只毛茸茸的小动物。

"这是我没收的,"她解释道,"你们应该看看我的收藏。"

　　她整理好一叠作文，塞到一个文件夹里。我环视四周。"你是在自己的母校任教。"

　　"谁会想到呢？"她说，"我上学时就是个小混混。不过先说明，没有西尔维娅坏。所以他们总是想方设法把我们拆散。"

　　她有点紧张，这让她不由自主地想说话。我让她继续说，我知道她会泄气的。

　　"我的就业指导师跟我说，我会成为一名失业演员，然后去做餐厅服务员。不过有一个老师，哈利迪老师——我的英语老师——说我应该考虑当老师。我父母现在都还觉得好笑。"

　　她看了看鲁伊斯，又再次看向我。她更紧张了。

　　"你提到海伦·钱伯斯给你们发了邮件，组织聚会。"

　　她点点头。

　　"邮件一定是其他人发的。"

　　"为什么？"

　　"海伦三个月前就死了。"

　　文件夹从莫琳的手指间滑落，作文纸撒了一地。她咒骂了一声，弯腰努力把它们收拾起来。她的手在发抖。

　　"怎么死的？"她低声说。

　　"溺水。是一场发生在希腊的渡轮事故。她女儿也跟她在一起。我们上午跟她的父母谈过了。"

　　"噢，这两个可怜人……可怜的海伦。"

　　我蹲在她身边，捡起散开的纸张，胡乱地叠在一起并放回到文件夹里。莫琳身上发生了变化，心跳之间回荡着空虚。她突然进入了一个黑暗的地方，听着脑袋里一个枯燥重复的节奏。

　　"可是如果海伦三个月前就死了——她怎么会……我是说……她……"

　　"一定是其他人发的邮件。"

"是谁？"

"我们还指望你也许知道呢。"

她摇摇头，一副不愿合作和犹豫不决的样子，仿佛突然认不得周遭的环境或不记得自己接下来该去哪儿了。

"午饭时间到了。"我对她说。

"哦，是的。"

"我能看一下那封邮件吗？"

她点点头。"我们去教员办公室。那里有台电脑。"

我们跟着她穿过走廊，走上一段楼梯。谈笑声从窗外涌进来，连最安静的角落也难以幸免。

有两个学生在办公室外等候。她们想延期递交英语作业。莫琳没心思听她们的理由。她给她们延期到周一，然后就撵她走了。

办公室几乎一个人都没有，除了一个闭着眼睛、坐在椅子上一动不动的男人。我觉得他睡着了，直到我看到他的耳朵动了一下。莫琳在一台电脑前坐下，输入用户名和密码，其间他一动也没动。她点开收件箱，翻找之前的日期。

海伦·钱伯斯发来的邮件标题是：猜猜谁回来了？发件日期是九月十六日，同时抄送给了克里斯蒂娜·惠勒和西尔维娅·弗内斯。


嘿，姐妹们：

　　是我。我回国了，好期待见到你们。我们这周五在加里克海德餐厅聚一下怎么样？玩真心话大冒险——就像以前那样。

　　我不敢相信已经八年了。我希望你们都比我胖，比我邋遢。（包括你，西尔维娅。）我甚至可能要脱一下腿毛。

　　不见不散。加里克海德。晚上七点半。周五。我等不及了。

　　　　　　　　　　　　　　　　　　　　　　　　爱你们的海伦

"这听上去像她吗？"我问。

"像。"

"有什么奇怪的地方吗？"

莫琳摇摇头。"以前我们总去加里克海德。我们在奥德菲尔德的最后一年，我们中只有海伦有车。她经常开车送我们回家。"

邮件是从一个网页服务器发出的。创建一个账户并得到密码和用户名很容易。

"你提到过，她在这之前还给你发过邮件。"

她再次搜索海伦的名字。上一封邮件是五月二十九日收到的。

邮件的开头是"亲爱的莫"。这一定是莫琳的昵称。


好久不见……或者不联系。抱歉，我是个懈怠的写信者，但我也有苦衷。过去的几年，生活很艰难——有许多变动和挑战。重要新闻是我离开了我丈夫。这是一段漫长而悲伤的婚姻，不过现在我不想细说，简单来说，我们两个不合适。有很长一段时间，我极度迷茫，但现在我差不多走出迷雾了。

接下来的几个月里，我和我美丽的女儿克罗艾会去度假。我们会理清头绪，进行一些冒险，也早该如此了。

保持联络。回家的时候我会告诉你。我们会在加里克海德重聚，和姐妹们在外面玩上一晚。她们还在玩真心话大冒险吗？

我想你，想西尔维娅和克里斯蒂娜。很抱歉这么久没跟你联系。我晚些时候会解释清楚的。

大大的爱

海伦

我又把两封邮件读了一遍。措词和简洁的句式都很相似，同样相似的还有随意的语气和对短句的使用。没有明显的不自然或伪造的痕迹，但海伦·钱伯斯是不可能活过来写第二封邮件的。

她写到了"走出迷雾"，我猜是说她的婚姻。

"还有其他的吗？"我问，"信件、明信片、电话……"

莫琳摇了摇头。

"海伦是个什么样的人？"我问道。

她露出了微笑。"很可爱。"

"我需要比这更多的信息。"

"我知道，对不起。"她的脸上又有了血色。她看了一眼自己的同事，后者还一动不动地坐在椅子上。

"海伦是最明智的那个。她是我们中最后一个有男友的。西尔维娅花了好几年帮她勾搭各种男人，但海伦并没有感受到任何压力。有时我都为她感到难过。"

"为什么？"

"她总说她父亲想要个儿子，她永远也不可能达到他的期望值。她确实有个弟弟，但他在海伦小的时候就夭折了，在一起拖拉机事故中。"

莫琳在一张破旧的转椅上转过身来，交叉双腿。我再次问道，她是如何跟海伦失去联络的。她绷紧嘴唇，嘴角抽搐了一下。

"就是看上去免不了如此。我觉得她丈夫不太喜欢我们。西尔维娅觉得他是嫉妒我们之间的亲密关系。"

"你还记得他叫什么吗？"

"吉迪恩。"

"你见过他吗？"

"见过一次。海伦和吉迪恩从北爱尔兰回来参加她父亲的六十岁生日聚会。人们被邀请去度过整个周末，但海伦和吉迪恩周六午饭时间就离开了。出了什么事。我不知道是怎么回事。

"吉迪恩很奇怪。神秘兮兮的。显然，他只邀请了一个人参加他们的婚礼——他父亲——结果他父亲喝多了，让他出丑了。"

"这个吉迪恩是干什么的？"

"他好像在军队里做事，但我们都没见过他穿军装。我们以前还常常开玩笑说他是个间谍，你知道，就像电视剧《军情五处》里的那样。海伦给克里斯蒂娜寄过一封信，信封上盖了一个红戳，说是出于安全原因，信件曾被扫描和打开过。"

"那封信是从哪里寄出的？"

"德国。海伦结婚后，他们被安置在北爱尔兰，后来又去了德国。"

另一名教师出现在了办公室里。她朝我们点点头，好奇我们怎么会出现在这里，然后从一张桌子的抽屉里拿起一部手机，到外面去打电话了。

莫琳摇了摇头，让自己理清头绪。"可怜的钱伯斯先生和太太。"

"你了解他们吗？"

"不太了解。钱伯斯先生身材高大，嗓音洪亮。我记得特别清楚，有一天他试图穿上短裤和马靴去打猎。上帝啊，他的样子可真怪。跟那只狐狸相比，我更同情那匹马。"她露出了微笑，"他们怎么样？"

"很伤心。"

"他们看上去也很害怕，"鲁伊斯说，看着窗外的操场，"你能想到什么原因吗？"

莫琳摇摇头，她棕色的眼睛紧紧地盯着我的眼睛。另一个问题到了她嘴边。

"你们知道为什么吗？我的意思是，对克丽斯蒂娜和西尔维娅下如此毒手的人，他想要什么？"

"我不知道。"

"你觉得他会就此收手吗？"

鲁伊斯转过身来。"你有孩子吗，莫琳？"

"有个儿子。"

"他多大了？"

"十六了。怎么了？"

她知道答案，但焦虑依然驱使她问了这个问题。

"有什么地方可以让你去暂住几天吗？"我问。

她的眼神里充满了恐惧。"我可以问问布鲁诺能不能收留我们。"

"这也许是个好办法。"

我的手机在口袋里振动。是韦罗妮卡·克雷。

"我打到了你家，教授。你妻子不知道你在哪儿。"

"有什么可以效劳的，探长？"

"我在找达茜·惠勒。"

"她跟她姨妈在一起。"

"不在一起了——她昨天晚上离家出走了。打了一个包，拿走了她妈妈的部分首饰。我还以为她会跟你联络。她看起来挺喜欢你的。"

我顿时觉得口干舌燥。

"我觉得她不会喜欢我。"

韦罗妮卡·克雷没问原因。我也不会告诉她。

"你昨天葬礼后跟她谈过。她状态如何？"

"她很低落。她姨妈想让她到西班牙生活。"

"生活中还有比这更糟的事。"

"但对达茜来说不是。"

"所以她什么都没有……吐露？"

"没有。"愧疚感让这个词变得越发沉重，我几乎说不出口。"你打算怎么办？"我问。

"我觉得先等一两天吧，看看之后会发生什么。"

"她才十六岁。"

"已经大到可以找到回家的路了。"

我想要争辩。她不会听的。对克雷探长来说，这事是节外生枝，她不需要这个。达茜没有被绑架，不会自杀，也不会对公众构成威胁。多找到一个离家出走的女孩，失踪人口部门也打破不了什么纪录。与此同时，今天下午三点还有一场新闻通报会。我要发表一则声明，向凶手直接发出呼吁。

我挂了电话，把这个消息告诉正在开车的鲁伊斯。

"她会现身的。"他说，就好像这种事他见多了。也许他确实见多了。这并不能让我感觉好些。我打了达茜的手机，收到的是语音信息：

"嘿，是我。我现在无法接听电话。哔声后请留言。留言要短小而甜美——就像我一样……"

哔的一声。

"嘿，我是乔。给我回电话……"我还要说什么？"我就是想知道你现在有没有事。大家都很担心你。我也担心。所以，给我回电话，好吗？求你了。"

鲁伊斯在听。

我拨了另一个号码。朱莉安娜接了电话。

"警方说他们在到处找你。"她说。

"我知道。达茜离家出走了。"

这沉默本该是中性的，但她被困在担心和恼怒之间。

"他们知道她去哪儿了吗？"

"不知道。"

"我能做什么？"

"达茜可能给家里打电话或者过去。你留意着点她。"

"我会在村子里各处问问。"

"好主意。"

"你什么时候回家？"

"快了。我要去参加一场新闻通报会。"

"之后就结束了吗？"

"快了。"

朱莉安娜想让我回答"是"。"我找到了一个保姆。她是个澳大利亚人。"

"好吧，我不会因此对她抱有成见。"

"她明天开始。"

"好的。"

她等了一会儿，期待我会再说点什么。我什么也没说。

"你吃过药了吗？"

"吃了。"

"我得挂了。"

"好。"

她挂了电话。

# 第三十七章

三一路警察局的新闻发布厅是一个简陋的、没有窗户的房间，里面摆着乙烯塑料椅子，装饰着条形照明灯。房间里座无虚席，两侧的墙边也被站满了。

国家级报社都派出了他们的王牌记者，而不是依靠在西南部的特约记者。我认得他们中的一些人——《电讯报》的勒基特、《泰晤士报》的蒙哥马利以及《每日邮报》的皮尔逊。他们中的一些人也认识我。

我在一扇侧门边站着。和尚在指挥摄影记者，努力制止争吵。他朝我点点头。克雷探长走在前面，她穿着炭黑色的夹克和白衬衫。我跟着她走上一个略高于地面的平台，上面有一张面向媒体记者摆放的长桌。麦克风和录音设备已经被用胶带固定在了桌子的前沿上，那些设备上都标着电台频道的商标。

摄影机打开了灯光，闪光灯闪烁。探长给自己倒了一杯水，给记者们时间安静下来。

"女士们，先生们，感谢你们的到来，"她说，这是对着观众说的，而不是镜头，"这是一场通报会，不是记者发布会。我会先通报一下案情，然后就交给约瑟夫·奥洛克林教授。通报结束后会有简短的提问时间。

"你们都知道，我们成立了专案组来调查西尔维娅·弗内斯遭谋杀一案。还有一起可疑的死亡案——克里斯蒂娜·惠勒的案件与此案并案调查，她上周五从克里夫顿悬索桥上跳了下去。"

一张克里斯蒂娜·惠勒的照片被投影到探长脑后的屏幕上。这是一张度假时的抓拍，地点是一个水上公园。克里斯蒂娜头发湿漉漉的，穿着纱笼①和T恤。

人群中发出震惊的低语声。房间里很多人都亲眼看到克里斯蒂娜·惠勒跳桥了。这么明显的自杀者怎么突然变成了谋杀案的受害人？

与此同时，她的个人信息也被投影出来——年龄、身高、发色，单身，职业是婚礼策划师。很快，个人信息变成了死亡日期。克里斯蒂娜生前最后一次行程被概述了出来，通话记录以及只穿一件雨衣和高跟鞋步行穿过利伍兹公园。大桥上的监控画面也被投影到了屏幕上。

记者们变得越发焦躁不安。他们想听到解释，但克雷探长还是不紧不慢的。她在依次列举通话记录的细节。有些细节被隐去了。她没有提到寄到达茜学校的芭蕾舞鞋，或放在爱丽丝·弗内斯家门口的小兔子。这些信息只有凶手知道，这意味着他们可以以此从骗子中过滤出真正的知情者。

克雷探长讲完了。她向大家介绍了我。我翻着笔记，清了清嗓子。

"有时，在我的工作中，我会遇到一些让我既着迷又惊骇的人。犯下这两起罪案的人就让我既着迷又惊骇。他聪明，能说会道，善于操控，是个虐待狂，残忍而无情。他并不用自己的拳头出击。他利用她们最大的恐惧来摧毁她们。我想弄明白其中的缘由。我想弄明白他的动机以及他选择这两个女人的原因。

"如果他在听广播、看电视或读报，我希望他能跟我联系。我希望他能帮我弄明白这些问题。"

---

① 用一块长布做成的围裙式衣服，穿时裹住身子，在腰围处或腋窝处收拢打结，是东南亚传统服装。

房间后面一阵骚动。我停下来。韦罗妮卡·克雷惊慌得身体僵直。警察局副局长福勒正从拥挤的门口挤进来。大家都扭过头去。他的到来也变成了新闻。

房间里除了长桌边上再没有多余的椅子。有那么短暂的一瞬，副局长考虑了各种选项，然后继续沿着中间的过道往前走，一直走到房间前面。他把帽子放在桌子上，将皮手套塞进帽子里，坐了下来。

"你继续。"他粗声说。

我犹豫了一下，看了看克雷，然后又看回笔记。

有人喊出一个问题。又有两个人跟着问。我尽量不理睬他们。来自《泰晤士报》的蒙哥马利站了起来。

"你说他利用她们最大的恐惧。具体是指什么？我看了克里斯蒂娜·惠勒站在克里夫顿悬索桥上的监控录像。她是自己跳下去的。没有人推她。"

"她受到了胁迫。"

"她是怎么受胁迫的？"

"让我先说完，然后我会回答问题。"

更多的记者站了起来，他们都不愿意再等了。克雷探长想上前干预，福勒先她一步拿到了麦克风，让大家保持安静。

"这是一场正式的通报会，不是一次自由问答的记者会，"他嗡嗡地说道，"你们要么逐个发问，要么什么都得不到。"

记者们重新坐了下来。"这样才对。"福勒说，他看着这群人，像个失望的校长，恨不得抄起拐杖就打。

有人举起一只手。是蒙哥马利。"他是如何胁迫她的，先生？"

这个问题是问福勒的，他把离自己最近的麦克风又拉近了些。

"我们正在调查一种可能性，那就是这个人通过把她们的女儿作为攻击目标来恐吓和操控她们。我们推测他通过威胁女儿来逼迫母亲就范。"

仿佛在房间里扔了一个深水炸弹，立刻有三十只手举了起来。福勒指向另一名记者。通报环节变成了问答环节。

"她们的女儿受到伤害了吗？"

"没有，她们的女儿没有受伤，但这两个女人被迫相信与此相反的情况。"

"怎么做到的？"

"我们目前还不知道。"

克雷探长怒不可遏。桌子边的紧张情绪非常明显。《每日邮报》的皮尔逊感觉机会来了。

"副局长先生，我们听到奥洛克林教授说他想'理解'凶手。这也是您的愿望吗？"

福勒探身向前。"不是。"他又缩了回去。

"您同意教授的分析吗？"

他探身向前。"不同意。"

"为什么，先生？"

"奥洛克林教授的服务对此次调查并没有实质上的重要意义。"

"所以您觉得他的罪犯心理侧写毫无用处？"

"一点都没有。"

"好吧，那他为什么出现在这里？"

"这个问题我无法回答。"

举着的手慢慢放下了。记者们很乐意让皮尔逊刺激副局长来寻找痛点。韦罗妮卡·克雷试图插话进来，但福勒就是不把麦克风给她。

皮尔逊并不善罢甘休。"奥洛克林教授说他对凶手感到着迷——您也为此感到着迷吗，副局长？"

"不。"

"他说他希望凶手给他打电话，您不觉得这很重要吗？"

福勒厉声回答："我才不管教授希望什么。你们这些媒体就想要新闻。你们以为谋杀案都是由心理学家和科学家以及通过心理学解决的。胡说八道！谋杀案是通过出色、扎实、传统的侦探工作——上门询访、访问目击者和录口供——解决的。"

当福勒用一根手指指着皮尔逊，逐条回击他的问题时，无数的唾沫星子落在了麦克风上。

"此次调查中，警方不需要的，就是让一个没有参与过拘捕行动，没有坐过警车，也没有与歹徒对峙过的大学教授来告诉我们该怎么开展工作。不用心理学学位也能知道我们要对付的是一个变态和懦夫，他以弱者为攻击对象，就因为他得不到女人，或者无法跟一个女人保持长久的关系，或者小时候没吃过奶……

"在我看来，奥洛克林教授起草的心理侧写经不起推敲。没错，我们是在找一个当地人，三十到五十岁，工作轮班，还憎恨女性。这太显而易见了，我也能想到。这里面没有什么科学奥秘。

"教授希望我们向这个人表示尊重。他想向他伸出同情与理解之手。只要有我在，就没门。这个凶手就是个卑鄙小人，他在监狱里会得到想要的尊重，因为那就是他要去的地方。"

房间里所有眼睛都盯着我。我受到了攻击，但我能怎么办？克雷探长抓住了我的小臂。她不想让我回应。

依然有问题被喊出来。

"他是如何威胁伤害她们的女儿的？"

"这两个女人被强奸了吗？"

"他折磨了她们吗？"

"她们受到了什么样的折磨？"

福勒没有理睬。他戴上帽子，一只手在帽檐上滑过，把帽子戴正。然后，他一手抓住手套，摔到另一只手里，沿着中间的过道离开了，就像离开阅兵场。

闪光灯闪个不停。问题还在继续：

"他还会行凶吗？"

"他为什么选择这两个女人？"

"你觉得他认识她们吗？"

韦罗妮卡·克雷用手捂住麦克风，对我耳语了几句。我点点头，起身离开，感到既愤怒又难堪。人群里发出抗议的吼声。通报会已经成了运动会。

克雷探长慢慢转过身去，狠狠地瞪着人群。这意思不言自明。媒体通报会结束了。

# 第三十八章

韦罗妮卡·克雷摇晃着身子沿走廊往前走，就像船长正离开她那艘沉没中的舰艇的舰桥，返回自己的住处，而其他人则在放下救生艇。

"真他妈是一场彻头彻尾的灾难。"

"这还不是最糟的。"我低声说道，还没有从福勒尖酸刻薄的攻击中恢复过来。

"还能比这更糟糕？"

"至少我们提醒了大家要小心点。"

调查室里电话响个不停。我不知道都是些什么电话，也不知道有什么合适的过滤器可以筛选出有价值的信息。

许多警员尽量不看我。他们已经知道了我当众受辱的事情。很多人的脸上都带着一副期待回家的表情，就等着时间一到，穿上外套离开。

克雷探长关上办公室的门。我先她一步坐下。她毫不理会"禁止吸烟"的标志，点上一根烟，把窗户打开一条缝。她拿着遥控器，打开一个塞在文件柜角落里的小电视。她找到新闻频道，把声音静音。

我知道她在干什么，她是在通过观看通报会的播报来惩罚自己。

"要喝一杯吗？"

"不，谢谢。"

她伸手从伞架里面拿出一瓶苏格兰威士忌。

一马克杯相当于两玻璃杯的量。我看着她倒了一杯，然后把酒瓶放回藏匿处。

"我有个伦理问题，教授，"她说，像漱口水一样晃着威士忌，"一个小报记者和一个副局长同时被困在一辆燃烧的汽车里，你只能救其中一个人，你会救谁？"

"我不知道。"

"真正的两难选择——是去吃午饭还是去看电影。"

她并没有笑。她是认真的。

她桌子上放着一份档案，上面贴着便利贴。里面是从全国警察计算机系统打印出来的资料。警方在数据库里筛查了相似案件。她把档案递给我。

在布里斯托尔，两名毒贩拷打了一名妓女，他们怀疑后者是警方的线人。他们把她钉在一棵树上，用酒瓶蹂躏她。

一名费利克斯托的装卸工回到家时发现自己的妻子在和邻居上床。他把邻居绑在椅子上，用他妻子的卷发棒拷打他。

两个德国生意伙伴因为利益分配问题闹掰了，其中一个逃到了曼彻斯特。他被发现死在酒店房间里，双臂摊在桌子上，手指都被切断了。

"就这些，"她说着用一根烟点着另一根，"没有打电话，没有女儿，没有胁迫。我们得到了贴心的故障分析。"

我第一次注意到了她眼睛下方的黑眼圈和面部四周的皱纹。过去这十天里她睡了多少觉？

"你在寻找显而易见的答案。"我说。

"什么意思？"

"假如你在街上看到一个男人，穿着白大褂，脖子上挂着一副听诊器，你会立刻认为他是个医生，然后你就会进行推断。他可能有辆豪车、一栋豪宅、一个年轻貌美的妻子。他喜欢去法国度假，而她则更青睐意大利。他们每年都会去滑雪。"

"你要说什么？"

"你猜错的概率有多大——二十分之一，五十分之一？他可能不是医生。他也许是个食物检验员或是实验室技术员，凑巧捡起了别人掉落的听诊器。他可能要去一场化装舞会。我们会进行假设，通常情况这些假设都是正确的，但有时也会犯错。最明显、最简单的解答通常是最好的——但并不总是如此。这次就不行。"

韦罗妮卡·克雷面带无以名状的笑容紧盯着我，等我说下去。

"我觉得凶手跟婚礼策划生意没有任何关系，"我说，"我觉得你应该换个角度来看。"

我跟她说了克里斯蒂娜·惠勒死前一周在加里克海德餐厅的老同学聚会的事。西尔维娅·弗内斯也去了。聚会是通过邮件组织的，但据推测，发出邀请的人三个月前就在一场希腊渡轮事故中溺水而亡了。发送邮件的人要么是以她的名义创建了一个账户，要么就是知道她的用户名和密码。

"所以，我们要着眼于她的家人、朋友、丈夫……"

"我会优先考虑她丈夫。他们已经分开了。他叫吉迪恩·泰勒。他可能随英国军队驻扎在德国。"

探长想知道更多的信息。我跟她讲述了去多布尼庄园的情形，布赖恩·钱伯斯和克劳迪娅·钱伯斯像囚犯一样，生活在监控探头、运动感应器和碎玻璃后面。

"吉迪恩·泰勒认识这两名受害人。她们是海伦·钱伯斯的伴娘。"

"你对这场渡轮事故了解多少？"

"只知道我当时在报纸上读到的内容。"

探长对着我缓慢地眨了眨眼睛，仿佛对着一个物体盯得太久了。

"好的，所以我们要对付的是一个凶手。他要么是受邀进入她们的房子，要么是自行闯入的。他了解她们衣橱里的衣物、她们的化妆品、西尔维娅的手铐。他知道她们的电话号码，以及她们开什么车。他精心策划，先跟她们的女儿见面，以获取信息。"

"你同意吗？"

"同意。"

"而同一个人又闯入了惠勒的房子，打开了吊唁卡片。"

"这是一个合理的假设。"

"他在寻找什么东西。"

"或者在寻找某个人。"

"他的下一个目标？"

"我不会自动跳到这个结论，但肯定有这个可能。"

探长依然面无表情。情感会像胎记或神经性痉挛一样不合时宜。

"这个莫琳·布拉肯，她有危险吗？"

"很有可能。"

"好吧，但除非有具体的威胁或确凿的证据显示她有很大概率是目标，否则我无法对她进行保护。"

我没有什么确凿的证据。这仅仅是假设而已。一种推测。

探长看了一眼电视，用遥控器对准它。新闻开始了。媒体通报会上的图片闪过屏幕。我是不会看的。出现在电视上已经够让人尴尬了。

窗外天色已暗。我的衣服和思想就像是脏兮兮的包装纸。我累了。厌倦了说话。厌倦了人们。厌倦了希望事情能言之有理。

克里斯蒂娜·惠勒和西尔维娅·弗内斯累了。凶手仿佛按下了快进键，偷走了她们生命的年月，数十年的经历，好的或坏的。他耗光了她们的精力、她们的反抗、她们对生存的渴望。然后他看着她们死去。

朱莉安娜说得对。人死不可复生，不论发生什么。在理智上，我明白这一点，但胸口跳动的心脏却不理解。心有理智无法理解的原因。

# 第三十九章


学校年鉴在我的手指下摊开，她的班级合照展现在我眼前。朋友们在她身后和两侧。其中有些人从一九八八年到现在一点都没变。其他人则变成了胖子，染了头发。只有一两个像野草丛中晚开的玫瑰一样绽放开来。

令人吃惊的是，大部分人都留在了这里。结婚，生子，离婚，分居。一个死于乳腺癌。一个生活在新西兰。有两个一起生活。

电视开着。我更换频道，但没什么可看的节目。一条滚动式新闻吸引了我的注意。上面说什么在追捕一个连杀两人的凶手。

一个整过容的漂亮女人正在播报新闻，她的眼睛略微看向左侧，那里一定有台自动提词机。她跟一名对着镜头说话的记者连线，同时明智地点着头，那份真诚就如同背后藏着针头的医生。

接着画面切换到一个会议厅。那个女同性恋探长和那位心理医生并肩坐着，就像劳来与哈代、拉文与雪莉、托维尔和迪安。一对伟大的娱乐二人组就此诞生。

他们在回答记者提问。大部分问题都是由一个高级警官回答的，他好像对什么事情非常不满。我调大了音量。

"……我们要对付的是一个变态和懦夫，他以弱者为攻击对象，就因为他得不到女人，或者无法跟一个女人保持长久的关系，或者小时候没吃过奶……

　　"在我看来，奥洛克林教授起草的心理侧写经不起推敲。没错，我们是在找一个当地人，三十到五十岁，工作轮班，还憎恨女性。这太显而易见了，我也能想到。这里面没有什么科学奥秘。

　　"教授希望我们向这个人表示尊重。他想向他伸出同情与理解之手。只要有我在，就没门。这个凶手就是个卑鄙小人，他在监狱里会得到想要的尊重，因为那就是他要去的地方……"

　　这场闹剧以一片骚动结束。那个整了容的女人继续播报下一则新闻。

　　这些人是谁？他们根本不知道他们在跟谁打交道，不知道我的手段。他们以为这是一场游戏。他们以为我他妈是个外行。

　　我可以穿墙而过。

　　我可以撬开人们的理智。

　　我可以听到锁芯内锁销依序而动，齿轮转动的声音。

　　咔嗒……咔嗒……咔嗒……

# 第四十章

我醒来时，被子叠在身上，怀里抱着枕头。我错过了看朱莉安娜醒来后穿衣服的过程。我喜欢看她在半明半暗和寒冷中下床，从头上脱下睡裙。我的视线被她那两个棕色的小乳头和后腰内裤上方的腰窝所吸引。

今天早上她已经在楼下为孩子们做早饭了。还有其他声音从外面传进来——路上行驶的拖拉机声、狗吠声，以及努特奥太太呼唤她的猫的声音。我拉开窗帘，估摸着今天的天气。湛蓝的天空，远处白云朵朵。

一个男人站在墓地里，看着那些墓碑。透过树枝，我只能隐约看到他在擦眼睛，手里拿着一小瓶鲜花。也许他失去了妻子，或母亲，或父亲。可能是周年纪念或是生日。他弯下腰，挖了一个小坑，把花瓶放进去，然后把周围的土压实。

有时，我会疑惑该不该带孩子们去参加礼拜。我算不上虔诚，但我希望她们对未知有一些认识。我不希望她们太执着于真相和必然。

我换好衣服下楼。查莉在厨房里，穿着校服，几缕柔软的头发被她从马尾辫里抽出来，垂在脸侧。

"这片培根是给我吃的吗？"我叉起一片肉问。

"反正不是我的。我不吃培根。"查莉说。

"从什么时候开始不吃的？"

"一直都是。"

看来"一直"这个词跟我上学那会儿相比意义已经发生了变化。

"为什么不吃？"

"我是素食主义者。我朋友阿什莉说，我们不可以为了满足对皮鞋和培根三明治的欲望而滥杀没有抵抗力的动物。"

"阿什莉多大了？"

"十三岁。"

"她爸爸是做什么的？"

"是个资本家。"

"你知道资本家是什么吗？"

"不是很清楚。"

"你要是不吃肉，怎么补充铁呢？"

"吃菠菜呗。"

"你不爱吃菠菜。"

"那就吃西兰花。"

"情况相同。"

"五种食物里，我们吃四种就够了。"

"你确定是五种？"

"你就别刁难我了，老爸。"

朱莉安娜带埃玛去拿晨报了。我给自己倒了杯咖啡，把几片面包放进烤面包机。这时，电话响了。

"喂？"

那边没有回应。我能听到车辆飞驰发出的微弱呼啸声。刹车、减速、停车。附近一定有十字路口或者红绿灯。

"喂？能听到吗？"

无人应答。

"达茜，是你吗？"

还是无人应答。我感觉能听到她的呼吸声。绿灯亮了，车辆驶开了。

"跟我说话，达茜，告诉我你很好。"

电话挂断了。我按下来电显示按键，然后松开，再次拨打达茜的号码，但接到的仍是之前的录音。

我等着哔的一声。

"达茜，下次跟我说话。"

我挂了电话，发现查莉一直在旁边听。

"她为什么逃跑？"

"谁告诉你她逃跑了？"

"是妈妈。"

"达茜不想和她姨妈住在西班牙。"

"那她还会住哪儿呢？"

我没作声。我在给自己做培根三明治。

"她可以跟我们一起住呀。"查莉说道。

"我还以为你不喜欢她呢。"

她耸了耸肩，给自己倒了一杯橙汁。"她还好啦，我觉得。她有些衣服很好看。"

"就这些？"

"怎么说呢，也不全是。我有点可怜她——为她妈妈的事情。"

这时，朱莉安娜和埃玛从后门进来了。"你可怜谁呀？"

"达茜。"

朱莉安娜看了看我。"有她消息了吗？"

我摇了摇头。

她穿了一件简单的连体裙和一件羊毛开衫，看起来更快乐，更年轻，也更放松。埃玛在她的两腿间钻来钻去。朱莉安娜压住裙摆，以防走光。

"你能送查莉上学吗？她没赶上校车。"

"没问题。"

"新保姆十五分钟后到。"

"那个澳大利亚人。"

"你说得好像她是个犯罪分子似的。"

"我并不抵触澳大利亚人，不过要是她提板球，那就走人。"

她揉了揉眼睛。"既然伊莫金都来了，我在想，我们今晚也许可以一起出去吃个饭。算是过二人世界。"

"二人世界，嗯，"我抓过埃玛，把她抱到我腿上，"好吧，我或许有空。我得看一下繁忙的日程安排。不过，我要是同意了，你可别给我耍什么花招。"

"我？不会。顶多穿那套黑色的内衣而已。"

查莉捂住了耳朵。"我知道你们俩在说什么，真的好——粗俗。"

"什么粗俗？"埃玛问。

"没什么。"我俩异口同声地说。

以前，我和朱莉安娜会定期过二人世界——晚上临时请个保姆照看孩子。第一次的时候，我带了束花，敲了敲前门。朱莉安娜对我的浪漫举动感动万分，想直接把我带到卧室，把晚饭都省了。

电话又响了。我都惊讶于自己接听的速度。所有人都看着我。

"喂？"

还是没人说话。"是你吗，达茜？"

那边传来了一个男人的声音。"朱莉安娜在吗？"

"你是哪位？"

"德克。"

先是失望，紧接着是恼怒。"之前是你打的？"

"什么？"

"你十分钟之前是不是往这里打过电话？"

他没有回答我的问题。"朱莉安娜在不在？"

她从我手里抢过电话，上楼去了书房。我透过楼梯栏杆眼巴巴地看着她关上了门。

保姆到了。她果然跟我想象中的丝毫不差：脸上有雀斑，很上相，却操着单调的澳大利亚口音，说话就像一直在问问题。她叫伊莫金，臀部宽大，我知道这带有强烈的性别歧视，但我说的可不是二十四盎司①牛排的那种宽大，是硕大无比。

在朱莉安娜看来，伊莫金是这份工作的最佳人选。她经验丰富，面试表现出色，而且只要我们需要，她还能额外多照顾一下孩子。可这些都不是朱莉安娜选她的主要原因。伊莫金对她完全构不成威胁，除非她不小心坐到谁身上。

我把她的两个行李箱拎到楼上。她夸赞房间很棒，房子也很棒，还有我的电视以及那辆上了年纪的福特福睿斯。反正，所有的东西都"超级棒"。

朱莉安娜还在打电话。一定是工作上出了什么问题。要不就是她和德克在电话里谈情说爱。

我从没见过德克。他姓什么我都记不清了——但一提到他我就有股无名火。我讨厌他的声音，讨厌他给我妻子买礼物，讨厌他和我妻子一起出差，讨厌他休息日给她打电话。我最讨厌的还是她那么容易就被他逗乐。

朱莉安娜怀查莉时，有一段时间身心乏累，动辄掉眼泪，整天抱怨"我胖了"。我想方设法逗她开心。我跟她一起去牙买加度假。她在飞机上吐了一路。落地后，一辆小巴士来机场接我们，带我们去了度假村，那里美丽可人，充满热带风情，到处都是九重葛和芙蓉花。我们换了衣服，

---

① 1盎司等于1/16磅，合28.3495克。

直奔沙滩。一个全身赤裸的黑人男子从我们身边经过，露着光溜溜的屁股，前面的东西晃晃悠悠。接着，一个赤裸的女人走过，一丝不挂，头上插着一朵花。朱莉安娜用异样的眼神打量着我，她裹在纱笼里的大肚子向外凸出。

最后，一个身穿白色工作服的牙买加年轻小伙子面带笑容地指着我的运动短裤。

"把衣服脱了，伙计。"

"你说什么？"

"这里可是裸体浴场。"

"啊……啊？"

突然，我的脑海中闪现出旅行指南上的那则标语——"疯顽一周"。我恍然大悟。我为身怀六甲的妻子制订了为期一周的旅行计划，结果地点竟然是个裸体浴场，在那里，"激情海岸"不单单是鸡尾酒的名字。

本来以为朱莉安娜会朝我大发脾气，没想到她竟然哈哈大笑起来。她笑得上气不接下气，我真怕她把羊水笑破了，那样的话，给我们的第一个宝宝接生的人将会是个名叫"三脚架"、身上除了防晒霜什么也没有的牙买加人。她很久没那样笑过了。


把查莉送到学校后，我绕道去了巴斯图书馆。它在北门街的平台中心的二楼，搭扶梯再穿过两扇玻璃门便是。右边一个柜台后面的小隔间里有几个图书管理员。

"今年夏天，希腊发生了沉船事故。"我对其中一个说道。她刚给打印机换完墨盒，两根手指都被染黑了。

"我记得，"她说，"那时我正在土耳其度假。当时下着暴雨。我们的营地都被淹了。"

她开始讲述事情的经过。湿漉漉的睡袋，差点得了肺炎，在洗衣房待了两晚。难怪她还记得是哪天。那是七月的最后一周。

我要求看看报纸合订本，选了《卫报》和一份当地的报纸《西方日报》。她说待会儿拿给我。

我拿着椅子来到一处僻静的角落，等着她给我拿合订本。报纸太重，她只能用手推车推，我帮她把第一本抬到了桌子上。

"你想找什么呢？"她心不在焉地笑着问。

"我也还不知道。"

"好吧，祝你好运。"

我小心翼翼地翻开报纸，扫视标题。没用多久，我就找到了要找的东西。

## 希腊渡船沉没致使十四人遇难

从帕特莫斯岛吹来的飓风致使一艘希腊渡船在爱琴海沉没。对船上幸存者的搜救行动仍在进行。

希腊海岸巡逻队称，"阿尔戈·赫拉号"在帕特莫斯港东北方向十一英里处沉没后，目前已确认有十四人遇难，八人失踪。当地渔船、游艇也参与了救援，将四十多名乘客拉出水面，他们中多半是来度假的外国游客。幸存者被送往帕特莫斯海岛的一家医疗所，很多人身上出现割伤、擦伤，以及风寒症状，八名受伤严重的乘客已被空运至雅典的医院。

参与救援的一家英国旅馆老板尼克·巴顿说，渡轮上的乘客有英国人、德国人、意大利人、澳大利亚人，还有希腊本地人。渡船已有十八年船龄，晚上九点半（格林尼治时间下午六点半）刚离开帕特莫斯港，十五分钟后就沉没了。幸存者声称，渡船被突如其来的一股巨浪吞噬，迅速下沉，很多人根本来不及穿救生衣就从船舷一侧跳下去了。

巨浪滔天的海水使救援行动无法顺利进行。希腊整晚都在向海里空投照明弹，皇家海军舰艇的一架直升机"无敌号"也加入了搜救行列。

我往后翻，继续看事情的进展。七月二十四日，渡船在一场席卷爱琴海的暴风雨中沉没，一艘集装箱船在斯基罗斯岛搁浅，再往南，一艘马耳他游轮断成两半，沉入了克里特海。

渡船事故的幸存者向记者讲述了他们的经历。"阿尔戈·赫拉号"沉没的最后一刻，有乘客挂在栏杆上，有的跳下了船。渡船沉没时，还有人被困在里面。

事故已确认四十一人幸存，十七人遇难。两天后，天气好转，希腊潜水员在残骸里又发现了三具尸体，但仍有六人失踪，包括一个美国人、一个法国老太太、两个希腊人，还有一对英国母女。这肯定是海伦和克罗艾，但是一连好几天都没有提到她们的名字。

《西方日报》对后续做了报道，布赖恩·钱伯斯飞往希腊找寻自己的女儿和外孙女，报纸称他是威尔特郡商人，据说他"祈祷奇迹出现"，如果官方找不到海伦和克罗艾，他时刻准备亲自出马。

七月三十一日周二又有一则报道称，钱伯斯先生雇了一架轻型飞机，并且把海滩、岛上的岩石海湾，以及土耳其海岸的照片都拼凑在一起。新闻还加了张母女的合影，她们旅行时用的是海伦婚后的姓氏。假日照片显示她们靠坐在一块大岩石上，身后是几艘渔船。海伦身穿纱笼，戴着一副太阳镜，克罗艾身穿白色短裤、凉鞋和一件系带式粉色上衣。

沉没事故一周后，官方停止了搜救工作，海伦和克罗艾被列入了失踪人员名单。报纸上的相关报道逐渐减少，唯一跟这对母女相关的信息是，在德国北约总部举行的祈祷守夜礼，她们曾在那里住过一阵子。海事调查部门从幸存者那里获得了一些线索，但调查结果可能几年之后才出来。突然，我的手机振动起来。图书馆不能打电话。我走出正门，按了接听键。

布鲁诺·考夫曼轰炸了我的耳朵。"听着，老伙计，我知道你婚姻美满，事业有成，现在混得风生水起，可你有必要让我前妻搬来跟我住吗？"

"就几天而已嘛，布鲁诺。"

"的确就几天，可我已感到度日如年。"

"莫琳人多好啊。你干吗撵她走？"

"明明是她撵我，或者说，她要用车碾我，我只能跳车了，她开的可是辆路虎揽胜。"

"她为什么要碾你？"

"我跟一个研究员在一起，被她发现了。"

"一个学生？"

"一个研究生。"他纠正道，仿佛很厌恶这句暗示他出轨的话。

"我之前不知道你有个儿子。"

"我有的，叫杰克逊，让他妈妈惯坏了。我经常贿赂他。我们就属于你所说的常见的功能失调家庭。你真认为莫琳有危险吗？"

"预防起见。"

"我从没见她这么害怕过。"

"照顾好她。"

"不用担心，跟我在一起，绝对安全。"

刚打完，电话又振动起来，这次是鲁伊斯，他说有东西要给我看，所以我们约好在"狐狸和獾"吃午饭。他说这次轮到我买单，我不明白怎么就成了"轮到我"，但是他能来，我还是很开心的。

我把车停在家里，步行上了山，向酒馆走去。鲁伊斯已在一处角落的桌子旁坐下，头上方的天花板仿佛要塌下来。裸露的悬梁上挂着马术装备。

"该你喝了。"他说，顺手递给我一个空玻璃酒杯。

我走到吧台前，有六个人喝得满脸通红，一个个圆滚滚的常客把凳子都坐满了。矮子奈杰尔也在，他悬空的双脚在离地两英尺的高度晃来晃去。

我朝他们点了点头，他们也朝我点头。在萨默塞特的这个区域，这种问候相当于漫长的寒暄。

酒馆老板赫克托先给我倒了杯吉尼斯黑啤，边让它冒泡边给我准备了杯柠檬汁。我把刚拿来的酒放在鲁伊斯面前，他看着里面升起的气泡，也许向发酵神默默祈祷了一番。

"这一杯敬罗圈腿女人。"他举起酒杯，半杯下肚。

"你考虑过自己可能会变成酒鬼吗？"

"不怕，酒鬼都去参加聚会，"他回答，"我又不去。"他放下酒杯，看着我的柠檬汁，"我看你就是嫉妒我，因为你只能喝糖水。"

他打开那个一直带在身边的大理石花纹笔记本，上面缠着个皮筋，破旧不堪，边缘都卷起来了。

"我决定调查一下布赖恩·钱伯斯。一个贸易和工业部的伙计在电脑上检索了他的名字。钱伯斯很干净：无罚款记录、无法律纠纷、无欺诈合同。这家伙很干净……"

他的话音里透着失落。

"所以我决定托个朋友的朋友在国家警察局电脑里再检索一遍……"

"一个不能透露姓名的家伙？"

"是的。他叫无名。今天早上，无名回复我了。六个月前，钱伯斯申请了一份针对吉迪恩·泰勒的保护令。"

"他女婿？"

"是的。钱伯斯不允许泰勒进入他家或办公室周边半英里的区域。不允许泰勒打电话、发邮件、发短信或开车经过他家门口。"

"为什么？"

"下面就要说到这个，"他翻到新的一页，"我查了一下吉迪恩·泰勒。我的意思是，我们对这个家伙除了名字一无所知——对了，他以前一定被从学校一头踢到另一头。"

"我们知道他服过役。"

"没错，所以我又给国防部打了电话。我打给人事处，可一提到吉迪恩·泰勒这个名字，他们就闭口不谈，嘴巴比探监的处女夹得还紧。"

"为什么？"

"不知道，要么是为了保护他，要么是曾经因为他蒙羞。"

"或者两者都是。"

鲁伊斯靠在椅背上，弓着背，双手打开，放在脑后，我能听到他颈椎咔咔作响的声音。

"于是我让无名查了一下吉迪恩·泰勒。"他打开旁边椅子上放着的马尼拉纸文件夹，拿出几页纸。我看到第一页是一份警方的事故报告，时间是二〇〇七年五月二十二日。附件上是案情提要。

我浏览着其中的细节。吉迪恩·泰勒被列为投诉对象，被指控对布赖恩·钱伯斯和克劳迪娅·钱伯斯进行骚扰、打威胁电话。其中一条指控称泰勒趁他们睡觉时闯入石桥庄园并搜查了房子。他翻了文件柜和办公桌，拿走了通话记录、银行对账单和邮件。他还被指控打开了一个加固的枪支保险柜，拿了一把霰弹枪出来。钱伯斯夫妇第二天早上醒来时，发现那把上了膛的霰弹枪躺在他们身边。

我翻了翻，找寻着结果，但并没有。

"发生了什么？"

"什么都没发生。"

"什么意思？"

"泰勒没受到指控。证据不足。"

"指纹，或者纤维之类的？"

"没有。"

"这里说他打恐吓电话。"

"无迹可寻。"

难怪我们拜访钱伯斯时,他疑神疑鬼的。

我看了看调查报告的日期。泰勒恐吓海伦·泰勒的家人时,她和克罗艾还活着。他肯定一直在找她们。

"你对他们婚姻的破裂了解多少?"鲁伊斯问。

"除了海伦给她朋友发的邮件,一无所知。她一定是逃离了泰勒……而这把他惹恼了。"

"你认为他有动机。"

"或许吧。"

"他为什么要杀害他太太的朋友呢?"

"为了惩罚她。"

"但她已经死了啊!"

"这可能并不重要。他感到被欺骗了,急需发泄。海伦把他的女儿带走了,还躲着他。他现在忍无可忍,想惩罚所有亲近她的人。"

我再次看了看调查报告。警探讯问了吉迪恩·泰勒。他一定有不在场证明。据莫琳透漏,他曾在德国待过。那他什么时候回的英国呢?

"有没有他的地址?"我问。

"我有他最后一个为人所知的住址,还有他律师的名字。你要去拜访一下他吗?"

我摇了摇头。"警察会处理的。我会跟韦罗妮卡·克雷谈一谈。"

# 第四十一章

那扇四格窗户把卧室分割成了四块。她刚淋完浴，全身赤裸，头发用一条粉色的头巾包着，脸上泛着红晕。

诱人的大腿，诱人的奶子，诱人的胴体——全套包装，配件齐全。跟这样的女人玩，一定非常有趣。

她解开头巾，弯下腰，让她的深色头发从面前垂下，双乳也随之颤动。她擦干湿漉漉的头发，然后头向后甩。

接着，她依次抬起脚，擦干脚趾间的水。然后把润肤乳擦到皮肤上，从脚踝开始，逐渐向上。这比色情电影好看多了。快点，宝贝，再高点……让我见识一下你的本事……

什么东西让她转身看向窗户。她直勾勾地盯着我的眼睛，但她看不到我。相反，她仔细看着镜子里的自己，身体转向一侧，然后又转向另一侧，双手抚过腹部、臀部和大腿，寻找妊娠纹或衰老的痕迹。

她背对我坐在带镜子的化妆柜边，用吹风机和某个精巧的装置拉直头发。我能看到镜子里的她。她用手轻拉面部，仔细查看脸上的每一条皱纹，又是拉，又是扯，又是戳的。

女人穿衣服比她脱衣服性感得多。那是没有音乐的舞蹈，卧室里的芭蕾，每个动作都驾轻就熟。这可不是在脏乱的酒吧或者性俱乐部里跳脱衣舞的毫无价值的妓女。她是个真正的女人，有真正的好身材。一条内裤顺着两腿向上滑动，经过大腿。白色的。可能边缘是蓝色的。我从这儿看不清。她的手臂伸进与之匹配的胸罩的肩带，托起并隔开双乳。她把钢圈调整到舒服的位置。

她会穿什么衣服呢？她把一条裙子举到身前……第二条……第三条。决定了。她坐在床上，把紧身裤袜依次穿过右脚、脚踝和腿。她躺到床上，把那黑色的不透光裤袜提过大腿和屁股。

她重新站起来，摇晃着身子穿上裙子，裙子下摆刚好垂到膝盖下方。她差不多好了。她向左转，看了看玻璃上映出的自己，然后又转向右边。

她的手表在窗台上。她拿起手表，戴到手腕上，同时看了看时间。之后，她看了一眼窗外渐浓的夜色。第一颗星星已经出来了。许个愿，我的天使。不要把愿望告诉任何人。

# 第四十二章

餐馆位于河岸上，从那儿能看到对岸被回收后改造成公寓的工厂和仓库。朱莉安娜点了红酒。

"想尝尝吗？"她问道，她知道我想喝。我用她的杯子喝了一小口。葡萄的甜味在我的味蕾上猛烈地释放，凛冽而浓烈，让我渴望更多。我把杯子还给她，触摸着她的手指，想着上一个跟她分享一瓶红酒的人是谁。是德克吗？我怀疑他是不是爱上了她的声音，这声音能发出那么多种美丽的语言。

朱莉安娜斜眼看了我片刻。"如果重新来过，你还会娶我吗？"

"当然会，我爱你。"

她扭过头去，看着河水，水面被导航灯涂上了色彩。我能从玻璃上看到她的脸。

"怎么突然这么问？"

"没什么，"她回答，"我就是想知道你是否后悔没有再等等。你当时才二十五岁。"

"而你才二十二。这没什么区别。"

她又喝了一口酒。意识到我的忧虑，她微笑着伸手过来，握了握我的手。"别一脸担心的样子。我就是觉得自己老了，仅此而已。有时候我照着镜子，希望自己再年轻一些。然后我又觉得惭愧，因为我还有更多需要感激的事情。"

"你不老。你很美。"

"你总这么说。"

"因为这是实话。"

她无助地摇摇头。"我知道我不应该自负自恋。你才是那个有权自卑和怨恨的人。"

"我什么都不怨恨。我有你。我有两个女儿。这就足够了。"

她狡黠地看着我。"既然足够了，那你为什么还要一头扎到这场谋杀案的调查里？"

"是别人让我参与的。"

"你本可以拒绝。"

"我觉得自己能帮到他们。"

"哦，算了吧，乔，你想要挑战。你感到无聊。你不喜欢在家陪着埃玛。至少承认这一点吧。"

我伸手去端水杯。我的手在颤抖。

朱莉安娜的声音变得柔和了些。"我知道你的为人，乔。你想重新挽救达茜的妈妈，但这不可能。她已经死了。"

"我可以阻止这件事发生在其他人身上。"

"也许你可以。你是个好人。你关心他人。你关心达茜。我喜欢你这一点。但你必须明白我为什么害怕。我不希望你牵涉其中——更何况有了上次的教训。你已经尽到了自己的职责。你已经付出了时间。从现在开始让其他人去协助警方吧。"

我看着她因激动湿了眼眶。我多么想让她开心起来。

"我没有要求牵涉其中。事情就这么发生了。"我说。

"意外使然。"

"没错。有时我们不能忽视意外。我们不能视若无睹地开车经过，或假装没看到它。我们必须停车。打电话，叫救护车，尽力提供帮助……"

"然后我们就把事情交给专业人员。"

"如果我就是一名专业人员呢？"

朱莉安娜皱起眉头，绷紧嘴唇。"我下周可能要去趟意大利。"她突然宣布。

"为什么？"

"那笔电视台的交易遇上点困难，其中一个机构股东反对交易。除非得到百分之九十的支持率，否则这笔交易就得告吹。"

"你什么时候走？"

"明天。"

"跟德克一起。"

"是的，"她翻开菜单，"现在有了伊莫金。她会帮你照顾埃玛的。"

"德克是个什么样的人？"

她没有从菜单上抬眼。"充满了无穷的力量。"

"这话什么意思？"

"他总是状态满满。有的人觉得他粗鲁且武断。我倒觉得他有一种后天习得的品位。"

"你获得了这种品位吗？"

"我比大部分人都更能理解他。他非常擅长自己的工作。"

"他结婚了吗？"

她笑了起来。"没有。"

"有什么可笑的？"

"想到德克结婚就可笑。"

我可以听到她交叉双腿时紧身裤的摩擦声。她的眼睛不再盯着菜单。她的心思飘到了别处。我惊讶地发现，自从她开始工作后，已经变得这么不同，这么心不在焉。我们说着话，突然间她竟看上去像远在千里之外。

“我希望能见见你的同事。”我说。

她的注意力又回到我身上。“真的？”

“你听上去很意外。”

“我确实觉得意外。你从来都没对此表示过兴趣。”

“抱歉。”

“好吧，下周六有个工作派对——我们公司的十周年庆。我还以为你不想去。”

“为什么？”

“几周前我就跟你说过了。”

“我不记得了。”

“一点不错。”

“我确实想去。会很好玩的。”

“你确定？”

“对。我们可以订个酒店房间，顺便度个周末。”

我的脚在桌子下碰到了她的脚，只是没我料想的温柔。她把脚缩了回去，仿佛是我故意要踢她。我向她道歉，感觉心脏在颤抖。只是颤抖的不是我的心脏，是我的手机。

我用手按住口袋，真希望自己之前关了手机。朱莉安娜喝了一口酒，玩味地看着我处于两难困境。“你不接吗？”

“对不起。”

她耸了耸肩，既不暧昧，但也并不容易解读。我知道她在想什么。我翻开手机。屏幕上是克雷探长的号码。

“你好。”

“你在哪儿？”

“在餐馆里。”

“什么地址？我派车过去。”

"为什么？"

"莫琳·布拉肯今晚六点后就失踪了。她的前夫发现前门大开着。她的汽车不见了。手机号码占线。"

我感觉心一下提到了嗓子眼。

"她儿子在哪儿？"

"在家。他去参加足球训练回家晚了。有人偷走了他的手机。等他回去找的时候，又被锁在了更衣室里。"

我突然瞪大了眼睛，朱莉安娜立刻明白出事了。克雷探长还在说。

"奥利弗·拉布正设法定位手机。手机还在传输信号。"

"布鲁诺在哪儿？"

"我让他待在家里，以防他前妻打来电话。有一名警员陪着他。还有十分钟，教授。车在外面等你。"

电话挂了。我看着朱莉安娜。她的表情并没有透露内心的想法。

我跟她说我得走了。我向她解释了原因。她什么都没说，站起身，拿起外套。我还没有点菜。我们什么都还没吃。她示意买单，付了酒钱。

我跟着她穿过餐馆，她柔软的臀部在裙子下面快速摆动，几步之间发出的声响比大部分人在一小时的谈话中发出的声响还多。我把她送到汽车边。她坐进车里。没有吻别。她的脸上混合着无以名状的失望和淡漠。我想去追她，想赢回那一刻，但为时已晚。

# 第四十三章

恐惧和联想。开始，它们只是我内心不住的细微颤抖，一个嗡嗡作响的刀片，吞噬着那些柔软湿润的组织，形成一个个巨大的空洞，但这依然不足以让我的肺部扩张。

我已经跟布鲁诺谈过。他完全变了个人，一副无精打采的样子。时间已经过了午夜，莫琳还没找到。她的手机已经不再传输信号。奥利弗·拉布在信号消失前把手机定位到了一座位于巴斯维多利亚公园南部边缘的信号塔上。警方正在搜查附近的街道。

巧合和小概率事件不断地加入本案当中，把形势变得更加复杂，而不是越发清晰。邮件。同学聚会。吉迪恩·泰勒。我没有明确的证据证明他是幕后黑手。鲁伊斯去了他最后一个已知地址。家里一个人都没有。

韦罗妮卡·克雷已经两次向国防部提出官方要求，要对方提供有关信息。但到目前为止，得到的只是沉默。我们不知道泰勒是否还在军中服役，抑或已经退役。他什么时候离开的德国？他回家多久了？他一直在做什么？

早上五点刚过，莫琳的车就被找到了，车停在维多利亚公园大门附近的皇后街上。两头站立的狮子从石基上注视着那辆车。车前灯亮着，驾驶室的门开着，莫琳的手机在驾驶座上，已经没电关机了。

维多利亚公园占地五十七英亩，共有七个入口。我透过栅栏往暗处看。天空呈紫黑色，离天亮还差一小时，空气冰冷刺骨。即便派一千名警察翻遍每片树叶，也可能找不到莫琳。

相反，我们只有二十多名警察，穿着反光背心，手里拿着手电筒。警犬队七点到。一架直升机从我们头上呼啸而过，像是被一根光柱系在了地面上。

我们两人一组分头行动。和尚和我一组。他的两条长腿就是为在黑暗里穿越开阔地而生的，他的声音就像雾角①一样。我一手拿着手电筒，一手拄着手杖。光柱照在湿漉漉的青草和树木上，把它们变成了银色。

我们一直沿着鹅卵石小路往前走，经过了网球场和高尔夫球场，然后右转，沿斜坡向上。在公园稍高的那一侧，皇家新月王宫的帕拉第奥式露台映衬在天空之下。灯光渐渐多了。人们听到了直升机的声音。

二十多把手电筒像因为肥胖而无法起飞的萤火虫一样在树林里移动。与此同时，公园的灯像一个个被黎明前的薄雾弄得模糊的黄球。

和尚拿着一台对讲机。他突然停下脚步，把对讲机举到耳边。信息不时地被静电打断。我只听到了几个字。莫琳的名字被提及了，还有什么手枪的事。

"快点，教授。"和尚说着抓住了我的手臂。

"怎么了？"

"她还活着。"

我一瘸一拐地尽力跟着他。我们向西沿着皇家大道朝鱼塘和儿童游乐场走去。我了解维多利亚公园的这块区域。我曾经跟查莉和埃玛来过这里，看热气球在暮色中起飞。

那个维多利亚时期的古老戏台从黑暗中显现出来，像一个巨大的蛋糕模子被切去了一半，然后扔在了鱼塘边。低垂的树枝彼此交错，遮住了树

---

① 大雾时发出响亮而低沉的声音以警告其他船只的设备。

木之间的空隙。

这时，我看到了她。莫琳，全身赤裸，跪在戏台的基部，双臂向外伸展，是一种经典的压力姿势。她的手臂一定非常痛苦——随着时间的推移越来越沉重。她的左手紧握着一把手枪，更增加了手臂的重量。她戴着黑色的眼罩——长途航班上发放的那种。

一道手电筒的光柱照在我的脸上。我抬起手遮住眼睛。猎人罗伊移开光柱。

"我已经呼叫了武响组。"

我看着和尚，希望他能跟我解释一下。

"就是武装响应小组。"他说。

"我觉得她不会拿枪射谁的。"

"这是礼节性的。她有武器。"

"她威胁谁了吗？"

罗伊难以置信地看着我。"好吧，那把枪看起来就他妈的相当有威胁性。我们一靠近，她就拿枪乱指。"

我的视线用力越过开阔地。莫琳跪在那里，向前垂着脑袋。除了眼罩，她头上还缠着什么东西。她戴着耳机。

"她听不到你们说话。"我说。

"什么意思？"

"看她的耳机。它们可能连着一部手机。她在跟一个人通话。"

罗伊从齿缝间吸了一口气。

又来这一套。他在隔离她。

克雷探长气喘吁吁地赶到了。她的裤腿都湿了，戴着一顶毛线滑雪帽，使脸看上去圆滚滚的。"她他妈的从哪儿弄来的手枪？"

没人回答。一只肥硕的野鸭被这声音惊到，从池塘边的草丛中飞了起来。一开始，它似乎是在水面上走，然后抬升了高度，收起了起落架。

　　莫琳一定冻僵了。她在这里多久了？她的汽车引擎已经冰凉，车前灯几乎耗光了电池的电量。她最后一次被人看到是十二小时之前。他有这么长的时间来击溃她……在她的头脑里塞满可怕的想法，往她的耳朵里滴入毒药。

　　他在哪儿？他在观察。警方应该封锁公园，设置路障。不。一旦他看到警方开始呈扇形散开去寻找他，他就可能逼莫琳开枪。我们必须悄悄地由外向内移动。

　　首先，我们必须中断他们的通话。一定什么方法可以隔离最近的信号塔，并关闭它。恐怖分子就是用手机引爆炸弹的。如果有炸弹威胁，肯定有个中断通信的开关。

　　莫琳依然一动未动。眼罩使得她的眼睛看上去像两个黑窟窿。她的手臂止不住地颤抖。手枪太沉了。她脚边的水泥地上有一小片黑影。

　　我要想办法打破他施加在她身上的魔咒。莫琳的脑袋里有个转动的思想循环。这跟那些患有强迫症的人很像，每天要洗一定次数的手，或者时不时检查有没有锁门，或者以一定的顺序关灯。他把这些想法灌输到她的脑子里了——现在她已经无法摆脱。我必须打破这个循环，但是怎么打破呢？她既听不到我说话，也看不到我。

　　黑暗正在消退。风停了。我能听到远处的警报声。是武装响应小组。他们带着枪来了。

　　莫琳的手臂在往下降。太沉了。也许，一旦警方向她猛冲过去，他们能在她开枪之前解除她的武装。

　　韦罗妮卡·克雷示意她的下属留在原地。她不想出现任何伤亡。我吸引住她的注意。"让我跟她谈谈。"

　　"她听不到你说话。"

　　"让我试试。"

　　"等武响组就位。"

"她那把枪快举不住了。"

"这是好事。"

"不。在那之前他会逼迫她做点什么。"

她看了一眼和尚。"给他一件防弹背心。"

"好的，老大。"

他从一辆车里拿过来一件背心。带扣被松开，然后在我背后紧紧扣住。和尚像名探戈舞者一样抱了抱我。背心比我想象的要轻，但依然相当笨重。我停顿了片刻。天空已经变成了蓝绿色和淡紫色。我拿起手杖和创伤毯，朝莫琳走去，眼睛紧紧地盯着她右手里的手枪。

我停在离她大约十五码的地方，喊她的名字。她没有反应。耳机把她跟周遭的事物隔离开了。我刚好能隐约看到耳机线从她胸前垂下连到两膝之间的手机上。

我又喊了她一声，这次声音更大。手枪指向了我——先是偏向了左边，然后又偏向右边。他在告诉她该瞄准哪里。

我向左移动。枪口始终指着我。如果我突然向她扑过去，她可能没有时间做出反应。也许我可以把手枪打掉。

这样太愚蠢了。鲁莽。我能听到朱莉安娜的声音。争辩的声音。"你为什么要做那个冲向危险的人？"她说，"你为什么不能掉转方向跑开，去大声呼救？"

我来到了台阶边，举起手杖，用力击打在栏杆上。声音在公园里回荡，在逐渐消散的黑暗中，声响显得更大了。莫琳身子一缩。她听到了。

我再次击打栏杆，一次，两次，三次，以此把她的注意力从她耳朵里的声音上剥离出来。她摇着头，弯曲左臂，用手拿开眼罩。她朝我眨着眼，努力让眼睛聚焦。她眼睛里噙着泪水。手枪的枪管一动不动。她并不想朝我开枪。

我示意莫琳摘掉耳机。她摇了摇头。我伸出一根手指，默默地说：

"就一分钟。"

依然是拒绝。她在听他说话,没有听我说。

我又朝她走了一步。手枪稳住了。我在想防弹背心的效果怎么样。这么近的距离,能挡住子弹吗?

莫琳自顾自地点点头,伸手取下左耳的耳机。他让她这么做的。他想让她听到我说话。

"你还记得我吗,莫琳?"

她快速地点点头。

"你知道自己在哪儿吗?"

她又点点头。

"我知道这是怎么回事,莫琳。有人在跟你讲话。你现在可以听到他说话。"头发遮住了她的眼睛。"他说有人在他手上——一个跟你亲近的人。你儿子。"

她心痛地表示同意。

"这不是真的,莫琳。杰克逊不在他手上。他在骗你。"

她摇了摇头。

"听我说。杰克逊跟布鲁诺在家。他很安全。还记得发生在克里斯蒂娜和西尔维娅身上的事吗?一样的。他告诉克里斯蒂娜达茜在他手上,跟西尔维娅说爱丽丝在他手上,但这不是真的。达茜和爱丽丝都安全无事。她们从未有过危险。"

她想相信我。

"我知道他很有说服力,莫琳。他了解你,对吗?"

她点点头。

"他还知道杰克逊的一些事。他上学的学校。他的长相。"

莫琳点点头。"他回家晚了……我在等他……我给杰克逊的手机打电话。"

"有人偷了他的手机。"

"我听到了他的叫声。"

"这是个圈套。杰克逊被锁在了球场的更衣室里。但他现在出来了。他很安全。"

我尽量不看枪管。现在一切都清楚了。他一定是偷了杰克逊的手机，然后把他锁在了更衣室里。他的呼救声被录了下来，然后通过电话播给莫琳听。

她听到了儿子的尖叫。这足以说服她了。这足以说服大部分人。也能说服我。

手枪的枪管在空中乱晃。莫琳的右手食指扣在了扳机上。她的手快冻僵了。即使她想弯曲手指，也可能弯不了。

我在视线的边缘看到了蹲在树林和灌木丛中的黑影。是武装响应小组。他们手上有步枪。

"听我说，莫琳。你可以跟杰克逊打电话。放下手枪，我们现在就给他打电话，"我拿出手机，"我给布鲁诺打电话。他会让杰克逊接电话。"

我感觉到她身上发生了变化。她在听。她想相信我……心怀着希望。就在这时，转瞬之间她睁大了眼睛，又戴上了耳机。

我朝她大喊："不。别听他的话。"

她的眼睛闪着光。手枪的枪管在空中画着"8"。她既可能击中我，也可能射偏。

"杰克逊很安全！我向你保证。"

她头脑中有个开关被按下了。她不再听我说话。她用另一只手握住手枪，让枪保持平稳。她要开枪了。她将扣动扳机。求你不要开枪，莫琳。

我朝她扑过去。我的左腿僵住了，将我绊倒在地。与此同时，空气爆炸开来，莫琳的身体猛的一动。一阵红色的雾气喷在我的眼睛上。我眨眨眼，把雾气眨开了。她向前倒去，瘫在了膝盖上，脸着地，屁股撅在空中，仿佛臣服于新的一天。

手机咔嗒一声滑落到水泥地上。接着是手枪，翻滚到我下巴下面停住了。

我内心里有什么东西开启了，一个充满了愤怒的黑色真空。我捡起手机，对着它大喊："你这个该死的变态！"

这句脏话又传回了我的耳朵。寂静。时不时被人的呼吸声打断。镇定而安静的呼吸。

人们在朝我跑来。一个身穿防弹衣的警察在十二码之外蹲了下来，手里的步枪指着我。

"放下手枪，先生。"

我的耳朵里还在嗡嗡作响。我看着手里的手枪。

"先生，放下手枪。"

# 第四十四章

太阳升起，被灰色的云层遮住了，云层很低，就像是用手画上去的。柱子之间缠着的白色塑料带把莫琳·布拉肯倒地的地方围了起来。

她还活着。子弹从她的右锁骨下射入，从右肩胛骨下方六英寸的地方射出，紧挨着背部中央。警方狙击手的目标是击伤她，而不是毙命。

外科医生正在布里斯托尔皇家医院里等待做手术。莫琳正在救护车里，由两辆警车护送。与此同时，警察在对维多利亚公园进行彻底搜查。入口全部被封锁了，围墙周围也有人巡逻。

一里一外两道警戒线，在戏台外面围成了两个同心圆，以限制人员出入，只允许法医小组保护犯罪现场。我坐在台阶上，肩膀上围着一条银色的创伤毯，看着他们工作。我脸上的血迹已经干成了脆痂，指尖一碰就掉了。

韦罗妮卡·克雷在我身旁坐下。我握住左拳，然后又伸开。它就是不住地发抖。

"没事吧？"

"没事。"

"你看起来不像没事。我可以派人送你回家。"

"我再待会儿。"

探长沉思了片刻，盯着池塘。池塘边有一棵柳树，枝条垂到了泛着泡沫的水中。他们正在申请搜查令，搜查吉迪恩·泰勒的最后一个已知地址。这次更加紧急。探员们正在询问街坊邻居，寻找他的家人。他生活的方方面面都会被记录在案，并进行核对。

"你觉得是他干的？"

"对。"

"他希望通过杀害他妻子的朋友获得什么呢？"

"他是个性虐狂。他不需要任何其他原因。"

"但你觉得他另有缘由？"

"对。闯入钱伯斯家，打电话，威胁恐吓，全都发生在海伦离开他并带着克罗艾躲起来之后。吉迪恩在努力寻找她们的下落。"

"好吧，这点我能理解，但现在她们全都死了。"

"也许吉迪恩太过愤怒和痛苦，他要杀死所有跟海伦亲近的人。就像我说的，性虐狂不需要其他原因。他们由另一套完全不同的神经冲动驱使。"

我把脸埋进双手。我累了。我的头脑累了，但它无法停止工作。有人闯进克里斯蒂娜·惠勒的房子，翻开了吊唁卡片。他们在寻找一个名字或一个地址。

"还有一种解释，"我说，"可能吉迪恩并不相信她们死了。他可能觉得海伦的家人和朋友把她藏起来了，或者知道她的下落。"

"所以他就折磨她们？"

"等发现折磨不起作用了，他就杀了她们，希望能借此逼海伦现身。"

韦罗妮卡·克雷看上去并不震惊或意外。离异和分居了的夫妻经常对彼此不择手段。他们会争夺孩子的抚养权，绑架孩子，有时甚至更糟。海伦·钱伯斯跟吉迪恩·泰勒结婚八年。即便死了，她也无法摆脱他的纠缠。

“我让和尚送你回家。”

“我想去看看泰勒的房子。”

“为什么？”

“可能对我有帮助。”


车里的空气有种疲惫不堪的发霉的感觉，混杂着汗水和空调暖气的味道。我们沿着巴斯路进入布里斯托尔，在信号灯之间向前猛冲。

我靠在脏兮兮的织物座椅上，盯着车窗外。街上的一切都是陌生的。除了被钢铁围栏围绕的煤气厂，高架桥的基座，以及灰色水泥结构的高楼大厦。

我们驶离主干道，高度迅速下降，驶入一片满是摇摇欲坠的露台、工厂、毒品窝点、垃圾桶、被封死的店铺、流浪猫和在汽车里给人口交的女人的蛮荒之地。

吉迪恩·泰勒就住在鱼塘路边，邻近M32号公路。这地方是个旧修车厂，有个沥青铺就的前院，院子的篱笆顶上缠着带刺的铁丝网。许多塑料袋被挂在铁丝网围栏上，鸽子绕着前院飞舞，就像活动场上的囚犯。

房东斯温格勒先生已经带着钥匙先到了。他穿着马丁靴、牛仔裤和T恤衫，活像一个过时了的光头党。有四把锁，而斯温格勒先生只有一把钥匙。警察让他退后。

一把扁头的破拆锤挥舞了一下……两下……三下。铰链裂成了碎片，前门应声倒下。警察先进入，弓着身子挨个搜索每个房间。

“安全。”

“安全。”

“安全。”

我不得不和斯温格勒先生在外面等着。房东看着我。“你推多少？”

“什么？”

"你卧推多少？"

"不知道。"

"我能举起二百四十磅。你觉得我多大年纪了？"

"我不知道。"

"八十，"他鼓起一块肱二头肌，"不赖吧？"

他看起来随时可能会跟我比拼掰手腕。

一楼被清查过了。和尚说我可以进去了。这地方有一股狗和湿报纸的味道。最近有人用壁炉烧纸了。

厨房台面上干干净净，橱柜里也十分整洁。盘子和杯子以相同的间隔整齐地摆在架子上。食品储藏室里也一样整洁。大米和扁豆之类的主要食材都装在密闭的马口铁容器里，边上是罐装的蔬菜和保久乳。这是为遭到围困或灾难时准备的应急食物。

楼上，床上的床单被抽掉了，洗过叠好后放在床垫上，准备接受检查。浴室被擦洗漂白过。我想象着吉迪恩用牙刷清洗瓷砖之间的缝隙时的情景。

每栋房子、每个衣橱、每个购物篮都能说明一个人的某些东西。但这里不同。这是一个军人的住处，对他来说日复一日的例行程序就是生活的本质。他的衣橱里放着五件绿衬衫、六双袜子、一双黑皮靴、一件野战短外套、一对绿色内衬的手套、一件披风……他的袜子团成了一个个的球。他的衬衫上有褶皱，均匀地分布在前襟和后背上。衬衫是叠着的，而没有挂起来。

看着这些细节，我可以进行假设。心理学就是关于概率和预期的科学。统计学的钟形曲线可以帮助我们预测人类的行为。

人们惧怕吉迪恩，或者不想谈起他，或者想假装他并不存在。他就像一个我会从给埃玛读的睡前故事里"删掉"的怪物，因为我不想让她做噩梦。

小心炸脖龙……它的血盆大口，它的尖牙利爪！

前院里有人大喊了一声。他们需要一个驯狗师。我走下楼梯，从后门和侧大门来到工作区。一只狗在一扇金属卷帘门后面狂吠。

"我想看看它。"

"我们应该等驯狗师来。"和尚说。

"就把门稍微抬起一点。"

我跪下来，头贴着地面。和尚撬了一下卷帘门锁，让门升起一英寸，接着又一英寸。那只狗疯狂地撞击金属门，愤怒地咆哮着。

我从洗手台上方的镜子里瞥见了它，一个有着棕褐色皮毛和尖牙的影像一闪而过。

我内心一阵刺痛。我认识这只狗。我之前见过它。它从帕特里克·富勒的公寓里冲出来，对着警方的抓捕小组一阵咆哮和猛扑，企图咬断他们的脖子。这只狗怎么会在这里？

# 第四十五章

　　警车在车流中迂回前行，尖锐的警笛声刺激着过往的行人，车头灯像被悲痛激怒的双眼一样闪个不停。老人和孩子都转身来看。其他人则继续前行，仿佛没听到这吵闹的声音。

　　我们穿过布里斯托尔，搜查街头巷尾。沿着圣殿路，经过圣堂草地火车站，拐上约克路，然后是加冕路。我的心怦怦直跳。我们曾经抓住了帕特里克·富勒。我却说服韦罗妮卡·克雷放走了那个退伍军人。

　　二十分钟在加速和尖叫的警笛声中转瞬即逝。我们站在富勒家所在的高层建筑外面的人行道上。我认识那灰色的混凝土外墙以及窗户下面的一条条锈迹。

　　警车越来越多，车头冲着排水沟停在了我们周围。克雷探长正在向她的团队做简要说明。没人看我。我是多余的。冗余库存。

　　莫琳·布拉肯溅到我外套上的血已经干了。从远处看，我仿佛开始生锈了，就像在寻找心脏的铁皮人。我尽力保持镇定。我的左手食指和大拇指又在揉搓。我用左手握住手杖来让手指保持镇定。

　　我跟着警察上楼。他们并没有搜查令。韦罗妮卡·克雷抬起拳头，敲了敲门。

　　门开了。一个年轻女人镶嵌在身后的黑暗中。她穿一件亮闪闪的蓝色露腰上衣、牛仔裤和露趾凉鞋。一圈肉盖住了牛仔裤的腰带。

装嫩。扮年轻。十年前，她可能还有几分姿色。但现在她还穿得像个少女，试图再回青春时期。

这是富勒的妹妹。她一直住在他的公寓里。我断断续续地听到她说话，但还是不知道发生了什么事。韦罗妮卡·克雷带她进去，把我留在走廊里。我试图从守门的探员身边溜进去。他往左迈了一步，用手挡住了门口。

门开着。我能看到克雷探长坐在扶手椅上，跟富勒的妹妹交谈。罗伊正站在厨房里透过传菜窗口看着，和尚则似乎在把守卧室门。

探长看到了我。她点点头，那个探员就放我进去了。

"这是谢莉尔，"她解释道，"很显然，她哥哥帕特里克是芬伍德医院的病人。"

我知道那个地方。那是布里斯托尔的一家私立精神病医院。

"他什么时候入院的？"我问。

"三周前。"

"他是住院病人吗？"

"显然是的。"

谢莉尔从一个皱巴巴的烟盒里抽出一支烟，用指尖捏直。她双膝并拢，坐在沙发沿上。她有点紧张。

"帕特里克为什么会在芬伍德医院？"我问她。

"都是军队害的。他从伊拉克归来，受了很重的伤。他几乎没命了。他们不得不重造他的肱三头肌——用其他的肌肉缝在一起做成新的。他花了几个月才能抬起胳膊。从那以后，他就变了，跟以前不一样了。他老做噩梦。"

她点上那支烟。吐出一股烟。

"军队管都不管，就把他扫地出门了，说他'气质不符'——这他妈是什么意思？"

"芬伍德医院的医生怎么说？"

"他们说帕特患有创伤后应激障碍。发生这么多事之后，这也合乎道理。军队施舍他，给了他一个勋章，然后让他消失。"

"你认识一个叫吉迪恩·泰勒的人吗？"

谢莉尔犹豫了一下。"他是帕特的朋友。是吉迪恩把帕特送进芬伍德医院的。"

"他们是怎么认识的？"

"他们一起在军队服役。"

她在烟灰缸里把烟戳灭，然后又抽出一支。

"九天前。是个周五。警方在这里逮捕了一个人。"

"好吧，那不是帕特。"她说。

"那能是谁？"

谢莉尔把舌头卷到牙齿上面，把口红涂到了牙上。"我猜是吉迪恩吧。"她用力吸了一口烟，眨着眼睛避开吐出的烟，"自从帕特去了芬伍德医院，他就一直照看着公寓。最好有人看着这个地方。如果放任不管，这楼里的那些小黑鬼能把你的名字都偷走。"

"你住在哪里？"我问。

"在加的夫。我和我男朋友格里有套公寓。我每隔几周就会过来看看帕特。"

韦罗妮卡·克雷绷着嘴，恼火地盯着地面。"当时这还有只狗。一只比特犬。"

"对，是卡波，"谢莉尔答道，"是帕特的狗。现在由吉迪恩照顾。"

"你有帕特里克的照片吗？"我问。

"当然。在哪儿放着呢。"

她站起来，摩擦着裤子上起褶的地方。她摇摇晃晃地踩着高跟鞋，面对面从和尚面前挤过，同时对他微微一笑。

她开始挨个打开抽屉和衣橱。

"你上次来是什么时候？"我问。

"十二天前，"烟灰从她嘴里叼着的烟上掉落，途中弄脏了她的牛仔裤，"我过来看帕特。吉迪恩也在，完全把这地方当成他自己的了。"

"怎么说？"

"他就是个怪胎。我猜军队就是这样对待他们的，把他们变成怪胎。那个吉迪恩脾气很大。我就用了一下他那个不咋值钱的手机，就打了一个电话，然后他就勃然大怒。就他妈因为一个电话。"

"你订了比萨。"我说。

谢莉尔看着我，仿佛我偷了她最后一支烟。"你怎么知道？"

"瞎蒙的。"

克雷探长从旁边看了我一眼。

谢莉尔在一个架子顶层找到了一个大相册。

"我跟吉迪恩说他应该跟帕特里克一起去芬伍德医院。我没再待下去。我给格里打了电话，他过来把我接走了。他想把吉迪恩打倒在地，也差点那么做了，但我告诉他不要费那个劲。"

她把相册贴着胸脯打开，照片朝向我们。

"这就是帕特，是在他结业会操的时候拍的。他看上去帅呆了。"

帕特里克·富勒身着军装，深棕色的头发，两鬓被刮得整整齐齐。他对着镜头微笑，嘴略微歪向一边，看上去中学还没毕业。更重要的是，他并不是九天前警方逮捕的那个人，那个我在三一路警察局询问的人。

她用一根指甲被咬过的手指指着另一张照片。"这张也是他。"

一群士兵刚打完一场比赛，或站或蹲在一个篮球场边。帕特里克穿一条迷彩长裤，赤裸上身。他随意地蹲在那里，一只手臂搭在膝盖上，肌肉发达的躯干汗涔涔地发着亮光。

谢莉尔往后翻了几页。"应该也有吉迪恩的照片。"

她没找到，就又翻回到开头重新找。

"真奇怪。照片不见了。"

她指着相册上一块方形的空白。"我确定照片就在这里。"她说。

有时，相册里缺失的照片和其他照片一样能说明问题。吉迪恩把它拿走了。他不想让人知道他的长相。不过没关系。我记得他。我记得他浅灰色的眼睛和薄薄的嘴唇。我还记得他满脸愁容地在地板上踱步，跨过隐形的捕鼠器。他善于虚构。他编造了不可思议的故事。那真是一场精湛的表演。

我整个职业生涯都建立在能够识别一个人是否在说谎、故意含糊其词或伪装之上，但吉迪恩·泰勒把我耍得团团转。他的谎话几乎天衣无缝，因为他设法控制了对话，分散并转移了你的注意力。他在编造新的内容或增添细节时丝毫没有停顿。连他的无意识的生理反应都不露破绽。他瞳孔的扩张，毛孔大小，肌肉紧张度，肤色的发红和变白以及呼吸都在正常的参数范围内。

我说服韦罗妮卡·克雷放走了他。我说他不可能逼克里斯蒂娜·惠勒从克里夫顿悬索桥上跳下去。我错了。

韦罗妮卡·克雷在发布指示。猎人罗伊快速地记录着，尽力跟上她的速度。她想要泰勒的朋友、家人、战友和前女友的清单。

"去找他们。给他们施加压力。一定有人知道他的下落。"

自打离开富勒的公寓，她还没跟我说过一句话。耻辱是一种奇怪的感觉——胃里一阵翻腾。来自公众的责骂还未到来，但对自我的控诉立刻就开始了。归因。定罪。惩罚。

芬伍德医院是一栋二级历史保护建筑，位于达拉谟高地边缘一片占地五英亩的树林和花园之中。医院的主楼曾是一栋豪华住宅，而通往医院的道路则是私人车道。

院长会在他的办公室跟我们交谈。他叫卡普林医生，热烈地欢迎了我们的到来，就像是我们周末来他的私人领地打猎一样。

“真是宏伟壮丽，不是吗？”他站在办公室的凸窗边端详着花园，说道。他为我们端来茶点，然后坐了下来。

“我听说过你，奥洛克林教授，”他说，“有人跟我说过你搬到这里来了。我原想什么时候会在桌子上看到你的简历呢。”

“我不再做临床心理医生了。”

“真遗憾。我们需要你这样经验丰富的人。”

我环顾他的办公室。房间里的装饰是罗兰爱思混搭宜家，带一点新技术。卡普林医生的领带跟窗帘搭配得几乎完美无缺。

我对芬伍德医院略有耳闻。它归属于一家私企，专注于照料那些付得起这里不菲的日常费用的富人。

“你们都治疗什么心理问题？”

“主要是进食障碍和嗜吃症，但我们也治疗普通精神疾病。”

“我们想了解帕特里克·富勒的情况，一个退伍军人。”

卡普林医生噘起嘴唇。“我们治疗过大量的军事人员，包括现役军人和退伍老兵，”他说，“国防部是我们最大的引荐方。”

“战争可真是个好东西，不是吗？”韦罗妮卡·克雷咕哝道。

卡普林医生身体往后一缩，他那浅褐色的虹膜看起来马上要气得裂成碎片了。

“我们在这里做着重要的工作，探员。我们为人们提供帮助。对于我们政府的外交政策或他们是怎么打仗的，我不做评论。”

“是的，当然，”我说，“我确定你的工作非常重要。我们只是想了解帕特里克·富勒的情况。”

“你在电话里暗示帕特里克被人盗用了身份。”

“是的。”

"我想你应该理解，教授，我不能讨论他的治疗细节。"

"我理解。"

"所以你们不会要求查看他的医疗记录？"

"除非他承认犯了谋杀罪。"探长说。

医生脸上的笑容早已消失不见。"我不明白。他到底做了什么事？"

"这正是我们要查实的问题，"探长说，"我们希望能跟帕特里克·富勒对话，我希望你能充分配合我们的工作。"

卡普林医生拍了拍头发，仿佛在检查头发的厚度。

"我向你们保证，探长，本院是埃文和萨默塞特警察局的朋友。实际上我跟贵局的副局长福勒先生私交甚笃。"

有那么多名字可以提，他偏偏选了这个。韦罗妮卡·克雷眼睛都没眨一下。

"好的，医生，我一定会把你的良好祝愿转达给副局长。我确定他一定会跟我一样感谢你的配合。"

卡普林医生满意地点点头。

他从桌子上拿起一份档案，打开。

"帕特里克·富勒患有创伤后应激障碍和焦虑症。他一门心思想自杀，为在伊拉克失去的战友倍感内疚。帕特里克有时会感到迷惘和困惑。他情绪时常波动，有时会变得非常暴力。"

"多暴力？"探长问道。

"在管理上，他不是一个严重的威胁，他的行为也很典型。我们已经取得了显著的进展。"

一周三千英镑，也该有点进展了。

"军队的精神病医生为什么不接手？"我问。

"帕特里克并不是军队推荐来的。"

"但他的心理问题是跟他的从军经历有关吧？"

"对。"

"谁来支付他的治疗费用？"

"这是保密信息。"

"是谁带他来的？"

"一个朋友。"

"吉迪恩·泰勒？"

"我不知道这跟警方有什么关系。"

韦罗妮卡·克雷已经听够了。她站起来，身子探到桌子上方，瞪大眼睛看着卡普林，吓得他也睁大了眼睛。

"我觉得你没有充分理解这个问题的重要性，医生。吉迪恩·泰勒是一场凶杀调查中的犯罪嫌疑人。帕特里克·富勒有可能是从犯。除非你能拿出医学证据证明接受警方的询问将会置富勒先生于心理创伤的危险境地，我最后一次要求你安排他跟我们见面，否则我下次来就会带着他的逮捕令，并以阻挠调查的罪名逮捕你。到时连福勒先生也帮不了你。"

卡普林医生结结巴巴地回答了一声，但完全听不懂说的是什么。他所有的自命不凡都不见了踪影。韦罗妮卡·克雷还在继续。

"奥洛克林教授是一名心理健康方面的专业人士。询问期间他会在场。如果帕特里克·富勒在任何阶段变得焦虑不安或情况出现恶化，我确定教授会守护他的安全。"

一阵停顿。卡普林医生拿起电话。

"请通知帕特里克·富勒，他有访客。"


房间里只有一张单人床、一把椅子、一台放在底座上的小电视和一个五斗橱。帕特里克比我从他照片中想象的要瘦小得多。那个身着军礼服、有着深色头发的帅小伙被面色苍白、乱蓬蓬的形象所取代。他穿着白汗衫，腋窝下已经泛黄，慢跑长运动裤被卷到了髋骨下面，髋骨像门把手一样从皮肤下凸出来。

右侧腋窝下，手术留下的疤痕组织起皱变硬了。帕特里克瘦了。他的肌肉不见了，脖子变得那么细，吞咽时，喉结就像一个上下跳动的肿瘤肿块。

我拉过来一把椅子，坐到他对面，占据了他的视野。克雷探长似乎很乐意待在门边。芬伍德医院让她浑身不自在。

"你好，帕特里克，我叫乔。"

"你好吗？"

"我很好。你呢？"

"越来越好了。"

"很好。你喜欢这里吗？"

"还好。"

"你已经见过吉迪恩·泰勒了吗？"

这个问题并没有令他感到惊讶。他服用了大量的药物，情绪和动作都被压缩成了单一模式。

"周五之后还没见过。"

"他多久来看你一次？"

"每逢周三和周五。"

"今天就是周三。"

"我猜他很快就会到。"

他长长的手指不安地捏着手腕上的皮肤。我看到了之后留下的红色压痕。

"你认识吉迪恩多久了？"

"从我加入伞兵开始。他真是个脾气倔强的家伙。他总是嘲笑我，但那都是因为我太懒了。"

"他是个军官？"

"少尉。"

"吉迪恩没有待在伞兵部队。"

"没，他加入了'绿黏液'。"

"那是什么？"

"陆军情报团。我们常常开他们的玩笑。"

"什么玩笑？"

"他们算不上真正的士兵，你知道，他们整天就是把各种地图往一起粘，还用彩色铅笔。"

"吉迪恩真的就干这个？"

"他从来没说过。"

"他一定提到过什么吧。"

"如果他跟我说了，就得杀了我，"他露出微笑，看着护士，"我什么时候可以喝啤酒？带劲的东西。"

"快了。"护士说。

帕特里克挠了挠腋窝下面的伤疤。

"吉迪恩跟你说过他回英国的原因吗？"我问。

"没有。他不怎么爱说话。"

"他妻子离开了他。"

"我听说了。"

"你认识她吗？"

"吉迪恩说她是个肮脏的臭婊子。"

"她死了。"

"那太好了。"

"她女儿也死了。"

帕特里克身体为之一缩，用舌头顶着脸颊的一侧。

"吉迪恩怎么付得起这种地方的费用？"

帕特里克耸了耸肩。"他娶了钱。"

"但她现在死了。"

他胆怯地看着我。"我们不是刚说过这个事吗？"

"周一吉迪恩来看你了吗？"

"周一是哪天？"

"两天前。"

"来过。"

"那上周一呢？"

"记不得那么久之前的事。一定是他带我出去吃饭的那次。我们去了一个酒吧。不记得是哪个了。我应该查一下访客记录。进去的时间。离开的时间。"

帕特里克又捏了一下手腕上的皮肤。这是一种触发机制，目的是防止他走神，帮助他保持专注。

"你们怎么对吉迪恩这么感兴趣？"他问道。

"我们想跟他聊聊。"

"你们为什么不早说？"他说着从运动裤口袋里掏出手机，"我给他打电话。"

"不用。把他的电话号码给我就行了。"

帕特里克在拨号码。"你们有这么多问题——直接问他就行了。"

我看了一眼韦罗妮卡·克雷。她摇了摇头。

"等一下。"我急忙对帕特里克说。

太迟了。他把手机递给我。

一个人接了电话："嘿，嘿，我最喜欢的疯子还好吗？"

我沉默了片刻。我应该挂断电话。但我没有。

"我不是帕特里克。"我说。

又是一阵沉默。"你是怎么拿到他的手机的？"

"他给我的。"

接着又一阵停顿。沉默。吉迪恩的头脑在超负荷运转。接着我听到他大笑一声。我能想象他的笑容。

"你好，教授，你找到我了。"

克雷探长一根手指横着滑过脖子。她想让我挂电话。泰勒知道他被认出来了。没人在追踪手机信号。

"帕特里克怎么样？"吉迪恩问道。

"他说越来越好了。让他住在这儿，花销一定不菲。"

"朋友就应该彼此照应。这事关荣誉。"

"你为什么假装成他？"

"警方从门外冲进来。没人停下来问我是谁。你们都以为我是帕特里克。"

"然后你就继续维持这个谎言。"

"我觉得挺好玩的。"

帕特里克坐在床上，边听边偷偷地笑。我站起来，从护士身边走过，走到走廊里。韦罗妮卡·克雷跟着我，在我耳边小声责骂。

吉迪恩还在说。他叫我乔先生。

"你为什么还在找你妻子？"我问。

"她拿走了属于我的东西。"

"她拿走了什么？"

"你去问她。"

"我会的，但她死了。她溺水身亡了。"

"随你怎么说，乔先生。"

"你不相信。"

"我比你更了解她。"

这句话很刺耳，透着怨恨。

"你怎么会有克里斯蒂娜·惠勒的手机？"

"是我捡到的。"

"那也太巧了——捡到了你妻子的老朋友的手机。"

"有时真相比小说还奇妙。"

"是你逼她从桥上跳下去的吗？"

"我不知道你在说什么。"

"那西尔维娅·弗内斯呢？"

"名字听起来挺熟悉的。她是个电视台气象播报员吗？"

"你让她把自己铐到一棵树上，最后她被冻死了。"

"那你得拿出证据来。"

"莫琳·布拉肯还活着。她会告诉我们你的名字。警方会找到你的，吉迪恩。"

他咯咯地笑了。"你真是满口胡言，乔先生。到目前为止，你提到了一起自杀，一起被冻死的死亡案，以及一场警察枪击事件。都跟我没有一点关系。你没有哪怕一个确凿的一手证据，来证明这些案子跟我有关系。"

"我们有莫琳·布拉肯。"

"从没见过这个女人。你去问她。"

"我问过了。她说她见过你一次。"

"她在撒谎。"

这句话是从他牙齿之间发出的，仿佛他在咬着一颗细小的种子。

"帮我弄清楚一些事，吉迪恩。你痛恨女人吗？"

"我们说的是智力上、生理上还是作为一个生物亚种？"

"你是个厌恶女性者。"

"我就知道有个词来形容它。"

他在戏弄我。他觉得自己比我聪明。到目前为止，他是对的。我在电话那头听到了学校的铃声。孩子们你推我挤，大声嚷嚷。

"也许我们可以见见。"我说。

"当然。我们以后有时间可以一块儿吃午饭。"

"现在怎么样？"

"抱歉，我这会儿很忙。"

"你在做什么？"

"我在等巴士。"

寂静中传来空气制动器的声音。柴油机颤抖着咚咚作响。

"我得挂了，教授。跟你聊得很愉快。替我向帕特里克问好。"

他挂了电话。我按下重拨。对方关机了。

我看着克雷探长，摇了摇头。她一脚踢在一个废纸篓上，纸篓砰的一声撞到对面的墙上，又弹了回来。纸篓侧面出现了一个巨大的凹痕，使得它在铺着地毯的地面上不规则地摇晃着。

# 第四十六章

巴士门扑哧一声打开了。学生们你推我挤地鱼贯而上。他们中的一些人手里拿着纸面具和挖空了的南瓜。万圣节就剩两周了。

她在那儿，穿着格子短裙、黑色的紧身裤和深绿色的套头衫。她找到了一个中间的座位，把书包放在旁边。几缕头发从马尾辫中跑了出来。

我拄着拐杖摇摇晃晃地从她身边走过。她没有抬头。所有座位都有人了。我盯着其中一个男孩，拄着双拐前后摇晃着。他挪开了。我坐了下来。

大点的男孩占据了后排座位，朝窗外的伙伴大喊。领头的男孩戴着牙箍，下巴上长着细软的须毛。他在盯着那个女孩看。她在抠指甲。

巴士开动了——走走停停，乘客上上下下。戴牙箍的男孩朝车头走，从我身边走过。他靠在她的座位上，一把抓起她的书包。她试图把它夺回来，但他一脚把它踢开了。她礼貌地让他捡回来。他哈哈大笑。她告诉他别耍孩子气了。

我走到他身后。我的手看似轻轻地放到了他的脖子上。这是一个看起来很友好的举动——慈爱的——但我的手指掐住了他的颈椎两侧。他的眼球外突，厚底的鞋子只有鞋尖着地。

他的同伴都围了过来。其中一个叫我放开他。我瞪了他一眼，他们就安生了。巴士司机是个古铜色的锡克教教徒，裹着头巾，这会儿正看着后视镜。

"有什么问题吗？"他大喊。

"我觉得这孩子晕车了，"我说，"他需要点新鲜空气。"

"你要我停车吗？"

"他会坐下一班车。"我看着那个男孩，"对吧？"我动了动手。他不住地点头。

巴士停在了路边。我把那个男孩拖到后门。

"他的包在哪儿？"

有人把包递了过来。

我松开了他。他一屁股坐到巴士候车亭的座位上。车门扑哧一声关上了。车开走了。

女孩犹豫地看着我。现在她的书包放到了腿上，双臂交叉放在书包上面。

我在她前面的座位上坐下，把拐杖靠在金属扶手上。

"你知道这趟车经不经过布拉德福特路吗？"我问。

她摇摇头。

我打开一瓶水。"我读不懂候车亭下面的那些地图。"

她依然没有回应。

"我们竟然买塑料瓶装的水喝，多神气啊。我小的时候，要是找瓶装水喝，你得渴死。我们家老头说这是耻辱。很快他们就会开始向我们收净化空气的钱了。"

没有回应。

"我猜你是不能跟陌生人说话吧。"

"对。"

"没关系。这是个好建议。今天很冷，你不觉得吗？特别是周五的时候。"

她上钩了。"今天不是周五。是周三。"

"你确定吗？"

"对。"

我又喝了一口水。

"周几有什么区别吗？"她问道。

"你看，一周的每天都有各自不同的特点。周六很忙碌。周日过得很慢。周五则应该充满了希望。周一……我们都痛恨周一。"

她微微一笑，扭过脸去。在这短暂的一瞬，我们成了同谋。我进入了她的头脑。她进入了我的。

"那个戴牙箍的家伙——是你朋友吗？"

"不是。"

"他找你麻烦吗？"

"我猜是吧。"

"你故意躲开他，但他还是找上门来？"

"我们坐同一趟巴士。"

她逐渐进入了聊天状态。

"你还有兄弟吗？"

"没有。"

"你知道怎么用膝盖顶人吗？你就要这么干——用膝盖顶他那个地方。"

她脸红了。多可爱。

"想听个笑话吗？"我说。

她没有回答。

"一个女人抱着个婴儿上了巴士，巴士司机说：'这是我见过的最丑的婴儿。'那个女人很生气，但还是付了车票钱，坐下了。另一名乘客说：'你不能就这么放过他。你回去教训他。来，我先帮你抱着这只猴子。'"

这次她哈哈地笑了。这是你听过的最甜美的笑声。她是个蜜桃，一个无比甜美的蜜桃。

"你叫什么名字？"

她没有回答。

"哦，对，我忘了，你不该跟陌生人说话的。我猜我应该叫你雪花姑娘。"

她盯着车窗外。

"好了，我到了。"我说着站起身来。拐杖倒在了过道里。她弯腰帮我捡了起来。

"你的腿怎么了？"

"没什么。"

"那你为什么要用拐杖？"

"这样巴士上就会有人给我让座。"

她又笑了。

"跟你聊天很愉快，雪花姑娘。"

# 第四十七章

　　莫琳·布拉肯身上插着各种管子，有的进，有的出。枪击已经过去两天，自她苏醒后已经过了一天。她脸色苍白，但如释重负，只模糊地记得发生过什么。每隔几小时，护士会给她注射吗啡，然后她就会沉睡过去。

　　她处在警方的保护之下，住在布里斯托尔皇家医院——这座城市为数不多的重要地标性建筑之一。正门入口的前台边站着肩上挂蓝白色绶带的志愿者。她们看上去就像年老的选美皇后，四十年前参加选美比赛正合适。

　　我说了莫琳·布拉肯的名字。她们脸上的笑容消失了，从楼上叫下来一名警员。鲁伊斯和我在大厅里等，翻着医院商店里的杂志。

　　一扇电梯门开了，里面传出布鲁诺隆隆的说话声。

　　"谢天谢地，总算来了一个亲切的面孔。来给老太婆鼓劲加油？"

　　"她怎么样了？"

　　"看起来好些了。我不知道一颗子弹竟能造成这么大的混乱。太可怕了。不过重点是，我错过了所有重要节点。"

　　他看起来真的如释重负。接下来的几分钟里，我们一直在互相说着"世界将会变成什么样子"的陈词滥调。

　　"我正要去弄点像样的吃的，"他说，"不能让她吃医院里的残羹剩饭。里面全是超级细菌。"

"没你想的那么糟。"我说。

"不，比那更糟。"鲁伊斯说。

"你觉得他们会介意吗？"布鲁诺问道。

"我肯定他们不会介意。"

他跟我们挥手告别，穿过自动门不见了。

一名警员从电梯里走出来。他长着一副意大利人的面孔，平头，手枪插在夹克下面的枪套里。我记得在三一路警察局的简报会上见过他。

他领我们到楼上，另一名警员正守卫着莫琳·布拉肯病房外的走廊。病房位于医院大楼的侧翼，十分安全。两名警员用金属探测仪来扫描访客和医务人员。

她化了妆——我猜是为了布鲁诺。通常平淡无奇的病房因为有了几十张祝福卡片和画作而变得不再寻常。一个条幅从床上垂下，带着金银两色的流苏，上面写着"早日康复"，还有数百个学生的签名。

"你是个很受学生欢迎的老师呀。"我说。

"她们争着想过来看我，"她笑着说，"不过只在上课期间，这样她们就能逃课了。"

"你感觉如何？"

"好点了。"她上身坐高了一些。我帮她调整了一下背后的枕头。鲁伊斯在走廊里，跟两名警员说着关于护士的下流笑话。

"你刚好错过了布鲁诺。"莫琳说。

"我在楼下见到他了。"

"他去马里奥餐馆给我买午饭了。我非常想吃意面和火箭沙拉。感觉就像我又怀孕了，要布鲁诺宠着我，不过不要告诉他我说过这话。"

"我不会说的。"

她看着自己的双手。"很抱歉我曾经试图拿枪打你。"

"没事。"

她的声音立刻变得沙哑了。"太可怕了……他说的那些关于杰克逊的话。我真的相信他，你知道吗，我真的以为他会那么做。"

莫琳重新讲了一遍事情的经过。每个父母都知道在超市、操场或是繁忙的街道上看不到孩子时是什么感受。两分钟像一辈子一样漫长。两小时，你什么都可能做出来。对莫琳来说，情况更糟。她听着儿子的喊叫声，想象着他的痛苦和死亡。打电话的人告诉她，她再也见不到杰克逊了，永远也找不到他的尸体。永远也弄不清事情的真相。

我跟她说我能理解。

"你能吗？"她问。

"我是这么认为的。"

她摇摇头，低头看着自己受伤的肩膀。"我觉得没人能理解。我宁愿把枪管放到自己的嘴里。我宁愿扣动扳机。只能要救杰克逊，做什么我都愿意。"

我在病床旁边坐了下来。

"你能听出他的声音吗？"

她摇摇头。"但我知道是吉迪恩。"

"如何知道？"

"他问起了海伦。他想知道她有没有给我写过信、打过电话或发过邮件。我告诉他没有。我说海伦已经死了，说我很抱歉，他却大笑起来。"

"他说过自己为什么觉得她还活着吗？"

"没有，但他让我相信了。"

"怎么让你相信的？"

她踌躇着，寻找合适的语言。"他是那么确定。"

莫琳别过脸去，希望转移注意力，不愿再想到吉迪恩·泰勒。

"海伦的妈妈给我寄了一张祝福卡片。"她指着那张靠墙的桌子说。她引导我找到那张卡片。卡片上有一枝手绘的颜色很淡的兰花。克劳迪娅·钱伯斯写道：

> 有时上帝会考验最优秀的人，因为他知道他们必定能通过考验。
> 我们的心和祈祷与你同在。祝早日康复。

我把卡片重新放回去。

莫琳闭上了眼睛。慢慢地，她的脸因为疼痛而起了褶皱。吗啡正在失效。记忆在她脑海中慢慢展开，她张开嘴。

"妈妈们应该随时知道孩子身在何处。"

"为什么这么说？"

"是他跟我说的。"

"吉迪恩？"

"我还以为他在刺激我，但现在我不确定了。也许这是他说的唯一一句真话。"

# 第四十八章

斯潘塞、罗斯与戴维斯律师事务所位于市政厅对面的一栋现代化办公大楼里，旁边紧邻着皇家法院。大厅就像一座现代的要塞，足有五层楼高，凸起的玻璃屋顶下是纵横交错的白色管道。

"看那个家伙的西服，"鲁伊斯小声说，"比我一衣橱的衣服都值钱。"

"我这双鞋都比你一衣橱的衣服值钱。"我回答。

"这话太残忍了。"

那个穿着细条纹西服的男人和前台接待员协商之后朝我们走来，一边解开上衣的扣子。没有自我介绍。我们只需要跟着他。

电梯载着我们上行。花盆里的植物越来越小，水里的锦鲤变得如金鱼一般大小。

我们被领进一间办公室，一个七十多岁的律师坐在一张硕大的办公桌后面，显得他更加枯槁。他把身体从椅子上抬升一英寸，然后又坐下。这要么表示他年事已高，要么表示他要给予我们尊重。

"我叫朱利安·斯潘塞，"他说，"钱伯斯建筑公司的代理，也是布赖恩家的故交。我相信你们已经见过钱伯斯先生了。"

布赖恩·钱伯斯甚至懒得跟我们握手。他穿着的西服，没有哪个裁缝能让它看上去令人舒服点。有些人天生只适合穿工装裤。

"我觉得我们有点出师不利。"我说。

"你们耍小聪明闯入我的私宅，惹得我妻子非常难过。"

"如果是这样，那我道歉。"

斯潘塞先生尽力缓和气氛，像位校长一样对钱伯斯先生发出啧啧声。

他说是故交，但我觉得他们并非自然联盟——一名唯利是图的老律师和一个工薪阶层的百万富翁。

那个穿条纹衣服的男人一直待在办公室里。他站在窗户边，双臂交叉抱在胸前。

"警方在找吉迪恩·泰勒。"我说。

"也他妈的该找了。"布赖恩·钱伯斯说。

"你知道他在哪儿吗？"

"不知道。"

"你上次跟他说话是什么时候？"

"我一直在跟他说话。他每次在半夜打来电话，什么都不说，只对着话筒呼吸，我就在电话里对他大吼。"

"你确定是他？"

钱伯斯瞪着我，仿佛我在质疑他的智商。我与他对视，保持并仔细观察他的面部。大块头的家伙往往性格坚韧，但一个阴影笼罩了他的生活，在它的重压之下，他已日渐萎靡不振。

他站起来，来回踱步，手指弯曲握拳，然后又伸开。

"泰勒闯进我们的房子——不止一次，我不知道到底有多少次，我换了门锁，安装了监控探头、警报器，但都没用，因为他还是能进来。他会留下信息。警告。微波炉里的死鸟。床上放把枪。我妻子的猫还被塞到了马桶水箱里。"

"你把这些都报告给警方了。"

"我都是用快速拨号。他们磨磨蹭蹭地出现在我家门前，但这他妈的根本没用，"他看了一眼鲁伊斯，"他们没有逮捕他，也没有起诉他。他们说没有证据。电话都是用不同的手机打来的，而且都追踪不到泰勒身上。没有指纹，也没有衣物纤维，监控里也看不到。这怎么可能？"

"他非常小心谨慎。"鲁伊斯说。

"或者他们在保护他。"

"为什么？"

布赖恩耸耸肩。"我不知道。这说不通。我现在找了六个人来保护房子，一天二十四小时不间断。但这依然不够。"

"什么意思？"

"昨天晚上，有人在石桥庄园旁边的湖里下了药，"他解释道，"我们养了四千条鱼——鲤鱼、斜齿鳊和鳊鱼——全死了。"

"是泰勒干的？"

"还能是谁？"

大块头停止了踱步。怒火从他身上消失了，至少暂时如此。

"吉迪恩想要什么？"我问。

朱利安·斯潘塞替他回答："泰勒先生并未说明。起初他是想找到他的妻子和女儿。"

"那是在渡轮事故之前。"

"是的。他不接受他们的婚姻结束了，就回来找海伦和克罗艾。他指责布赖恩和克劳迪娅把她们藏了起来。"

律师从他的办公桌抽屉里拿出一封信，回忆道：

"泰勒先生在德国采取了法律行动，赢得了他女儿的共同监护权。他想要发布国际拘捕令，逮捕他的妻子。"

"她们就躲到了希腊。"鲁伊斯说。

"正是如此。"

"那场悲剧之后，泰勒一定停止了骚扰行为吧。"

布赖恩·钱伯斯讥讽地大笑起来，接着剧烈地咳嗽不止。那位年迈的律师给他倒了一杯水。

"我不明白。海伦和克罗艾死了。泰勒为什么要继续骚扰你们？"

布赖恩·钱伯斯坐在椅子里，身体前倾，肩膀下垂，一副凄惨的落魄模样。"我猜是跟钱有关。海伦将来有一天会继承庄园。我猜泰勒是想要点补偿。我提出给他二十万英镑，如果他不再来打扰我们。他就是不接受。"

老律师啧啧地表示不以为然。

"他没有提出过别的要求？"

钱伯斯摇摇头。"那个家伙就是个变态。我已经不再试图去理解他。我想碾碎那个浑蛋。我想让他付出代价……"

朱利安·斯潘塞告诫他不要有威胁举动。

"去他妈的当心！我妻子在服用抗抑郁药物。她睡不着觉。你们看到我的手了吗？"钱伯斯把双手摊在桌子上，"你们想知道它们为什么可以保持镇定吗？因为服药。这就是泰勒对我们的所作所为。我们俩都在服药。他让我们的生活痛苦不堪。"

初次见到布赖恩·钱伯斯时，我原以为他的愤怒和讳莫如深是偏执狂的表现。现在我对他有了更多的同情。他已经失去了女儿和外孙女，而他的心智健康也面临威胁。

"跟我讲讲吉迪恩的情况，"我问，"你第一次见他是什么时候？"

"海伦把他带到了家里。我觉得他很冷漠。"

"为什么？"

"他看起来好像知道房间里所有人的秘密，但谁都不知道他的。显而易见，他在军队服役，但他从来不谈军队或者自己的工作——也不和海伦说。"

"他驻扎在哪里？"

"在贝德福德郡的奇克桑兹。那里是军队训练的地方。"

"然后？"

"北爱尔兰和德国。他经常出差。他从来不告诉海伦要去哪儿，但她说有一些线索可循。阿富汗、埃及、摩洛哥、波兰、伊拉克……"

"知道他做什么工作吗？"

"不知道。"

鲁伊斯走到窗边，看着外面的风景。与此同时，他扭头看了一眼那个穿细条纹衣服的家伙，打量着他。鲁伊斯有比我更为敏锐的直觉。我总是寻找一些泄密的迹象来判断一个人，而他依靠的是内心的感受。

我向钱伯斯先生问起他女儿的婚姻。我想知道婚姻的破裂是简单干脆的还是旷日持久的。有些夫妇在爱意早已不在的情况下，仅靠那份熟悉和习惯来维系关系。

"我爱我女儿，教授，但我不敢宣称对女人有多么深入的了解，包括我妻子，"他说着擤了擤鼻涕，"她爱我——这点大概可以确定。"

他把手帕对折再对折，然后重新放到裤子口袋里。

"我不喜欢吉迪恩随意摆布海伦。她在他身边就像变了一个人。他们结婚的时候，吉迪恩想让她把头发染成金色。她就去了一家理发店，但结果却是一团糟。她的头发被染成了姜黄色。她本来就够窘迫了，但吉迪恩还火上浇油。他在婚礼上取笑她。当着她朋友的面贬低她。我恨他。

"在婚宴上，我想跟她跳支舞。这是传统——父亲和新娘跳舞。吉迪恩让海伦先征求他的许可。那天可是她的婚礼，看在上帝的分上！在婚礼那天，哪个新娘要得到别人的允许才能跟她父亲跳舞？"

他脸上闪过一丝异样，一次不自觉的痉挛。

"他们搬到北爱尔兰的时候，海伦至少两周打一次电话，还会写来长信。然后电话和信件就断了。吉迪恩不想让她跟我们联系。"

"为什么？"

"不知道。他看起来是嫉妒她的家人和她的朋友。我们见到海伦的次数越来越少。当她回家看望我们，从来都是不超过一两个晚上吉迪恩就开始打包行李。海伦变得很少笑了，说话也是低声细语，但她对吉迪恩忠贞不渝，从来不说他的不好。

"她怀上克罗艾的时候，告诉她妈妈不要去看她。后来我们发现吉迪恩不想要孩子。他非常生气，要求她把孩子流掉。海伦拒绝了。

"虽然不确定，但我觉得他是嫉妒自己的孩子。你能相信吗？搞笑的是，等克罗艾出生了，他的态度却来了个一百八十度大转变。他完全被迷住了。神魂颠倒。事情安定了下来。他们也更幸福了。

"吉迪恩被派到了德国奥斯纳布吕克的英军基地。他们搬进了军队提供的公寓。家属区还有很多其他的军眷。海伦设法大约一个月给我们写一封信，但很快这些信件都被叫停了。没有他的允许，她不能跟我们联系。

"每天晚上，吉迪恩就会盘问她去了哪里，见了谁，说了什么话。海伦不得不一字不差地记住整个对话，否则吉迪恩就指责她撒谎或欺瞒他。她不得不溜出家门，用公共电话给她妈妈打电话，因为她知道用家里的电话或者手机打的电话，都会在话费账单上显示出来。

"即使在吉迪恩外出执行任务的时候，海伦也要小心谨慎。她确定有人在监视她，然后跟他报告。

"他的嫉妒就像一种病。每次他们外出交际，吉迪恩都让她独自一人坐在角落里。如果其他男性跟她说话，他就会生气。他会要求知道他们都说了什么——一字不差。"

布赖恩·钱伯斯在椅子里上身前倾，两手紧握在一起，仿佛在祈祷自己早该采取行动拯救自己的女儿。

"最后一次任务回来之后，吉迪恩的行为变得更加古怪了。我不知道发生了什么。据海伦说，他变得冷漠、易怒、粗暴……"

"他打过她？"鲁伊斯问。

"就打过一次——用手背打在了她的脸上。她的嘴唇裂了个口子。她威胁要离开他。他道了歉。他哭了。他祈求她留下来。她当时就应该离开他。她本应该逃跑。但一想到离开，她的决心就动摇了。"

"他最后一次任务期间发生了什么？"

钱伯斯耸耸肩。"不知道。他当时在阿富汗。海伦说他一个朋友牺牲了，另一个受了重伤。"

"你听他提到过帕特里克·富勒这个名字吗？"

他摇摇头。

"吉迪恩回来后，突然要求海伦再生一个孩子，一个男孩。他想要个儿子，好给他起他死去的朋友的名字。他把她的避孕药都扔进马桶冲走了，但海伦还是设法阻止了自己怀孕。

"很快，吉迪恩得到了搬出家属区的允许。他在距离驻地大约十英里的地方租了一间农舍，那里荒无人烟。海伦既没有电话也没有汽车。她和克罗艾被完全隔离起来。他在隔绝她们周遭的世界，把它缩小到恰好容纳他们三个人。

"海伦想把克罗艾送到英国的寄宿学校，但吉迪恩拒绝了。相反，她进了驻军学校。吉迪恩每天早晨载她去学校。从挥别他们的那一刻起，海伦一整天再也见不到一个人。但每天晚上，吉迪恩还是会盘问她都做了什么，都见了谁。但凡她支支吾吾或是出现一丝犹豫，他的问题就会变得更加不堪。"

大块头又站了起来，但还在说话。

"那一天，他回到家，注意到车道上的车辙。他就说有人来找过海伦。她坚决否认。他宣称那是她的情人。海伦恳求他，说那不是真的。

"他把她的头按到厨房桌台上，然后用刀子在自己的手掌上划了个十字。他握紧拳头，把血滴到了她的眼睛里。"

我想起了在三一路警察局询问他时，泰勒左手上的伤疤。

"你知道很讽刺的是什么吗？"钱伯斯用手按压着双眼，"那车辙根本不是什么访客或情人的。吉迪恩忘了自己头一天从驻地开了另一辆车回家。那车辙正是他自己留下的。

"那天夜里，海伦一直等到吉迪恩睡着。她从楼梯下面拿出一个行李箱，把克罗艾叫醒。她们车门都没关，因为她不想发出任何声音。汽车一直发动不了，点火开关拧了一次又一次。海伦知道这声音会把吉迪恩吵醒。

"他从农舍里冲出来，只有一条腿穿上了裤子，光着脚跳着冲下台阶。汽车发动了。海伦踩下油门。吉迪恩沿着车道追她们，但她没有减速。她一个转弯拐到了主路上，克罗艾那侧的车门突然打开了。我的外孙女从安全带下面滑了出去。在她要摔下去的一瞬，海伦抓住了她，把她拉回了车里。她弄断了克罗艾的手臂，但她没有停车。她继续往前开。她一直觉得吉迪恩在后面追她。"

布赖恩·钱伯斯深吸一口气，屏住呼吸。他身体的一部分想停下来。他希望自己十分钟之前就停下来，但故事势头正劲，轻易停不下来。

海伦没有驱车前往加来，而是沿反方向，朝奥地利驶去，只在加油时停下。她在高速公路服务区给她父母打了个电话。布赖恩·钱伯斯提出让她乘飞机回家，但她想花点时间思考一下。

克罗艾在斯特拉斯堡的一家医院里接好了手臂。布赖恩·钱伯斯给她们汇了钱——足够支付任何医疗费用，买新衣服，外加她们几个月的旅行。

"你见到海伦了吗？"我问。

他摇摇头。

"我跟她在电话里聊过……还有克罗艾。她们从土耳其和克里特岛给我们寄来了明信片。"

说这话时，他哽咽欲哭。这些回忆对他来说非常珍贵——最后的话语、最后的信件、最后的照片……每一个都被珍藏起来。

"为什么海伦的朋友们都不知道她溺水身亡了？"鲁伊斯问。

"报纸上用的是她的夫姓。"

"可是也没有死亡或是葬礼通知吗？"

"没有举行葬礼。"

"为什么？"

"你想知道为什么？"他的眼睛里怒火四射，"因为泰勒！我害怕他会出现，然后毁掉葬礼。就因为怕那个浑蛋变态会把葬礼变成一场马戏。"

他的胸口上下起伏。这突然的爆发似乎吸走了他内心仅剩的斗志。

"我们举行了一个小型仪式。"他低声说。

"在哪儿？"

"在希腊。"

"为什么在希腊？"

"那是我们失去她们的地方。在那里她们很快乐。我们在一个岩石嶙峋的海岬上建了一座纪念碑，那里俯瞰一个海湾，克罗艾曾在那里游过泳。"

"一座纪念碑，"鲁伊斯说，"她们的坟墓在哪儿？"

"她们的尸体始终没有找到。爱琴海的那片区域洋流很强。一名海军潜水员找到了克罗艾。她的救生衣挂在了船尾附近一个梯子的横档上。他剪掉她身上的救生衣，但洋流把她卷走了。他氧气瓶里的氧气不多了，不能去追她。"

"他确定是她？"

"她手臂上还打着石膏呢。是克罗艾。"

电话响了。老律师看了一眼手表。他的时间是按刻计算的——收费的。我在想他会收这位"故交"多少咨询费。

我谢过钱伯斯先生抽空相见，然后缓缓地站起身来。被坐扁的皮革椅子开始慢慢地复原。

“你知道吗，我都想过杀了他。”布赖恩·钱伯斯说。朱利安·斯潘塞试图阻止他说下去，但被挥手挡住了。“我问过斯基珀该怎么办。我该给谁钱？我的意思是，你随时会读到这种东西。”

“我确定斯基珀有些朋友。”鲁伊斯说。

“是，”钱伯斯说，“我不知道自己该不该信任他们。他们也许会杀掉半座楼的人。”

他看着朱利安·斯潘塞。“别担心，我就是说说而已。克劳迪娅不会让我这么做的。她有个上帝，并要为他负责。”他闭了会儿眼，然后睁开，希望世界换了一番模样。

“你有孩子吗，教授？”

“有两个。”

他看着鲁伊斯，后者伸出了两根手指。

“你永远不会不担心，”钱伯斯说，“整个怀孕期间你都会担心，然后是出生，出生后第一年，以及之后的每一年。你担心她们赶不上巴士，担心她们过马路、骑自行车、爬树……你在报纸上读到各种发生在孩子身上的可怕事情。这让你担惊受怕，而且永远不会消失。”

“我知道。”

“然后你会觉得她们那么快就长大了，突然间你说话不算数了。你希望她们找到完美的男朋友和完美的丈夫。你希望她们找到梦寐以求的工作。你希望能帮她们避免失望和伤心，但你不能。你永远也放不下做父母的心。你会永远担着心。如果够幸运，你还能帮她们收拾残局。”

他别过脸去，但我依然能从窗户玻璃里看到他的痛苦。

“你有泰勒的照片吗？”我问。

“可能在家里。他不喜欢拍照——即使是在婚礼上。”

"海伦的呢？我还没见过一张像样的。报纸上登的都是她在渡轮沉没事故前在希腊拍的一张抓拍。"

"那是我们手里有的最新的照片。"他解释道。

"你还有其他照片吗？"

他犹豫了，看了一眼朱利安·斯潘塞，然后打开钱包，抽出一张护照尺寸的照片。

"照片是什么时候拍的？"我问。

"几个月前。海伦从希腊寄来的。我们得给她办一本新护照——用她的原姓。"

"我借用一下，你不会介意吧？"

"为什么？"

"有时候，如果有一张受害人的照片，能帮助我理解罪案。"

"你觉得她是受害者吗？"

"是的。她是第一个。"

离开律师的办公室以后，鲁伊斯还没跟我说过一句话。我确定他有自己的想法，但时机不到他不会说出来。也许这是他从前职业的积习，但他浑身散发着一种"此时此地不行"的气息，让他不必遵守通常的对话规则。说到这儿，退休之后他倒温和了不少。他内心的各种力量找到了平衡，他也跟诸如"守护神关照着无神论者"之类的说法和解了。一切事务都有各自的守护神，为什么无神论者不能有呢？

本案的一切都透着情绪和悲伤，并以此为转移。我很难聚焦于特定的细节上，因为我花了太多时间在那些当务之急上，比如达茜，担心她会不会出什么事。现在，我想退后一步，希望能在另一种语境下看待事物，但是站在山的正面，想要移开视线并不简单。

我能理解当我们去他们家时，布赖恩和克劳迪娅为什么会如此愤怒和充满敌意。吉迪恩·泰勒在偷偷地追踪他们。他跟踪他们的车，打开他们的信件，留下下流的信物。

警方无法阻止这种骚扰行为，所以钱伯斯放弃了合作，自行采取了安全措施，二十四小时不间断保护，还安装了警报器、动作感应器、情报拦截器和保镖。我能理解他们的做法，但无法理解吉迪恩的。他为什么还要找海伦和克罗艾，如果这就是他的目的的话？

吉迪恩身上没有任何笨拙或冲动的迹象。他是个恃强凌弱者、虐待狂和控制狂，他周密而系统地摧毁他妻子的家庭，并杀害她的每一个朋友。

这并非纯粹为了消遣——至少起初不是。他在寻找海伦和克罗艾。但现在不同了。我的思绪回到克里斯蒂娜·惠勒的手机上。吉迪恩为什么要留着它？为什么不处理掉或把它留在克里斯蒂娜的车里？相反，他却把它带回了帕特里克·富勒的公寓，而帕特里克的妹妹又无意间用手机订了份比萨。这几乎打乱了他的全部计划。

吉迪恩买了充电器。警方找到了收据。他给电池充了电，好查看手机记录。他以为这样能帮他联系到海伦和克罗艾。出于同样的原因，他在葬礼期间闯进了克里斯蒂娜·惠勒的房子，打开了吊唁卡片。他一定预想海伦会出现在葬礼上或者至少寄张卡片。

吉迪恩知道什么我们不知道的事？他是得了妄想症，拒绝接受现实，还是洞悉或者得知了什么其他人都不知道的信息？一个秘密，如果别人都不知道它的存在，那它又有何用呢？

鲁伊斯把车停在了法院后面的一个多层停车场里。他打开车门，坐到驾驶座上，透过天窗盯着海鸥像被上升气流带起的报纸一样在空中盘旋。

"泰勒觉得他妻子还活着。有没有可能他是对的？"

"几乎没有可能，"他回答，"当时有验尸报告和海事调查委员会。"

"你在希腊警察系统有熟人吗？"

"没有。"

鲁伊斯依然一动不动地坐在驾驶座上，闭着眼睛，仿佛在听自己的动脉缓慢跳动的声音。我们都知道该做什么。我们需要查一下渡轮沉没事故。一定有目击者的证词、乘客名单和照片……一定也有人跟海伦和克罗艾说过话。

"你不相信钱伯斯。"

"他说的只是一场惨剧的一半。"

"另一半在谁那儿？"

"吉迪恩·泰勒。"

# 第四十九章

埃玛醒了，因为做了个梦，呜呜咽咽地小声抽泣。我迷迷糊糊地下了床，走到她的床边，在心里咒骂着冰凉的地板和僵硬的双腿。

她紧闭着眼睛，左右摇晃着脑袋。我弯腰把一只手放到她的胸口上。我的手几乎完全盖住了她的胸腔。她睁开眼睛。我把她抱起来，抱在胸前。她的小心脏嗵嗵地跳着。

"没事了，宝贝。就是个梦而已。"

"我看到了一个怪物。"

"没有什么怪物。"

"它要吃你。它吃掉了你的一只胳膊，然后又吃掉了你一条腿。"

"我很好呀。看，两只胳膊，两条腿。还记得我跟你说过什么吗？没有什么怪物。"

"都是假的。"

"对。"

"万一它回来了呢？"

"你得梦点别的。这个怎么样——你梦到了自己的生日派对、仙女面包和果冻豆。"

"还有棉花糖。"

"对。"

"我喜欢棉花糖。粉色的，不是白色的。"

"它们都一个味。"

"对我来说不一样。"

我把她放下，给她掖好被子，吻了下她的脸颊。

朱莉安娜现在在罗马。她是周三离开的。我都没机会见着她。等我从芬伍德医院回到家，她已经走了。

我昨天晚上给她打了电话。我打过去时，是德克接的。他说朱莉安娜在忙，说她会打回来。我等了一个多小时，又打过去。她说她没收到我的留言。

"所以你是在加班。"我说。

"差不多结束了。"

她听上去很疲惫。她说意大利人改变了要求。她和德克在重新起草整个交易，重新接洽主要的投资者。我没有明白其中的细节。

"你还是明天晚上回来吗？"

"对。"

"你仍然希望我去那个派对吗？"

"如果你愿意的话。"这并不是一句热情的肯定句。她问起两个孩子以及伊莫金和鲁伊斯，鲁伊斯昨天回伦敦去了。我告诉她一切都好。

"听着，我得挂了。跟孩子们说我爱她们。"

"我会的。"

"拜拜。"

朱莉安娜先挂了。我拿着电话，听着，仿佛寂静中会有什么东西打消我的疑虑，说一切都很好，明天她就回家了，我们会在伦敦度过一个美妙的周末。只是，我并不感觉一切都好。我不停地想象着德克在她的酒店房间里，接她的电话，跟她一块儿吃早餐。我之前从未有过这种想法，从未怀疑，从不苦恼。但现在我也说不清是我想多了（因为帕金森先生每次发作时都会让我这样），还是我的怀疑是事出有因。

朱莉安娜变了，但我也一样。我们第一次见面时，她有时会问我她是不是牙齿上粘了东西，还是衣服出了什么问题，因为大家都在盯着她看。她没有意识到自己的美，以至于注意不到它所招致的目光。

现在已经不经常发生了。她更加小心谨慎，处处提防着陌生人。这都怪三年前发生的事情。她不再朝陌生人微笑，不再对行乞者施舍钱财，也不再帮迷路的人指方向。

埃玛又睡着了。我把她的大象玩偶放到床的栏杆旁，然后轻轻地掩上门。

在楼梯平台的另一端，我听到了查莉的声音。

"她还好吗？"

"没事。就是做了噩梦。回去睡吧。"

"我要去洗手间。"

她穿着宽松的睡裤，裤子滑到了屁股上沿。我从未想过她会有屁股或好看的腰。她一直都是从上到下一般粗细的。

"我能问你个事吗？"她站在卫生间门口说道。

"当然。"

"达茜出走了。"

"对。"

"她还会回来吗？"

"希望吧。"

"好吧。"

"什么好吧？"

"没什么。就是好吧。"她又接着说道，"达茜为什么不愿意跟她姨妈一起生活？"

"她觉得自己够大了，可以照顾自己了。"

　　她靠着门框，点点头。她带弧度的刘海盖住了一只眼睛。"如果妈妈死了，我不知道自己该怎么办。"

　　"没人会死。别这么神神道道的。"

　　她走了。我踮着脚尖回到床上，睁着眼躺着。天花板看起来很遥远。我旁边的枕头冷冰冰的。

　　还没有吉迪恩·泰勒的消息。韦罗妮卡·克雷打了一两次电话，给我通报信息。选民名单和电话簿上都没有吉迪恩的信息。他既没有英国的银行账号也没有信用卡。他没有看过医生，也没去过医院。他既没有签过租约也没有购买过债券。斯温格勒先生预收了六个月的租金，而且是现金。有些人会轻轻地走过一生，吉迪恩却几乎连脚印都没有留下。

　　看起来我们唯一能确定的只有他于一九六九年出生在利物浦。他父亲埃里克·泰勒是个退休的钣金工人，住在布里斯托尔。他瘦得一把骨头，充满了敌意，满嘴脏话，透过邮件投递口对警方进行谩骂，除非看到搜查令否则拒绝开门。最终，他被讯问时，又喋喋不休地抱怨起孩子们让他挨饿。

　　而他的另一个儿子，吉迪恩的哥哥，在莱斯特经营了一家文具供应公司。他宣称，他已经有十年没见过吉迪恩，没和他说过话了。

　　吉迪恩十八岁就参了军。他参加了第一次海湾战争。第二次波斯尼亚战争结束后，他又在科索沃做维和人员。根据帕特里克·富勒的说法，他于二十世纪九十年代中期转入陆军情报部队，另外我们从布赖恩·钱伯斯那里得知，他在位于贝德福德郡奇克桑兹的国防情报与安全中心接受了训练。

　　起初，他驻扎在北爱尔兰，随后被改派到了德国的奥斯纳布吕克，加入北约快速反应部队。通常，英国军人只会派驻海外四年，但出于某种原因，吉迪恩留了下来。为什么呢？

　　每次想到他的所作所为以及他的不择手段，我就感到一阵不安。性虐狂不会保持沉默。他们不会离开。

他的一切行动都从容、镇定，几乎是欢欣愉快的。他相信自己比警方、军方以及其他所有人都聪明。他的每桩罪案都比上一个更为邪恶和夸张。他是位艺术家，而不是屠夫——这就是他想说的。

下一次将是最为恶劣的。吉迪恩没能杀死莫琳·布拉肯，这意味着他的下一个受害者将承载更多的意义。韦罗妮卡·克雷和她的团队正在追踪海伦·钱伯斯的中学校友，大学好友以及同事，特别是有孩子的。这是一项艰巨的任务。她没有足够的人手来保护每一个人。她所能做的就是给她们每人一张吉迪恩·泰勒的面部照片，让她们知晓他的惯用伎俩。

这些想法跟随我进入梦乡，在阴影之间闪转腾挪，就像在跟踪我。


周六上午，我要干了家务才能去伦敦。村子里正在举行狂欢活动。

当地的商店、俱乐部和社会团体都架起了摊位，在桌上挂着旗帜和带各种噱头的标志。有二手书、自制蛋糕、手工艺品、盗版光盘，还有一摞移动图书馆的廉价词典。

在巴斯的一家鞋店里工作的彭妮·哈弗斯带来了一大堆鞋盒——大部分是断码的，要么非常大，要么出奇地小，但都很便宜。

查莉跟着我在村子里穿行。我知道其中的玄机。一看到男孩，她就会跟我拉开十几步的距离，假装自己一个人。没有男孩的时候，她就把我叫住，陪她看那些假珠宝和她并不需要的衣服。

每个人都在为韦洛和三英里之外离我们最近的邻村诺顿圣菲利普之间的橄榄球赛感到异常兴奋。比赛今天下午在村礼堂后面的场地上举行。

韦洛一直是个几乎不为人知的村子，直到二十世纪八十年代中期，随着通勤族和海边退休族的增加，村子的人口剧增。据当地人说，人口的流入已经减缓了。房价飞速上升，已经超出了周末游客的承受能力，他们会盯着村子里房产中介的窗户，梦想自己拥有一栋门上爬着蔷薇、用石头建造的小别墅。这个梦跟返回伦敦的M4号公路的塞车一样漫长，但到了周一早上，便被忘得一干二净。

查莉想要个万圣节面具：一个留着会发光的深色头发的橡胶怪物。我跟她说不行。埃玛已经在做噩梦了。

邮局外有个执勤的交警在指挥车辆驶入邻近的停车场。我想起了韦罗妮卡·克雷。她今天在伦敦，去拜访国防部和外交部，试图查出为什么没人愿意谈起泰勒。到目前为止，她所得到的只有国防部总参谋长的一句话："吉迪恩·泰勒少校从所在部队擅离职守。"

十六个字。这可能是他们的遮掩手段。可能是拒绝承认。也可能是典型的英国式简洁。无论什么原因，结果都是一样的——不断回响的、令人不安而又高深莫测的沉默。

除了十天前顶替帕特里克·富勒的名字拍的面部照片，吉迪恩没有一张照片不是十年前拍的。监控录像显示，他于五月十九日入境英国，戴着一顶棒球帽，帽檐遮住了眼睛。

不利于他的证据非常具有说服力，但都是间接证据。他手上有克里斯蒂娜·惠勒的手机。爱丽丝·弗内斯也指认，他就是她母亲失踪四天前在酒吧里跟她说话的男人。达茜依然没有找到，但可能也能够认出他就是火车上的那个人。莫琳·布拉肯只见过吉迪恩一次，是在七年前。她不记得他的声音了，但跟她打电话的那个男人问起了海伦·钱伯斯。

警方还没能找到吉迪恩跟案件中的其他几部手机的联系，这些手机不是偷来的，就是用假身份购买的。

查莉在跟我说话："地球呼叫老爸，地球呼叫老爸。你在解读我吗？"

这是她妈妈的台词。她正在一件件地看一堆衣服，试图找到一件穿上后像野蛮人的深色衣服。

"你听到我说的话了吗？"

"没有。对不起。"

"有时候你真的不可救药，"她这话说得又很像朱莉安娜，"是关于达茜的。"

"她怎么了？"

"她为什么不能过来跟我们一起生活？"

"她有自己的家人。而且我们也没有房间了。"

"我们可以腾出地方来。"

"这样行不通。"

"可她姨妈讨厌她。"

"谁告诉你的？"

她的迟疑已经说明了一切。查莉转过身钻进了一个打开着的装满了玩偶衣服的纸板箱里，让事情更加不言自明。她不敢看我。

"你跟达茜谈过吗？"

她选择不做回答，而不是撒谎。

"你什么时候跟她谈的？"

查莉看着我，仿佛是我害得她没法保守秘密。

"求求你，宝贝。我一直都很担心。我需要知道她现在在哪里。"

"在伦敦。"

"你跟她联系过。"

"嗯。"

"你为什么不告诉我？"

"是她不让我说的。她说你会过去找她。她说你会逼她跟她那个爱抽烟、闻起来像头驴的姨妈去西班牙。"

我没有生气，反倒松了一口气。达茜已经失踪五天了，她一直没有回我的电话跟短信。查莉跟我和盘托出了。这几天以来，她都在跟达茜打电话、发短信。达茜住在伦敦，跟一个大点的女孩在一块儿，她曾是英国皇家芭蕾舞团的成员。

"我想让你替我给她打电话。"

查莉犹豫着。"非要打吗？"

"对。"

"万一她再也不想做我的朋友了呢？"

"这件事更重要。"

查莉从牛仔裤口袋里拿出手机，按下手机号码。

"她没接，"她说，"你想让我给她留言吗？"

我思考了片刻。四小时后我就到伦敦了。

"让她给你回电话。"

查莉留了言。之后，我拿过来她的手机，把自己的给她。

"我们换手机，就今天一天。达茜不接我的电话，但她会接你的。"

查莉生气地皱起眉头。她鼻梁上方的两道皱纹真是可爱极了。

"你要是看我的短信，我就再也不理你了！"

# 第五十章

鲁伊斯靠在一张公园长椅上，吃着三明治，喝着咖啡。他正看着一辆货车倒进一条狭窄的车道。有人在指挥司机，示意向左或向右。一只手拍了一下卷帘门。

"你知道退休之后有个什么难事吗？"

"什么难事？"

"你永远也请不了假。没有假期，也没有长周末。"

"我的心在流血。"

这张公园长椅俯瞰着泰晤士河。午后苍白无力的阳光照在深棕色的水面上，几乎泛不起一丝微光。划艇队和游客观光船留下的白色尾迹划过水面，冲刷着退潮时露出的闪着光的淤泥。

对岸就是古老的谷仓榆树自来水厂。伦敦南部就像另一个国家。这就是伦敦的可爱之处。与其说它是个大都会，倒不如说是一些村子组成的集合。切尔西跟克拉珀姆不一样，克拉珀姆又不同于哈默史密斯，哈默史密斯不同于巴恩斯，巴恩斯又不同于其他十几个地方。分界线可能只是一条河，但一旦过了河，气氛便完全不同。

朱莉安娜从罗马回来了。我本想去希思罗机场接她，但她说公司派了车，她得回办公室。我们约好晚点在酒店见面，然后一起去参加派对。

"你想再来杯咖啡吗？"鲁伊斯问。

　　"不，谢了。"

　　鲁伊斯的房子就在街对面。他把泰晤士河看作一处水景装饰或是自己家里的一段河。这张公园长椅是他家的室外家具，他每天坐在这里几小时，钓鱼、看早报。据说他从来没有钓到过鱼，而这跟河水的水质或鱼的种群密度无关。他不用鱼饵。我没有向他求证过此事。有些问题最好永远也不要问。

　　我们端着空杯子回到房子里，进入厨房。杂物间的门开着。从烘干机里吐出各种衣物，浅色的、漂亮的女士衣服。一件格子衬衫、一副淡紫色的胸罩，还有短袜。这个画面既熟悉，又十分怪异。我想象不出鲁伊斯的生活里会有女人，尽管他结过三次婚。

　　"你有什么事想跟我说吗？"我问。

　　他看着篮子。"我觉得这些衣服我穿不会合身。"

　　"还有人住在这里。"

　　"我女儿。"

　　"她什么时候回来的？"

　　"有段时间了。"他关上门，试图结束这段对话。

　　鲁伊斯的女儿克莱尔一直在纽约跳舞。她和父亲的糟糕关系有点像全球变暖——冰盖的消融、水平面的上升和再次浮起的船只——每个变化的产生都伴随着对结果的质疑声。

　　我们移步到客厅。咖啡桌上铺满了跟"阿尔戈·赫拉号"沉没事故相关的报纸和文件。鲁伊斯坐下来，掏出他那个破旧的笔记本。

　　"我跟本案的首席调查官以及法医和当地的警长谈过了。"他翻页的时候，松开的纸张都要从坏了的书脊上掉下来了，"调查非常深入。这儿有一份证人的证词和调查记录。昨天快递送到的。我昨晚已经看过了，没有发现任何不寻常的地方。

　　"有三个人做证说海伦·泰勒和克罗艾·泰勒当时在船上。其中一人是一名海军潜水员，他是打捞队的成员。"

鲁伊斯把他的证词递给我，等着我看完。潜水员说当天打捞起四具遗体。当时的能见度不足十码，凶险的海流使打捞工作更加困难。

当天第五次下潜时，他发现了一个女孩的遗体，绊在一部救生艇牵引机附近的梯子的金属横档上，在船的右舷，靠近船尾。潜水员切断了女孩救生衣上的绑带，但水流把她的身体冲走了。他的氧气罐的氧气所剩不多，没法去追她。

"他根据一张照片认出是克罗艾，"鲁伊斯说，"女孩的一只手臂上打着石膏。这跟她外祖父的描述吻合。"

尽管有这份证词，但我感觉鲁伊斯并不完全信服。

"我查了一下这个潜水员。他是个服役十年的老兵，是打捞队中经验最丰富的成员之一。"

"然后呢？"

"去年，海军对他进行了六个月的停职处罚，因为他没有严格检查装备，差点造成一名新兵溺亡。有消息说——更像是小道消息——他是个醉汉。"

鲁伊斯把第二份证词递给我。这是一个加拿大的休学大学生的证词，说刚起航的时候他跟海伦和克罗艾说过话。他们当时坐在右舷的一个乘客休息室里。克罗艾晕船了，这个背包客给了她一片晕车药。

"我跟他在温哥华的父母谈过了。事故发生之后，他们飞到了希腊，试图说服他回家，但他想继续下去。那孩子现在还在旅行。"

"他现在不是该去上大学吗？"

"他的间隔年从一年变成了两年。"

最后一份证词出自一个德国女人——伊莲娜·沙费尔，她在帕特莫斯岛当地开了一家旅馆。她说自己开车把母女送上了船，还跟她们挥手道别。

鲁伊斯告诉我他给旅馆打了个电话，但是旅馆在冬季不开。

"我设法联系到了旅馆的看门人，但这家伙就像油毡上的落水狗一样稀里糊涂的。他说他记得海伦和克罗艾。她们六月在旅馆住了三周。"

"伊莲娜·沙费尔现在在哪儿？"

"在度假。旅馆到了春天才会再次开门营业。"

"她可能在德国还有家人。"

"我会再给看门人打电话，但他不会热心帮忙的。"

鲁伊斯没拉上窗帘。透过窗户，我看到慢跑的人像鬼一样在泰晤士河的沿河小道上穿梭，听着海鸥为软泥里的食物碎屑争斗。

鲁伊斯递给我一份海军救援队出具的报告，上面列出了遇难、失踪以及生还人员的名单。但是没有官方的乘客名单。这是一艘往返于海岛之间的普通渡轮，载满了游客和当地人，许多人上上下下，在船上买票。海伦和克罗艾很可能是用现金买的票，避免使用信用卡留下书面记录。

布赖恩·钱伯斯说他在六月十六日给他女儿汇了钱，从一个马恩岛上的账户转入帕特莫斯岛的一家银行。

还有什么证据证明海伦和克罗艾当时在"阿尔戈·赫拉号"上？行李被发现冲到了镇子东侧三英里的海滩上。一个巨大的行李箱。一艘当地渔船还捞起了一个小点的包，那是克罗艾的。

鲁伊斯拿出一本精装书，封面上贴满了从杂志上剪下的各种照片。书的硬纸封面已经被水泡得肿胀了，上面的名字已经无法辨识。

"这是乘客的私人物品中的一件。是克罗艾的日记。"

"你是怎么拿到的？"

"我撒了几个慌。我本该把它送给她的家人。"

我打开这本书，用手指抚摸着书页，书页已经弯曲变形，布满干燥了的盐粒。这更像是一本剪贴簿，而不是日记本。里面有明信片、照片、票根和手绘，偶有一些日记和见闻评论。克罗艾在书页之间夹了鲜花。罂粟花。我还能看到书页上花蕊、花瓣留下的痕迹。

这些易碎的纸张详细记录了她们的旅途——主要是在各个岛屿上。偶尔会提到人：一个和克罗艾做了朋友的土耳其女孩，以及一个教她捕鱼的男孩。

日记里没有提到她们逃离德国的事，但克罗艾写到了那个在意大利给她的手臂打上石膏的医生。他是第一个在石膏上签名的人，还画了一幅小熊维尼的画。

根据明信片和里面提到的地名，我能找到海伦所走的路线。她一定是把车卖了或是扔在了什么地方，然后搭乘大巴穿过山区，进入南斯拉夫，再越过边境线进入希腊的。

不知道过了多少天，时间一周周地过去。母女两人继续前行，离德国越来越远，进入土耳其，沿着海岸线往前走。她们最终在爱琴海岸边的费特希耶的一个露营地结束了逃亡生活。克罗艾的手臂愈合得不好。她又去了医院。拍了片子，咨询了医生。海伦给她父亲写了张明信片，还画了一幅他的画像。但很明显明信片并没有寄出。

我对克罗艾的印象是，她是一个开朗活泼、无忧无虑的孩子，她怀念德国的朋友以及宠物猫小叮当（大家都叫它"叮当"），因为那是它在花园里试图捉鸟的时候，项圈上的铃铛发出的声音。

日记本上最后一页的日期是七月二十二日，"阿尔戈·赫拉号"沉没前两天。克罗艾为即将到来的生日感到很兴奋。再过两周多，她就七岁了。

我往回翻看着日记本的最后几页，感觉海伦和克罗艾终于开始松弛下来。她们在帕特莫斯待的时间比前两个月去过的任何地方待得都久。

我合上克罗艾的日记本，抚摸着那幅剪贴画。

有时，如果你对着一个画面盯太久，会有一种失明的感觉，因为那画面被刻到了我们的潜意识上，并保持不变，即使发生了理应引起我们注意的新事件。相似地，把事情简单化或从整体上看待一种情形的欲望，会使我们忽略那些突兀的细节，而不是尽力去解释它们。

"他们寄来的东西里有海伦·钱伯斯的照片吗？"我问鲁伊斯。

"我们已经有一张了。"

突然，他明白了我的用意。

"什么？你觉得是另外一个女人？"

"不，但我想确认一下。"

他坐直了身子，看着我。"你跟吉迪恩一样坏——你觉得她们没死。"

"我想知道他为什么觉得她们还活着。"

"因为他不是感觉希望破灭了，就是在拒绝接受现实。"

"或者他知道些什么。"

鲁伊斯站起身来，双腿发僵，一脸怪相。"如果海伦和克罗艾还活着，她们在哪儿呢？"

"躲起来了。"

"她们怎么伪造她们的死亡呢？"

"她们的尸体从未被找到。她们的行李可能是被扔到海里的。"

"那证人的证词呢？"

"布赖恩·钱伯斯有钱，可以说服他们。"

"有点夸大其词了，"鲁伊斯说，"我跟法医办公室打过电话。海伦和克罗艾被正式宣布死亡了。"

"我们能让他们用电报发来一张海伦·钱伯斯的照片吗？我只是想确认我们说的是一个人。"


韦罗妮卡·克雷要赶六点的火车回布里斯托尔。我想趁她离开之前跟她聊聊。一辆迷你出租车载着我们沿富勒姆宫路前行，穿过哈默史密斯和牧人丛。出租车右侧的减震装置几乎完全失效了。也许前轴下面卡着一个人。

鲁伊斯在我旁边默不作声。巴士沿着内侧车道行驶，不时停下让在巴士站排队的乘客上车。其他乘客则把脸探出车窗或脑袋靠着玻璃睡着了。

我不停地思考渡轮事故的细节。海伦和克罗艾的尸体一直没有找到，但这并不意味着她们还活着。吉迪恩既没有证据证明她们死了，也无法证明她们还活着。这可能就是他正在寻找的东西——死了或者活着的证据。这并非全部的答案。他的罪行有太强的施虐狂倾向。他太过享受其中而无法自拔了。

韦罗妮卡·克雷正在一号站台附近的咖啡馆里等我们。她的大衣没扣扣子，垂到了地面上。她和鲁伊斯默默地彼此打了个招呼。他们两人仅有的两个共同点是各自的职业以及使沉默胜过千言万语的能力。

重新安排了座位。看了眼手表。韦罗妮卡·克雷有十五分钟的时间。

"国防部想接手调查。"她宣布。

"什么意思？"

"泰勒擅离职守了。他们宣称他还是军队的一员。他们想出面逮捕他。"

"你是怎么说的？"

"我告诉他们滚开。有两个女人丧命，而且调查工作由我负责。我可不会因为某个穿着卡其衣服、每次有坦克开过都会勃起的铅笔头随便说句话就退缩了。"

她说的刻薄话跟她小心翼翼地往茶里加糖并且缓慢搅拌的样子形成了鲜明的对比。她用拇指和食指端着茶杯，一口气喝了半杯，也不怕烫。她那白皙肥硕的喉咙里仿佛藏着一个拳头，随着吞咽上下移动。

她放下杯子，开始讲述自己查到的有关吉迪恩·泰勒的信息。通过一个在北爱尔兰皇家警察部队的联系人，她得知泰勒在贝尔法斯特度过了四年，其间在阿尔马为任务协调小组工作——一个专门从事监控和审讯的军事情报机构。

"难怪这么难找到他，"鲁伊斯说，"这些家伙知道如何跟踪别人而不被发现。他们是第二和第三方认知方面的专家。"

"你怎么会知道这种事情？"克雷探长问道。

"我在贝尔法斯特工作过一段时间。"鲁伊斯并没有做过多解释。

探长并不喜欢被蒙在鼓里，但她还是继续往下说："移民局调出了泰勒的档案。过去六年间，他多次前往巴基斯坦、波兰、埃及、索马里、阿富汗和伊拉克。停留时间不定，但从不少于一周，也从不多于一个月。"

"为什么去埃及和索马里？"鲁伊斯问，"英国在那里并没有驻军。"

"他可能是在训练当地人。"探长说。

"这并不能解释他为什么要保密。"

"反间谍。"

"有点道理。"

"莫琳·布拉肯说克里斯蒂娜和西尔维娅曾经开玩笑说吉迪恩像个幽灵。"

我思考着他去过的那些国家：阿富汗、伊拉克、波兰、巴基斯坦、埃及和索马里。他是个训练有素的审讯者，是从嫌疑人嘴里撬出信息的专家——战俘、被拘留者、恐怖分子……

我的脑子里全是西尔维娅·弗内斯戴着头罩挂在树杈上的画面。第二个画面是莫琳·布拉肯，跪在地上，蒙着眼睛，双手前伸。感官剥夺、定向障碍和羞辱，这些都是审讯者和拷问者使用的手段。

如果吉迪恩坚信海伦和克罗艾还活着，那么他相信有人把她们藏起来了也就合情合理了。布赖恩·钱伯斯、克劳迪娅·钱伯斯、克里斯蒂娜·惠勒、西尔维娅·弗内斯，还有莫琳·布拉肯。

克雷探长紧紧地盯着我。鲁伊斯一动不动地坐在那里，眉毛上挑，仿佛在听正在驶来的火车声或来自过去的回声。

"假设你是对的，泰勒相信她们还活着，"韦罗妮卡·克雷说，"那他为什么要除掉她们？意义何在？海伦也不会回到他身边，他也不可能跟女儿一起生活。"

　　"他不希望她们回到他身边。他只是想惩罚她离开了自己，他还想看看自己的女儿。泰勒受到恐惧和怨恨的驱使。恐惧他可能做出来的事，恐惧再也见不到女儿了。但他的怨恨更加强烈。它有自己的构造。"

　　"什么意思？"

　　"他的怨恨要求我们靠边站。它否决别人的权利，它净化、毒化并控制着他的信念。恨是他赖以生存的基础。"

　　"他的下一个目标会是谁？"

　　"这个说不上来。海伦的家人受到了保护，但她一定还有许多其他的朋友。"

　　克雷探长将身子用力压在膝盖上，想从她锃亮的鞋舌上寻找一丝安慰。空气里传来站台的播报声。她得走了。

　　她扣上大衣，站起来，跟我们道别，然后快步穿过车站大堂，紧张地朝她那趟等候中的火车走去。鲁伊斯看着她走了，挠了挠自己的鼻子。

　　"你觉得克雷身体里面有个瘦弱的女人想挣脱出来吗？"

　　"有两个。"

　　"想去喝一杯吗？"

　　我看了看手表。"下次吧。朱莉安娜公司的派对八点开始。我想去给她买个礼物。"

　　"比如说？"

　　"珠宝总是不错的。"

　　"除非你有了外遇。"

　　"什么意思？"

　　"送贵重的礼物说明你心有愧疚。"

　　"不，不是这样。"

"礼物越是贵重，你内心的愧疚就越深刻。"

"你真是个疑心重的可怜虫。"

"我结过三次婚。这种事情我懂。"

鲁伊斯扭头看着我。我能感到左手在抽搐。

"朱莉安娜最近很忙，一直出差。我想她了。我想给她买个特别的礼物。"

我的理由听上去太刺耳了。我应该什么都不说的。我不会跟鲁伊斯说朱莉安娜的上司或那张客房服务收据，那套性感内衣或那些电话。我也不会提起达茜的吻以及朱莉安娜问我是否还爱她的事情。我什么都不会说——他也不会问。

这就是男人之间的友情的重大悖论之一。就像一个不言自明的密码：除非陷入谷底，否则你不会开始挖隧道。

# 第五十一章

　　自然历史博物馆的中央大厅被改造成了一个史前森林。猴子、爬行类以及鸟类似乎爬上了陶土墙壁和高耸的拱门。绿色的灯光下有一副梁龙的骨架。

　　我冲了澡，仔细刮了胡须，吃了药，穿着我最好的衣服。我已经差不多两年没穿过了。朱莉安娜让我去莫斯兄弟租套礼服，但为什么要浪费一套再好不过的旧衣服呢？

　　我是一个人去的。朱莉安娜没有及时赶到酒店。她说工作中又有了问题，但没有过多解释。她会跟德克、董事长尤金·富兰克林一起到。这里有她不少于一百个同事，由用银色的托盘端着香槟酒的服务生提供吃喝。男士都戴着黑色领带（比我的时髦多了），女士穿着低胸、露背的小礼服，踩着高跟鞋，一个个都非常苗条。他们是职业夫妻、风险投资人、银行家和会计师。在二十世纪八十年代，他们是"宇宙主宰者"，如今他们只能勉强控制着企业和集团。

　　我本该喝橙汁的，但是找不到。我想一杯香槟也无妨吧。我不经常参加派对。熬夜和酒精都是我尽力避免的。帕金森先生可能再次现身。他可能趁我吃东西或喝酒的时候突然抓住我，让我像二楼上的一只灵长类填充玩具那样僵在那里。

　　朱莉安娜这会儿应该到了。我踮起脚尖，从人头上方找她。我在楼梯底看到一个漂亮的女人，穿着一条飘逸的丝质礼服，领口优雅地低到她的后背以及两乳之间。我一时间没认出她来。是朱莉安娜。我之前没见过这件礼服。真希望是我买给她的。

有人撞上了我，把香槟洒了我一身。

"都怪这该死的高跟鞋。"她边跟我道歉，边给我递纸巾。

她高挑、苗条，马上要醉了，手指间夹着香槟杯。

"一看就知道你是家属。"她说。

"什么？"

"公司成员的丈夫。"她解释道。

"你怎么知道？"

"你看上去很迷茫。对了，我叫费莉西蒂。大家都叫我翻筋斗①。"

她伸出两根手指给我握。我还在尽力跟朱莉安娜进行目光接触。

"我是乔。"

"乔先生。"

"乔·奥洛克林。"

她惊讶地瞪大了眼睛。"你就是那个神秘的丈夫。我还以为朱莉安娜戴了假婚戒。"

"谁戴了假婚戒？"一个身材矮小一些、头重脚轻的女人插话进来。

"没有谁。这是朱莉安娜的丈夫。"

"真的？"

"她为什么要戴假婚戒？"我问道。

翻筋斗又从一个路过的服务生那里抄过来一杯香槟。

"当然是为了挡开不受欢迎的追求者，但并不总是有效。"

那个矮小的女人咯咯地笑了起来，她那袒胸露背的衣服也随之震颤。她太矮小了，我看着她的脸时都感觉自己是在看她的乳沟。

---

① "翻筋斗"原文为flip，与她的名字费莉西蒂（Felicity）发音相近。

朱莉安娜在楼梯底跟几个男人聊天。他们一定都是重要人物，因为小人物都站在外围，怯怯地想加入谈话。一个高个子的黑头发男人在朱莉安娜耳边说了什么。他的手抚过她的后背，停在了她的臀部上方。

"你一定非常为她骄傲。"翻筋斗说。

"对。"

"你们住在康沃尔，对吧？"

"萨默塞特。"

"朱莉安娜看上去可不像个乡下女孩。"

"这话怎么说？"

"她是那么魅力四射。你这么任她远离家庭，我真的很惊讶。"

那个跟朱莉安娜说话的男人逗笑了她。她闭上眼睛，舔着双唇中间。

"跟她在一块儿的是谁？"我问。

"哦，那是德克·克雷斯韦尔。你见过他吗？"

"没有。"

德克的手继续往下滑，滑到朱莉安娜的屁股上。与此同时，他的眼睛还盯着她礼服的领口。

"也许你该过去拯救她。"翻筋斗笑着说。

我已经在朝那边走了，从摩肩接踵的人群中挤过，一边道歉一边尽量不把香槟洒出来。我停下脚步，一口气喝完杯子里的酒。

有个人走上了台阶，用勺子敲击着杯子，让大家安静。他年纪更大，很有权威。是董事长尤金·富兰克林。大家都停止了谈话，安静下来。

"谢谢，"他说，同时对打断大家表示歉意，"我们都知道今晚聚在这里的原因。"

"为了一醉方休。"有人起哄。

"在适当的时候，没错，"尤金回答，"但你之所以喝着公司报销的堡林爵香槟，是因为今天是我们公司的生日。富兰克林股权集团十岁了。"

这引起了大家的一阵欢呼。

"从一些人珠光宝气的穿戴上明显看出,这是非常成功的十年,同时也印证了我给你们开的工资实在太高了。"

朱莉安娜跟着大家一起大笑,同时满怀期待地看着尤金·富兰克林。

"在我们纵情庆祝之前,我想特别感谢几个人,"他说,"今天我们搞定了公司史上最大的一笔交易。为了这次交易,你们中的许多人已经苦苦工作了将近五年。它将确保我们有一个非常快乐的圣诞奖金发放时刻。

"好了,你们都认识德克·克雷斯韦尔。像德克一样,我也曾年轻帅气,我也曾是个大众情人,直到我意识到有些东西比性爱更重要,"他顿了顿,"它们叫作妻子。我有过两个。"

有人在下面喊道:"德克的妻子有好几打——但没一个是他自己的。"

尤金·富兰克林跟大家一起笑了。

"我想谨代表个人对德克表示谢意,感谢他敲定了这笔最大的交易。我还想对那个从中协助他的女人表示感谢,美丽动人、才华横溢而且(他又顿了顿)精通多种语言的朱莉安娜·奥洛克林。"

掌声和口哨声中夹杂着用胳膊肘轻推身边的人和挤眉弄眼的小动作。德克和朱莉安娜被叫到台阶上。她向前一步,像一个面露羞色的新娘,接受着这份赞誉。大家一同举杯庆祝。

现在根本没法走到她身边。她现在人气正旺。相反,我退出人群,待在聚会的边缘地带。

我的手机在振动。是查莉的手机。我把手机捂在耳朵上,按下绿色的接听键。

"嘿。"达茜说,以为是我女儿接的。在嘈杂声中,我几乎听不到她的声音。

"别挂电话。"

她犹豫了。

"也不要怪查莉。是我猜到的。"

"我希望你别再给我打电话，也别再发短信。"

"我只想知道你安然无恙。"

"我很好。别再打电话了。我的语音信箱都被塞满了。接收你的短信还要花钱。"

我左转经过盥洗室，在一段石阶下找到一个凹室。

"告诉我你在哪儿。"

"不。"

"你现在住在哪里？"

"在一个朋友这里。"

"在伦敦？"

"你能别再问问题了吗？"

"我有责任——"

"你没有！好吧？你没有责任。我已经大了，可以照顾自己。我有工作。我在赚钱。我会去跳舞。"

我跟她说了吉迪恩·泰勒。他可能就是她去伦敦参加面试时，在火车上跟她聊过天的男人。警方需要她指认他的照片。

她思考了片刻。"你不会骗我吧？"

"不会。"

"你不再给我打电话。"

"我尽量。"

她又思索了一会儿。"好吧。我明天给你打电话。我现在要继续工作了。"

"你在哪儿工作？"

"你刚答应过。"

"好吧。不问问题。"

我慢悠悠地回到派对上，喝了一杯又一杯。我在不远处听着男人们交换着对股票市场、美元的保值以及特威克纳姆的票价的看法。他们的妻子和同伴则对私立学校的学费以及今年冬天去哪里滑雪更感兴趣。

朱莉安娜用双臂揽住我的腰。

"你跑哪里去了？"她问道。

"在这附近。"

"你不是躲起来了吧？"

"没有。达茜打电话了。"

她的眼神立刻阴沉下来，但她还是赶走了所有的疑惑。

"她没事吧？"

"她说没事。她在伦敦。"

"她住在哪里？"

"不知道。"

朱莉安娜双手抚过臀部，抚平礼服。

"我喜欢你的裙子。漂亮极了。"

"谢谢。"

"你在哪儿买的？"

"罗马。"

"你没跟我说过。"

"这是我得到的奖励。"

"德克给你买的？"

"他看到我很喜欢它。我不知道他会买。他让我喜出望外。"

"对什么的奖励？"

"什么？"

"你说这是个奖励。"

"哦，对，对所有的漫长时光。我们那么卖力。我累坏了。"

她似乎没有意识到这里变得很热，呼吸都有些困难了。

她抓住我的手。"我想让你见见德克。我跟他说了你有多么聪明。"

我被拉着穿过人群。大家都主动让出一条路。德克和尤金在一只恐龙的下巴下面跟同事聊天，那只恐龙仿佛要吃掉他们。我们在一旁边等边听。德克的每句话都在说明他的个人准则：自以为是、聒噪而教条。他们安静了下来。朱莉安娜插话进去。

"德克，这是乔，我丈夫。乔，这是德克·克雷斯韦尔。"

他握力惊人，是那种伤筋断骨、让我看看你的白眼珠的握手。我也尽力用力握他的手。他露出了微笑。

"你在金融领域工作吗，乔？"他问道。

我摇摇头。

"很明智。你做什么工作？哦，对了，我记得莱尔斯提到过，你是个心理医生。"

我看了一眼朱莉安娜。尤金·富兰克林问了她什么，她已经没再听我们说话了。

德克突然背向我。并不是完全背向我，而是用一个肩膀朝着我。圈子里的其他人更有趣或更容易打动人。我感觉自己就像个男仆，毕恭毕敬地站在那里，等着被打发走。

一个服务生用托盘端着开胃小菜从旁边走过。德克评价了鹅肝酱，说并不坏，但他在蒙帕尔纳斯的一家小饭馆里吃过更好的，那是海明威的最爱。

"如果你来自萨默塞特，那它尝起来相当不错。"我说。

"是的，"德克说，"谢天谢地，我们并不都来自萨默塞特。"

这引来一阵大笑。我想一拳打歪他那笔直的鼻子。他继续谈论着巴黎，话里透着那种高高在上和虚张声势，直刺我的心底，让我想起我最痛恨的恃强凌弱者的嘴脸。

我慢慢走开，想再喝杯酒。我又遇到了翻筋斗，她给我介绍了她的男友，一个贩子。

"股票，不是毒品。"他说。

我在想这句台词他用过多少次了。

此时，我已经从微醺过渡到了大醉状态。我一点酒都不该喝的，但每次想换成矿泉水时，手里又捏着一杯香槟。

快到午夜时分，我去找朱莉安娜。我醉了。我想走。她没在舞池里，也没在恐龙下面。我走上台阶，往黑暗的角落里看。我知道这很疯狂，但我不停地盼着逮到德克的舌头伸到她嘴里，双手插到她的裙子里。令我惊讶的是，我并不感到愤怒或嫉妒。这只是印证了几周以来我已经确定无疑的事情而已。

我走到正门外面。她在那里，背靠着一根石柱。德克在她面前，一只手揽着柱子，拦着她不让她走。

他看到我走近。"说到就到。玩得愉快吗？"

"是的，谢谢，"我转身面向朱莉安娜，"你跑哪儿去了？"

"我在找你。德克说看到你出来了。"

"没有。"

德克的手往下滑，碰到了她的肩膀。

"请把手拿开。"我说，都认不出自己的声音了。

朱莉安娜睁大了眼睛。

德克咧嘴笑了。"我看你是搞错了什么，我的朋友。"

朱莉安娜尽力想一笑而过。"快来，乔。我觉得我们该走了。我去拿大衣。"

她低头从他的手臂下面钻过。德克看着我，脸上混杂着怜悯与胜利。

"你是香槟喝多了，我的朋友。大部分人都会这样。"

"我才不是你的朋友。别再碰我妻子。"

"抱歉，"他说，"我是个喜欢肢体接触的人。"他举起双手，仿佛在出示证据，"如果引起你的误会，我道歉。"

"没有什么误会，"我回答，"我知道你在干什么。这里的其他人也都知道。你想跟我妻子上床。也许你们已经上了。然后你就会在阿尔加维打周末高尔夫球或在苏格兰打猎时跟你的俱乐部好友吹嘘。

"你'一击入洞'。你是神枪手德克。你跟其他男人的妻子调情，带她们去斯凯奇用餐，然后回到一个伦敦的精品酒店，里面有情侣浴袍和大号的水疗浴缸。

"你努力通过提大人物的名字来打动她们——当然都是直呼其名：尼基拉和查尔斯，麦当娜和盖伊，维多利亚和大卫——因为你觉得这样会让你更具魅力，但在那日光晒出的黝黑皮肤和价值六十英镑的发型之下，你是一个薪水过高、被美化得连自己都推销不出去的推销员。"

一群人纷纷聚拢过来，就像无法抗拒校园欺凌时在操场上的打架斗殴。朱莉安娜赶紧跑了回来，从围观者中挤进来，知道一定是出了什么事。她叫我的名字。她求我住口，拽我的胳膊，但太迟了。

"你看，我了解你这类人，德克。我了解你那下流的微笑，还有对待服务生、商贩和女售货员的屈尊俯就的态度。你用嘲讽和夸大其词来粉饰你毫无真正的影响力和能力的事实。

"所以你通过夺走其他男人有的东西来弥补。你告诉自己挑战让你兴奋，那种追逐的过程，但事实是，你根本没法把一个女人留在身边几周，因为她们很快就会发现，你是个夸夸其谈、狂妄自大、自我中心的浑蛋，然后就把你踹了。"

"求你了，乔，别再说了。求你住口。"

"我能注意到人们身上的细节，德克。比如你吧。你的手指甲扁平而泛黄，这是一种缺铁的表现。也许你的肾有点问题。如果我是你，我就会暂停使用伟哥一段时间，然后去检查一下身体。"

# 第五十二章

等我到了酒店房间时，朱莉安娜已经把自己反锁在浴室里了。我敲了敲门。

"走开。"

"求你开门。"

"不要。"

我把耳朵贴在木质门框上，感觉听到了她丝质礼服微弱的沙沙声。她可能跪在地上，耳朵贴着门，跟我隔门相对。

"你为什么要这么做，乔？我每次有了开心事，你就得做点什么把事情搞砸。"

我深吸一口气。"我捡到了一张意大利的收据。你扔掉的。"

她没有回应。

"是客房服务的收据。早餐。香槟、培根、鸡蛋、薄煎饼……多到你根本吃不完。"

"你翻了我的收据？"

"我捡到的。"

"你翻了垃圾——暗中监视我。"

"我没有监视你。我知道你早上都吃什么。新鲜水果、酸奶、麦片粥……"

我内心的确信无疑和孤独感强烈到平分秋色。我喝醉了。我浑身颤抖。我记起了晚上的经过。

"我看到了德克看你的眼神。他的手都不曾从你身上拿开。我还听到了那些卑鄙的评论和窃窃私语。房间里的每个人都认为他跟你有一腿。"

"你也这么想！你觉得我在跟德克鬼混。你觉得我们晚上搞了一夜，然后第二早上我订了早餐？"

她还没有否认。也还没有解释。

"你为什么不跟我说裙子的事？"

"他昨天才给我。"

"那套性感内衣也是奖励……他送的礼物吗？"

她没有回答。我更加用力地把耳朵贴在门上，等着。我听到她叹了口气，走开了。水龙头被拧开。我继续等着。我的膝盖僵硬了。我感觉嘴里有一股铜的味道，一场宿醉正在形成中。

她终于开口了："我希望你在问我那个问题前仔细想一想，乔。"

"什么意思？"

"你想知道我有没有跟德克鬼混？问我就好。但是一旦问了，记住，有什么会随之凋零。是信任，而且无可挽回，乔。我希望你明白这一点。"

门开了。我向后退开。朱莉安娜裹着一条白色的浴袍，在腰部系紧。她看也不看我，径直走到床边，躺下，背对着我。她躺在上面，床垫几乎没有动弹。

她的裙子被丢在浴室的地板上。我努力抑制住把它捡起来用手摸一摸，然后撕个粉碎丢到马桶里冲走的冲动。

"我不会问的。"我说。

"但你是这么想的。你觉得我对你不忠。"

"我不知道。"

她陷入了沉默。那份伤心令人窒息。

"那是个玩笑，"她低声说，"我们工作到很晚才做完收尾工作，完成交易。我简直累瘫了。筋疲力尽。当时太晚了，不方便给伦敦打电话，我就给尤金发邮件，告知他这个消息。他到了公司才接到这个消息。他让秘书给我住的酒店打电话，给我订了一份香槟早餐。她不知道该点什么，于是他就说：'把菜单上的全点了。'

"我当时睡着了。客房服务生敲了我的门。满满三托盘的食物。我给厨房打电话，说一定是搞错了。他们告诉我是公司给我订的早餐。

"德克从他的房间里打来电话。尤金也给他点了一份。我太累了，不想吃东西，就翻过身继续睡了。"

我的左手在腿上颤抖。"你怎么没提过这个？我去车站接你，你都没跟我说。"

"你刚亲眼看着一个女人从桥上跳了下去，乔。"

"你可以晚点告诉我的。"

"那是尤金开的玩笑。我并不觉得有多好玩。我讨厌看着食物被白白浪费。"

身上的礼服像一件紧身衣。我环视房间里虚假的奢侈装饰和通用家具。这就是德克会带别人的妻子去的那种地方。

"我看到他看你的眼神……盯着你的胸，一只手放在你背上，往下滑。我并没有凭空想象。那些闲言碎语和含沙射影的话也不是我想象出来的。"

"我也听到过，"她回答，"但我选择忽略它们。"

"他给你买性感内衣……还有那条裙子。"

"那又怎么样！你觉得我会跟给我买东西的男人睡觉。那我成什么了，乔？这就是你眼中的我吗？"

"不是。"

我挨着她坐在床上。她似乎把身体一缩，又挪开了些。酒劲冲上头来，太阳穴砰砰地响。透过打开的浴室门，我几乎认不出镜子里的自己。

朱莉安娜开口了。

"所有人都知道德克是个卑鄙小人。你应该听听秘书室里开的玩笑。他把自己的名片塞到女卫生间里，像招揽主顾一样。尤金的秘书萨莉夏天的时候吓唬了他一下。上班的时候，她拉开了德克的裤子拉链，抓住他的玩意，说：'你就这大点能耐吗？作为一个大家嘴里的情场达人，德克，你得有比这个更加实质的东西佐证才行啊。'你应该看看当时德克的表情。我觉得他要咬舌自尽了。"

她的话里毫无感情，声调也毫无变化，似乎没法在失望或伤心之上再提高一个八度。

"要是搁以前，你决不会轻饶一个像今天德克这样碰你的家伙。"

"搁以前，我也不需要这份工作。"

"他想让大家觉得他在跟你上床。"

"前提是大家得相信他。"

"你之前为什么不跟我说他的事？"

"我说了。你从来没有认真听过。我一提到工作的事，你就没了兴趣。你根本不关心，乔。我的事业对你来说根本不重要。"

我想反驳。我想指责她偷换主题，并试图转嫁责任。

"你觉得是我选择离开你和两个女儿的？"她说，"我不在家的晚上，睡觉时想的是你，醒来时想的也是你。我唯一不能时刻想着你的原因就是我有个工作要做。这是我们共同决定的。为了孩子们，也为你的健康，我们选择搬出伦敦。"

我正要反驳，但朱莉安娜还没说完。

"你不知道对我来说离开家有多难，"她说，"错过各种事情。打电话回家却发现埃玛学会了单腿跳或骑三轮车。发现查莉第一次来了月经或在学校被人欺负了。但是你知道什么最让我心痛吗？那天埃玛摔倒了，当她受了伤、感到恐惧的时候，她叫的是你。她想听你安慰她，想要你的拥抱。什么样的妈妈连自己的孩子都不能安慰？"

"你对自己太苛刻了。"我说着伸过手去抱她。她扭动身子甩开了我的手。我已经失去了这份特权。我必须重新赢回来。我平时能说会道，但现在我想不到任何事情，能让她放下对我的失望，赢回她的心，做回她的爱人。

我无数次告诉自己，酒店的收据、性感内衣以及那些电话一定有一个无辜的解释，但我就是不信，反而花费了数周时间努力证明朱莉安娜的过失。

我摇摇晃晃地站起来。窗帘敞开着。一列明晃晃的车头灯沿着肯辛顿大街缓慢前行。街对面的房顶之上，皇家阿博特音乐厅的圆形屋顶泛着白光。

朱莉安娜低声说："我不认识你了，乔。你很伤心。非常非常伤心。你让这份伤心伴随着你，或者说它像一片乌云一样悬在你的头上，进而影响你身边的每一个人。"

"我没有伤心。"

"你有。你担心自己的病情。你担心我。你担心两个孩子。这就是你伤心的原因。你自认为还是原来的自己，但这不是真的。你已经不再信任别人了。你对他们没有好感，也不多花力气跟他们见面。你没有什么朋友。"

"我有朋友。那鲁伊斯呢？"

"他可是曾经以谋杀罪逮捕过你的人。"

"那乔克呢。"

"乔克只想跟我上床。"

"我认识的所有人都想跟你上床。"

她转过身来，同情地看着我。

"你一个这么聪明的男人，怎么会变得如此愚蠢和固执？我见过你的所作所为，乔。我见过你每天仔细地观察自己，寻找迹象，凭空想象。你想把帕金森症怪在别人头上，但你谁也怪不了。它就这么发生了。"

我必须为自己辩护。

"我还是那个我。是你对我的看法变了。我不能逗你笑，因为当你看着我时，看到的是这个病。是你变得遥远而心不在焉。你总是想着工作或者伦敦。即使是在家的时候，你的心思也在别处。"

朱莉安娜厉声说道："试着分析一下自己的精神状况，乔。你上次开怀大笑是什么时候？你笑得肚子疼，笑得要流眼泪的时候。"

"这算什么问题？"

"你害怕让自己难堪。你担心当众摔倒或者引人注目，但你并不在乎让我难堪。你今晚的所作所为——当着我朋友的面——让我感到前所未有的难堪……我……我……"她想不到该说什么了。她又接着说道：

"我知道你很聪明，乔。我知道你可以看透这些人，你可以摧毁他们的精神，直击他们的弱点，但他们都是好人，包括德克，他们不该被当众嘲笑和羞辱。"

她将两手夹在两腿之间。我必须赢回点什么。哪怕跟朱莉安娜做最差的和解，也胜过跟自己达成最好的契约。

"我以为自己在慢慢失去你。"我可怜地说道。

"哦，你面临的问题比这个更严重，乔，"她说，"我可能已经被失去了。"

# 第五十三章

分针已经过了午夜，秒针正快速地转向新的一天。房子里漆黑一片。街道上寂静无声。过去的一小时里，我看着月亮逐渐升上蓝灰的屋顶和交错的树枝，在花园里和屋檐下投下阴影。

巴斯的灯光让天空泛着令人恶心的黄光，腐败和污秽的气味中还混杂着堆肥的气味。这里的堆肥太湿了。好的堆肥是干湿混合：厨余、树叶、咖啡渣、蛋壳和碎纸。太湿就会散发恶臭，太干又没法降解。

我懂这些，是因为我爸在阿比伍德火车调车场后面的荒地上种了三十年的地。他有个小棚屋。我记得自己站在各种工具、花盆和种子袋中间，鞋上沾满了泥土。

爸爸穿着破衣烂衫，戴一顶破帽子，活像花园里吓唬小鸟的稻草人。他主要种土豆，总是用一个麻袋装回家，袋子上因为有干泥巴而变得僵硬。我被派去用硬毛刷在水池里洗土豆。我记得他跟我说过一个故事，说一个人在土豆地里挖出了一枚二战时的手雷，一直到用刷子刷的时候才发现。结果手雷把他们炸到了花园里。从那以后，我刷土豆时都很小心。

我又看了看手表。时间到了。

我蹲下身子，沿着花园右侧的灰色石头围栏来到房子的一角。我穿过灌木丛，透过窗户往里看。没有警报器。没有狗。一条忘了收的毛巾在晾衣绳上拍打着，自顾自地招手。

我蹲在后门边，打开布袋，摆出工具：三角起子、耙形起子、梳形起子、蛇形起子、浅口起子，外加一把手工做的扳手，扳手是黑色弹簧钢材质，是我用砂轮把一个内六角扳手的一头磨平之后做成的。

我十指相扣，手掌向外用力掰，直到关节里的小气泡扩大、破碎，发出啪啪的声响。

这是一把耶鲁双面柱形锁。锁芯顺时针开启。我往锁孔里插入一把蛇形起子，感受着锁销的弹力，同时加大扳手的扭矩。几分钟过去了。这把锁不容易开。我不断地尝试但全部失败。中间有个锁销在起子通过时抬起的高度不够。

我缩小扳手的扭矩，重新尝试，集中攻克里面的几个锁销。开始时，我尝试用小扭矩加中度压力，尽量寻找锁销完全缩回时锁芯微微转动的声音。

最后一个锁销搞定了。锁芯完全转动了。门闩转动。门开了。我迅速迈步进去，关上门，从衬衫口袋里拿出一把笔形电筒。纤细的光柱扫过洗衣房以及后面的厨房。我缓缓向前，轻轻地踏在地板上，注意着地板发出的嘎吱声。

厨房台面上一干二净，只有一个装着茶包的玻璃罐和一碗糖。电水壶还有余温。光柱照出金属罐子上的标签：面粉、大米和意面。一个抽屉里放着餐具，另一个抽屉里放着亚麻布茶巾，还有一个抽屉里放着发夹、铅笔、橡皮筋和电池之类的零碎物品。

这是栋不错的房子。布局简洁。一条中央走廊贯通前后。我左侧有个客厅。

蓝色的软沙发上放着巨大的沙发垫。沙发对着一张咖啡桌和一台放在电视柜上的电视。壁炉台上摆放着一排黄铜制的小动物，旁边是一张婚纱照、一件工艺品、自制蜡烛、一匹陶瓷马，还有一面四周镶着贝壳的镜子。我看到了镜子里的自己。我像一只长腿的黑色虫子，一只正在捕猎的夜行动物。

她们在楼上睡觉。我不禁往楼上走去，每一步都小心翼翼。有四扇门，其中一间必定是浴室，其他三间是卧室。

有种昆虫被玻璃挡住了去路的声音。是个便携式音乐播放器。雪花姑娘一定是耳朵里还塞着耳机就睡着了。她的卧室门开着。床在窗户下面。窗帘半开着。一块方形的月光照在地板上。我穿过房间，跪在她旁边，听着她轻柔甜蜜的呼吸声。她看上去就像她妈妈，一样的椭圆形脸蛋和深色头发。

我把头探到她的脸上，跟她一块儿呼吸。她的毛绒玩具动物都被归到了屋子角落的箱子里。小熊维尼的海报已经被哈利·波特和薪水过高的足球明星取代了。

我也曾住过一栋这样的房子。我女儿睡在走廊尽头的房间里。她现在在做什么呢？她有没有咬手指？是侧着身子睡觉吗？头发留长了吗？头发是散开的吗？她聪明吗，勇敢吗，会想起我吗？

我退出房间，轻轻地关上门，去其他房间，把耳朵贴在门框上，听里面有睡觉的声音还是无声。我轻轻地打开另一扇门，发现里面是空的。硕大的床上铺着一条拼布床单，上面放着抱枕。我的手从枕头下抚过，看有没有睡裙。什么都没有。

我转向衣橱，一只手握住铜把手，脸映在门上的镜子里，又听了听房子里的动静。静悄悄的。我挨个翻过她的衣服，找到了她的气味，我想要的味道，她的体香剂和香水的味道。假的香味。在丛林训练中，我们被告知永远不能用肥皂、剃须泡沫或体香剂。人工香味会把士兵暴露给敌人。要想在丛林中存活，你必须像动物一样，和丛林融为一体。

女人没有女人该有的味道。这气味来自一个瓶子。被制造出来的。除过臭的。这个女人有一些不错的衣服，但她身上有种令人好奇的拘谨：中长裙、深色的紧身裤和羊毛衫。她像空姐一样拘谨，但不像她们那样徒有其表。我会很享受摧毁她意志的过程。

衣橱的底部有一些鞋盒。我掀开鞋盒盖子，一一查看里面的鞋子。露跟凉鞋、露趾拖鞋、船形高跟鞋、平底鞋、坡跟鞋。她喜欢靴子。有四双，其中两双都是尖头细高跟。柔软的皮革，意大利品牌，价值不菲。我把鼻子放到靴筒里，吸气。

我坐在她的化妆桌前，翻看她的口红。暗红色最佳，它对她的肤色是一种有益的补充。天鹅绒盒子里的那条孔雀石项链戴在赤裸的皮肤上一定非常好看。

我躺在床上伸展身体，眼睛盯着天花板。角落里有一个方形的缺口通向阁楼。我可以藏在那里。我可以像一个天使一样注视着她。一个复仇的天使。

楼梯平台上有脚步声。有人睡醒了，一个女人。我等待着，琢磨着要不要杀了她。楼梯平台对面的马桶哗啦一声。水管里嗡嗡作响，水箱重新装满了水。那个人带着她酸臭的气息和蒙眬的双眼又回去睡觉了。她不会发现我的。

我从床上起身，关上衣橱，并确保一切恢复成原来的样子。我回到楼梯平台上，走下楼梯，沿着走廊，进入厨房，从后门出去了。

我在花园的尽头站住，看着风吹拂着松枝，感受着开始落下的冷雨。我已经标记了领地，拉起了无形的战线。早晨，快来吧。

# 第五十四章


刚结婚时，朱莉安娜和我许下诺言，我们永远不会生着对方的气睡觉。但昨晚就发生了。我的道歉被她忽视了。我的示好被搁置一边。我们背对背睡在同一张白色床单上，就像一片冰冷的荒漠。

十点钟，我们退房离开酒店。我们的浪漫周末被缩短了。在回巴斯泉的火车上，朱莉安娜默默地看杂志，我盯着窗外，回想着她昨晚对我说的话。也许我确实是痛苦，或是希望把自己的遭遇怪在别人的头上。我原以为自己已经过了伤心的五个阶段，但也许它们从未离开。

即使是现在，挨着她坐在迷你出租车里，从车站回家的路上，我还在不停地告诉自己，那就是一次普通的争吵。结了婚的夫妇总能重归于好。过激反应会得到谅解，生活照常进行，批评的话也会被收回。

出租车停在了房子外面。埃玛沿着小路冲过来，一把抱住了我的脖子。我把她举到腰上。

"我昨天晚上看到鬼了，爸爸。"

"是吗？在哪儿看到的？"

"在我房间里。他让我继续睡觉。"

"真是个通情达理的鬼。"

朱莉安娜在用她公司的信用卡给司机付钱。埃玛还在跟我说话。"查莉说那是个女鬼，但不是的。我亲眼看到他了。"

“你们还聊了几句。”

“没聊几句。”

“你怎么说的？”

“我说：‘你是谁？’然后他说：‘继续睡觉。’”

“就这些？”

“是的。”

“你问他叫什么了吗？”

“没有。”

“查莉在哪儿？”

“她去骑车了。”

“她什么时候去的？”

“我不知道。我不认识时间。”

朱莉安娜付完了车费。埃玛挣脱我的手臂，顺着我的胸口滑了下去。她的运动鞋触到了草地，朝她妈妈跑过去。

伊莫金出来帮我们拿旅行包。她告诉我两条留言。第一条是布鲁诺·考夫曼的。他想跟我谈谈莫琳的事，等她出院了，他们是否应该离开几周。

第二条留言是韦罗妮卡·克雷的。只有寥寥几个字：泰勒是个训练有素的锁匠。

我给她三一路警察局的办公室打电话。她的声音里夹杂着传真机断断续续的嘎嘎声。

“我还以为锁匠要持证上岗。”

“不是。”

“是谁训练他的？”

“军队。他现在在当地一家名叫T. B. 亨利的公司上夜班，开一辆银色的厢式货车。我们发现车牌号跟在克里斯蒂娜·惠勒翻过围栏前二十分钟从克里夫顿悬索桥上驶过的汽车相符。”

“他坐班吗？”

"不。"

"那他们怎么联系他？"

"通过手机。"

"你能追踪到吗？"

"手机已经没有信号了。奥利弗在盯着。如果泰勒开机，我们就会知道。"

她办公室里另一部电话响了，她得挂了。我问她我是否还有什么事可以帮忙，但她已经挂了电话。

朱莉安娜在楼上收拾行李里的衣物。埃玛在床上蹦上蹦下，以此来帮助她。

我给查莉打电话。她还拿着我的手机。

"喂？"

"你提前回家了。"

"对呀。你在哪儿呢？"

"跟阿比在一起。"

阿比也十二岁，是本地一个农民的女儿，住在韦洛郊外诺顿路一英里的地方。

"嘿，老爸，我跟你讲个笑话。"查莉说。

"到家再跟我说。"

"我现在就想告诉你。"

"好吧，放马过来吧。"

"一个女人抱着个婴儿上了巴士，巴士司机说：'这是我见过的最丑的婴儿。'那个女人很生气，但还是付了车票钱，坐下了。另一名乘客说：'你不能就这么放过他。你回去教训他。来，我先帮你抱着这只猴子。'"

查莉放声大笑。我也笑了。

"早点回来。"

"我在路上了。"

# 第五十五章


先是一串数字：十位数字，其中三个是6。（有些人会觉得不吉利。）接着是电话铃声……然后接通了。

"喂？"

"是奥洛克林太太吗？"

"我是。"

"奥洛克林教授的妻子？"

"对，你是谁？"

"很遗憾告诉你，你女儿查莉发生了一点小事故。她从自行车上摔了下来。我想她是在拐弯时失控了。她骑车的时候真够大胆的。我希望你放心，她一点事都没有。她在一个可靠的人手里。在我手里。"

"你是谁？"

"我跟你说了。我是照顾查莉的人。"

她的声音里带着一丝震动，渐渐迫近的危险在昏暗中搅动，远处地平线上有一个又黑又大又可怕的东西，朝她冲了过去。

"她可真漂亮啊，你的查莉。她说她的真名叫夏洛特。她是个美人胚子，你却让她穿成了假小子。"

"她在哪儿？你对她做了什么？"

"她就在这儿，躺在我身边。不是吗，雪花姑娘？像蜜桃一样甜美……"

她在电话里尖叫起来。她胸中的每一个温暖湿润的角落都充满了恐惧。

"我想跟查莉说话。不要碰她。求求你。让我跟她说话。"

"不行。抱歉。她嘴里塞着袜子,嘴巴被胶带粘住了。"

她的理智的第一处断裂随之开始,一个小小的裂缝,暴露出她内心未受保护的柔软部位。我能听到她身体里歇斯底里的震颤。她喊查莉的名字。她祈求我。她用甜言蜜语哄骗我。她哭泣。

这时,我听到了另一个人的声音。教授拿过她手里的电话。

"你是谁?你想干吗?"

"想干吗?需要什么?我想让你的妻子接电话。"

一阵停顿。我从来都不明白人们说"一个意味深长的停顿"是什么意思,直到现在才明白。这个停顿就是意味深长的。它蕴含着一千种可能。

朱莉安娜在抽泣。教授用手捂住话筒。我听不到他跟她说了什么,但我想象着他给她指示,告诉她该怎么做。

"让你妻子接电话,不然我就惩罚查莉。"

"你是谁?"

"你知道我是谁,乔。"

又是一次停顿。

"吉迪恩。"

"哦,很好,我们都直呼其名了。让你妻子接电话。"

"不。"

"你觉得查莉不在我手上。你觉得我在信口开河。你跟警方说我是个懦夫,乔。我告诉你我会做什么。我会挂了电话,糟蹋了你女儿,然后我再给你打回去。对了,我建议你去找找她。快去。跑起来。试试诺顿街,我就是在那儿找到她的。"

"不!不!别挂电话!"

"让朱莉安娜接电话。"

"她太伤心了。"

"让她接电话，否则你再也见不到查莉了。"

"听我说，吉迪恩。我知道你为什么这么做。"

"让你妻子接电话。"

"她不能……"

"我他妈才不管她能不能。"

"好，好，稍等一下。"

他又捂住了电话。他在告诉他妻子去用固定电话报警。我拿起另一部手机，输入号码。电话响了。朱莉安娜拿起电话。

"你好，奥洛克林太太。"

她立刻哽咽了。

"如果你让你丈夫把电话从你手里拿走，你女儿就没命了。"

她下一声抽泣声音更大了。

"别挂电话，奥洛克林太太。"

"你想要什么？"

"我想要你。"

她没有作答。

"我能叫你朱莉安娜吗？"

"可以。"

"我跟你说个事，朱莉安娜。如果你丈夫拿过你手里的电话，我就会蹂躏你女儿一阵子。然后，我会一片片地割她身上的肉，往她手上钉钉子。之后，我向你保证，我会挖出她美丽的蓝眼睛，给你寄回去。"

"不！不要！我不会让他拿走电话的。"

"只有你能救查莉。"

"怎么救？"

"你还记得当初怀孕时，是怎么让子宫里的宝宝活下来的？宝宝埃玛和宝宝查莉。这部电话就像一根脐带，你只有不挂断电话才能让查莉活着。挂了电话，她就没命。让其他人拿走电话，她也没命。明白吗？"

"明白。"

她深吸一口气，打起精神。这个女人很坚强。她将会是个挑战。

"你丈夫在旁边吗，朱莉安娜？他在对着你耳语吗，就像我对查莉耳语一样？他在说什么？告诉我他在说什么，否则我就打青她的皮肤。"

"他说她不在你手上。说你是虚张声势。他说查莉在她朋友家。"

"他给她打电话了吗？"

"她电话占线。"

"他应该去找她。"

"他已经去了。"

"很好。他应该去外面看看……在村子里。他应该去阿比家。你家保姆呢？"

"她也去找了。"

"也许他们能找到她。我也许是在虚张声势。你觉得呢？"

"我不知道。"

"你这部电话上有来电显示吗，朱莉安娜？"

"有。"

"看看这个号码。认识吗？"

与其说她在说话，不如说是呻吟。那极力克制的肯定回答如鲠在喉，几乎说不出口。

"这是谁的号码？"

"我丈夫的手机号。"

"查莉怎么会拿着乔的手机？"

"他们换手机了。"

"现在你相信我了。"

"是。求你不要伤害她。"

"我将把她变成一个女人，朱莉安娜。所有的母亲都希望她们的女儿快点长大，成为女人。"

"她只是个孩子。"

"现在还是，但等我完事了就不是了。"

"不，不要。求你不要碰她。你让我做什么我都愿意。"

"什么都行？"

"对。"

"你确定吗？"

"是。"

"因为如果你不这样做，查莉就会做。"

"我会按你说的做。"

"脱掉衣服，朱莉安娜，你的裙子和那件漂亮的上衣——里面有金属线的那件。没错，我知道你穿什么衣服。我知道你的一切，朱莉安娜。我已经脱下了查莉的牛仔裤。很抱歉，我不得不剪开。我非常小心。我很擅长使用剪刀和剃刀。我可以把我那玩意插进她的肚子。她会有个记住我的纪念品。然后每一个看过她裸体的男人都会知道，我是她的第一个男人……每个洞都是。"

"不，不要。"

"你在脱衣服吗？"

"是的。"

"让我看看。"

她迟疑了一下。

"站到卧室的窗边，拉开窗帘——我就能看到你了。"

"你会放她走吗？"

"那就要看你的表现了。"

"我会照你说的做。"

"查莉在点头。真可爱。是的，没错，妈妈的电话。你想跟她问个好吗？抱歉。妈妈还没按我说的做，所以你不能跟她说话。你到窗边了吗，朱莉安娜？"

"对。"

"拉开窗帘，好让我看到你。"

"你不会伤害查莉吧？"

"拉开窗帘。"

"好的。"

"你需要化上妆。在梳妆台上。暗红色口红，我要你涂上口红，戴上天鹅绒盒子里的那条孔雀石项链。"

"你怎么——？"

"我了解你的一切……查莉的一切……你丈夫的一切。"

"请你放了查莉。我已经按你说的做了。"

"光脱了衣服还不够，朱莉安娜。"

"什么？"

"这还不够。查莉能给予我更多。"

"可你说了……"

"你真的觉得我会放弃一个像这样的奖品吗？你知道我想做什么吗，朱莉安娜？既然我已经剪掉了你女儿的衣服，我还想割开她的肉。我想从她的喉咙一直切到阴部，好让我钻进她的身体。然后我会捧着她的心脏，边从里到外搞她，边感受它的跳动。"

那声漫长而缓慢的尖叫，就像在我耳朵里引爆的迫击炮弹。

又有一个锁销脱落。

这把锁快开了。

她正在丧失理智。

此刻，记忆仿佛有形的物质一般。记忆是唯一真实的东西。我正顺着磨坊山往下跑，穿过大桥，沿着灌木篱之间的坡路向上走。

二十分钟前我还跟查莉打过电话。她朋友阿比住在诺顿路约一英里的地方。她骑行一英里要花多长时间？她随时可能拐出街角，两腿使劲蹬脚踏板，低着头，撅着屁股，想象自己在参加环法自行车赛。

我不停地打她的手机。是我的手机。我给她的。我们换了手机，这样我好跟达茜通话。手机占线。她在跟谁打电话？

诺顿路是一条狭窄蜿蜒的沥青路，路两边是灌木篱、山楂树丛和栅栏。汽车得倒车或停到下水道里，才能让其他车辆通过。有的区域，两侧是树篱，又高又不受控制，把小路变成了一个绿色的峡谷，只偶尔被通向田地的农场大门打断。

我看到扭曲的树枝中间闪过一丝彩色。是一个女人在遛狗。是艾姆斯太太。她在村子里做清扫房子的工作。

"你见过查莉吗？"我喊道。

她摇了摇头，被我吓了一跳，有些怒色。

"她从这里经过了吗？她当时骑自行车。"

"没看到什么自行车。"她带着浓重的口音说。

我继续往前走，穿过一条水流湍急的小溪上方的一座小桥。

她不在吉迪恩手里。吉迪恩只是假装绑架了孩子。身体对抗不是他的风格。操纵。利用。他现在可能正大笑着看着我。或者他在监视朱莉安娜。他在跟她打电话。

我站在山顶，回头看着村子。我给韦罗妮卡打电话。我边喘着气边说：

"泰勒说他抓走了我的女儿。他说他要强奸她，然后杀了她。他在跟我妻子通电话。你必须阻止他。"

"你现在在哪儿？"探长问道。

"在找查莉。她现在本应该到家了。"

"你最后一次跟她通话是什么时候？"

我脑子里一片混乱。"三十分钟前。"

克雷探长尽力让我平静下来。她让我理性地思考。泰勒吓唬过人。这是他的惯用伎俩。

"他一定在附近什么地方，"我说，"他可能在监视我们家。你应该封锁整个村子和道路。"

"我不能封锁一个村子，除非我确定有孩子遭到了绑架。"

"追踪他的手机信号。"

"我马上派车来。回到你妻子身边。"

"我得找到查莉。万一他没有虚张声势呢？"

"别让朱莉安娜一个人待着。"

农场上的建筑映衬在下一座山峰上方的天空下。由马口铁、砖和木头建造的六七栋谷仓和工具房坐落在几条泥泞的小路的交会处。一台老旧的农用机械被丢弃在院子的一角，生锈的底盘下面长满了野草。其中的大部分机械我都不知道是干什么用的。主屋最靠近大路。几只狗在狗舍里兴奋地叫着。

阿比打开了门。

"查莉在这儿吗？"

"不在。"

"她什么时候走的？"

"老早就走了。"

"她往哪个方向走了？"

她古怪地看着我。"只有一个方向。"

"你看到她走了吗？"

"嗯。"

"路上还有其他人吗？"

她摇摇头。我吓着她了。我转过身，跑着穿过院子，回到路上。我不可能错过她。她还能去哪儿？这里离诺顿圣菲利普两英里。查莉不可能朝相反的方向骑车回家。

我再次拨打她的手机。她为什么还在打电话？

回去的路几乎都是下坡。我在农场门口停下，爬到金属栅栏上，往里面看。

我再次穿过那座小桥，往路两侧的水沟里看。有的地方长的荆棘和荨麻有腰那么高。柏油路的一侧有轮胎的痕迹。一定是有辆车靠边停了，好让另一辆车通过。

这时，我看到一辆自行车半藏在草丛中。我想给查莉买一辆铝框架的，但她选了哑光的黑色钢架车，横档上涂着火球，前叉上还带着减震器。

我走到荆棘丛里，把自行车拉出来。前轮已经被撞得扭曲变形。我大喊她的名字。乌鸦扑打着翅膀从树上飞起。

我的手臂在颤抖。我的腿。我的胸口。我的头。我向前迈了一步，几乎跌倒在地。我又迈一步，然后瘫倒下去。我努力站起身来，但做不到。我用力咽了一口唾沫，扔掉自行车，爬回路上。然后我像个疯子一样沿着柏油路往前跑。我幡然醒悟，恐惧和懊悔让我透不过气来，也无法喊出查莉的名字。

在攀爬磨坊山时，我的左腿向前迈步时突然僵住了，结果我脸朝下跌倒在地。我感觉不到疼痛。我挣扎着站起来，迈着怪异的鹅步重新跑起来。

两个骑马的女孩正嗒嗒地朝我走来。我认出了其中一个。她认识查莉。我挥舞双臂。其中一匹马变得不安起来。我朝她们大喊，让她们去找查莉，又生气她们没有立刻照做。

　　我不能停下。我必须回家。我给朱莉安娜打过电话。电话占线。吉迪恩在跟她通话。

　　我到了大街上，横穿过去，同时仔细留意人行道。查莉可能从车上摔下来了。有人救了她。不是吉迪恩。是其他人——一个好心的撒玛利亚人。

　　我快到家了。我抬起头，看到朱莉安娜光着身子站在卧室的窗边，嘴上涂着口红。我一步两个台阶上了楼梯，猛地打开门，把她从窗边拉开。我拿过被子围在她肩上，同时夺过她手里的电话。吉迪恩还在。

　　"你好，乔，你找到查莉了吗？还觉得我在吓唬你吗？我讨厌说'我早跟你说过'这句话。"

　　"她在哪儿？"

　　"当然是跟我在一起，我是不会骗你的。"

　　"证明给我看。"

　　"你说什么？"

　　"证明她在你手上。"

　　"你想让我把她身体的哪个部分寄给你？"

　　"让她接电话。"

　　"让朱莉安娜接电话。"

　　"不。我要听到查莉的声音。"

　　"我觉得你没什么资格提要求吧，乔。"

　　"我不会陪你玩什么游戏，吉迪恩。向我证明查莉在你手里，然后我们再谈。否则我没有兴趣。"

　　我按下电话上的按键，挂了电话。

　　朱莉安娜尖叫着朝我扑过来，企图夺走电话。

　　"相信我。我知道自己在做什么。"

　　"不要挂电话！不要挂电话！"

"坐下。求求你。相信我。"

电话又响了。我接通电话："让我女儿接电话！"

吉迪恩咆哮道："你他妈敢再挂一次电话试试！"

我挂了电话。

朱莉安娜在抽泣。"他会杀了她的。他会杀了她的。"

电话响了。

"你再挂电话，我就——"

我按下按键，不让他说完直接挂断了。

他又打回来。

"你想让她死吗？你想让我杀了她吗？我现在就去！"

我挂了电话。

朱莉安娜在跟我抢电话，用拳头捶打我的胸口。我把电话伸到她够不到的地方。

"让我跟他说。让我说。"她喊道。

"我知道自己在做什么。"

"别挂电话。"

"穿上衣服去楼下。警察马上到，我需要你开门让他们进来。"

我尽力让自己显得很自信，内心却非常恐惧，恐惧到我几乎无法思考。我唯一知道的就是吉迪恩一直像个木偶大师一样提着线，全面占据主动权。我必须想办法阻止他前进的势头，让他慢下来。

人质谈判的第一原则就是要求人质活着的证据。吉迪恩不想谈判。现在还不想。我必须让他重新思考自己的计划，改变策略。

电话又响了。

吉迪恩咆哮着说："你给我听着，浑蛋。我要切开她的肚子。我要看着她的内脏蒸……"

我挂断电话，朱莉安娜奋力去抓电话，跌到了地板上。我伸手扶她起来，她打开我的手，转向我，脸因愤怒和恐惧而变得扭曲。

"都是你害的！是你害得我们这样。"她尖叫着用手指着我。她的声音又突然变成了耳语一般。"我提醒过你！我让你不要牵涉其中。我不想让这个家惹上你那些病态扭曲的病人，或虐待狂、变态，你非常了解他们。"

"我们会把她找回来的。"我说，但朱莉安娜不听。

"查莉，可怜的查莉。"她呻吟道，然后剧烈地抽噎着瘫坐在床上。她的头垂在赤裸的大腿上方。我说什么都没法安慰她。我连自己都安慰不了。

电话响了。我拿起电话。

"喂，爸爸，是我。"

我的心都要碎了。

"喂，宝贝，你没事吧？"

"我伤了一条腿。我的自行车撞坏了。对不起。"

"这不是你的错。"

"我害——"

她没有说完。她的话被中断了，接着我听到从胶带盘上撕下胶带的声音。

电话里吉迪恩的声音取代了她的。

"说再见吧，乔，你再也见不到她了。你觉得可以阻止我。你根本不知道我的手段。"

"查莉跟此案无关！"

"把她算作意外伤亡吧。"

"为什么抓走她？"

"我想要你有的东西。"

"你的妻子和女儿都死了。"

"是这样吗？"

"用我换她。"

"我不想要你。"

我听到更多的胶带被从胶带盘上扯下的声音。

"你在干吗？"

"我在包扎我的奖品。"

"我们谈谈你的妻子吧。"

"为什么？你找到她了？"

"没有。"

"好吧，我有了新的女朋友可以跟我玩耍。转告朱莉安娜，我晚点再打来，告诉她所有的细节。"

不等我再问问题，电话就挂断了。我打回去，吉迪恩已经关机了。

朱莉安娜看都不看我一眼。我把被子围在她肩头。她已经不哭了。她也不对我大喊大叫了。哭的人是我，心也在流泪。它们从未这么容易到来过。

# 第五十六章

十几个探员和二十几个身着制服的警员封锁了村子以及进出的道路。过往的厢式货车和卡车被一一搜查，小汽车司机也被一一询问。

韦罗妮卡·克雷在厨房里，猎人罗伊也在。他们看着我，目光中混杂着敬佩和同情。我在想，自己遇到其他人的不幸时，是否也是这个模样。

朱莉安娜冲了两遍澡，穿着牛仔裤和套头毛衣。她的肢体语言像一个强奸受害者，手臂紧紧地抱在胸前，仿佛在拼命抓住什么不能失去的东西。她还是看都不看我一眼。

奥利弗·拉布又有两部手机要追踪——我的那部以及吉迪恩第一次给朱莉安娜打电话时用的那部。他应该能够追踪到一小时前吉迪恩关机之前的信号。

在村子西北方向的一块田地中央有座十米高的通信塔。离这儿第二近的通信塔位于村子南边一英里的巴格里奇山上。再下一座在西边两英里的圣约翰皮斯道的郊外。

"我们需要让泰勒打回来。"克雷探长说。

"他会的。"我回答，眼睛盯着餐桌上朱莉安娜的手机。他知道她的电话。他知道家里的座机号码。他知道她穿什么衣服，涂什么口红，梳妆台上有什么首饰。

朱莉安娜还没告诉我吉迪恩都跟她说了什么。如果她是我诊所的病人，我就会让她开口，说说相关的背景，治疗她的心理创伤。但她不是病人。她是我的妻子，我也不想知道其中的细节。我只想假装什么都没发生。

吉迪恩·泰勒来过我们家。他把一切重要的事物都带走了——信任、内心的平静与安宁。他看过两个孩子睡觉。埃玛说她看到了鬼。她醒过来跟他说过话。他把朱莉安娜隔离开来。他告诉她涂什么口红、戴什么首饰。他还让她赤裸着站在卧室的窗边。

我一直努力把阴暗的想法放到一边，想象只有好事发生在家人身上。有时，看着查莉甜美、苍白而善变的面庞，我几乎觉得自己可以保护她免受任何痛苦或悲伤。现在她不见了。朱莉安娜说得对。是我的错。一个父亲应该保护他的孩子，确保她们的安全，并为她们献出生命。

我不停地告诉自己，吉迪恩·泰勒不会伤害查莉。就像在脑子里念咒语，但这丝毫不能让我安心。我还努力告诉自己吉迪恩这样的人——虐待狂和变态——少之又少。这意味着查莉是为数不多的倒霉者吗？不要跟我说生活在一个自由的社会是要付出代价的。不是这种代价。牵涉到我女儿的时候不行。

家里的固定电话上装了录音设备，我们的手机上也安装了程序，来记录通话内容。我们的手机卡被转到了具有全球定位功能的手机上。我问探长原因，她说是预防措施。他们可能会进行移动拦截。

透过窗户，村子的景象尽收眼底，就像一幅故事书里的插图。天空中呈波浪状的云朵被阳光镶上了一条金边。伊莫金和埃玛去邻居努特奥太太家了。邻居们都出来看停在街上的警车和厢式货车。他们随意地聊着天，互相说着笑话，假装没有盯着探员挨家挨户地敲门。他们的孩子都被赶进屋里藏起来，以远离街头未知的危险。

我又听到楼上有淋浴声。朱莉安娜站在淋浴喷头下，努力冲走刚刚发生的一切。事情发生多久了？三小时。无论发生什么，查莉都会记住这一天。她再也摆脱不了吉迪恩·泰勒的容貌、他说的话以及他的触摸。

和尚低头走进厨房，厨房一下子显得小了很多。他看了一眼克雷探长，摇了摇头。路障已经设立两个多小时了。警方敲遍了每一扇门，询问了居民，追踪了查莉的脚印，但一无所获。

我知道他们在想什么。吉迪恩已经跑了。他在警方封锁道路之前就设法逃掉了。十二点四十二分之后，吉迪恩使用的两部手机都再也没有传输过信号。他一定知道我们可以追踪信号，所以他才如此频繁地更换和关闭手机。

恰好这时，奥利弗·拉布到了，他像个紧张的拾荒女人，慢吞吞地走过房前的小径。他的单肩包里装了一台笔记本电脑，头上戴了一顶粗呢帽，为他那光秃秃的脑袋保暖。他在门垫上擦了三次脚。

他在餐桌上打开电脑，从最近的基站下载了最新的信息来定位信号。

"在这种区域，要定位信号更加困难，"他边解释，边用手抚去裤子上无形的褶皱，"这里的通信塔更少。"

"我不需要借口。"韦罗妮卡·克雷说。

奥利弗看回屏幕。外面的花园里，几名探员在阳光下跺着脚取暖。

奥利弗抽了一下鼻子。

"怎么了？"

"两个电话都是从同一座通信塔传过来的——最近的那座，"他顿了顿，"但信号是从这个区域外的一座通信塔发出的。"

"这意味着什么？"

"他给你打电话时并不在村子里。他当时就不在这个地方。"

"但他知道朱莉安娜穿什么衣服。他还让她站到了卧室窗边。"

奥利弗耸耸肩。"他一定是当天早些时候见过她。"

他又查看了屏幕，开始解释查莉的移动路线。她当时拿着我的手机，在阿比家时，信号是通过韦洛南部一英里左右的通信塔传输的。当她中午过后离开农舍时，信号也随之发生变化。根据信号强度分析，她当时正往家移动。这时，吉迪恩把她从自行车上撞倒，带着她往相反的方向去了。

奥利弗打开一张卫星图，覆盖在另一张地图上，来显示通信塔的位置。

"他们向南一直走到韦尔斯路，然后向西穿过拉德斯托克和米德萨默诺顿。"

"信号是在哪儿消失的？"

"在布里斯托尔郊区。"

克雷探长开始发号施令，解除对村子的封锁，重新分派了警力。她的声音里有种金属般的音质，仿佛是从奥利弗的某颗卫星上反弹回来的。调查的焦点正从房子移开。

她朝奥利弗挥挥手。"我们知道泰勒有两部手机。一旦其中一部开机了，我要你立刻找到他。不是他昨天在哪里，或是一小时之前在哪里——我要知道他当前所在的位置。"


朱莉安娜在楼梯平台上等着，畏缩在窗户和卧室门之间的墙角里。她的深色头发还乱糟糟、湿漉漉的。

她又换了衣服，穿着一条黑裤子和一件开襟羊绒衫，化的妆恰到好处，涂黑了眼睑，又显出了她高高的颧骨。她美得让我吃惊。跟她相比，我像个破旧的老古董。

"跟我说说你在想什么。"

"相信我，你不会想知道。"她回答。我几乎认不出她的声音了。

"我觉得他不会伤害查莉。"

"你不会知道。"她低声说。

"我了解他。"

朱莉安娜抬起头，用质疑的目光看着我。"我不想听这个，乔，因为如果你了解他这样的人——如果你明白他这么做的原因——那我想知道你晚上怎么能睡着。你怎么能……能……"

她没法说完这句话。我努力抱住她，但她挺直了身子，挣开了我的手臂。

"你根本不了解他，"她责难我道，"你说他是虚张声势。"

"到现在为止，他一直都是。我觉得他不会伤害她。"

"他现在就在伤害她，你看不到吗？抓走她这件事本身就在伤害她。"

她再次把脸转向窗户，责备地说道："是你害得我们这样。"

"我没想到会这样。我怎么可能提前知道？"

"我提醒过你。"

我感觉到自己快要说不出话来了。"我四十五岁了，朱莉安娜。我不能袖手旁观度过我的一生。我不能对人们不理不睬或者拒绝帮助他们。"

"可你有帕金森症。"

"但我还可以过正常生活。"

"你有过正常的生活……跟我们。"

她用的是过去式。这跟德克、那张酒店收据或我在她的公司聚会上的嫉妒爆发无关。这是关于查莉的。她的脸上，除了恐惧和茫然，还有些我不曾预料到的神情。蔑视。厌恶。

"我不再爱你了，"她毫无表情，冷漠地说道，"方式不对了——跟过去不一样了。"

"爱没有什么正确方式。就只是爱。"

她摇摇头，扭过头去。我感觉仿佛胸口有什么至关重要的东西被挖走了。我的心。她留我独自站在楼梯平台上。一根无形的线在拉扯我的手指，由一个抽搐的木偶师操控着。也许他也患有帕金森症。


所有的门都打开着。房子里冷飕飕的。过去的一小时里，罪案现场工作人员都在检查房子，在光滑的表面上寻找指纹，用吸尘器吸取纤维。有些警员我认识。点头之交。他们现在都不看我。他们有工作要做。

吉迪恩是个训练有素的锁匠。他几乎可以打开任何一扇门：房子、公寓、仓库、办公室……布里斯托尔有成千上万栋空置的房产。他可以把查莉藏在其中任何一个地方。

韦罗妮卡·克雷一直在厨房里跟和尚和猎人罗伊商量。她想开会讨论应对策略。

"我们必须决定当他回电话时该怎么做，"她说，"我们必须做好准备。奥利弗需要时间来定位信号源和位置，所以要让泰勒讲得尽可能久，这点非常重要。"

她看着朱莉安娜。"你准备好了吗？"

"我来吧。"我替她回答。

"他可能只想跟你妻子说话。"探长说。

"我们想办法让他跟我谈。不给他其他任何选择。"

"那如果他拒绝呢？"

"他想要听众。让他跟我谈。朱莉安娜不够坚强。"

她愤怒地回应道："别说得好像我不在房间里一样。"

"我只是想保护你。"

"我不需要保护。"

我正要反驳，但她勃然大怒。"一句话都别说了，乔。不要替我说话。也不要跟我说话。"

我感觉自己身体后倾，仿佛在躲避挥来的拳头。这种敌对情绪使得房间里一片寂静。没人敢看我。

"你们两个都冷静一下。"探长说。

我努力想站起来，但感觉和尚的手放在我肩上，强迫我坐在原位。韦罗妮卡·克雷在跟朱莉安娜说话，向她描述可能出现的情形。在此之前，探长一直对我尊重相待，并且重视我的建议。现在她觉得我的判断要打折。我与案件的关系太过密切，所以我的观点不可信赖。整个场景变得如梦境一般，有些跑偏了。其他人都一本正经、若有所思的模样。而我蓬头垢面，已经失控了。

韦罗妮卡·克雷想把指挥部挪到三一路，这样警方更容易做出响应。家里的固定电话会被转接到事故调查室里。

朱莉安娜开始问问题，声音小得几乎听不到。她想知道应付策略的更多细节。奥利弗需要至少五分钟来追踪电话，并根据最近的三座通信塔来确定信号的位置。如果基站的时钟是同步的，那么他可能把来电者定位到一百米的范围之内。

这并非万无一失。信号会受到建筑物、地势和天气状况的影响。如果吉迪恩进入了室内，信号强度也会发生变化，而且如果时钟有哪怕一微秒的时差，位置就会相差几十米。微秒和米——我女儿的生命落到了指望这些东西的地步。

"我们在你的车里安装了定位跟踪器，以及一部免提电话底座。泰勒可能会对你发出指示。他可能会让你经受重重考验。我们现在还无法进行移动拦截，所以你必须拖住他。"

"要多久？"她低声问道。

"几小时。"

朱莉安娜坚定地摇了摇头。必须得快点。

"我知道你想把你女儿找回来，奥洛克林太太，但我们必须先保证你的安全。这个家伙已经杀了两个人了。我需要几小时让直升机和拦截队伍做好准备。在此之前，我们必须拖住他。"

"这太疯狂了，"我说，"你知道他之前做过什么。"

克雷探长朝和尚点点头。我感觉他的手抓住了我的手臂。"走，教授，我们去散散步。"

我试图挣脱这家伙的大手，但他抓得更紧了。他用另一手抓住了我的肩膀。从远处看，这可能像个友好的动作，我却无法动弹。他把我押到厨房，从后门出去，沿着小路走到晾衣绳边。一条孤单的毛巾像一面垂直的旗子，在微风中拍打着。

我感觉肺里有股令人讨厌的酸腐味道。是我自己身上的味道。我的药突然失效了。我的头、肩膀和手臂像蛇一样扭曲抽搐。

"你没事吧？"和尚问道。

"我需要吃药。"

"药在哪儿？"

"在楼上，我的床边。白色塑料瓶子。左旋多巴。"

他消失在房子里。警员和探员都站在路上，看着这出畸形秀。帕金森症患者经常谈到维护自己的尊严。此刻我一丝尊严都没有。有时，我想象着这就是我最后的结局。像一条蛇一样抽搐扭曲，或像一座真人大小的雕塑，永久定格在一个姿势上，不能挠鼻子，也无法驱赶鸽子。

和尚拿着药瓶和一杯水回来了。他不得不抱住我的头，才能把药片放到我的舌头上。水也洒到了我的衬衫上。

"疼吗？"他问。

"不疼。"

"我做了什么加重病情的事吗？"

"这不是你的错。"

左旋多巴是治疗帕金森症的标准药物，它可以缓解颤抖并在我的身体突然僵住而没法动弹的时候，消除僵硬的动作。

我的动作变得更加平稳了。我可以端着水杯喝水了。

"我想回到房子里。"

"这个不行，"他说，"你妻子不想让你出现在她身边。"

"她根本不知道自己在说什么。"

"在我看来她非常确定。"

言辞，我最好的武器，也突然弃我而去。我的视线越过和尚，看到朱莉安娜穿着一件外套，被带往一辆警车。韦罗妮卡·克雷跟她一起。

和尚只让我走到大门口。

"你们去哪儿？"我大喊。

"去警局。"探长说。

"我也想去。"

"你应该待在这儿。"

"让我跟朱莉安娜谈谈。"

"她眼下不想跟你谈。"

朱莉安娜坐到了警车的后排座位上。她把大衣掖到大腿下面，然后关上门。我喊她的名字，但她毫无反应。汽车引擎发动了。

我看着他们离开。他们错了。我身体的每根纤维都在说他们错了。我了解吉迪恩·泰勒。我了解他的想法。他会摧毁朱莉安娜，哪怕她是我见过的最坚强、最富同情心和最聪明的女人。这就是他捕食的对象。她越是情感丰富，他对她的伤害就越深。

其他的车辆也跟着离开了。和尚留下来。我跟着他回到房子里，坐在桌子边，他给我泡了一杯茶，然后找出朱莉安娜的父母以及我父母的电话。伊莫金和埃玛今晚应该会住在别的地方。我父母离得最近。朱莉安娜的父母头脑更为理智。这个问题和尚来解决。

与此同时，我坐在餐桌边，闭着眼睛，想象着查莉的脸，她那有些歪斜的笑容，她灰色的眼睛，以及四岁时从树上摔下后在额头上留下的那道小伤疤。

我深吸一口气，给鲁伊斯打电话。电话那头一群人在大声喊叫。他在看橄榄球比赛。

"怎么了？"

"是查莉。他抓走了查莉。"

"谁？泰勒？"

"是的。"

"你确定？"

"他给朱莉安娜打了电话。我跟查莉说话了。"

我跟他说了找到查莉的自行车以及那几通电话的经过。我说着的时候，听到鲁伊斯离人群越来越远，找到了一个安静点的地方。

"你想怎么办？"他问。

"不知道，"我用沙哑的声音说，"我们必须把她找回来。"

"我这就过去。"

通话结束了，我盯着电话，希望它能再次响起。我想听到查莉的声音。我努力回想她跟我说的最后几句话，在吉迪恩把她抓走之前。她给我讲了一个女人坐巴士的笑话。我忘了笑点是什么，只记得她笑个不停。

有人按了门铃。和尚去开门。神父来慰问了。我只见过他一次，在我们刚搬来韦洛后不久，他邀请我们去参加礼拜，不过我们至今都没有去过。我真希望还记得他的名字。

"我以为你也许会想祈祷。"他柔声说道。

"我不是信徒。"

"没关系。"

他向前迈一步，跪下来，在面前画了个十字。我看着和尚，他也看着我，不知道该怎么办才好。

神父低下头，紧握双手。

"亲爱的主，我请你关照年幼的夏洛特·奥洛克林，并把她平安地带回到她的家人身边……"

我不假思索地挨着他跪下，低下了头。有时，祈祷不在于言语，而在于纯粹的心境。

# 第五十七章

当一个男人一无所有的时候，他就会想方设法去获取别的男人拥有的东西。

这栋房子就是个例子。那个阿拉伯商人依然在外，像候鸟一样去南方过冬了。他快回来的时候，一个管家会打开门窗，抖松枕头，给房间通风。夏天还会有个园丁两周来一次，但现在只一个月来一次，因为草已经不再生长，落叶都被耙成了堆做堆肥。

我记得这所房子又高又笨拙，一个角楼房间俯瞰着大桥。一个风向标永远指向东方。帘子拉上了。门窗都被加固了。

花园里湿漉漉的，一股腐败的味道。秋千坏了，一端已磨损，悬在树枝和地面之间的半空中。我从秋千下走过，绕过花园里的家具，站在一间小木屋前。门用挂锁锁着。我蹲下来，往锁孔里插入一把起子，感受着起子在锁销上跳动。我学会开的第一把锁就是一把这样的锁。我坐在电视机前练习了好几个钟头。

锁芯转动了。我从门闩上取下挂锁，拉开门，让光线透到泥地上。金属架子上放着塑料花盆、播种盘和老旧的油漆桶。园艺工具立在角落里。房间中央停着一辆骑式割草机。

我后退一步，环顾整个房间。里面的空间刚好够我站立。然后，我开始清理金属架子，把它们拉到房间的一侧。我把割草机推到草地上，开始把油漆桶和几袋化肥挪进车库里。

　　小木屋的后墙现在清理干净了。我抄起一把鹤嘴锄，往地上抡去。被压实的泥地变成了一幅由土坯组成的锯齿状拼图。我一次接一次地挥舞，时不时停下把泥土铲开。过了一小时，我停下来休息，蹲在地上，脑袋抵在铲子的把手上。我就着外面的软管喝水。地上的洞有十英寸深，几乎跟墙一样长。长度足够放下我在车库里找到的那块石膏板。我想再挖深点。

　　我重新干起来，把一桶桶土提到花园的一端，藏在堆肥下面。我现在可以建造箱子了。太阳正穿过树枝慢慢落下。也许我应该去看看女孩的情况。

　　房子里的一个三楼卧室里，她躺在一张铁架床裸露的床垫上。她穿着条纹上衣、羊毛衫、牛仔裤和运动鞋，蜷缩成一个球，努力把自己隐藏起来。

　　她看不到我——眼睛被胶带蒙住了。她的双手被白色的绳子绑在背后，两只脚被链子捆在一起，留下的空间刚够她蹒跚前行。她走不远。她的脖子上套着一个绳套，绳子的一端系在暖气片上，绳子的长度刚好能让她够到一间带洗手池和马桶的小洗手间。她还没有意识到。她像一只盲眼的小猫，只愿待在柔软的垫子上，不愿去探索。

　　她开口了。

　　"喂？有人在吗？"

　　她竖起耳朵听。

　　"喂……有谁……能听到我说话吗？"

　　这次声音更大了："救命！请救救我！救命！"

　　我按下"录音"键。录音带开始转动。叫吧，小可爱，尽力叫吧。

　　一盏小台灯把灯光投射在房间里，但够不到我在的角落。她试了试手腕上的绳结，把肩膀扭向左边又扭向右边，试图把手抽出来。塑料绳结勒进了她的皮肤。

她的头撞到了墙壁。她翻身躺下，抬起双腿，把两只脚同时踢到木质嵌板上。整栋房子仿佛都颤动了。她踢了一次又一次，充满了恐惧和挫败感。

她向后弓背，在双脚和肩膀之间形成一座桥。她用半肩倒立抬起双腿，然后转动腰部，把膝盖贴到胸前，然后继续往下，直到膝盖碰到了脑袋的两侧。她把自己缩成了一个球。接着她把绑住的手腕依次滑过后背、臀部。她肯定会把哪里弄脱白。

她的手从脚上挤过，然后她又能伸开双腿了。多聪明啊！现在她的手到了身体前面。她撕掉蒙住眼睛的胶带，转身面向台灯。她依然看不到站在黑暗角落里的我。

她抓住脖子上的绳套，从头上拿下来，然后盯着她被铁链锁着的双脚以及手腕上的塑料绳结。她把皮肤弄破了。白色的绳结上沾上了血。

我两手弯成杯状，拍在一起。这嘲弄的掌声像手枪的枪声一样在寂静的房间里回荡。女孩大叫一声，试图跑开，但脚踝上的铁链把她绊倒在地。

我抓住她的后颈，骑坐在她身上，用身体的重量控制住她，感受着空气从她的肺里挤出来。我抓住她的头发，向后拉她的头，在她耳边低语道：

"你是个非常聪明的女孩，雪花姑娘。这次我要绑结实点了。"

"不！不！不要！求求你。放我走吧。"

第一圈胶带贴住了她的鼻子，堵住了气道。第二圈贴住了她的眼睛。我的动作很粗鲁，拽着她的头发。越来越多的胶带缠到了她的额头和下巴上，把她缠成了塑料人，她猛烈地摇着头。很快就只有她的嘴露在外了。当她张开嘴喊叫的时候，我把一根软管塞进了她的嘴，一直插到喉咙里。她有些干呕。我把管子往外拔了一点，又往她头上缠了许多胶带。胶带被从胶带盘上撕下来时嘎吱作响。

她的世界变成了漆黑一片。我能听到她的呼吸像口哨一样在水管里作响。

我轻声对她说："听我说，雪花姑娘。不要反抗。你越挣扎，呼吸越困难。"

她还扭打我的手臂。我用手指堵住软管的另一端，阻断了她的空气来源。她立刻慌乱起来，身体也变得僵硬了。

"就这么简单，雪花姑娘。我用一根手指就能让你停止呼吸。如果你明白了，就点点头。"

她点点头。我拿开手指。她通过软管大口吸气。

"正常呼吸，"我对她说，"就是恐慌发作了，没什么。"

我把她抱到床上：她又蜷成一个球。

"你还记得房间的布局吗？"我问。

她点点头。

"你右手边大约八英尺的地方有个马桶，旁边有洗手池。你可以够着。我带你试一下。"

我把她拽起来，让她双脚着地，一边迈着小步蹒跚地往水池走，一边数步数。我把她的手放在水池沿上。"冷水管在右边。"

然后，我又让她坐下试了试马桶。

"我会把你的手放在身体前面，但是如果你撕下了胶带，我会惩罚你。明白了吗？"

她没有回答。

"我会堵住软管，除非你确认我的问题。你不会再去动胶带，对吗？"

她点点头。

我带她回到床上，让她坐直。她的呼吸平稳了些。她狭窄的胸腔一起一伏。我向后退，打开她的手机，等屏幕点亮。然后我按下相机键，拍下照片。

"安静点。我得出去一会儿。我会给你带点吃的回来。"

她摇摇头，在胶带面罩下面抽泣。

"别担心。我很快就回来。"

我走出房子，走下台阶。树丛中有个车库。我的厢式货车停在里面，挨着阿拉伯人的那辆路虎。他好心地把钥匙留在了食品储藏室里的钩子上，挨着其他十几把钥匙，是开电箱和信箱的，都清楚地做了标记。奇怪的是，我找不到小木屋的钥匙了。但不用担心。

"今天我们应该开路虎。"我对自己说。

"好的，先生。"

今天开法拉利，明天开路虎——生活真美好。

车库门自动开启了。碎石子被车轮压得嘎吱作响。

到了大桥路后，我右转再右转，进入克里夫顿唐路，穿过维多利亚广场，然后沿女王路行驶。购物者都排到了人行道上，周日下午的车流堵塞了路口。我转入布里斯托尔溜冰场旁边的一个多层停车场，沿着水泥坡道向上，寻找空车位。

路虎车发出一声令人安心的沉重的金属声，锁上了，车灯随之闪烁了一下。我走下楼梯，走到外面的空地上，沿着弗罗格莫尔街往前走，直到混入购物和游客的人群中。

市政厅的弧形正面就在我眼前，后面就是大教堂。交通灯变了。齿轮咬合。一辆敞篷巴士吐着柴油机黑烟从旁边隆隆驶过。我在交通灯边等候，把手机开机。伴随着一段单调的曲子，屏幕亮了。

菜单。选项。最近通话。

她满怀期待地接通了电话。"是查莉吗？"

"你好，朱莉安娜，想我了没有？"

"我想跟查莉说话。"

"恐怕她现在没空。"

"我需要知道她安然无恙。"

"相信我。"

"不。让我听听她的声音。"

"你确定吗？"

"对。"

我按下"播放"键。录音带转动起来。查莉的叫声填满了她的耳朵，震颤着她的心灵，把她理智上的裂缝开得更大了。

我停下录音带。朱莉安娜的呼吸颤抖着。

"你丈夫在听吗？"

"没有。"

"他怎么对你说我的？"

"他说你不会伤害查莉。他说你不会伤害孩子。"

"而你相信他。"

"我不知道。"

"他还说了我什么？"

"他说你想惩罚女人……惩罚我。但我并没有做什么伤害你的事。查莉也什么都没做。求求你，让我跟她说话。"

她哼哼唧唧的唠叨开始让我厌烦了。

"你出过轨吗，朱莉安娜？"

"没有。"

"你在骗我。你跟其他人没什么两样。你是个共谋、虚伪、暗箭伤人的荡妇，两腿之间和脸上各有一个小穴。"

一个女性路人听到了我的话。她瞪大了眼睛。我身子前倾，说道："砰！"她逃开时把自己绊倒在了地上。

我穿过马路，走过大教堂广场上的花园。妈妈们推着婴儿车。年龄大些的夫妇坐在长椅上。鸽子在屋檐下拍打着翅膀。

"我再问你一遍，朱莉安娜，你出过轨吗？"

"没有。"她抽泣着说。

"那你的上司呢？你给他打了那么多电话。还跟他留宿伦敦。"

"他只是个朋友。"

"我听到过你跟他的对话，朱莉安娜。我听到你说了什么。"

"不……不。我不想谈这个。"

"这是因为警方在监听这个电话，"我说，"你害怕你丈夫会知道真相。要我告诉他吗？"

"他知道事情的真相。"

"我该不该告诉他你厌倦了躺在他的床上，看着他长着粉刺的后背，然后有了婚外情？"

"求求你不要。我只想跟查莉说话。"

我透过朦胧的细雨看着公园街对面的建筑。葡萄酒博物馆的屋顶上显出一座通信塔的轮廓。这可能是离此最近的通信塔。

"我知道这次通话被录音了，朱莉安娜。这一定是个货真价实的同线电话。而你的工作就是尽可能久地拖住我，好让他们追踪手机信号的位置。"

她犹豫着说："不是。"

"你不太擅长说谎。我对付过一些最好的骗子，但他们从来骗不了我太久。"

我穿过大教堂附近的学院绿地，顺着锚定路往前看。这附近半英里范围内一定有十五座通信塔。他们要花多久找到我？

"查莉身体的柔韧性很好，不是吗？她能够那样弯曲身体。她可以把膝盖放到耳朵后面。她让我非常开心。"

"求求你不要碰她。"

"现在说这个太晚了。你应该盼望我不会杀了她。"

"你为什么要这么做？"

"问你丈夫。"

"他不在这儿。"

"为什么？你们两个吵架了吗？你把他扫地出门了吗？你为这事怪罪他了吗？"

"你想要什么？"

"我想要他有的东西。"

"我不明白。"

"我想要属于我的东西。"

"你妻子和女儿都死了。"

"他跟你这么说的吗？"

"很遗憾你失去了亲人，泰勒先生，但我们没有做过任何伤害你的事。求你放查莉走。"

"她来月经了吗？"

"这有什么区别？"

"我想知道她有没有在排卵。也许我会让她怀个孩子。你就能做外祖母了，一个迷人的外婆。"

"用我换她吧。"

"我为什么要一个外婆？跟你说实话吧，朱莉安娜，你确实漂亮，但我更喜欢你女儿。并不是因为我喜欢小女孩。我可不是变态。你看，朱莉安娜，当我上她的时候，就是在上你。我伤害她的时候，就是在伤害你。我的手指都不用碰你，就能用你根本想象不到的方法触碰到你。"

我左右看看路上的情况，横穿过去。人们在我周围走动，偶尔撞上我的肩膀，然后向我道歉。我的眼睛扫视着道路前方。

"你让我做什么我都愿意。"她抽泣着说。

"任何事情？"

"是。"

"我不相信。你必须证明这一点。"

"怎么证明？"

"你必须向我展示。"

"好，但你得先让我看看查莉。"

"我可以给你看。我现在就让你看。我给你发样东西。"

我按下按键，照片传输了过去。我等着，听她做何反应。来了！急促地倒吸一口气，被压抑的哭泣。她说不出话来，盯着她女儿被胶带缠着、只能通过一根软管呼吸的头。

"替我向你丈夫问好，朱莉安娜。告诉他，他快没时间了。"

几辆警车正沿着圣奥古斯丁路向南行驶。我上了一辆北行的巴士，看着警车从对面驶过。我把头靠在车窗上，看着下面的圣诞台阶①向我的右后方退去。

五分钟后，我在环形交叉口前面的下莫德林街下了巴士。我把手臂伸到头顶上方，感受着椎骨沿着脊柱噼啪作响。

巴士转过了街角。手机被一张汉堡包装纸包着，塞在两个座位之间，依然在发送信号。正所谓眼不见心不烦。

---

① 一条适合观光的小路，位于英国布里斯托尔。

# 第五十八章

嗅嗅拿它硬邦邦的小脑袋顶我的脚踝，一边咕噜一边用身体蹭我的小腿，转了一圈又一圈。它饿了。我打开冰箱，找到了一个打开一半的猫罐头，用铝箔包着。我用勺子舀了一些放到它的碗里，又给它倒了些牛奶。

厨房桌面上满是当天的食物残渣。埃玛午饭吃了三明治，喝的果汁。她没吃面包皮。查莉以前也是这样。"我的头发够卷了，"她五岁那年跟我说，"我觉得面包皮我吃得够多了。"

我永远不会忘记看着查莉出生时的情形。她晚出生了两周，时间是令人痛苦的一月的一个夜晚。我猜她是想待在暖和的地方。产科医师用前列腺素来为她催产，跟我们说药物八小时后才会起效，所以他要回家睡觉。朱莉安娜进入了快速分娩状态，不到三小时宫颈就完全扩张了。产科医师来不及赶回医院。一名高大的黑人助产士接生了查莉，她把我呼来唤去，让我在产房里跑进跑出，就像训练一只家养的小狗。

朱莉安娜说她不想让我看下面，她想让我待在她面前，为她擦拭额头，握着她的手。我没有听她的。一看到孩子长着黑色头发的天灵盖从她的两腿之间露出来，我就哪儿也不去了。在这场镇上最好的演出里我占据了一个前排座位。

"是个女孩。"我对朱莉安娜说。

"你确定？"

我又看了一眼。"哦，是的。"

然后我好像记起来我们曾打过赌看我们俩——孩子和我——谁先哭。查莉赢了，因为我作弊，捂住了脸。我从未因为把一件跟我几乎没有关系的事归功于自己而感到如此满足过。

助产士把剪刀递给我，让我剪脐带。她用襁褓包住查莉，然后把她递给我。那天是查莉的生日，但得到礼物的是我。我抱着她走到一面镜子前，看着镜子里的我们。她睁开蓝色的眼睛看着我。直到那一天，还从未有人那样看过我。

朱莉安娜因为精疲力竭睡着了。查莉也睡着了。我想把她叫醒。我的意思是，谁家的孩子会睡着过生日？我想让她像之前那样看着我，就像我是她见到的第一个人一样。

冰箱的嗡嗡声突然停止了，在这突然的寂静中，我感到身体里有个不停歇的颤动逐渐蔓延，直至充斥我的肺部。我被分离了。冰冷。我的手不再颤抖。突然，我仿佛被一种无色无味无形的气体麻痹。绝望。

我听不到门开，也听不到脚步声。

"你好。"

我睁开眼。达茜正站在厨房里，戴着一顶无檐小圆帽，穿一件牛仔夹克和一条打着补丁的牛仔裤。

"你怎么来的？"

"一个朋友带我来的。"

我转身面向门口，看到了鲁伊斯。他的衣服皱巴巴的，忧心忡忡的样子，还戴着那条橄榄球色的领带，领带解开了一半。

"你怎么样，乔？"

"不怎么好。"

他拖着脚走近些。如果他抱住我，我就会哭起来。达茜帮他做了，双臂抱住我的脖子，从后面捏了捏我。

"我在广播上听到了，"她说，"还是我之前在火车上遇到的那个男的吗？"

"是。"

她脱下彩虹色的手套。她的脸颊因为温度的变化而泛起了红晕。

"你们两个是怎么碰到一起的？"我问。

达茜看了一眼鲁伊斯。"我算是一直住在他那儿。"

我惊奇地看着他们两个。

"从什么时候开始？"

"从我逃走开始。"

然后我记起了鲁伊斯家洗衣间烘干机里的衣服，柳条筐里的一件格子衬衫。我应该认出来的。达茜第一次出现在我家门口时，就穿着那件衬衫。

我看着鲁伊斯。"你说是你女儿回家了。"

"她确实回来了。"他说着耸耸肩，像脱下大衣一样摆脱了我的愤怒。

"克莱尔是个舞者，"达茜补充说，"你知道她在皇家芭蕾舞团接受的训练吗？她说有一个专为我这样的人设置的困难奖学金。她会帮我申请。"

我没有注意听她在说什么。我还在等鲁伊斯的解释。

"这孩子需要住几天。我觉得也没什么坏处。"

"我一直在担心她。"

"她又用不着你担心。"

他话里有话。我在想他知道多少。

达茜还在说话。"文森特找到了我父亲。我跟他见了面。感觉很怪异，但还算过得去。我原以为他会长得好看些，更高一点，或许是个名人，但他只是一个再普通不过的老家伙。平凡。他是个食品进口商人。他进口鱼子酱。就是鱼卵。他让我尝尝。真够恶心的。他说那东西尝起来像蔓越莓，我觉得像大便。"

"注意用词。"鲁伊斯说。达茜温顺地看着他。

鲁伊斯在我对面坐下，两手平摊在桌面上。"我调查过这个家伙。住在剑桥，已婚，有两个孩子。他没有问题。"

然后，他换了话题，问起了朱莉安娜。

"她跟警方走了。"

"你应该陪着她。"

"她不想让我去，警方觉得我是个累赘。"

"累赘——这真是个有趣的分析。而且，我常常觉得你的想法很具有危险的颠覆性。"

"我不是个激进分子。"

"更像个扶轮社①的候选人。"

他在打趣我。可我连笑的力气都没有。

达茜问起埃玛。她离开了。我父母带她去威尔士了，还有伊莫金。一看到查莉的房间，我妈就哭起来，直到我爸给了她一大盒纸巾并让她去车里等着，她才停止抽泣。上帝的准私人医生意志坚定地对我发表了一番演讲，有点像迈克尔·凯恩在电影《祖鲁战争》中的演讲。

大家都是出于好心。我接到了三个妹妹的电话，每个人都说我太坚忍了，说她们在为我们祈祷。不幸的是，我对这些陈词滥调或安慰毫无兴趣。我想踢开每扇门，摇晃每一棵树，直到把我的查莉找回来。

鲁伊斯让达茜去楼上冲个澡。她立刻照做了。然后，他探身过来。

"还记得我跟你说要保持清醒吗，教授？你可别死在这个病上。"他

---

① 即国际扶轮社，1905年成立于芝加哥，是一个由行业和职业领袖组成的世界性组织，提供人道主义服务，鼓励崇高的道德标准，促进世界友善和和平。

在吸吮糖块。糖块撞击牙齿，咯咯作响。"我了解悲剧。它教给你的其中一点就是必须勇往直前。而你就要这么做。你要去洗澡、换衣服，我们会找到你女儿的。"

"怎么找？"

"等你下楼，我们再考虑这个问题。但我向你保证。我会找到那个浑蛋。我不在乎要用多久。等找到了他，我要用他的血漆墙。一滴都不剩。"

我上楼的时候，鲁伊斯跟在我身后。达茜找到了一条没用过的浴巾。她站在查莉房间的门口看着我们。

"谢谢。"我对鲁伊斯说。

"等我做了配得上感谢的事时再谢吧。洗完之后下来，我有东西给你看。"

# 第五十九章

鲁伊斯打开一张纸，摊平在咖啡桌上。

"这是今天下午传真过来的，"他说，"是从比雷埃夫斯的海上营救和协调中心传真过来的。"

传真件是一幅图片——一个黑色短发的圆脸女人，三十六七岁的样子。她的详细信息用小号字体打在右下角。

海伦·泰勒（原姓钱伯斯）

出生日期：1971年6月6日

英国人

护照号码：E754769

体征：白种人、身高175厘米、身材苗条、棕色头发、棕色眼睛

"我打过电话以确认没有搞错，"他说，"这就是他们寻找泰勒的妻子时用的照片。"

我盯着照片，仿佛盼着它突然变得眼熟一些。尽管年龄相仿，照片上的女人跟布赖恩·钱伯斯给我的护照照片上的海伦一点都不像。她的头发更短，额头更高，眼睛的形状也不一样。不可能是同一个人。

"那克罗艾呢？"

鲁伊斯打开笔记本，抽出一张拍立得。"他们用的是这张。是她们住的酒店里的一名住客拍的。"

这次我认出了这个女孩。她的金发就像灯塔发出的光。她坐在秋千上。背景里的建筑外墙被刷成了白色，花架上长着野蔷薇。

我又看回还摆在咖啡桌上的那张传真过来的照片。

鲁伊斯给自己倒了一杯威士忌。他在我对面坐下。

"是谁给希腊人提供的这张照片？"我问。

"外交部和伦敦大使馆。"

"外交部又是从哪儿得到的照片？"

"她的家人。"

当局在寻找海伦和克罗艾的下落，他们需要确认停尸间里的尸体和医院里的幸存者的身份。这张错误的照片可能是有人错发的，但在此之前应该有人发现才对。另外只有一种解释，那就是有人在试图掩盖什么。

有三个人做证说海伦和克罗艾在渡轮上：海军潜水员、加拿大学生和那名酒店经理。他们为什么要撒谎呢？答案很明显是金钱。布赖恩·钱伯斯有足够的金钱来促成此事。

事情必须快速安排好。渡轮事故是一个让海伦和克罗艾消失的好机会。行李要扔到海里。母女两人要被报失踪。沉船事故四天之后，布赖恩·钱伯斯飞到了希腊，这意味着海伦一定用她父亲的钱为骗局做好了大部分的铺垫工作。

岛上一定有人见过她们。她们能藏在哪里呢？

我从钱包里拿出海伦的照片——布赖恩·钱伯斯在他律师的办公室里给我的那张。照片是为新护照拍的——用她的原姓——这是钱伯斯的说法。

从她五月逃离德国开始，海伦就避免使用信用卡，不往家里打电话，也不发邮件或写信。她想尽一切办法对她丈夫隐藏自己的行踪，但她首先

要做的事情之一本该是甩掉夫姓。相反，她一直等到七月中旬才申请新
护照。

我盯着从希腊传真过来的那张照片。

"如果帕特莫斯岛上没人知道海伦和克罗艾的长相呢？"我问。

"什么意思？"鲁伊斯问。

"如果母女两人当时已经隐姓埋名了呢？"

鲁伊斯摇了摇头。"我还是不明白。"

"海伦和克罗艾六月初到了岛上。她们住进一个酒店，保持低调行
事，买什么都用现金。她们没用真实姓名。她们换了名字，因为她们知道
吉迪恩在找她们。然后，通过命运的一次剧烈翻转，一艘渡轮在一个狂风
暴雨的下午沉没了。海伦看到了一个销声匿迹的机会。她把她们的行李扔
进了大海，然后报警说海伦和克罗艾·泰勒失踪了。她买通了一个背包客
和一个海军潜水员，合伙欺骗警方。"

鲁伊斯接着我的话往下说："所以当他的父母希望他回家的时候，这
个背包客突然有了钱继续旅行。"

"而一个面临着失职裁决的不光彩的海军潜水员也可能需要钱。"

"那个德国女人呢？"他问道，"她又能得到什么？"

我翻着证词，把她的资料抽到文件的最上面。伊莲娜·沙费尔，生于
一九七一年。我看着她的出生日期，有一种强烈的似曾相识的感觉。

"海伦在德国待了多久？"

"六年。"

"足够她把德语说得流利了。"

"你觉得……"

"伊莲娜就是换了名字的海伦。"

鲁伊斯上身探到膝盖上方，双手垂在两腿之间，活似一尊表情困惑的
古老雕像。他闭上眼睛，努力像我一样看到事情的细节。

"所以你是说酒店经理——那个德国女人——就是海伦·钱伯斯？"

"酒店经理是警方手上最可靠的证人。她为什么要在一对英国母女住在她酒店里这事上撒谎呢？这是一个再完美不过的幌子。海伦可以说德语。她可以假装成伊莲娜·沙费尔，宣布自己的前身的死亡。"

鲁伊斯睁开眼睛。"我跟看门人交谈的时候，他听上去有点紧张。他说伊莲娜·沙费尔去度假了。她没有提女儿的事。"

"那家酒店的电话是多少？"

鲁伊斯找到了笔记本里的那一页。我拨通了电话，等着。一个困乏的声音接了电话。

"你好，这里是雅典国际机场。我们发现了一个几天前未能装上飞机的袋子。行李标签上说是伊莲娜·沙费尔小姐登记的，但是出现了混淆。她当时有同行人吗？"

"是的，她女儿。"

"一个六岁的孩子。"

"七岁。"

"她们要飞往哪里？"

看门人现在清醒了些。"你为什么在夜里这么晚的时候打电话？"他生气地问道。

"袋子被装错了航班。我们需要一个寄件地址。"

"沙费尔小姐一定报失过，"他说，"她应该已经给过寄件地址了。"

"我们这里似乎没有。"

他感觉到了不对劲。"你是谁？你是什么人？"

"我在找伊莲娜·沙费尔和她的女儿。我必须找到她们，此事事关重大。"

他不知所云地喊了一通，然后挂了电话。我按下重拨键。电话占线。

他要么是拔掉了电话线，要么就是在给谁打电话。也许在提醒她们。

我给三一路警察局打电话。猎人罗伊负责重案调查室。克雷探长去吃晚饭了。我把伊莲娜·沙费尔的名字告诉他，以及她跟女儿最可能乘机飞离雅典的日期。

他跟我说，乘客名单要第二天早上才能拿到。每天从雅典的出港航班有多少？数百个。我根本不知道这对母女去了哪里。

我挂了电话，盯着两张照片，希望它们能跟我对话。吉迪恩还在到处找她，海伦会冒险回家吗？


鲁伊斯两手垂在方向盘顶端，仿佛在让汽车自动驾驶。他看起来既放松又若有所思，但我知道他的头脑正在超负荷运转。有时，我觉得他假装自己不是个深思者或者不是一个能快速领悟的人，只是为了迷惑别人，让他们低估他。

达茜坐在后排座位上，沉浸在音乐里。也许我根本不用那么担心她。

"你饿不饿？"鲁伊斯问。

"不饿。"

"你上一顿饭是什么时候吃的？"

"早饭。"

"你应该吃点东西。"

"我没事。"

"你一直这么说，也许有一天你会没事的，但不是今天。你不能总盼着自己没事。你不可能没事，除非把查莉找回来了……朱莉安娜也回来了，而你们又过上了幸福的生活。"

"也许已经太迟了。"

他扭头看了我一眼，然后重新看回路面。

一阵长久的沉默之后，他说："我们会把她找回来的。"

自从朱莉安娜离开家以后，我还没有听到过她的消息。和尚一直跟重案调查室保持着联络。吉迪恩又打来了电话，用我的手机。他在布里斯托尔市中心靠近大教堂的什么地方。奥利弗·拉布一直无法确定他的位置，直到他把手机留在了一辆巴士上。一小时前，手机才从穆勒路公交总站拿回来。

还没有查莉的消息。据和尚说，一切能做的都做了，但这不是真的。有四十名探员在调查此案。为什么不派四百名或者四千名探员？警方在电视和广播上都发出了呼吁。为什么不从屋顶上拉起警报，然后搜索每一个住宅、仓库、农舍、鸡圈和外屋呢？为什么不把汤米·李·琼斯[1]找来组织搜查工作呢？

鲁伊斯把车开到石桥庄园的车道上。那对金属大门被远光灯照得泛白。按了门铃，但没人回应。鲁伊斯按着门铃，按了三十秒。还是一片寂静。

他下了车，透过栅栏往里瞧。房子里灯亮着。

"嘿，达茜，你有多重？"鲁伊斯问。

"你不该问女孩这样的问题。"她回答。

"你觉得可以翻过那道墙吗？"

她顺着他的目光看去。"当然可以。"

"当心碎玻璃。"

鲁伊斯把外套扔到墙头，好保护她的手。

"你们要干吗？"我问。

"引起他们的注意。"

达茜把右脚放在他捧着的双手上，然后被抬到了墙头上。她抓着一个树杈，挣扎着站起来，小心地在嵌进混凝土的玻璃瓶碴之间保持平衡。她

---

① 美国男演员，曾出演《黑衣人》《刺杀肯尼迪》《亡命天涯》等多部电影。

伸开双臂来保持身体的稳定，但她不可能摔下去。她的平衡感来自无数小时的练习。

"她会挨枪子的。"我对鲁伊斯说。

"斯基珀不可能瞄那么准。"他回答。

黑暗里一个人接话说："我能射中五十步之外的松鼠的眼睛。"

斯基珀走进车头灯的光柱里，怀里横握着把步枪。达茜依然站在墙上。

"下来，小姐。"

"你确定？"

他点点头。

达茜照做了，但并非按他预想的方式。她朝他跳了过去，而斯基珀不得不扔下枪，在她落地之前接住她。现在她在他那一侧了。他可没预料到会出现这个问题。

"我们需要跟钱伯斯先生和太太谈谈。"我说。

"他们没空。"

"你上次就是这么说的，"鲁伊斯说。

斯基珀抓着达茜的胳膊。他不知道该如何是好。

"我女儿不见了。吉迪恩·泰勒把她抓走了。"

从他盯着我的眼睛来看，我知道这完全抓住了他的注意力。这就是他在这里的原因——阻止吉迪恩进门。

"泰勒现在在哪儿？"

"我们也不知道。"

他看了看汽车，仿佛是担心吉迪恩可能就藏在里面。他伸进口袋，拿出一部对讲机，向房子里发信号。我没听到他说了什么，不过大门缓缓打开了。斯基珀绕车一周。他检查了后备厢，左右看了看路上的情况，然后挥手让我们进去。

随着奔驰车驶过，车道两侧的安全灯依次点亮。斯基珀坐在副驾驶座位上，步枪横在腿上，枪口对着鲁伊斯。

我看了看表。查莉已经失踪八小时了。我该对布赖恩和克劳迪娅说什么？我会乞求他们。我会抓紧一线机会。我会跟他们要吉迪恩·泰勒真正想要的东西——他的妻子和女儿。他已经让我相信他所相信的事了。她们还活着。我别无选择，只能接受这一点。

斯基珀陪着我走上台阶，走进正门，穿过门厅。壁灯映在锃亮的木地板上，客厅里溢出更加明亮的灯光。

布赖恩·钱伯斯从沙发上站起身，挺直肩膀。

"我还以为我们之间的事已经结束了。"

克劳迪娅在他对面。她站起来，整了整裙子的腰带。她那双漂亮的杏仁眼没有与我的视线接触。她嫁给了一个强有力的男人，他皮糙肉厚，动作迟缓，而她自己则更为持重沉默。

"这是达茜·惠勒，"我说，"克里斯蒂娜的女儿。"

克劳迪娅的脸上写满悲伤。她拿起达茜的手，温柔地把她拉进怀里。她们几乎一样高。

"我很遗憾，"她低语道，"你妈妈是我女儿非常要好的朋友。"

布赖恩·钱伯斯一脸惊奇地看着达茜。他坐下来，探身向前，双手夹在两膝之间。他下巴上胡子拉碴，嘴角上泛着白沫。

"吉迪恩·泰勒绑架了我女儿。"我宣布。

接下来是沉默地颤抖，其中所揭示的内容可能比在诊疗室里一小时告诉我的还多。

"我知道海伦和克罗艾还活着。"

"你疯了，"布赖恩·钱伯斯说，"你跟泰勒一样疯了。"

他妻子的身体略微绷紧，跟他交换了个眼色。这是个微表情，是他们之间传递信号的微弱迹象。

这就是谎言的特点。撒谎容易，但掩盖很难。有人能掩饰得不着痕迹，但大部分人都很难做到，因为我们的理智并不能完全控制身体。人类有成千上万种自动反应，与自由意志没有任何关系，从心跳到皮肤刺痛，这些都是我们无法控制的，会暴露我们的心思。

布赖恩·钱伯斯转过身去。他从水晶醒酒器里给自己倒了一杯威士忌。我等着玻璃接触玻璃的声音。他的手可以说太过平稳了。

"她们在哪儿？"我问。

"滚出我家！"

"吉迪恩知道了。所以他才一直骚扰你们，跟踪你们，折磨你们。他知道什么？"

他转过身，使劲握着手里的平底酒杯。"你是说我撒谎了？吉迪恩·泰勒把我们的生活变得痛苦不堪。而警方什么都没做。什么都没有。"

"吉迪恩知道什么？"

钱伯斯看起来要爆发了。"我女儿和外孙女已经死了。"他紧咬牙关说道。

克劳迪娅站在他旁边，眼睛是冷冰冰的蓝色。她爱她丈夫。她爱她的家人。她会竭尽一切保护他们。

"对你女儿的事，我很抱歉，"她低声说，"但我们已经给吉迪恩·泰勒够多了。"

他们在撒谎——两个人都是——我却只能拖着脚，清清嗓子，发出一种无助的沙哑声。

"我们可以阻止他，"鲁伊斯争辩道，"我们可以确保他不会再下毒手。"

"你们甚至找不到他，"布赖恩·钱伯斯嘲弄地说，"没人能找到他。他能穿墙走壁。"

我环顾客厅，努力找到一个理由、论点或是威胁他的幌子，任何可能改变结果的东西。到处都是克罗艾的照片，壁炉架上、靠墙的桌子上，有的被镶了框挂在墙上。

"你为什么不把海伦的照片给希腊当局，而给了其他人的照片？"我问。

"我不知道你在说什么。"布赖恩·钱伯斯说。

我从口袋里拿出那张传真过来的照片，翻开放在桌子上。

"为警方调查工作提供虚假信息可是刑事犯罪，"鲁伊斯说，"包括在国外的调查工作。"

布赖恩·钱伯斯的脸立刻黑了三度，涨得通红。鲁伊斯没有退缩。我觉得，在儿童失踪案上，他并不理解退让是什么概念。他的职业生涯中出现过太多孩子了。他无法挽救的孩子。

"你给他们错误的照片，是因为你女儿还活着。你制造了她死亡的假象。"布赖恩·钱伯斯身体后倾，以挥出第一拳。他现出原形了。鲁伊斯躲开了，然后像打一个淘气的男学生一样，一巴掌打在了他的后脑勺上。

这恰好激怒了他。布赖恩大喊一声，迈着大步冲过来，一头顶上鲁伊斯的肚子，用手臂抱住他，一直撞到墙上。这次碰撞似乎把整栋房子都撞得发抖了。镶着相框的照片像多米诺骨牌一样掉下。

"住手！住手！"达茜叫道。她站在门口，紧握双拳，眼睛里闪着泪光。

一切都慢了下来。连那台老爷钟的嘀嗒声也像一个缓慢滴水的水龙头。布赖恩·钱伯斯捂着头。他的左眼上方有个口子。伤口不深，但血流不止。鲁伊斯在揉自己的肋骨。

我弯下腰，把地上的照片一个个捡起来。其中一个相框的玻璃碎了。那是一张生日派对的照片。克罗艾探身到蛋糕上方，像个长号手一样鼓着腮帮子，蜡烛映在她的眼睛里。我在想，她许了什么愿。

这张照片没什么不寻常之处，但总觉得有什么不对劲。鲁伊斯的记忆就像一个金属陷阱，仿佛能够把各种信息牢牢地锁在里面。我说的可不是流行歌曲、全国越野障碍赛马的优胜者或者二战以来曼彻斯特联队所有的右后卫之类的无用信息，而是重要的细节。日期。地址。描述。

"克罗艾是哪年出生的？"我问他。

"二〇〇〇年八月八日。"

布赖恩·钱伯斯现在完全清醒了。克劳迪娅走到达茜身边，努力安慰她。

"跟我解释一下，"我指着那张照片说，"如果你外孙女在她七岁生日的两周前就死了，那她还怎么吹七根蜡烛呢？"

地板下面的按钮召唤来了斯基珀。他拿着一把霰弹枪，但这次枪不是躺在他的臂弯里。他把枪管举到齐胸高，左右挥舞着。

"把他们赶出去。"布赖恩·钱伯斯嚷道，手还捂着头。血已经从眉头渗出，滴到了脸颊上。

"如果我们不现在就阻止他，还要有多少人受伤？"我恳求道。

没有用的。斯基珀挥舞着霰弹枪。达茜走到他面前。我不知道她哪里来的勇气。

"没事的，"我对她说，"我们这就走。"

"那查莉怎么办？"

"这样没用。"

不会有什么转折了。这种不公的情形，即将到来的灾难，都对钱伯斯夫妇不起作用，他们似乎陷入了恐惧和否认的永久的迷雾中了。

我将再一次被护送出这栋房子。鲁伊斯在前面，后面跟着达茜。我穿过门厅的时候，从视线的边缘瞥见了有什么白色的东西贴着楼梯栏杆。一个光着脚的孩子，穿着白色的睡裙，透过变了色的木栏杆往下看。她优雅缥缈，几乎是超凡脱俗，抱着一个布娃娃，看着我们离开。

我停下脚步，盯着她看。其他人也转过身去。

"你应该去睡觉。"克劳迪娅说。

"我醒了。我听到砰的一声。"

"没什么。回去继续睡。"

她揉揉眼睛。"你会给我掖好被子吗？"

我能感觉到皮肤下面血液流动的节奏。布赖恩·钱伯斯走到我面前。霰弹枪的握把抵着斯基珀的肩膀。楼梯上传来脚步声。一个女人出现了，一脸不安地抱起孩子。

"海伦？"

她没有反应。

"我知道你是谁。"

她转身面向我，抬头拨开眼前的刘海。她低着头，纤细的手臂紧紧地抱着克罗艾。

"他抓走了我女儿。"

她没有回答。相反，她转身走上楼梯。

"你已经走了这么远了。帮帮我。"

她走了，回到房间，不见了身影，没发出声响，也没有被说服。

# 第六十章

我踏过铺路石上的一大片枯叶，穿过落地玻璃门，进入餐厅。家具上都盖着旧床单，扶手椅和沙发都变成了难看的肿块。

一块永远都是黑色的废弃的铁箅子立在那个小壁炉膛里，上面老旧的壁炉架上布满了几十个圣诞袜留下的针孔，没有一只是那个阿拉伯人的。

我走上楼梯。女孩安静地躺在那里。她没有尝试撕下头上的胶带。她变得多么听话啊。多么温顺。

外面的风把树枝吹到墙上，剐蹭着墙上的涂料。她时而抬起头，想知道是不是有其他的动静。她又把头抬起来了。也许她能听到我的呼吸声。

她坐起来，小心翼翼地把被铁链锁着的双脚放到地上。然后，她身体前倾，直到双手碰到暖气片。她摸索着，侧着身子往前跳，到了卫生间。她停下来，听了听动静，接着扯下牛仔裤。我听到了小便声。

她拉上裤子，又摸索着找到洗手池。有两个水龙头，冷的和热的。左边和右边。她拧开冷水，把手伸到水流下面。她低下头，努力把嘴里的软管放到水流中。就像一只笨拙的鸟儿喝水一样。她得屏住呼吸才能吸水。但水吸进了呼吸道，引起一阵剧烈的咳嗽，之后她便躺在地上抽泣起来。

我碰了下她的手。她大叫一声，尽力爬开，结果头撞在了水管上。

"是我。"

她没法说话。

"你真是个好孩子。现在我要你憋住。"

被我碰到的时候，她身体一缩。我带她回到床边，让她坐下。我拿出一把裁缝用的剪刀，把剪刀的下刃插到她后颈上的胶带下面，开始向上剪，一次剪一点。

汗水加上体热使得她的头发粘到了胶带上。我不得不把一些头发剪掉。一定很痛，但她并没有表现出来，直到我把胶带从她脸上撕掉的时候。我尽量快速撕下来，好减轻她的痛苦。她对着软管大叫，然后把管子吐了出来。

我放下剪刀。她的"面罩"被扔在地上，像一只被取出了内脏的动物。眼泪、鼻涕和融化了的粘胶弄得她满脸都是。这还不算最糟的。

我把一瓶水放到她嘴边。她大口地喝起来。溢出的水滴到她的开襟羊毛衫上。她用肩膀擦了擦下巴。

"我给你带了吃的。汉堡凉了，但味道应该还可以。"

她咬了一口，然后就不吃了。

"你还想要别的东西吗？"

"我想回家。"

"我知道。"

我拉过来一把椅子，坐在她面前。这是她第一次看到我。她不知道该往哪里看。

"你记得我吗？"

"记得。你是巴士上的那个人。你的腿好了。"

"我的腿从没有断过。你冷吗？"

"有一点。"

我从一把椅子上拿过来一床被子，披在她肩膀上。被我碰到她的时候，她身体往后一缩。

"还要喝水吗？"

"不要了。"

"也许你更喜欢喝碳酸饮料。来点可乐？"

她摇摇头。

"你为什么要这样做？"

"你太小了，不会明白的。把汉堡吃了。"

她抽了下鼻子，又咬了一小口。这个房间似乎已经容不下如此的沉默。

"我有个女儿。她比你小。"

"她叫什么名字？"

"克罗艾。"

"她现在在哪儿？"

"不知道。我有段时间没见她了。"

女孩又咬了一口汉堡。"我们住在伦敦的时候，我有个朋友也叫克罗艾。搬家之后，我再也没见过她。"

"你们为什么离开伦敦？"

"我爸爸生病了。"

"他怎么了？"

"他得了帕金森症。他的身体老是发抖，得一直吃药。"

"我听说过。你跟你爸爸关系好吗？"

"当然。"

"你跟他都一起做什么？"

"我们一起踢球，去远足……就是这类事情。"

"他会给你读故事吗？"

"我已经过了那个年纪。"

"但他给你读过吧？"

"是的，我猜是吧。他会给埃玛读。"

"你妹妹。"

"嗯。"

我看了看手表。"我又要出去一会儿。我会再把你绑起来,但是不会再像之前那样把头缠起来。"

"求你不要走。"

"我很快就回来。"

"我不想让你走。"她的眼里闪着泪光。这不是很奇怪吗?比起害怕我,她更害怕自己一个人。

"我会开着收音机。你可以听音乐。"

她抽了下鼻子,蜷缩在床上,手里还拿着那个吃了一半的汉堡。

"你会杀了我吗?"她问道。

"你为什么这么想?"

"你跟我妈说你要切开我……还说你要对我做什么事。"

"大人说的话,不要什么都相信。"

"什么意思?"

"就是这个意思。"

"我会死吗?"

"这要看你妈妈。"

"她要做什么?"

"过来替你。"

她一阵战栗。"是真的吗?"

"是真的。现在安静点,不然我还用胶带封住你的嘴。"

她用被子裹紧身子,转过身背对着我,缩到了阴影里。我穿上鞋和外套,走开了。

"求求你,别走。"她低声说。

"嘘。睡觉吧。"

# 第六十一章

奔驰车穿梭在黑暗的街道上，路上空无一人，除了偶尔有匆忙赶晚班巴士或从酒吧返家的人。这些陌生人都不认识我。他们也不认识查莉。他们的生活也永远不会跟我有交集。唯一能帮助我的人却不愿听我说，不愿冒风险向吉迪恩·泰勒暴露自己。海伦和克罗艾还活着。其中一个谜题解开了。

还没到家我就注意到街上停着陌生车辆。我知道邻居们都开什么车。这些车是别人的。

奔驰车停下了。十几辆车的车门同时打开。记者、录像师和摄影师把车团团围住，探到引擎盖上，隔着玻璃往里拍照。记者们大喊着各种问题。

鲁伊斯看着我。"你想干什么？"

"进屋。"

我用力推开车门，努力从人群中挤过。有人抓住了我的外套，好让我慢下来。一个女孩拦住了我的去路。录音机伸到了我面前。

"你觉得你女儿还活着吗，教授？"

这是什么问题？

我没有回答。

"他联系你了吗？他威胁她了吗？"

"请让我过去。"

我感觉自己像一头被围困住的野兽，一群狮子等着把我瓜分着吃掉。又有人喊道："别走，说两句吧，教授。我们只是想帮助你。"

鲁伊斯抓着我。他的另一只手揽着达茜。他低着头，像橄榄球比赛里的前锋一样往前挤。提问还在继续。

"对方有赎金的要求吗？"

"你觉得他想要什么？"

和尚打开了前门，紧接着又关上了。电视台的聚光灯依然把房子照得通亮，灯光透过窗帘和百叶窗的缝隙射进来。

"他们一小时前到的，"和尚说，"我应该提醒你的。"

公开宣传是好事，我告诉自己。也许有人会看到查莉或者泰勒，然后报警。

"有什么消息吗？"我问和尚。

他摇摇头。我的视线越过他，看到厨房里有个陌生人。他穿一身深色西服和一件洁白的衬衫，看上去既不像警察也不像记者。他的发色像抛光后的雪松木，手指拂过头帘时，银色的袖扣在灯光的照射下闪闪发光。

我走近的时候，他好像立正了，双手背在身后。这是在练兵场上练得至臻完美的姿势。他说自己是威廉·格林中尉，然后等我伸出手来跟他握手，他才伸出自己的手。

"我能为你做什么吗，中尉？"

"不如说是我能为你做什么，先生，"他操着一口吐字清晰的公立学校口音说道，"据我了解，你现在跟吉迪恩·泰勒少校有联系。他是一名相关人员。"

"什么的相关人员？"

"国防部的相关人员，先生。"

"那得排队。"鲁伊斯笑着说。

中尉没有理会他。"军方正在与警方合作。我们希望找到泰勒少校，并协助把你的女儿安全带回来。"

鲁伊斯取笑他的用词。"协助？到目前为止，你们这些浑蛋除了给我们增加障碍，什么都没做。"

格林中尉不为所动。"有一些问题使得我们无法完全披露信息。"

"泰勒在军队情报部门服役？"

"是的，先生。"

"他做什么工作？"

"这恐怕是机密信息。"

"他是个审讯人。"

"情报收集人。"

"他为什么离开军队？"

"他没有离开。他只是在他妻子离开之后擅离职守了。他面临着军事法庭的审判。"

中尉不再保持立正姿势。他两脚分开，与肩同宽，锃亮的鞋子微微向外分开，双手垂在身体两侧。

"为什么泰勒的工作内容要保密？"我问。

"他的工作性质很敏感。"

"这是狗屁回答，"鲁伊斯说，"这家伙是干什么的？"

"他审讯被关押人员，"我说，第二次试探中尉，"他虐待他们。"

"英国军队不容许虐囚。我们严格遵循《日内瓦公约》中的规则……"

"是你们训练的这个浑蛋。"鲁伊斯打断了他的话。

中尉没有回应。

"我们相信泰勒少校经历了某种形式的精神崩溃。他目前还是一名英国军队的现役军官，而我的工作就是与埃文和萨默塞特警察局保持联络，以协助尽早拘捕他。"

"回报是什么？"

"泰勒少校被拘捕之后，会被移交给军方。"

"他可谋害了两个女人。"鲁伊斯惊讶地说道。

"他会由军队的心理医生进行检查，以确定他是否适合出庭受审。"

"狗屁。"鲁伊斯说。

现在，我已经不在乎了。国防部可以把吉迪恩·泰勒带走，只要能让查莉回来。

中尉向我坦言："军方可以为此案的调查工作提供一些资源和技术帮助。如果你们配合，我就有权提供这项协助。"

"我该怎么配合？"

"泰勒少校曾执行过一些特殊任务。他跟你谈起过吗？"

"没有。"

"他提到过什么名字吗？"

"没有。"

"他提到过什么地点吗？"

"没有。他是个非常沉默寡言的士兵。"

格林中尉停顿了片刻，仔细斟酌语言。

"如果他向你披露了敏感信息，即未经授权向第三方披露此类信息，这将导致你面临违反《官方机密法令》的指控。对此类违法行为的惩罚措施包括监禁。"

"你是在威胁他吗？"鲁伊斯质问道。

中尉训练有素。他依然不动声色。"你们已经看到了，媒体也对泰勒少校感兴趣。记者可能会问问题。会有针对克里斯蒂娜·惠勒和西尔维娅·弗内斯的死因的询问。你可能会被要求出庭做证。我建议你仔细斟酌自己的证词。"

我突然觉得怒不可遏。我厌倦了这帮人：巧言令色和神秘兮兮的军方、盲目忠诚的钱伯斯夫妇、软弱的海伦·钱伯斯、记者、警察以及我自己的无助感。

这是鲁伊斯今天晚上第二次想打人。我看到他对着年轻些的中尉摆好了架势，但后者只把这威胁当作令人厌烦的例行公事。我努力平息事态。

"告诉我，中尉，我女儿对你有多重要？"

他没有明白我的问题。

"你想要吉迪恩·泰勒。如果我女儿成了阻碍呢？"

"她的安全是我们首要关注的。"

我想相信他的话。我想相信英国最有智慧的军事头脑和办事人员会竭尽所能来拯救查莉。不幸的是，吉迪恩·泰勒是他们中最出类拔萃的。可看看他都经历了什么。

我感觉自己快要跌倒了，颤抖着扶住了桌子。

"谢谢你的帮助，中尉，你可以向你的长官保证我会配合。对他们的协助，我也会如数奉还。"

格林看着我，不知道该如何理解我的话。

"吉迪恩·泰勒的妻子和女儿都还活着。她们住在她父母的房子里。"

我仔细留意他的反应。没有任何反应。我感觉指尖一阵刺痛。我并不是公开一个秘密，而是刚发现一个秘密。他已经知道海伦和克罗艾的事了。

在静止的等待之中，我幡然醒悟。军队在保护石桥庄园。我们第一次去的时候鲁伊斯就发现了。他说斯基珀是个退伍军人。只不过不是退伍军人，是现役军人。那些摄像头、动作感应器和安全灯都是不间断保护的一部分。英国军方早于警方很久就开始寻找吉迪恩·泰勒了。

韦罗妮卡·克雷说朱莉安娜服用了镇静剂，现在在睡觉。医生认为最好不要打扰她。

"她住在哪儿？"我问。

"在一个酒店里。"

"哪里？"

"神殿广场。不要给她打电话，教授。她真的需要休息。"

"有人跟她在一起吗？"

"她在警方的保护之下。"

探长对着电话轻呼一口气。我能想象到她那方形的脑袋、短头发和棕色眼睛。她同情我，但这不会改变她的决定。我的婚姻不是她要考虑的问题。

"如果你看到了朱莉安娜……"我想让她传递一个口信，但什么也没想到。没什么话要说了。"就看一下她——确保她平安无事。"

通话结束了。达茜去睡了。鲁伊斯在观察我，他的凝视随意地扫过一切。

"你应该去睡一觉。"

"我没事。"

"躺下。闭上眼睛。一小时后我叫你。"

"我睡不着。"

"尽力睡。今晚我们也没什么可做的了。"

楼梯很陡。床很柔软。我盯着天花板，清醒而茫然，精疲力竭但又害怕闭上眼睛。万一我睡着了呢？万一我早上醒来发现什么都没发生过呢？查莉会穿着校服坐在餐桌边，睡眼惺忪，一脸不高兴。她会大讲特讲刚做的梦，而我则心不在焉地听着。查莉讲的内容从来都不重要。重要的是，她是个聪明伶俐、独一无二、出类拔萃的女孩。多好的女孩啊。

我闭上眼睛，一动不动地躺在那里。我并不希望睡着，只希望这个世界能让我单独待一会儿，让我喘口气。

哪里的电话在响。我看了看床头柜上的数字钟。凌晨三点十二分。我整个身体像被音叉触动了一样，颤动个不停。

家里的固定电话被转到了三一路警察局，也不是我手机的铃声。也许是客房里达茜的手机在响。不，声音来自更近的地方。我下了床，走过冰冷的地板。

铃声停了。接着又响了起来。声音来自查莉的房间……她的衣柜。我拉开最上方的抽屉，在卷成球的短袜和连裤袜里翻找。我感觉到有东西在一双条纹足球袜里振动：一部手机。我拿出手机，打开。

"你好，乔，我把你吵醒了吗？这个时候你怎么能睡觉呢？老兄，你可真冷静。"

我呻吟着叫出查莉的名字。她的床垫被我坐得陷了下去。一定是吉迪恩闯进房子的时候把手机放在这儿的。警方找的是指纹和纤维，却没找手机。

"听着，乔，我一直在想，你一定非常了解娼妇——毕竟你就娶了一个。"

"我妻子不是娼妇。"

"我跟她谈过了。我观察过她。她简直急不可待。她会想跟我上床。她跟我说的。她乞求我上她。她说：'给我，给我。'"

"你也就靠这个才能得到一个女人——通过绑架她的女儿。"

"哦，我真不知道。她的上司在上她。他给她签支票，所以我猜她算个娼妇吧。"

"这不是真的。"

"她周五晚上去哪儿了？"

"在罗马。"

"有意思。我发誓我在伦敦见到她了。她住在汉普特斯希斯公园的一栋房子里。晚上八点到的，第二天早上八点离开。房子的主人是个叫尤金·富兰克林的有钱人。房子很不错。但锁很廉价。"

我的胸口一紧。这又是吉迪恩在扯谎吗？他信手拈来，在其中掺入分量刚好的真相，来制造怀疑，散播惶惑。突然间，我感觉自己成了自己婚姻中的陌生人。我想维护朱莉安娜。我想拿出证据证明他错了。但我的论证听起来微弱无力，我的理由还没说出口便已经变了味。

查莉的睡衣从她的枕头下露出来，粉色的背心和棉质法兰绒裤子。我用大拇指和食指揉搓着拉绒绵，仿佛要把她召唤出来，包括每个细节。

"查莉在哪儿？"

"就在这里。"

"我能跟她说话吗？"

"她现在被绑起来了，像一只圣诞火鸡一样被捆着，等着往里填料。"

"你为什么要抓走她？"

"动脑子想想。"

"我了解你，吉迪恩。你从军队擅离职守了。你在军队的情报部门工作。他们想找你回去。"

"被人需要的感觉很好。"

"他们为什么这么急切地想抓你？"

"这个不能跟你说，乔，否则我可能就得杀了你。我用'机密'来形容情报工作。我是一个不该存在的士兵。"

"你是个审讯者。"

"我知道什么是正确的提问。"

他对我们的谈话失去了兴趣。他对我有更高的期望。我应该为他提供一个挑战。

"你妻子为什么离开你？"

我能听到他缓慢而无情的呼吸声。

"你把她吓跑了，"我继续说，"你试图把她像一个塔楼里的公主一样关起来。你为什么那么确信她有外遇？"

"这是什么——一场该死的心理咨询吗？"

"她离开了你。你没法让她幸福。你当时感觉如何？至死不渝，这不是你们俩的诺言吗？"

"那个婊子出走了。她偷走了我女儿。"

"我听说的是，她并没有走——她是跑的。她踩下油门，飞速逃离了那里——留下你在车道上，一边穿裤子一边追着跑。"

"谁跟你说的？她跟你说的？你知道她在哪儿吗？"他朝我大声喊道，"你真的知道当时发生了什么吗？我给了她一个孩子。我为她建了一栋房子。我给了她想要的一切。你知道她是如何表达谢意的吗？她离开了我，还偷走了我的克罗艾。但愿她多吃鸡巴，但愿她下地狱……"

"你打了她。"

"没有。"

"你威胁她。"

"她是个骗子。"

"你恐吓她。"

"她是个娼妇。"

"深呼吸，吉迪恩。冷静下来。"

"别对我指手画脚。你想你的女儿，乔，我也有五个月没见过我女儿了。我也曾有一颗爱心，一个美好的心灵，但一个女人把它生生挖了出来。她让我变成千片万片，什么也没留下，只有一段发光的灯芯，但它依然在燃烧，乔。我呵护着这盏灯，不让娼妇们将它熄灭。"

"也许我们应该谈谈那盏灯。"

"你一次咨询收多少钱，乔？"

"对你免费。你想在哪儿见面？"

"一个人怎样才能成为心理学教授？"

"这仅仅是个名头而已。"

"但你会用它。是因为这会让你听上去很聪明？"

"不是。"

"你觉得你比我聪明吗？"

"不觉得。"

"是的，你觉得是。你认为你了解我。你觉得我是个懦夫——你是这么对警方说的。你绘制了我的心理侧写。"

"那是在我了解你之前。"

"错了吗？"

"我现在更加了解你了。"

他的笑声里充满了仇恨。"这就是心理学家鬼扯的地方。你这类家伙从不会做出定夺，或亮出观点。所有的话都用括号和引号括住。否则你就把一切都变成问句。就好像你的观点都不太成熟，你想听听其他人怎么说。我能想象到你上你妻子时的情形，你一边在她两腿间卖力苦战，一边说：'很显然，这对你有好处，亲爱的，但对我来说怎么样呢？'"

"你似乎非常了解心理学。"

"我是专家。"

"你学过吗？"

"在实战中。"

"这话什么意思？"

"意思是，乔，像你这样自称专业人士的浑蛋根本不知道该怎么问问题。"

"我应该问什么样的问题？"

"拷问是个复杂的科目，乔，一个非凡的科目。二十世纪五十年代的时候，美国中央情报局曾经进行过一个研究工程，花费了十多亿美元来破解人类意识的秘密。他们找本国最聪明的人做研究——哈佛、普林斯顿和耶鲁的人。他们试了迷幻药、墨斯卡灵、电击和硫喷妥钠，但通通不管用。

"研究的突破出自麦吉尔大学。他们发现，一个人被剥夺了感官感受，就会在四十八小时内出现幻觉，并最终崩溃。压力姿势会加速这一过程，但有样东西要有效得多。"

吉迪恩顿了顿，等着我开口问，但我不会给他这份满足感。

"设想一下，乔，如果你眼瞎了，你会最看重哪项感官能力？"

"听觉。"

"没错。这就是你的罩门。"

"这太病态了。"

"是创意，"他大笑起来，"我就是这么做的。我找到罩门。我知道你的罩门，乔。我知道什么事会让你夜不能眠。"

"我才不跟你玩游戏。"

"不，你会的。"

"不。"

"选吧。"

"我不明白。"

"我想让你在淫荡的妻子和女儿之间做出选择。你想救谁？设想她们被困在一栋燃烧的建筑里，你冲进去，闯过火焰，踢开门。她们都失去了意识。你没法同时救两个人。你会救哪个？"

"我不跟你玩游戏。"

"这是个完美的问题，乔。这就是我比你更了解心理学的原因。我可以撬开一个人的理智。我可以把它砸碎。我可以玩弄它的碎片。你知道，我曾经让一个家伙相信他被接到了电源插座上，虽然他只是耳朵里被插了一对导线。他是个自杀式炸弹袭击者，但炸弹背心没有爆炸。他以为自己会成为烈士，直升天堂，以为自己可以永远享受维斯塔贞女的服务了。等我搞定了他，我让他相信了世上没有天堂。然后，他就开始祈祷。太疯狂了，不是吗？你让一个人相信世上没有天堂，而他所做的第一件事却是向安拉祈祷。他应该向我祈祷。最后，他甚至都不恨我。他只想死，以摆脱我的声音和面孔。

"你看，乔，有那么一刻，所有希望都破灭，所有自尊都不在了，所有期盼，所有信念，所有渴望。我拥有这个时刻。它属于我。此时，我会听到那个声音。"

"什么声音？"

"理智碎裂的声音。它并不像骨头粉碎、脊椎折断或是头骨破裂时那样响亮，也没有心碎声那般柔软湿润。它让你不禁想知道一个人能承受多大的痛苦。它击碎记忆，让往事渗入当下。它频率奇高，只有地狱之犬才能听到。你能听到吗？"

"不能。"

"有人蜷缩成小小的一团，在无尽的黑夜里柔声哭泣。这他妈不是很有诗意吗？我是个诗人，但我并不知道。你还在吗，乔？你在听吗？这就是我要对朱莉安娜做的。等她的理智碎裂了，你的也会随之碎裂。一石二鸟。也许我现在就会给她打个电话。"

"不！求求你。跟我说。"

"我厌倦了跟你谈话。"

他要挂电话了。我必须说点什么阻止他。

"我找到海伦和克罗艾了。"我脱口而出。

沉默。他在等。我也在等。

他先开口了："你跟她们谈过了？"

"我知道她们还活着。"

又一阵停顿。

"我见到我女儿的时候，你才能见你女儿。"

"事情没这么简单。"

"从来都不是。"

他挂了。我听到自己的呼吸声在空荡的房间里回荡，看到镜子里的自己。我的身体在颤抖。我不知道是由于帕金森症、寒冷还是什么更为基础和根深蒂固的东西。我坐在她的床上前后摇晃，手里抓着查莉的睡衣，发出无声的咆哮。

# 第六十二章

电梯从地下室往上升。一道光依次闪过按键板上的数字。

现在是早上五点十分，走廊里空无一人。我拉了拉上衣袖子。我上次穿西服是什么时候？几个月前的事了。一定是我去拜访军队牧师的时候。因为我妻子去找过他。他告诉我，说我可以拥有世上所有的爱，但没有信任、坦诚和交流，婚姻无法长久。我问他有没有结过婚。他说没有。

"所以，上帝没有结婚，耶稣没有结婚，你也没有结过婚。"

"这不是问题的关键。"他说。

"好吧，但他妈的应该是。"我回答。

他想争辩。军队牧师、神父以及宗教浑蛋的问题是，每一次你从他们那儿接受的训诫都是关于婚姻以及家庭的重要性的。你可能在讨论人工草皮、全球变暖或谁杀害了戴安娜王妃，他们还是会把话题转到家人是家庭幸福、种族包容以及世界和平的基石这类疯狂的讲义上去。

我转入另一条走廊，留意了紧急出口，查看了楼梯井。空荡荡的。这条通道的尽头，有一个小前厅，主电梯门打开着。一张锃亮的小桌子上放着一盏台灯，桌子两侧各放一把扶手椅。一名探员正坐在其中一把椅子上看杂志。

我的手指熟练地戴上裤子口袋里的指节套环。这金属玩意已经被我的大腿捂热了。

我走近的时候，他抬起头，分开交叉的双腿。他的右手藏在身后。

"漫长的夜晚。"

他点点头。

"她准备好了吗？"

"我接到指示不能吵醒她。"

"老大让她去车站。"

他不认识我。"你是谁？"

"哈里斯警官。我们一行有四个人，昨晚从特鲁罗驱车过来的。"

"你的警徽在哪儿？"

他的右手还藏在身后。我一拳打在他的喉咙上，他又坐了下去，把血泡吸入破裂的气管。我把指节套环放回口袋，拿了他的枪，塞进裤腰里。

"慢慢地深呼吸，"我对他说，"这样能活得久一点。"他说不出话来。我拿起他口袋里的对讲机。他有她房间的门禁卡。一声微弱的呻吟和脆弱的呼吸声，预示着他失去了意识。他的头垂了下去。我打开杂志，盖住他的脸，然后又让他交叉双腿。他看着是睡着了。

然后，我敲了敲门。她过了一会儿才应声。门开了一条缝。她身后卫生间射出的白光映出了她的轮廓。

"奥洛克林太太，我来带你去车站。"

她对着我眨了眨眼。"发生什么事了吗？他们找到她了？"

"你穿好衣服了吗？我们得走了。"

"我去拿包。"

她走开后，我用脚抵住门，以防它关上。她赤着脚走在贴了瓷砖的卫生间地板上，发出微弱的啪嗒声。我想跟着她进去，以确保她没有给谁打电话。我看了看走廊。怎么这么久？

她出来了。她外貌上的一些小细节显示出她很挣扎。她的动作缓慢而夸张。头发也没梳。开襟衫的袖子被拉长了攥在手里。

"外面冷吗？"

"是的，夫人。"

她看着我。"我们之前见过吗？"

"我觉得没有。"

我为她按住电梯门。她看了一眼在睡觉的探员，步入了电梯。电梯门关上了。

她把包按在肚子上，并不看镜面墙里的自己。

"他又打电话了吗？"她问。

"是的，打了。"

"打给谁了？"

"你丈夫。"

"查莉还好吗？"

"我没有相关信息。"

我们走进酒店大堂。我把手放到距她后腰一英寸的空中，左手指着玻璃旋转门。大堂里空荡荡的，只有一个前台接待，和一个用机器抛光地面的清洁工。

那辆路虎停在街角。她走得太慢了。我不得不时不时停下来等她。我打开车门。

"你确定我们之前没见过？你的声音听起来很耳熟。"

"我们可能在电话里聊过。"

# 第六十三章

三一路警察局时刻警惕着。靠下的楼层全都空无一人，但重案调查室的灯还亮着，十几个探员正彻夜工作。

韦罗妮卡·克雷的办公室门关着。她在睡觉。

外面天还黑。我叫醒鲁伊斯，让他带我到这儿。我先冲了个冷水澡，然后穿上衣服，吃了药。我穿衣服还是用了二十分钟。

克里斯蒂娜·惠勒和西尔维娅·弗内斯死亡时的照片贴在白板上，还有犯罪现场的俯拍照片和验尸报告。一系列黑色的线条连接着共同的朋友和生意伙伴。

我不需要看那些面孔。我扭过头去，看到了一个新的白板，一张新的照片——查莉的照片。这是一张学校证件照，查莉头发扎在脑后，脸上露出谜一般的微笑。她当时不想照这张照片。

"我们每年都拍一张。"朱莉安娜当时这么说道。

"也就是说不需要另拍一张了。"查莉回击道。

"但我想拍出来比一比。"

"好看看我长大了多少。"

"对。"

"就为这个，你必须用一张照片？"

"你从哪儿学的，这么会挖苦人？"这时，朱莉安娜看了我一眼。

和尚拿来了晨报。头版上有我的照片，朝镜头伸着手，仿佛要抢摄影师手里的相机。还有一张查莉的照片，是另外一张，从家庭相册里选的。一定是朱莉安娜选的。

有人点了羊角面包和甜点。新鲜的咖啡味叫醒了探长，她穿着皱巴巴的衣服从办公室里走出来。她的头发很短，都不需要用梳子。她让我想起一种拉货车的马，动作迟缓，不轻易发怒，但非常有力。

和尚向她简单汇报了我家的情况。这并没有改善她的心情。这次，她要把我们家仔细搜查一遍，每一个橱柜、每一个狭小空间都要搜查，以防还有其他的出乎意料之物。

探长叫来奥利弗·拉布，想让他追踪手机的位置。他来到重案调查室，穿着跟昨天一样的宽松裤子，打着跟昨天一样的领结，脖子上还围了条围巾保暖。他突然停住脚，皱着眉头，拍着口袋，好像是上楼的时候丢了什么东西。

"我昨天被分到了间办公室。我好像忘了在哪儿了。"

"走廊尽头，"韦罗妮卡·克雷说，"你有个新伙伴。不要让他对你颐指气使。"

威廉·格林中尉在无线电室旁边一个电话亭似的办公室里，已经开始工作了。

"我不太擅长跟人合作。"奥利弗闷闷不乐地说。

"当然。语气委婉的话，中尉会给你玩玩他的军事卫星。"

奥利弗打起精神，扶正眼镜，沿着走廊走去。

我想趁朱莉安娜来之前跟韦罗妮卡·克雷谈谈。她关上办公室门，呷一口咖啡，咧着嘴，好像是牙疼。窗外，我看到海鸥在远处的码头上方盘旋，地平线上露出一丝曙光。我对她说，海伦和克罗艾还活着。她们在家。

这个消息对探长仿佛没有任何影响。她往咖啡里放了两袋糖，犹豫了一会儿，然后加了第三袋。她端起咖啡杯，从冒着热气的盖子上方看我，凝视着我，目光逼人。

"你想让我怎么办？我没法逮捕她们。"

"她们密谋虚构了两个人的死亡。"

"眼下我更关心找到你的女儿，教授。一次一个案子。"

"这是同一个案子。这就是泰勒这么做的原因。我们可以用海伦和克罗艾跟他谈判。"

"我们不会用他的女儿换你的女儿。"

"我知道，但我们可以利用她把他引出来。"

她划着一根火柴，点上一支烟。"多担心你自己的女儿吧，教授，她从昨天中午就失踪了。"一股烟从她的手上升腾而起，"我不能强迫海伦·钱伯斯跟我们合作，但我会派人去他们家跟她谈谈。"

她走到办公室门边，打开门。她隆隆的嗓音传遍整个调查室："七点钟进行完整汇报。伙计们，我需要答案。"

朱莉安娜马上就要到了。我该对她说什么？她什么话都不想听，除非是查莉被她拥着，在她耳边说出来的话。

我找到一间空办公室，坐在黑暗中。太阳渐渐露头，为世间的汪洋加入几滴色彩。几天前，我甚至还没有听说过吉迪恩·泰勒这个人，但此刻我感觉他仿佛已经观察了我几年，站在暗处，俯视着我沉睡的家人，血从他的指尖滴到地板上。

尽管身体并不强劲有力，不是健美运动员，也不强壮，吉迪恩的强项在于他的智力和谋划能力，以及去做他人想不到的事情的强大意愿。

他是个观察者，一个人类特征的编目员；他收集各种线索，能透露一个人的信息的线索。他们走路、站立和说话的方式。他们开什么样的汽车，穿什么衣服。他们说话的时候会进行眼神接触吗？他们是坦率、对人信赖有加、轻浮还是更加封闭和内省呢？我也这样做——观察他人——但对泰勒来说，这是伤害的前奏。

任何软弱的迹象都会招来狩猎。他可以辨认出孱弱的心脏，分辨出内心的力量和伪装，找到理智的断裂处。我和他并没有多大不同，但我们追求的目标不一样。他撕碎人们的理智，而我尽力修复它们。

奥利弗和威廉·格林中尉在他们金鱼缸一样的办公室里工作，趴在笔记本电脑上，比对数据。他们是一对奇怪的组合。中尉让我想起了上了发条的士兵，走起路来两腿僵硬，脸上表情呆滞。只是缺少了一把在肩胛骨之间转动的大号钥匙。

一幅巨大的地图占据了一整面墙，上面布满了彩色的大头针，中间用线连接，形成了互相叠加的三角形。吉迪恩·泰勒的最后一次电话是从布里斯托尔市中心的神殿广场打来的。警方在研究四个摄像头的监控录像，看能不能把电话关联到一辆汽车上。

藏在查莉卧室里的手机是一家位于王子码头的划船用品商店周五那天丢失的。而吉迪恩打电话用的手机则来自伦敦西克的一家手机商店。所用的购买人地址和电话是一个住在布里斯托尔合租房的学生的。一张煤气账单和信用卡收据（都是盗来的）被用作身份证明。

我仔细研究地图，尽力捕捉那些红色、绿色和黑色的大头针所表示的术语。这就像在学一个新的字母表。

"这并不是全部，"中尉说，"但我们已经设法追踪到了大部分的通话。"

他解释道，彩色的大头针表示吉迪恩·泰勒打的电话以及每个信号最近的通信塔。每通电话的长度、时间和信号强度都有记录。吉迪恩使用同一部手机从不超过六次，而且从未在同一地点打过电话。几乎每次都是在拨打电话之前才开机，之后立即关机。

我跟着奥利弗的讲述依次回溯整个案件，先从克里斯蒂娜·惠勒的失踪开始。信号显示吉迪恩·泰勒当时位于利伍兹公园，当她从桥上跳下时，他就在克里夫顿悬索桥附近。当西尔维娅·弗内斯把自己铐在树上时，他也在离她不到一百米的地方，当莫琳·布拉肯用手枪对准我的胸口时，他就在维多利亚公园里。

我再次看了看地图，感觉各种地形从纸上升了起来，变成了立体的实物。在占据主导地位的红色、绿色和蓝色的大头针之间，一个孤独的白色大头针十分显眼。

"那个针是什么意思？"我问。

"这是一个反常情况。"奥利弗解释道。

"什么样的反常？"

"那并不是一通电话。手机信号传到一座通信塔上，接着就关机了。"

"为什么？"

"也许是他开了机，然后又改变了主意。"

"也可能是他犯了错。"中尉说道。

奥利弗急躁地看着他。"根据我的经验，错误的出现都是有原因的。"

我的指尖抚过大头针顶端，仿佛在读盲文一样。最后停在了那个白色的大头针上。

"电话开机了多久？"

"不超过十四秒，"奥利弗说，"数字信号每七秒传输一次。它被我们标注的通信塔接收到两次。白色的大头针是最近的通信塔。"

错误和异常是行为科学家和认知科学家的灾星。我们从数据中寻找范式来支持我们的理论，这就是异常情况具有如此巨大的破坏力的原因，也是为什么——如果我们足够幸运——一个理论能够维系一段时间，直到一个更好的理论出现。

吉迪恩如此小心翼翼，不留下指纹，数字信息，或其他任何形式的信息。据我们所知，他几乎没有犯过错。帕特里克的妹妹用克里斯蒂娜·惠勒的手机点了份比萨——这是我唯一能想到的错误。也许这是另一个。

"你能追踪它的位置吗？"我问。

奥利弗把眼镜往上扶了扶，然后把头向后仰，才能完全看清我整张脸。

"我猜这个信号可能也被其他的通信塔接收到了。"

中尉怀疑地看着他。"那部手机只开机了十四秒钟。那就像在暴风里找屁一样。"

奥利弗眉头一扬。"多么生动的比喻！我可以认为军方没这个能力吗？"

格林中尉知道他受到了挑战，这让他觉得有些侮辱人，因为他无疑认为奥利弗是个胆小、无力、没有阳刚之气的科技人员，用两只手都找不到他自己的屁股。

我让此刻的紧张情绪得到些许缓和。"跟我解释一下，如果泰勒再次打来电话会怎么样。"

奥利弗解释了这项技术，以及卫星追踪的好处。讨论这个话题，中尉好像有些不自在，仿佛军事机密被泄露了。

"你能多快追踪到泰勒的电话？"

"这要看情况，"奥利弗说，"手机网络里各地的信号强度不一。有些建筑或地势会形成死角。这些我们都可以在地图上标出来，并留出余地，但这并非无懈可击。理想情况下，我们需要至少三座通信塔的信号。无线电波以一定的频率传播，所以我们可以算出它们传播的距离。"

"如果你们只得到了从一座通信塔传出的信号呢？"

"这给了我们一个波达方向[1]以及一个大致的距离。每千米的距离会让信号延迟三微秒。"

奥利弗从耳朵后面拿起一支笔，开始在一张纸上画通信塔和相交的线。

"波达方向读数的问题在于，信号可能经过建筑物或者障碍物的反

---

[1] 指空间信号的到达方向。

射。我们不能完全信赖它。只要每个基站的时钟完全同步，三个基站的信号就足以让我们确定位置了。

"我们说的是微秒级别的差别，"奥利弗补充道，"通过计算波达时间的差别，我们可以用双曲线和线性代数定位手机的位置。然后，打电话的人必须是静止不动的。如果泰勒在汽车里或巴士、地铁上，那就没用了。即使他走进一栋建筑，信号强度也会发生变化。"

"他得在一个地方待多久？"

奥利弗和中尉看了看彼此。"五到十分钟吧。"奥利弗说。

"如果他用固定电话呢？"

中尉摇摇头。"他不会冒这个险的。"

"如果我们迫使他用呢？"

他扬起眉毛。"你计划怎么做到这一点？"

"要关闭手机通信塔难吗？"

"手机运营商不会同意的。他们会损失很多钱。"格林中尉说。

"时间不长，大概十分钟吧。"

"这样可能会中断成千上万个通话。消费者会非常不高兴。"

奥利弗似乎对这个想法持更为开放的态度。他看着墙上的地图。吉迪恩打的大部分电话都位于布里斯托尔市中心，那里通信塔很密集，因此需要更多的运营商合作。他自言自语道："在一个有限区域内，也许有十五座通信塔。"他的兴趣一下子被点燃了，"我不知道之前有没有这样做过。"

"但这是可能的。"

"是可行的。"

他转过身去，坐在一台笔记本电脑前，手指在键盘上跳跃。他的眼镜在鼻梁上逐渐下滑。我感觉奥利弗在电脑旁边更加开心。他可以跟它们理论。他可以理解它们是如何处理信息的。电脑不会在意他有没有刷牙，有没有在浴缸里剪脚指甲或穿着袜子上床睡觉。有人说这才是真爱。

# 第六十四章

叫喊声和跑动声乱成一片。韦罗妮卡·克雷在扯着嗓子发号施令，声音盖过了骚动，警员们正朝楼梯和电梯跑去。我听不到她在说什么。一个探员几乎把我撞倒了，他捡起我的手杖，含混地道了歉。

"出了什么事？"

他没有回答。

一阵不祥的预感涌上心头。我自己柔软湿润的呼吸声比电话铃声和脚步声还要响亮。

"朱莉安娜在哪儿？发生了什么事？"

"我们有一名警员受了重伤，"韦罗妮卡·克雷说，她犹豫了片刻，然后继续说道，"他当时正看守你妻子所住的酒店房间。"

"看守她。"

"是的。"

"她在哪儿？"

"我们正在搜查酒店以及周围的街道。"

"她不见了？"

"是的，"她顿了顿，"大堂和外面的街道有摄像头。我们正在查看监控录像……"

她的嘴在动，我却听不到她的声音。朱莉安娜住的酒店在神殿广场附近。按照奥利弗·拉布的说法，那也是吉迪恩凌晨三点十二分给我打电话时所在的区域。他当时一定在监视她。

一切又都变了，颤抖着，变化着，就像夜里被震松动了的一块理智碎片，渐渐远离我的思想。我闭了一会儿眼睛，努力想象自由的状态，却只看到了自己的无助。我咒骂自己。我咒骂帕金森先生。我咒骂泰勒。我不会让他从我手中夺走我的家人。我不会让他摧毁我。

早上的简报会现场只有落脚的地方。探员们坐在桌沿上，靠在柱子上，从别人肩膀后面探着头。怀疑和震惊进一步加剧了紧迫感。他们的一名同事现在在医院里，气管破裂，还可能存在缺氧导致的脑部损伤。

韦罗妮卡·克雷站在椅子上，好让大家看到她。她简要介绍了行动方案——一场移动拦截行动，涉及二十四台没有警方标志的车辆以及警方空中部队的直升机。

"根据之前的通话情况，吉迪恩会使用手机，并保持移动。第一阶段是保护。第二阶段是追踪通话。第三阶段是接近目标。第四阶段是实施抓捕。"

她继续解释通信措施。车辆之间保持无线电静默。使用代码和数字来识别各个单位。"行人被撞倒了"是行动信号，伴随着一个十字交叉手势。

一只手举了起来。"他有武器吗，老大？"

克雷看了一眼手里的纸。"保护奥洛克林太太的警员当时带了常规配枪。现在那把手枪不见了。"

大家的决心更坚定了。和尚想知道为什么是拦截逮捕行动，而不是跟踪泰勒？

"我们不能冒跟丢他的风险。"

"那人质呢？"

"等抓到了泰勒我们就能找到她们。"

探长让这一做法听上去合乎情理，但我怀疑她也是被逼无奈。军方想要拘捕泰勒，也知道该如何施压。没人质疑她的决定。泰勒的照片被依次传开。探员们停下来看照片。我知道他们在想什么。他们想知道泰勒这种人的邪恶会不会像徽章或文身一样明显或者一看便知。他们想象出自己能辨认出另一个人的邪恶和不端，从他们的眼睛或从他们的脸上读出来。这不可能。这世上充满了支离破碎的人，但大部分裂痕都在内心深处。

调查室那头传来了椅子翻倒和废纸篓被踢飞的声音。鲁伊斯愤怒地从桌子中间走过，用手指着韦罗妮卡·克雷。

"有多少个警员保护她？"

克雷探长冷冷地瞪着他。"我建议你冷静下来，想想你在跟谁说话。"

"多少个？"

她也发起怒来。"我不会在这里讨论这个话题。"

我周围的探员都呆若木鸡，准备旁观这场大冲突，就像看两只角马低着头对撞一样。

"你只让一名警员保护她。你是开马戏团的吗？"

克雷马上开始气急败坏、摇头晃脑地激烈回击。"这是我的调查室，调查工作也是我负责的。我不会让你质疑我的权威。"她朝和尚大叫，"把他赶出去。"

大块头朝鲁伊斯走去。我走到他们两人之间。

"大家都冷静一下。"

克雷和鲁伊斯阴沉地瞪着对方，但都沉默地表示同意退让。紧张的气氛突然缓和了，探员们本分地转过身去，然后下楼坐上等在那里的警车。

我跟着探长回到她的办公室。她不耐烦地喷着舌。

"我知道他是你朋友，教授，但他真是个彻头彻尾的讨厌鬼。"

"他是个热情的讨厌鬼。"

她直勾勾地盯着窗外,脸上肉肉的,有些苍白。她的眼角突然闪出泪光。"我应该做得更好的,"她低声说,"你妻子本应该安然无恙。她的失踪是我的责任。对不起。"

难堪。羞耻。愤怒。失望。每一个都像一个面具,但她并不寻求躲避。我说什么都没办法让她感觉好一些或者改变那份从一开始就注入此案的强烈而贪婪的渴望。

鲁伊斯轻轻地敲了敲办公室的门。

"我想为自己的冲动道歉,"他说,"我有点失控了。"

"道歉予以接受。"

他转身要离开。

"留下,"我对他说,"我想让你听听。我觉得我可以让吉迪恩·泰勒停止移动。"

"怎么做?"探长问道。

"我们为他奉上他的女儿。"

"但她不在我们手上。那家人不愿意配合,你自己说过的。"

"我们糊弄他,就像他糊弄克里斯蒂娜·惠勒、西尔维娅·弗内斯和莫琳·布拉肯一样。我们让他相信我们手上有克罗艾和海伦。"

韦罗妮卡·克雷一脸狐疑地看着我。"你想对他撒谎。"

"我想糊弄他。泰勒知道他妻子和女儿还活着。他还知道我们有资源能让她们到这儿来。如果他想跟她们对话或者见面,那他就得先放了查莉和朱莉安娜。"

"他不会相信你的。他会想要证据。"探长说。

"我只需要让他一直说话,让他待在一个地方。我读过了克罗艾的日记。我知道她去过哪里。我可以糊弄住他。"

"如果他想跟她说话呢?"

"我会告诉他，她在路上，或者她不想跟他说话。我会编一些借口。"

克雷探长用鼻孔吸气，鼻翼收缩，之后随着她呼气向外扩张。她的颚肌在皮肤下抽动。

"你为什么觉得他会买你的账？"

"这正是他想要相信的。"

鲁伊斯突然开了口："我觉得这是个好主意。到目前为止，泰勒一直让我们像屁股上着了火似的四处奔波。也许教授说得没错，我们可以在他屁股上点把火。这个办法值得一试。"

探长从抽屉里拿出一盒烟，然后不屑地看了一眼"禁止吸烟"的标志。

"有一个前提，"她用一只未点着的烟指着鲁伊斯说，"你回去找海伦·钱伯斯，告诉她我们要做什么。他妈的也该轮到那家人站出来个人了。"

鲁伊斯后退一步，示意我先离开办公室。

"你疯了，"我们一到克雷听不到的地方，他就咕哝道，"你不会真觉得可以糊弄住这家伙吧。"

"那你为什么同意我的做法？"

他耸耸肩，悔恨地对我叹了口气。"听说过那个笑话吗？一个幼儿园老师站在全班同学面前，说：'如果有人觉得自己蠢，就站起来。'然后一个名叫吉米的小男孩就站了起来，老师说：'你真的觉得自己蠢吗，吉米？'

"吉米说：'不是，老师，我就是不想让你一个人站在那里。'"

# 第六十五章

我躺在房间远端的一个薄床垫上，看着女孩睡觉。她在梦里低声呜咽，左右摇晃着脑袋。我的克罗艾以前做噩梦的时候也会这样。

我站起来，穿过房间。她被梦攫住了，挣扎着想要摆脱，身体在被子下面起伏。我伸出手，碰了碰她的手臂。她不再呜咽。我回到了床垫上。

过了一会儿，她安静地醒了，坐起来，往黑暗里瞅。她在找我。

"你在那儿吗？"

我没有回答。

"跟我说话，求你了。"

"你想要什么？"

"我想回家。"

"继续睡觉。"

"我睡不着。"

"你做了什么噩梦？"

"我没有做噩梦。"

"不，你做了。你在呻吟。"

"我不记得了。"

她扭过脸去，面向拉上的窗帘。光从窗帘边缘透进来。我可以把她的容貌看得更清楚一些了。我搞坏了她的头发，但头发还会再长回来。

"我离家很远吗？"她问。

"什么意思？"

"我说的是距离。很远吗？"

"不远。"

"如果我走一整天能到家吗？"

"也许吧。"

"你可以放我走，我可以走回家。我不会告诉别人你住在哪里。我也不知道怎么样找回来。"

我穿过房间，打开床头的台灯。阴影逃之夭夭。我听到外面有声音。我把一根手指放到嘴唇上。

"我什么都没听到。"她说。

我听到远处传来一声狗叫。

"也许是只狗。"

"是的。"

"我要上厕所。请你不要看。"

"我会转过身去的。"

"你可以去外面。"

"你想这样吗？"

"是的。"

我离开卧室，站在楼梯平台上。我能听到她拖着脚走过地板，以及小便流进马桶的哗啦声。

她完事了。我敲了敲门。

"我能进来了吗？"

"不行。"

"为什么？"

"我出了点意外。"

我推开门。她正站在卫生间里，努力搓掉牛仔裤裆部的一块黑渍。

"你应该把裤子脱掉。我给你洗。"

"不用了。"

"我会给你找别的衣服穿。"

"我不想脱。"

"你不能穿着湿裤子。"

我离开她，去主卧，里面有嵌入式衣橱和衣柜。裤子和毛衣都太大了，她穿不了。我找到了一条挂在衣架上的白色浴巾。是一个酒店的浴巾。连富有的阿拉伯人也会偷酒店浴巾。也许这就是他这么富有的原因。

我带着浴巾回去。我得解开她脚上的链子，她才能把裤子脱下来。她让我离开房间。

"窗户是关着的。你跑不掉的。"我对她说。

"我不会跑的。"

我在门边听着，直到她告诉我能进去了。浴巾太大了，一直垂到脚踝。我拿起她的裤子，在水池里洗。没有热水。热水器被关掉了。我把裤子拧成卷，挤出水，然后挂在椅子背上。

我能感觉到她在看我。

"你真的杀了达茜的妈妈吗？"

这是个棘手的问题。

"是她自己跳下去的。"

"是你让她跳的吗？"

"有人能逼你跳下去吗？"

"不知道。我觉得没有。"

"嗯，那我觉得你是安全的。"

我在背包里摸索，拿出一小罐梨罐头，用开罐器打开。

"给。你该吃点东西。"

她接过罐头，开始吃那滑溜溜的水果片，吮吸着手指上的汁水。

"小心点。边缘很锋利。"

她把罐头举到嘴边，喝了点里面的果汁，用袖子擦了擦嘴。然后，她靠着墙，用浴巾裹住身体。天渐渐亮起来了。她能看得更清楚了。

"你会杀我吗？"

"你是这么想的吗？"

"不知道。"她说完咬着下唇。

现在轮到我问问题了。"如果有机会，你会杀了我吗？"

她皱起眉头。鼻梁上方有两道皱纹。"我觉得不会。"

"如果我在威胁你的家人——你妈妈或者你爸爸或者你妹妹——那你会杀我吗？"

"我不知道怎么杀。"

"如果你有枪呢？"

"也许吧，我猜。"

"所以我们也没那么不同，你跟我。如果条件合适，我们都会杀人。你会杀我，我也会杀你。"

她的眼角默默流下一滴泪水。

"我又要出去一会儿了。"

"别走。"

"不会很久的。"

"我不喜欢一个人待着。"

"我得把你重新绑起来。"

"不要贴住我的脸。"

"就贴住嘴。"

我从胶带盘上扯下一段胶带。

"我听到过这个声音，"在我贴住她的嘴之前，她说，"你在对另一个人做这个。"

"什么意思？"

"我听到你从一个像这样的胶带盘上扯胶带的声音。你当时在楼下。"

"你听到了。"

"对。这里还有其他人吗？"

"你问的问题太多了。"

我按下锁扣，直到她脚踝上的铁链锁牢。

"我这次还信任你不会扯下嘴上的胶带。如果你让我失望了，我就把管子再插到你喉咙里，还把你的头贴住。明白了吗？"

她点点头。

我把一大块胶带贴到她嘴上。她的眼睛里含着泪水。她侧着身子顺着墙滑下，最后蜷缩着身子躺在床垫上。我看不到她的脸了。

# 第六十六章

手机在桌子上嗡嗡地振动。我看了一眼奥利弗·拉布和威廉·格林身边的玻璃隔板。奥利弗点点头。

"喂。"

"早上好，乔，睡得好吗？"

吉迪恩是在车里打的电话。我能听到轮胎驶过地面的隆隆声，以及引擎声。

"朱莉安娜在哪儿？"

"别告诉我你们把她弄丢了。真够粗心的——不到二十四小时就把妻子和女儿都弄丢了。这一定算是创纪录了。"

"这也没什么好奇怪的，"我告诉他，"你也弄丢了你的。"

他陷入了沉默。我觉得他不喜欢这个类比。

"让我跟朱莉安娜说话。"

"不行。她在睡觉。上她可真爽，乔。我觉得她非常喜欢被一个真正的男人上，而不是像你这样的弱智。她像一串鞭炮一样不可收拾，特别是当我把大拇指插到她的屁股里。晚点我会再搞她一次。也许我会把她们母女一块儿搞了。"

"查莉是个好姑娘。很听话，顺从。你会以她为傲的。每次看到她，我心里都感觉很温暖、舒适。你知道她睡觉的时候会像情人一样呜咽吗？

你找到我妻子和女儿了吗？"

"对。"

"她们在哪儿？"

"在路上。"

"答案错误。"

"我今天早上跟克罗艾说过话了。她是个聪明伶俐的女孩。她有个问题要问你。"

他犹豫了。奥利弗和威廉·格林趴在笔记本电脑上方。布里斯托尔各地的十几个警队都已经准备停当，两架直升机已经飞到空中。我看了看表。我们通话三分钟了。

"什么问题？"吉迪恩问道。

"她想知道她的猫叮当的情况。我记得她说'叮当'是'小叮当'的简称。她问叮当有没有事。她希望你把它留给汉斯家照顾了。她说汉斯家在你们隔壁有个农场。"

吉迪恩的呼吸发生了轻微的变化。我抓住了他全部的注意力。我通过耳机听着奥利弗·拉布的进程。

"现在绝对功率很强，达到了七毫瓦分贝。信号强度比下一个最近的通信塔高了十八分贝。手机距离基站不到一百五十米……"

"你还在吗，吉迪恩？我要怎么跟克罗艾说？"

他犹豫了一下。"跟她说我把叮当送给汉斯家了。"

"她会很高兴的。"

"她在哪儿？"

"我说了，她在路上。"

"你这是在耍我。"

"她还跟我说了一张明信片，是她从土耳其写给你的。"

"我没有收到什么明信片。"

"她妈妈不让她寄。还记得你是怎么教她用通气管潜泳的吗？她从一艘船上下水潜泳，看到了水下的残骸。她觉得那可能是亚特兰蒂斯，失落之城，但她想问问你。"

"让我跟她说话。"

"我跟查莉说了话，你才能跟她说话。"

"别跟我耍花招，乔。让克罗艾接电话。我现在就要跟她说话。"

"我跟你说过了，她不在这儿。"

奥利弗的声音再次出现在我的耳朵里：

"我们从三座通信塔上收到了BMS信号。我可以大致估计波达方向，但他一直在移动，离开一座通信塔的接收范围，然后被另一座通信塔接收到。你得让他停下来。"

"她们之前住在希腊。但她们几天前回家了。她们被保护起来了。"

"我就知道她们还活着。"

"你的声音一直断断续续的，吉迪恩。你可能要停在某个地方。"

"我更喜欢保持移动。"

我能记得的克罗艾日记里的内容都已经说完了。我不知道还能伪装多久。这时，鲁伊斯突然出现在了调查室的另一头，气喘吁吁的。在他身后，海伦·钱伯斯抓着她女儿的手，努力跟了上来。克罗艾刚被从睡梦里叫醒，然后迅速穿上衣服，被从温暖的床上带到了这里，所以眼睛还有些浮肿。

吉迪恩还在听。

"你女儿到了。"

"证明给我看。"

"先让我跟查莉和朱莉安娜说话。"

"你觉得我是个傻子。你觉得我不知道你想干什么。"

她一头金发，棕色的眼睛。她穿着紧身牛仔裤，还有一件绿色的开襟衫。她跟她妈妈站在一起。她们正在跟克雷探长说话。

"让我跟克罗艾通话。"

"不行。"

"证明她在那儿。"

"先让我跟查莉或者朱莉安娜说话。"

他气得咬牙切齿。"我希望你明白一件事，乔。并不是你爱的每个人都能活着。我本来还想让你选一个，但你现在把我惹毛了。"

"让我跟我妻子和女儿说话。"

他冷酷、镇定、不屈的音调变了。他发怒了。他咆哮着，在电话里大叫。

"给我听着，浑蛋，让我女儿接电话，否则我就把你的宝贝妻子埋起来，深到你永远也找不到她的尸体。"

我可以想象他龇牙咧嘴，唾沫星子四溅的模样。电话里传来刹车声和汽车喇叭声。他已经被分散注意力了。

奥利弗·拉布又在跟我说话。

"他刚进入了一座新的通信塔的范围。信号强度五毫瓦分贝，正在逐渐降低。半径三百码内。你必须让他停止移动。"

我透过玻璃隔板点点头。

"冷静一下，吉迪恩。"

"别对我指手画脚。让克罗艾接电话！"

"我能得到什么回报？"

"你可以选择是让你妻子活还是女儿活。"

"我要她们都活着回来。"

我听到一声冷笑。"我给你发个纪念品。"

"什么纪念品？"

手机在我耳边振动了一下。我把手机拿到面前一臂之遥的地方，仿佛它会爆炸一样。那个背光小屏幕上出现了一张照片。朱莉安娜被赤身裸体地绑着，身体惨白如蜡，躺在一个箱子里，嘴和眼睛都被胶带贴住了，肚子和大腿上粘着泥块。

一丝淡淡的恐惧的恶臭涌入我的鼻孔，一个又小又黑的东西在我胸口横冲直撞地跑，钻进了我的心脏。我现在能听到了：吉迪恩说过的那个声音。一个小孩在无尽的夜里柔声哭泣。理智碎裂的声音。

"别挂电话，乔，"他用温柔讨好的声调说，"我上次见她时她还活着。我还会让你选。"

"你做了什么？"

"我给了她想要的。"

"这话什么意思？"

"她想代替她女儿。"

这怪诞的画面无法用语言形容。我只能靠想象力来绘制这幅图景。我在脑海里看到朱莉安娜喘息的身体，小口地喝着黑暗，无法动弹，头发摊开在脑袋下面。

"求求你，求求你，不要这么做。"我语不成声地乞求他。

"让我女儿接电话。"

"等一下。"

鲁伊斯正站在我面前。克罗艾和海伦在他旁边。他把两把椅子拉到桌子边，示意她们坐下。海伦穿着牛仔裤和一件条纹上衣。她拉着克罗艾的手，坐下来，低着头，愁眉苦脸的，一脸疲惫。备受打击。

我盖住电话。"谢谢。"

她点点头。

克罗艾的金色刘海盖住了眼睛。她没有把头发撩起来。这是一个物理障碍，可以让她躲在后面。

"他想跟克罗艾说话。"

"她要说什么？"海伦问。

"她只要问个好就行。"

"就这些？"

"对。"

克罗艾的腿在椅子下面晃着，咬着手指甲。一件宽松的绿色开襟衫垂到大腿上，纤细的牛仔裤让她的腿看上去像两根裹着牛仔布的棍子。

我向她示意。她踮着脚绕过桌子，仿佛害怕挫伤脚后跟一样。我盖住话筒，用嘴型说出我想让她说的话。

然后我朝奥利弗抬起手，弯曲手指倒计时。五……四……三……

克罗艾拿起手机，小声说："喂，爸爸，是我。"

……二……一……

我放下手臂。玻璃那面，奥利弗按下一个按钮或者扳动一个开关，然后十几座通信塔随之关闭。

我能想象到吉迪恩盯着自己的手机，不知道手机信号怎么了。他女儿就在那儿，但她的话音被夺走了。十五支警队就在他最后一次已知地点的一百五十码内，在王子街大桥附近。韦罗妮卡·克雷也赶去了。

克罗艾不知道发生了什么。

"你做得非常好。"我说着接过她手里的手机。

"他去哪儿了？"

"他会打回来的。我们想让他换个电话。"

我透过窗户看着奥利弗和格林中尉。两个人似乎都屏住了呼吸。已经过去两分钟了。我们不能中断通信塔超过十分钟。吉迪恩要用多久才能找到一部固定电话？

快点。

打电话。

# 第六十七章

在学校的物理课上，我曾学到一个知识——没有什么能比光速快。如果一个人以光速做长距离运动，那么时间也会为之减慢脚步，甚至停止。

关于时间，我有自己的理论。恐惧会把它拉长。惊慌会让它瓦解至无形。眼下我心跳飞快，头脑警觉，但调查室其他的人都带着类似炎热的周日午后一只肥狗在阴凉地睡觉的那种沉静。连钟表的指针都有些迟疑了，不确定是该继续往前，还是干脆停住。

我面前的桌子干干净净，只有两部连接到基站控制板上的固定电话。奥利弗·拉布和格林中尉正坐在隔壁的通信室里。海伦和克罗艾在韦罗妮卡·克雷的办公室里等着。我用手抠着椅子上一块即将脱落的油漆，眼睛盯着两部电话，希望它们快点响。如果我盯得够久，也许就能看到他打电话了。通过耳机，我听到奥利弗又倒数了一分钟。八分钟过去了。我的胸口起伏不定。放松。他会打过来的。他只需要找到一部固定电话。

电话铃响的瞬间我有些恍惚。我看了一眼奥利弗。他要我让它响四声。

我拿起电话。

"喂。"

"克罗艾在哪儿？"

"你为什么挂电话？"

吉迪恩勃然大怒："我没有挂。电话断线了。这要是什么花招……"

"克罗艾说是你挂的电话。"

"没信号了，蠢货。看看你的手机。"

"哦，是的。"

"让克罗艾接电话。"

"我让人去找她。"

"她在哪儿？"

"在隔壁。"

"去找她来。"

"我把电话转给她。"

"我知道你在干吗。现在就让她接电话！"

我看了一眼奥利弗和威廉·格林，他们还在尽力追踪。时间过去太久了。我的左侧身体在颤抖。如果我把左腿放到地上，就能让它停止颤抖。

鲁伊斯领着克罗艾走进房间。我盖住电话。

"你可以吗？"

她点点头。

"我会在一旁听着。如果你害怕了，我要你盖住电话告诉我。"

她点点头，拿起另一部电话。

"喂，爸爸，是我。"

"嘿，你好吗？"

"很好。"

"对不起刚刚电话中断了，宝贝。我不能聊太久。"

"我掉了一颗牙。"

"是吗？"

"牙仙子给了我两块钱。我给牙仙子留了条子。妈妈帮我写的。"

克罗艾天生就擅长这个。她毫不费力地完全吸引住了他的注意力。

"你妈妈在那儿吗？"

"在。"

"她在听吗？"

"没有。"

在玻璃挡板那一侧，奥利弗竖起两根大拇指。他们追踪到了。克罗艾已经无话可说了。吉迪恩在问她问题。有时她只是点头，也不回答。

"你有麻烦了吗？"她问他。

"不用担心我。"

"你做了什么坏事吗？"

我在电话里听到了逐渐接近的警笛声。吉迪恩也听到了。我接过电话。

"结束了，"我说，"查莉和朱莉安娜在哪儿？"

吉迪恩在电话那头大喊："你这个基佬！人渣！我要把你的鸡巴拧下来！你死定了！不，你妻子死定了！你别想见到活着的她了。"

电话里继续传来警笛声，还有刺耳的刹车声和车门打开的声音。玻璃破碎了，电话里传来一声枪响。求求你，上帝，别开枪打他。

调查室里传来了欢呼声。拳头在空中挥舞。"我们抓住那个浑蛋了。"有人大声宣布。

克罗艾看着我，困惑而恐惧。我仍举着电话，听到至少有二十把枪已做好射击准备。有人在对吉迪恩喊话，让他趴到地上，双手抱头。紧接着是嘈杂的人声和沉重的靴子声。

"喂？有人在吗？喂？"

没人在听。

"有人听到我说话吗？接电话！"我对着电话大喊，"发生了什么！"

突然，电话那头传来一个声音。是韦罗妮卡·克雷。

"我们抓住他了。"

"查莉和朱莉安娜呢？"

"她们没跟他在一起。"

# 第六十八章

吉迪恩·泰勒看起来变样了。更健康了。更瘦了些。他不再是个结巴的胡编滥造者。地板上也没有了无形的捕鼠器。他似乎换了一副人格面具——他真正的自己——让自己完全变了个样。

但有些东西还是原样。他纤细的金发软绵绵地垂在耳朵上方，金属镶边的矩形小眼镜后面是一双浅灰色的眼睛。他的手被铐着，手掌朝下放在桌面上。唯一表现出紧张的迹象是他衬衫腋下的两圈汗渍。

他被一名医生进行了裸体搜身和检查，他的腰带和鞋带都被没收了，还有他的手表和其他个人财物。之后他就一个人待在审讯室里，盯着自己的双手，好像想用意志力让手铐断开，让门打开，让守卫消失。

我透过一扇观察窗看着他，窗子装了能看到审讯室内部的单向玻璃。尽管他看不到我，但我感觉他知道我在这儿。他时不时抬起头，盯着镜子——与其说是在端详自己的容貌，更像是在看镜子后面，想象着我的脸。

韦罗妮卡·克雷正在楼上跟两个军方律师以及警察局长会面。军方要求对吉迪恩进行审问，声称此事事关国家安全。克雷探长不太可能让步。我不在乎谁来问问题。现在应该有人在里面，要求他交代答案，让我找到我的妻子和女儿。

我身后的门开了。鲁伊斯从黑暗的走廊走进黑暗的观察室。这里面没有灯。任何照明都有可能透过镜子，暴露这个房间的所在。

"就是他。"

"就是他。我们不能做点什么吗？"

"比如说？"

"让他开口。我的意思是，如果是在电影里，你就会走到里面，把他暴揍一顿。"

"也许以前可以这样。"鲁伊斯用非常怀旧的语气说。

"他们还在争论吗？"

鲁伊斯点点头。

"军方正派一架直升机过来。他们想把他带到一个军事基地。他们担心他会跟我们说些什么。比如真相。"

当然，韦罗妮卡·克雷也不会放弃管辖权。她会把它上报给内政大臣或官务大臣。她的地盘上发生了两起谋杀案，一次枪击事件和两起绑架案，就在她眼皮子底下。这些争论和法律上的花招占用了太多时间。这个时候，吉迪恩坐在十二英尺外的地方，一边自顾自地哼着小调，一边盯着镜子。

他看上去并不像一个将要在监狱中度过余生的人。他看上去像一个对世界无牵无挂的人。


克雷探长走进了审讯室。和尚坐在另一把椅子上。一名军队律师坐在了他们身后，随时准备进行干预。麦克风已经被从房间里移走了。也没有本子和笔。这场审问没有被记录下来。我怀疑还会不会有吉迪恩的被捕记录或者指纹。有人决心消除他的任何踪迹。

韦罗妮卡·克雷从塑料瓶子里把水倒进一个塑料杯里。她的头往后仰，然后缓慢地深吸一口气。泰勒似乎在饶有兴趣地盯着她的喉咙。

"你可能也明白了，这不是一次正式的审问，"她说，"你说的任何话都不会被记录下来。也不会被用于指控。你只需要回答一个问题。告诉我们朱莉安娜和夏洛特·奥洛克林的下落。"

吉迪恩靠着椅背，双臂前伸，手指摊开在桌子上。他缓缓地抬起头，眼睛消失在镜片的反光里。

"我不跟你谈。"他低声说。

"你必须跟我谈。"

他的头从一边转向另一边。

吉迪恩盯着镜子，盯着镜子后面。

"查莉和朱莉安娜在哪儿？"

他坐直身子。"我是吉迪恩·泰勒少校，出生于一九六九年十月六日。我是皇家第一军事情报旅的一名士兵。"

他遵从着被俘行为准则——姓名、年龄和军衔。

"别跟我瞎扯。"韦罗妮卡·克雷说。

吉迪恩用浅灰色的眼睛盯着她。"在警队里做个女同性恋一定非常艰难，一边喜欢黑三角，一边又是舌沟俱乐部的成员。一定有很多尖酸的暗讽。他们背地里都叫你什么？"

"回答问题。"

"你回答我的。你得到的多吗？我经常好奇，你们的性爱多吗？你丑得像个满是屁眼的帽子，所以我不这么认为。"

韦罗妮卡·克雷的声音依然平静，但她的后脖颈已经憋红了。"我下次再听你的奇思妙想。"她说。

"哦，我从来不空想，探员。到现在了，你该知道这一点。"

他的话真实得可怕。

"你的余生要在监狱里度过了，泰勒少校。在监狱里，像你这样的人身上会发生一些事。他们会被改变的。"

吉迪恩露出了微笑。"我不会进监狱的，探长。你问他。"他朝军队律师示意，后者并没有直视他的眼睛。"我怀疑自己到底会不会离开这个地方。听过'引渡'这个词吗？黑监狱？幽灵航班？"

律师上前一步。他想终止审问。

韦罗妮卡·克雷没有理会他，继续往下说："你是个军人，泰勒，一个遵照规则的人。我说的不是军规或是军团的荣誉准则。我说的是你自己的准则，你的信仰，而伤害孩子并不在其中。"

"不要告诉我我信仰什么，"吉迪恩用鞋跟擦着地面说，"别跟我提荣誉，或者女王和国家。根本没什么规则。"

"告诉我你对奥洛克林太太和她的女儿做了什么。"

"让我见教授，"他转向镜子，"他在看吗？你在那里吗，乔？"

"不，你跟我谈。"探长说。

吉迪恩把双臂举过头顶，用力拉伸背部，直到脊椎咔吧作响。然后他把双拳捶到桌子上。他的力量加上金属手铐，发出了枪声般的动静，房间里所有人的身体都为之一缩，除了探长。吉迪恩交叉两手的手腕，举到面前，仿佛要挡开她。然后他快速分开双手，一大股血液飞过桌面，落到了她的衬衫上。

他用手铐的边缘在左手掌上划开了一个深深的口子。克雷探长什么都没说，但她的脸突然变得苍白。她把椅子往后一推，站起来，看着白衬衫上的深红色血渍。然后，她中断了审问去换衣服。

她迅速而僵硬地迈了三步就到了门口。吉迪恩在她身后喊道："让教授来见我。我会告诉他，他妻子是怎么死的。"

# 第六十九章

我在审讯室外面的走廊遇到了韦罗妮卡·克雷。她无助地看看我，垂下了目光，被她知道和不知道的东西压得垂下了头。她衬衫上的血渍快干了。

"他们派了架军用直升机。我拦也拦不住。他们有内政大臣的许可令。"

"那查莉和朱莉安娜呢？"

她的肩胛骨在衬衫里颤抖起来。"我已经无能为力了。"

这正是我害怕的。相较于一对失踪的母女，国防部更关心让吉迪恩·泰勒闭上嘴巴。

"我去和他谈，"我说道，"他想见我。"

一眨眼的工夫，周边的嘈杂声消失了。

探长从裤子口袋摸出一包烟，抽出一根放在嘴边。我注意到她的手略微有些发抖。愤怒、失望、不解，这些大概都有。

"我会支开军队律师，"她说，"你可能只有二十分钟的时间。让鲁伊斯跟你一起吧，他知道该怎么做。"

她第一次这样话里有话。说完，她转过身，沿着走廊慢慢向楼梯走去。

我走进审讯室。身后的门自动关上了。我们俩单独待了一会儿。房间里的空气好像都凝聚在了角落，让人有些窒息。吉迪恩现在不能快速站起或在地板上踱来踱去了，他的手铐用螺栓和嵌入式螺丝固定在了桌面上。医生为他包扎了手掌的伤口。

我走过去，在他对面坐了下来，把手放在桌子上。我左手的拇指和食指在快速地敲击着对方。我把手拿开，夹在两腿之间。鲁伊斯从我后面进来，轻轻地关上了门。

吉迪恩用坚定的目光看着我，露出让人难以捉摸的微笑。从他的镜片上，我看到了自己人生的断壁残垣。

"你好啊，乔，最近有你太太的消息吗？"

"她在哪儿？"

"死了。"

"我不相信你的话。"

"我被抓的时候你就把她杀了。"

我感觉自己能闻到他内在的气味：腐臭、溃烂的厌女症和仇恨。

"告诉我她们在哪儿。"

"你只能救一个，我之前让你选过。"

"不。"

"我失去妻子和女儿的时候可没的选。"

"你没有失去她们。是她们逃走了。"

"那个贱人背叛了我。"

"你在找借口。你脑子里全是你的权利意识。你以为为国出过力，为了他们不择手段，就理所应当拥有更好的。"

"不，不需要更好的，我只要别人要的。可如果我的梦想和你的冲突怎么办？如果我的快乐需要以你的牺牲为代价怎么办？"

"我们再好好想办法。"

"不够。"他说，缓慢地眨着眼。

"战争结束了，吉迪恩，放她们回家吧。"

"战争从不会结束，"他大笑道，"战争长燃不熄，是因为还有很多人喜欢。你会遇到一些认为自己可以阻止战争的人，一次一个，可那纯粹是屁话！他们抱怨无辜妇女和儿童在战争中伤亡，认为她们并没有选择战斗，可我打赌，她们当中很多人都把儿子和丈夫送去战场，给他们织袜子、送吃的。

"你看，乔，并不是每个敌军都手持刀枪。是富有国家的老人发动的战争。是坐在沙发上看《天空新闻》并投票给他们的人发动的战争。所以，省省你那些狗屁说教吧。根本就没有无辜的受害者。我们每个人都有罪。"

我不想和吉迪恩争辩战争的道德问题。我不想听他的辩解和借口，蓄意之罪和疏忽之罪。

"请告诉我她们在哪儿。"

"那你拿什么跟我交换？"

"宽恕。"

"对于我的所作所为，我不需要宽恕。"

"我宽恕你的本真。"

这句话似乎让他有了片刻的动摇。

"他们要来抓我了，是吗？"

"一架直升机正在赶来。"

"他们派了谁来？"

"格林中尉。"

吉迪恩看着镜子。"小格林！他在听吗？他妻子维里蒂有世上最漂亮的屁股。她每周二下午都会去兰仆林的一间廉价旅馆跟一名招兵办的陆军中校上床。行动组的一个家伙在房间里安了个摄像头。真精彩啊！整个团都传遍了。"他傻笑着闭上眼睛，仿佛在回忆过去的美好时光。

"你能帮我扶一下眼镜吗，乔？"他问。

眼镜顺着他的鼻梁滑了下去。我探身向前，拇指和食指捏住弯曲的边框，推到他的鼻梁上方。房间里的荧光灯照在镜片上，他的眼睛成了白色。他仰起头，眼睛又变回了灰色。镜片好像并没有什么度数。

他低声说："他们会杀了我，乔。如果我死了，你就再也找不到朱莉安娜和查莉了。嘀嗒作响的时钟——我们每个人都有一个，但我猜我的比大部分人都跑得更快一点，你妻子的也是。"

我张开嘴，唾液形成一个气泡，在我唇边爆破了，但我什么都没说出来。

"我以前很讨厌时间，"他说，"我数着周日的数量。我想象着女儿一天天长大，我却不在她身边。那是机械时间，是钟表和日历的材料。我现在经营的比这更为深刻。我收集人们的时间。我从他们手中拿走时间。"

听吉迪恩的话，仿佛年月可以在个体之间进行交易。我失去了，意味着他得到了。

"你爱你的女儿，吉迪恩。我也爱我女儿。我不可能理解你所经历的一切，但你不会让查莉死的。我知道这一点。"

"你想救她吗？"

"是的。"

"所以你在选择。"

"不。我两个都选。她们在哪儿？"

"没的选择也是一种选择，记得吗？"他露出了微笑，"你问过你妻子她的婚外情吗？我打赌她矢口否认，而你也相信了她。看看她的短信。我看过了。她给她的上司发过一条信息，说你起了疑心，她不能再见他了。你还想救她吗？"

一个暗红色的黑影摇动着我的心，我想探过身去，让我的一只手臂像弓一样向后收，然后一拳打在他的脸上。

"我不相信。"

"看看她的短信。"

"我不在乎。"

他发出一声嘶哑的笑声。"不，你在乎。"

他看了一眼鲁伊斯，然后又看着我。"我来告诉你我对你妻子做了什么。我也给了她一个选择。我把她装在一个箱子里，告诉她你女儿在她旁边的箱子里。她可以通过一根软管呼吸，然后活下来，但是要吸走她女儿的空气。"

他的双手被固定在桌子上，但我还是感觉他的手指插进了我的脑袋，插到两个半脑之间，要把它们掰开。

"你觉得她会怎么做，乔？她会偷吸查莉的空气好让自己活久一点吗？"

鲁伊斯冲过去，一拳打在吉迪恩的脸上，如果不是双手被固定在桌子上，吉迪恩已经被打倒在地了。我听到了骨头折断的声音。

鲁伊斯抓着吉迪恩肋部下方的肋骨，一膝盖顶在他的腰上，剧烈的疼痛传遍他的全身。冒汗。喘不过气。恐惧。失禁。鲁伊斯朝吉迪恩大喊，拳头打在他的脸上，要求他说出地址。在这暴力血腥的一刻，鲁伊斯把内心的挫败感全都发泄了出来。他不再是警队的一员。警队的规矩对他不适用。这就是韦罗妮卡·克雷话里的意思。

一波波疼痛落在吉迪恩的身上。他的面部因被击打已经开始出现淤斑和红肿，但他既不抱怨也不喊叫。

"吉迪恩，"我低声说。他看着我的眼睛。"我会让他继续打。我向你保证。如果你不告诉我她们在哪儿，我会让他杀了你。"

嘴角出了血沫，他伸出舌头，把牙齿染红。他的脸上露出了一个诡异的微笑，肌肉收缩接着又放松。

"来吧。"

"什么？"

"折磨我。"

我看着鲁伊斯，后者正揉着拳头。他的指关节破了。

吉迪恩刺激我。"来折磨我啊。向我问正确的问题。让我看看你的能耐。"

他看我犹豫了，低下头做出忏悔的姿势。"怎么了？不要告诉我你是个多愁善感的人。你当然有理由折磨我。"

"当然。"

"我有你需要的信息。我知道你妻子和女儿在哪儿。你并不是半信半疑。即使只有五分的把握，你也算有正当理由了。即使在把握小得多的时候，我都会折磨他们。我折磨他们，是因为他们在错误的时间出现在了错误的地点。"

他盯着自己的双手，仿佛在考虑自己的未来并不停地贬损它。

"折磨我。让我告诉你。"

我感觉仿佛有人在某个地方打开了一个水闸，我内心的敌意和愤怒正慢慢流尽。我对这个人的恨意语言都难以表达。我想伤害他。我想弄死他。但这不能改变任何东西。他不会告诉我她们在哪儿。

吉迪恩不要宽恕、公正或理解。他浸在血腥可怕的冲突中，执行政府、秘密部门以及游离在法律之外的神秘组织的命令。他摧毁人的理智，获取秘密，杀人也救下无数人。这改变了他。怎么可能不改变？经历了所有这一切之后，他的生活中依然保留着一个纯洁无辜、未被玷污的东西，他的女儿，直到她被从他身边夺走。

我可以痛恨吉迪恩，但我对他的恨远比不上他对自己的恨。

# 第七十章

"还有一个异常情况。"奥利弗·拉布说，调整好歪了的领结，用与领结同色的手帕擦了擦额头。

我没有回答，他继续说："泰勒早上七点三十五分打开了手机随即又关机了。手机只开了二十一秒。"

这个信息在我的脑海里起来又落下。

奥利弗期待地看着我。"你想让我找异常情况。你当时看起来觉得它们很重要。我觉得我知道他在干什么。他在拍照。"

终于，我有一点明白过来了。不是广阔的视野，也不是炫目的洞察力，是事情比昨天更加清晰了。

吉迪恩给朱莉安娜和查莉拍过照片。他用的是手机自带的相机，因此拍照时必须把手机开机。这样就能解释这些异常情况了。它们都支持同一个推测。

奥利弗跟着我上楼，穿过调查室。我没有注意到探员们是否在桌子后面坐着，也没注意到自己的左手是否在揉搓，或者左臂有没有正常甩动。这些都不重要。

我径直走到墙上的地图边。第一个白色的大头针旁边又多了一个白色大头针。奥利弗在努力解释他的推断。

"昨天的异常情况发生在下午三点零七分。手机开启了十四秒，但他没有打电话。后来，他用同一部手机给你妻子的手机发送了一张照片。之后，他把手机丢在了一辆巴士上。"

他找出手机里的那张照片，照片上查莉的头被胶带缠住了，嘴里插着一根软管。我几乎能够听到她通过那个小口呼吸时粗重、刺耳的声音。

"第二次异常是在今天上午，就在他再次发送照片之前——你妻子的那张。这就能说通了。"

吉迪恩知道他每次打开手机，警方都能追踪到信号。他从未犯过错。他每次开启手机都是有原因的。两个信号，两张照片。

"你能追踪到信号的位置吗？"我问。

"之前只有一个比较困难，但现在也许就可行了。"

我坐在他旁边，对他所做的大部分事情都无法理解。随着他测试软件，重写错误信息，绕开问题，一波波的数字从屏幕上穿过。奥利弗好像在编写程序。

"两次信号都被一座位于伦敦林荫路上的十米高的通信塔捕捉到了，那里距离克里夫顿悬索桥不到半英里，"他说，"波达方向指向通信塔西侧的一个地方。"

"多远？"

"我要用波达时间乘以信号的传播速度。"

他说着输入数字，用的是某种方程式来进行计算，结果并不令他高兴。

"两百到一千两百米之间。"

奥利弗拿起一只黑色的马克笔，在地图上画了一个大大的泪珠形图案。尖头是通信塔的位置，最宽的地方则覆盖了几十条街，包括埃文河的一段和利伍兹公园的一部分。

"第二座通信塔也捕捉了信号，发回了一条信息，但第一座塔已经建立了联系。"他再次指着地图，"第二座塔在这儿。就是惠勒太太从桥上跳下去之前的那通电话所用的通信塔。"

奥利弗回到笔记本电脑前。"波达方向不一样。北和东北之间。连通性存在重叠。"

这里面的科学原理开始让我摸不着头脑了。奥利弗又从椅子上站起来，回到地图前，画了第二个泪滴形图案，跟第一个有部分重合。重合的部分覆盖了大概一千平方码的区域和十几条街。敲开每栋房子的门要多久？

"我们需要一张卫星地图。"我说。

奥利弗已经走在了前面。他笔记本电脑上的地图先是模糊，然后慢慢清晰。我们仿佛是从太空中降落。地形细节开始显现——丘陵、河流、街道、悬索桥。

我走到门口，大喊："探长在哪儿？"

十几个人都扭过头来。猎人罗伊答道："她跟局长在一块儿。"

"去找她来！她得组织一次搜索行动。"


平静的午后传来一阵警笛声，从拥挤的街道升入银灰色的天空。这是不到四周前，事情开始时的情形。如果能把时钟往回拨，我还会在大学坐上警车去克里夫顿悬索桥吗？

不，我会走开。我会找借口。我会做一个朱莉安娜期望我做的丈夫——往相反的方向跑，然后大声呼救。

鲁伊斯坐在我旁边，汽车又转过一个街角，他抓着车顶上的扶手。和尚在前排的副驾驶座上，大喊着下命令。

"下个路口左转。超过这个浑蛋。穿过去。绕过这辆巴士。抄下那个浑蛋的车牌。"

司机闯过一个红灯，毫不理会刺耳的刹车声和汽车喇叭声。至少有四辆警车护送着我们。还有十几辆正从市区的其他区域赶来。我能听到他们在对讲机上的谈话。

万宝路街和女王大道堵车了，我们开到了道路另一侧的人行道上。行人像鸽子一样四下散去。

警车在加勒多尼亚广场碰头，旁边是一块狭长的开阔草地，将它跟西林荫路隔离开来。我们现在在富人区，到处是巨大的排屋、家庭式饭店以及寄宿房屋。有些有四层楼高，粉刷成清淡优美的彩色，墙外有排水管和窗槛花箱。缕缕青烟从烟囱上腾起，向西飘过河面。

一辆警用巴士拉着二十名警员到了。克雷探长发号施令，临危不乱。警员们挨家挨户敲门，跟居民们谈话，展示照片，记下每一间空公寓和空房子。一定有人看到过什么。

我再次看着摊在汽车引擎盖上的卫星地图。数据并不会造就科学。并非所有的人类行为都能被数字量化或变成方程式，无论奥利弗·拉布这样的人怎么想。目的地很重要。旅途也同样重要。我们的每一次远足或探险都是一个故事，一个内心叙事，有时我们甚至没有意识到自己在遵循它。吉迪恩的旅途是什么？他吹嘘自己可以穿墙走壁，但他更像人形墙纸，当他监视别人的房子并闯入其中时，他能融入其中，变成背景。

当克里斯蒂娜·惠勒跳下去时他就在附近。他在她耳畔低语。他一定在某个不远的地方。我看着这些排屋和天际线。克里夫顿悬索桥在西边离这里不到两百码的地方。我能闻到海水的咸味和金雀花的味道。从其中一些房子的上层可能看得到悬索桥。

一个男人骑着自行车经过，他的裤腿上绑着松紧带，以防止裤子卷到车链里。一个女人在草地上遛一只黑色西班牙猎犬。我想拦下他们，抓住他们的上臂，朝他们大喊，质问他们是否见过我的妻子和女儿。相反，我站在那里，看着街道，寻找不寻常的地方：有人出现在错误的地方，或穿错了衣服，有什么东西不属于这里，或是太过尽力融入，或是出于别的原因而显得突兀。

吉迪恩会选一栋房子，而不是公寓；一个远离邻居们窥探的眼睛的地方，被隔离或保护起来。还要有一条车道或者一个车库，好让他把车开离公路，然后把查莉和朱莉安娜转移到房子里而不被人看到。也许是一栋待售的房子，或是一栋只在假期或周末用到的房子。

　　我走过那块泥泞的草地，开始沿着街道往前走。树干上缠着电线，树枝在风中摇曳。

　　"你这是要去哪儿？"探长喊道。

　　"我去找一栋房子。"

　　鲁伊斯追上我，和尚在后面不远的地方，他被派来保护我们，以免我们陷入麻烦。我一直盯着天际线，尽力不让自己绊倒。手杖在人行道上当当作响。我沿着平缓的斜坡往前走，经过一排排屋，然后转入锡安巷。我还是看不到悬索桥。

　　下一条街在韦斯特菲尔德广场对面。一扇前门打开着。一个中年女人正在打扫台阶。

　　"你从这里可以看到悬索桥吗？"我问。

　　"不，亲爱的。"

　　"那从顶层呢？"

　　"房产中介说可以'瞥见'，"她笑着说，"你迷路了？"

　　我给她看查莉和朱莉安娜的照片。"你见过她们中的谁吗？"

　　她摇摇头。

　　"那这个人呢？"

　　"见过的话，我会记得的。"她说，而情况很可能是相反的。

　　我们沿着韦斯特菲尔德广场继续往前走。落叶和糖纸被风吹起来，沿着排水沟你追我赶地往前跑。突然，我穿过街道，来到一面垒着石头墙头的砖墙前。

　　"搭把手。"鲁伊斯说，然后踩在和尚弯成杯形的双手上，身体上升，直到前臂扒住了被刷成白色的墙头。

　　"是个花园，"他说，"再远一点有栋房子。"

　　"你能看到那座桥吗？"

"从这儿看不到，从房顶上可能看得到。有个角楼房间。"

他跳下去，我们顺着墙往前走，看有没有门。这次和尚在前面。我跟不上他的步幅，必须跑上几码才赶得上他。

石头柱子表示这里是车道的入口。大门开着。落叶被汽车轮胎碾压到了水坑里。最近有汽车来过这里。

这栋房子恢宏而古老。房子一侧爬满了常春藤，黑洞洞的小窗户从绿叶间露出来。屋顶陡峭，西侧的角上有一个八角形的角楼。

这地方看上去没人住。门窗紧闭着，窗帘拉上了，门前的台阶和门廊上都落满了树叶。我跟着和尚走上台阶。他按响门铃。没人应声。我叫查莉的名字，然后又叫朱莉安娜的名字，把脸贴在一扇细长的磨砂玻璃窗上，尽力捕捉微弱的应答声，想象着有人回答。

鲁伊斯去查看房子侧面的车库，在树下面。他从一个侧门出去，又立刻回来了。

"是泰勒的货车，"他喊道，"车里没人。"

我内心百感交集，思绪万千。满怀希望。

和尚在跟克雷探长通话。"让她叫辆急救车。"我说。

他转达了我的话后挂了电话，然后抬起胳膊肘，用力撞向玻璃窗，玻璃破碎后落在了房间里面。他小心翼翼地伸手进去，拧开锁，打开门。

门厅很宽敞，地上铺着黑白两色的瓷砖。一面镜子、一个伞架，还有一张靠墙的桌子，上面放着一张中餐外卖菜单和一串紧急联系电话。

灯还能用，但开关好像被涂上了跟花卉壁纸一样的图案。这房子闲置了一个冬天，家具都被床单和毯子盖着，炉算都被清理干净了。我想象着有我们没看到的人躲在角落里，尽量不发出声响。

我们身后，三辆警车鱼贯驶入大门，开上碎石车道。车门开了。克雷探长带领他们走上门前的台阶。

吉迪恩说朱莉安娜和查莉都被装进箱子埋起来了，两个人共用空气。

我不愿相信他的话。他对人说的很多话都是为了伤害和摧毁他们。

我摇摇晃晃地站在餐厅里，看看一束从玻璃推拉门透进来的光。方形的拼花地板上有泥泞的脚印。

鲁伊斯上了楼梯。他大声叫我。我一步两级走上台阶，抓着栏杆把自己往上拉。我的手杖从手里脱落，哗啦啦地滑落到黑白两色的瓷砖上。

"在这儿。"他喊道。

我在门口停住脚步。鲁伊斯跪在一张狭窄的铁架床边。一个孩子蜷缩在床垫上，眼睛和嘴巴都被胶带贴住了。我不记得自己说过话，但查莉抬起头，朝我的方向扭过头来，然后发出了含混的抽泣声。她左右甩着头。我不得不抱着她不让她动，鲁伊斯从卧室的另一个角落里的一张薄床垫上找来了一把裁缝剪。

他的双手抖个不停。我的也是。剪刀的刀刃打开又轻轻合上，我把胶带撕掉。我惊奇地看着她，张着嘴，不敢相信这是她。我看着查莉蓝色的眼睛，透过泪水看着她，眨眼也挤不去泪水。

她身上脏兮兮的，头发被贴着头皮剪掉了。皮肤磕破了。手腕在流血。她是这世上最美丽的人儿。

我把她抱到怀里。我抱着她微微摇晃。我想抱着她，直到她只记得我温暖的怀抱，耳畔只有我的话语，我的泪水落在了她的额头上。

查莉披着一条浴巾。她的牛仔裤在椅子上。

"他……"剩下的话被卡在了喉咙里，"他碰你了吗？"

她对我眨着眼睛，不明白我的意思。

"他让你做什么了吗？你可以告诉我。没事的。"

她摇摇头，用衣袖擦了擦鼻子。

"你妈妈在哪儿？"我问。

她皱起眉头。

"你见过她吗？"

"没有。她在哪儿？"

我看了看和尚和鲁伊斯。他们已经开始行动了。这栋房子正在被搜查。我听到房间门被打开、橱柜被查看时的声响。阁楼和角楼房里传来了沉重的靴子声，然后一阵安静，持续了十来秒，靴子又开始移动了。

查莉把头重新放到我的胸口上。和尚拿着一把二十四英寸的断线钳回来了。我抓着她的脚踝，他用钳口夹住脚镣，然后把把手往里扳，直到铁链咔嚓一声断开，然后哗啦一声滑到了地上。

急救车到了。医务人员在卧室门外。其中有一个金发的年轻人，带着一个急救箱。

"我想穿上衣服。"查莉说，她突然有些难为情。

"好的。就是让他们给你检查一下。以防万一。"

我留下她，下了楼。鲁伊斯和韦罗妮卡·克雷在厨房里。房子已经被搜过了。现在探员们正在搜查花园和车库，用沉重的靴子轻轻地翻动落叶，蹲下来查看堆肥堆。

院子北侧的那行树都光秃秃的，小木屋也看似被人遗弃了。一张锻造的铁桌和几把配套的椅子在一棵榆树下生了锈，一簇簇羊肚菌在雨后冒了出来。

我走出后门，经过洗衣间，穿过被雨水浸透的草坪。我离奇地感觉鸟儿都安静了下来，地面在吸我的鞋底。我从花圃间走过，经过种在硕大的石头花盆里的柠檬树时，手杖深深地插入了泥地中。有一个用煤渣块建成的焚烧炉，紧挨着篱笆，旁边是一堆陈旧的枕木，算是花园的围栏。

韦罗妮卡·克雷在我身边。

"探地雷达一小时之内就能到这儿。威尔特郡还有寻尸犬。"

我在小木屋外停下。门锁在搜索过程中被撬开了，门挂在生锈了的铰链上。屋内混杂着柴油、化肥和泥土的气味。地面中央停放着一台坐式割草机。两面墙的墙边都有金属架子，园艺工具被放在角落里。铁锹干干净净，还是干燥的。

来呀，吉迪恩，跟我说话，告诉我你对她做了什么。你说的话半真半假。你说你把她深埋了起来，我再也找不到她了。你说她和查莉共用空气。你的一切行动都熟练而有计划。你的谎言中含有真实的成分，这也让它们更容易被人相信。

我靠在手杖上，弯腰捡起挂锁和折断的门闩，抚去泥巴。生锈的金属上依稀可见银色的刮痕。

然后，我又看向小木屋里面。割草机的车轮转动过，上面的尘土已经被擦掉了。我仔细观察架子、播种盘、蚜虫喷雾和割草机。一个金属挂钩上缠着一根花园浇水用的软管。我的眼睛顺着管子绕圈，头有些眩晕。软管的一端顶到了架子的立柱，然后垂了下去。

"帮我挪开割草机。"我说。

探长抓着座位，我从前面推，把它挪到了门外。地面是压实了的土地。我努力移动架子。太沉了。和尚把我推到一边，两臂抱着架子的两侧，左右交替着把它挪到门口。播种盘和瓶子落了一地。

我跪下来，向前爬。靠近墙壁、之前放架子的地方，压实的土地变得松软了些。一大块胶合板被螺丝钉固定在墙上。软管顺着木板垂下去，然后好像钻了进去。

我回头看着韦罗妮卡·克雷和和尚。

"墙后有东西。这里需要弄点灯光。"

他们不让我挖，也不让我看。两名警员轮流上，用铁锹和铲子挖开地面。一辆警车开到了草坪上，用车头灯照明。

我用手遮住刺眼的灯光，透过厨房的窗户看到了查莉。那个金发的医务人员给了她一杯热饮，还在她肩上披了一条毯子。

"一个你爱的人将会死去。"吉迪恩跟我说过。他让我选。我做不到。也不会选。"没有选择也是选择，"他说，"我会让朱莉安娜决定。"吉迪恩说的另一件事是，我不会忘记他。不论他今天就死掉，还是在监狱里度过余生，都不会被我遗忘。

朱莉安娜告诉我她不爱我了。她说我不是她嫁的那个人了。她说得对。都是帕金森先生的功劳。我确实变了——变得更加哀愁、冷静和忧郁。这个疾病并没有把我扔到石头上摔碎。它像一个寄生虫，触手盘结在我体内，控制了我的动作。我尽力不让它显现出来。但我失败了。

我不想知道她是否跟尤金·富兰克林或德克·克雷斯韦尔发生了婚外情。我不在乎。不，这不是真的。我确实在乎。只是我更在乎把她安全地找回来。这都怪我，但不是为了寻求救赎或缓解肿胀的良心。朱莉安娜不会原谅我的。我知道。我可以给她想要的一切。我可以向她许下任何诺言。我可以走开。我可以放手。只要能让她活着。

和尚大声喊人帮忙。又有两名警员过去了。胶合板最下方的边缘也露出来了。他们要拆掉这面墙。墙角下方插着撬棍和撬胎棒。他们数到三开始往上抬。

灰尘和泥土显现在车灯的光柱里，落到洞穴中。朱莉安娜的尸体就在里面，像胎儿一样蜷成一个球，膝盖贴着下巴，两手护着头。我闻到一股尿臊味，看到她的皮肤都发青了。

其他人把手伸进洞穴，把她的尸体抬了出来。和尚把她接过去，抱到灯光下，踏过土堆，放在担架上。她的头被塑料胶带整个缠住。车头灯把她的尸体照成了银白色。

一名金发的医务人员拔掉朱莉安娜嘴里的软管，然后替之以自己的嘴唇，往她肺里吹气。他们在剪去她头上的胶带。

"瞳孔扩大了。她的腹部是冰冷的。她体温过低，"医务人员说，然后朝她的同事喊道，"我摸到了脉搏。"

他们轻轻地把朱莉安娜放平，用毯子遮住她赤裸的身体。那名金发的医务人员正跪在担架上，把暖手袋放在朱莉安娜的颈部。

"情况如何？"我问。

"她的核心体温太低了。心跳也不稳定。"

"让她暖和起来。"

"我真希望事情有这么简单。我们必须送她去医院。"


她没有发抖。她一动也不动。她脸上扣着氧气面罩。

"醒过来。"

朱莉安娜睁开了眼睛，像一只在明亮的光线下看不见东西的小猫。她试图说什么，但只发出了一声微弱的呻吟。她的嘴又动了。

"查莉安全无事，她很好。"我告诉她。

医务人员提示我："告诉她不要说话。"

"躺着别动。"

朱莉安娜不听。她的头从一侧转向另一侧。她想说什么。我把脸靠近氧气面罩。"他说她在一个箱子里。我尽量不呼吸。我努力节省空气。"

"他在骗你。"

她的手从毯子下面伸出来，抓住了我的手腕。她的手就像一块冰。

"我记得你说的话。你说他不会杀害查莉。不然我就不让自己呼吸了。"

我知道。

我们快到急救车的车门边了。查莉从房子里冲了出来，穿过草坪。两名探员试图拦下她。她一个声东击西，从他们的胳膊下面钻了过来。

鲁伊斯揽着她的腰，抱着她走完最后几码路。她扑到朱莉安娜身上，喊着妈咪。我已经四年没听过她用这个字眼了。

"当心。别太用力抱她。"年轻的金发医务人员提醒道。

"你有孩子吗？"我问她。

"没有。"

"你以后就会知道，当她们使劲抱你的时候一定不会痛。"

# 尾声

这是一个典型的春日，雾气早早散去，天空高远而湛蓝，仿佛太空不可能是漆黑一片。溪水清澈，靠近岸边的地方水很浅，水下的碎石干干净净，旋涡围着水草打转。

山谷的对岸，透过冒出新芽的林木，依稀可见道路蜿蜒绕过一座教堂，翻过山脊后不见了踪影。

"有鱼咬钩吗？"

"没有。"查莉说。

我时刻注意着埃玛，她正在跟硝烟玩耍，这是一只金色的拉布拉多犬，是我从动物收留所里领养的。它对人很热情，觉得我是世上最聪明的人类。不幸的是，除了忠诚，它几乎一无是处。当看门狗吧，我一到家它就叫个不停，却完全无视陌生人，除非他们已经在房子里一个多小时了，那时它才开始狂吠，仿佛它刚好发现米拉·韩德莉①破窗而入。孩子们都很喜欢它，所以我把它领回了家。

我们在一条离公路大约四分之一英里外的小溪里钓鱼。要穿过一扇农场的大门，走过一块田地才能到达溪边。长满青草的河岸上铺了一块野餐垫，就挨着碎石滩。

---

① 英国人，与同伙伊恩·布雷迪于1963年至1965年间杀害了五名儿童。

查莉采用了文森特·鲁伊斯式钓法，既不用鱼饵，也不用鱼钩。这并不是出于哲学上的原因（或是喝了啤酒的缘故），而是因为她鼓不起勇气把一条"活生生、喘着气"的蚯蚓放到鱼钩上。

"万一它被吃了，它的家人想它了呢？"

这时，我尽力跟她解释，蚯蚓是无性繁殖，所以没有家人，但这却把问题搞得更复杂了。

"它就是一条虫子。它没有感情。"

"你怎么知道？看，它在蠕动。它想逃走。"

"它蠕动，是因为它是一条虫。"

"不。它在说：'求求你不要把那个大钩子插到我身上。'"

"我怎么不知道你还会说虫语。"

"我可以读懂它的肢体语言。"

"肢体语言。"

"对。"

在此之后，我只好放弃。现在我一边用面包钓鱼，一边看着埃玛。她坐到了一个水坑里，把眼子菜弄到了头发上。她完全忘记了关于虫子的辩论。硝烟跑去追兔子了。

搬出伦敦以后，季节的变更更加明显了。死亡与重生的循环。树上开满了花，每个花园里都有盛开的水仙花。

悬索桥上的那个下午已经过去六个月了。秋天和冬天也已经过去。达茜在伦敦的皇家芭蕾舞学院跳舞。她还跟鲁伊斯住在一起，时不时威胁说如果他不停止把她当孩子看，就搬走。

我没有收到吉迪恩·泰勒的任何消息。没有军事法庭或官方声明。似乎没人知道吉迪恩被拘留在哪里，也不知道他是否接受了审讯。我听韦罗妮卡·克雷说，警方的直升机离开布里斯托尔之后又被迫降落了。显然，吉迪恩设法用眼镜框打开了手铐。他逼迫飞行员在一块田地里着陆，但按照国防部的说法，他很快就被重新逮捕了。

我还收到了海伦·钱伯斯和克罗艾的消息。她们从希腊给我寄了一张明信片。海伦开旅馆，克罗艾即将去帕特莫斯当地的一所学校上学。她们在卡片上说的不多，重点是表示感谢。

"我能问你个事吗？"查莉歪着头说。

"当然。"

"你觉得你和妈妈还能重归于好吗？"

这个问题像鱼钩一样刺中了我的胸口。也许这就是蚯蚓的感受吧？

"不知道。你问过你妈妈吗？"

"问过。"

"她怎么说的？"

"她岔开了话题。"

我点点头，仰起脸，感受温暖的阳光照在脸上。这些温暖、凉爽而晴朗的日子让我倍感舒适。它们告诉我夏天快到了。夏天很好。

朱莉安娜还没有申请离婚。也许她会申请。我做了一项交易。一项协议。我说只要她活着，她说什么我都愿意做。她让我搬出来。我搬出来了。我现在住在韦洛，酒吧对面。

她跟我说这件事的时候还在医院里。雨水顺着她房间的窗户往下流。那时，她说她爱我，但不能跟我一起生活了。这次，她没有给我任何安慰。她说这一切都怪我。她说得对。是我的错。我每天都抱着这个想法，紧紧地盯着查莉，寻找任何创伤后压力症的迹象。我也观察朱莉安娜，想知道她是如何应对的。她做噩梦吗？她会带着一身冷汗醒来，然后去检查门窗上的锁吗？

查莉收回钓线。"我给你讲个笑话，爸爸。"

"什么笑话？"

"一个下垂的乳房对另一个下垂的乳房说了什么？"

"说了什么？"

"如果再得不到支撑，我们就成睾丸了。"她大笑起来。我也笑了。"你觉得我应该讲给妈妈听吗？"

"还是不要了吧。"

我还把自己当成已婚男人。分居是一种心理状态，而我的内心还无法接受。酒吧老板赫克托想让我加入离婚男士俱乐部，他在其中是非官方主席或会长。他们一共六个人，每月聚一次，去看电影或在酒吧里坐着。

"我没有离婚。"我对他说，但他觉得这只是个小小的技术问题。然后，他就对我大谈跨过浅滩，回到主流中来。我告诉他我不是个爱加入各种俱乐部的人。我不是任何东西的会员，健身房、政党或宗教。我疑惑他们在离婚男士俱乐部里会做些什么。

我不想独自一人。也不要空荡荡的漫长时光。这让我想起糟糕的大学宿舍，那时我离家在外，也找不到女朋友。

这不是说我不能独自生活。我觉得没问题。但我禁不住想象朱莉安娜也是这么想的，想象她会意识到在一起比分开更开心。妈妈、爸爸、两个孩子、猫、仓鼠，我还可以带上狗。我们可以购物，付账单，选学校，看电影，像其他的已婚夫妇那样彼此讨好，在情人节和周年纪念日送上鲜花。

说到周年纪念日，今天就是一个特别的周年纪念日：埃玛的生日。我得在三点之前送她回家参加生日聚会。我们收回钓线，收拾好野餐篮。硝烟身上又脏又臭，两个孩子都不愿挨着它坐。

车窗一直开着。一路上尖叫声、笑声不断，到家后，她们跌跌撞撞地跑出车门，假装我放了毒气。朱莉安娜站在门口看着。她在篱笆和信箱上绑上了彩色气球。

"看看你，"她对埃玛说，"你怎么弄得湿漉漉的？"

"我们去钓鱼了，"查莉说，"我们什么都没钓到。"

"除了肺炎。"朱莉安娜说着催她们上楼洗澡。

现在我们的谈话中有种抽象的亲密。她还是我当时娶的那个女人，棕色头发，美丽动人，将近四十。我依然全心全意地爱她，只是没有了彼此交换体液、早上在对方身边醒来的欲望。每次在村子里见到她，我都不禁想：她究竟看上了我什么，以及我怎么能放她离开？

"你不该让埃玛弄湿自己。"她说。

"对不起。她当时玩得很开心。"

硝烟正在花园里折腾，追逐一只松鼠，蹂躏着春季的花儿。我尽力叫它回来。它停下来，抬起头看着我，仿佛我极度明智，然后又跑开了。

"埃玛的生日聚会都准备好了吗？"我问。

"她们应该很快就到。"

"来多少个？"

"日托中心的六个小姑娘。"

朱莉安娜两手插在围裙前面的口袋里。我们都知道我们可以像这样消磨时光，聊聊暴雨，聊聊要不要清理排水沟或在花园里施肥。我们都张不开口，也不知道如何分享我们之间残余的温存。也许这也是一种哀悼吧。

"那个，我最好去把埃玛洗刷干净。"她说，两手在围裙上搓着。

"好的。告诉孩子们，我周中会过来看她们。"

"查莉有考试。"

"那就周末。"

我对她露出胜利的微笑。我的身体没有发抖。我转过身，甩着手臂，昂着头，朝汽车走去。

"嘿，乔，"她喊道，"你看上去开心了些。"

我又转身看向她。"你真这么看？"

"你笑的时候多了。"

"我很好。"

# 致谢

　　此书的故事受两个国家的两起真实事件启发，但并不基于其中任何一起。大卫·亨特和约翰·利特尔对我的调查工作给予了莫大的支持和帮助，其他替我排忧解难并和我共享喜悦的还有乔吉和尼克·卢卡斯、尼基·肯尼迪和萨姆·伊登伯勒。

　　一如既往，我非常感谢诸位编辑及其团队，美国双日出版社的斯泰茜·克里默和英国利特尔与布朗图书集团的厄休拉·麦肯齐，此外，我还要感谢我的经纪人马克·卢卡斯和LAW的所有同人。

　　我要感谢理查德、埃玛、马克和萨拉，以及他们各自的孩子持久而热情的款待。当然也要感谢我自己的孩子——亚历克斯、夏洛特和贝拉，尽管我恳求他们永远不要改变，但他们都在我眼前慢慢长大。

　　最后但同等重要的是，我要感谢薇薇恩，我的研究员、审稿人、读者、治疗师、爱人和妻子。我答应过她，有一天我会找到合适的词语。